Pseudonymous Bosch

Dieses Buch ist vielleicht gar kein Buch

Ebenfalls vom Autor im Arena Verlag erschienen:
Wenn du dieses Buch liest, ist alles zu spät
Dieses Buch ist gar nicht gut für dich
Der Name dieses Buches ist ein Geheimnis
Dieses Buch ist echt das Letzte
Dieses Buch braucht dich oder es wird nicht geschrieben

SOS. Gefährlicher Zauber

Pseudonymous Bosch
ist ein Pseudonym, oder wie der Autor sagen würde (er ist nämlich ziemlich eingebildet): ein »nom de plume«. Aus Gründen, die er unglücklicherweise hier nicht offenlegen kann, die sich aber jedem leicht erschließen, der unklug genug ist, dieses Buch zu lesen, kann er seinen Namen nicht bekannt machen. Das einzige, was er bereit ist, preiszugeben, ist seine tiefe Abneigung gegen Mayonnaise.

Pseudonymous Bosch

Dieses Buch ist vielleicht gar kein Buch

Aus dem Englischen
von Petra Koob-Pawis

Zeichnungen von
Sabine Völkers

Arena

1. Auflage als Sonderausgabe 2016

Die Originalausgabe erschien unter dem Titel
»This isn't what it looks like« bei Little, Brown and Company
Hachette Book Group USA
New York 2010
Aus dem Englischen von Petra Koop-Pawis

Umschlag: Frauke Schneider
Umschlagtypografie: KCS GmbH · Verlagsservice & Medienproduktion, Stelle/Hamburg
Gesamtherstellung: Westermann Druck Zwickau GmbH
ISSN 0518-4002
ISBN 978-3-401-50630-2

www.arena-verlag.de
Folge uns!
www.twitter.com/arenaverlag
www.facebook.com/arenaverlagfans

Anmerkung des Autors:

Irgendwann innerhalb der ersten 150 Seiten dieses Buchs wird es voraussichtlich eine Notfallübung geben. Bitte befolge alle Anweisungen und verhalte dich so, als wäre es ein echter Notfall. Danke.

P.B.

Für

Sofia Carolina (ihre Eltern haben ihr wirklich zwei Namen gegeben, ist das nicht süß?), Izzy und Jack, Isabella, Elijah, Kate P. und Emma (auch wenn sie eigentlich schon zu alt dafür ist), aber nicht schon wieder für May (das wäre einfach ungerecht), Kate G. und Sam, Ella und Margaux, Lily mit y, Gideon und Rufus, aber nicht Lilli mit einem i oder Lucas oder Madeleine (siehe zweites Buch) und genauso wenig für India und Natalia (na ja, vielleicht sollte ich da nicht ganz so streng sein und mit mir reden lassen . . .), auch für Iris, Stash, Ava und Sylvie, Dulce und Olivia, Lorenza, die Cousinen und Cousins hier in der Gegend: Lev, Dante und natürlich Molly, die Cousinen und Cousins oben im Norden: Naomi, Eli und Jacob, die geheimnisvollste aller Cousinen, nämlich Sophia, nicht zu vergessen Nabu und meinen »nervigsten Fan aller Zeiten«, meinen Geheimagenten in Kentucky und überhaupt für alle meine Geheimagenten auf der ganzen Welt.

Warnungen, Haftungsausschluss, Kleingedrucktes und so weiter

Lies dieses Buch nicht im Stehen. Du könntest vor Schreck umkippen. Lies dieses Buch lieber nicht im Sitzen. Womöglich musst du rechtzeitig die Flucht ergreifen. Es ist untersagt, beim Lesen ein fahrendes Fahrzeug oder jegliche Art schweres Gerät zu bedienen. Möglicherweise lenkt dich das von der Geschichte ab. Längere Beschäftigung mit diesem Buch kann Schwindel erregen und in schweren Fällen auch paranoide Wahnvorstellungen und sogar Geistesstörungen auslösen. Wenn du an so etwas Spaß hast, lies auf jeden Fall weiter. Wenn nicht, ist dieses Buch eher nichts für dich. Von jeder Zweckentfremdung dieses Buches ist abzuraten. Obwohl es vielleicht wie ein ideales Wurfgeschoss aussieht, können die Macher dieses Buches für nichts garantieren, wenn du damit auf jemanden wirfst. Es ist nie ganz auszuschließen, dass diese Person zurückwirft. Du solltest dieses Buch lieber aus den Händen legen, wenn jemand sich am Umschlag zu schaffen gemacht hat oder der Umschlag entfernt wurde. Wenn du befürchtest, dass dein Buch von deinen Feinden absichtlich verändert wurde, solltest du das den Machern dieses Buches umgehend melden. Allerdings werden sie dich höchstwahrscheinlich für verrückt erklären. Unter keinen Umständen ist es dann ratsam, einen Arzt zu rufen. Er wird dich auf jeden Fall für verrückt erklären. Der Inhalt dieses Buches kann sich möglicherweise im Lauf der Zeit verändern. Keine Panik! Das ist eine natürliche Erscheinung. So etwas kommt gelegentlich vor und heißt nicht, dass dein Buch sich selbst umgeschrieben hat. Andererseits könnte es genau das gemacht haben. Denke immer daran, nichts in diesem Buch ist, was es zu sein vorgibt.

Pseudo-Manifest*

1. Die Wahrheit ist nur für denjenigen merkwürdiger als die Fantasie, der keine Ahnung von Wahrheit hat. So jemand ist entweder ein Lügner oder er ist selbst eine Fantasiefigur.
2. Eine realistische Geschichte ist eine fantasielose Geschichte. (Und überhaupt, was heißt eigentlich »realistisch«? Würdest du jemals etwas als »wahr-istisch« bezeichnen?)
3. Ich bin noch nie über einen Witz gestolpert, der so schlecht war, dass ich ihn nicht mochte. Andererseits bin ich überhaupt noch nie über einen Witz gestolpert.
4. Wenn du dir deiner Sache nicht sicher bist, bist du auf dem richtigen Weg.
5. Egal ob Schokolade oder Socken, es gilt: je dunkler, desto besser.
6. Das Leben hat mehr zu bieten als Schokolade. Käse, zum Beispiel.
7. Wenn ein Kellner dir versehentlich einen Burger mit Mayonnaise bringt, genügt es nicht, wenn er die Mayonnaise einfach runterkratzt. Er muss dir schon einen neuen Burger servieren.
8. Man betont Pseu-DON-i-mus.
9. Geheimnis? Was für ein Geheimnis?
10. Ich weiß genau, dass es dich gibt. Aber wer bin ich?

---

* Ein Manifest ist nicht etwa ein Fest für einen Mann. Es ist auch kein Fest für jemanden namens Mani. Eigentlich ist es überhaupt kein Fest. Vielmehr ist es eine Art Grundsatzerklärung. Für gewöhnlich handelt es sich dabei um politische oder künstlerische Grundsätze. Aber man kann ein Manifest für alles Mögliche aufstellen. Zum Beispiel für Schokolade oder Käse. Ein Pseudo-Manifest ist entweder ein gefälschtes Manifest oder ein Manifest, das Pseudonymous Bosch aufgestellt hat. Vielleicht sollte ich es also besser als Pseudo-Pseudo-Manifest bezeichnen. Bevor du weiterliest – was hältst du von der Idee, dein eigenes Manifest aufzustellen? Dann kannst du mein Buch daran messen und herausfinden, wie oft es nicht mit deinen Vorstellungen mithalten kann. Du darfst es mir dann nur nicht unter die Nase reiben.

Kapitel minus zehn

Geiß! Geiß![*]

Wie soll ich anfangen? Ich muss meine Worte mit Bedacht wählen.

(Ich kenne dich – du wartest doch nur darauf, dass ich einen Fehler mache.)

An irgendeinem Ort lief ein Mädchen irgendwann einmal die Straße entlang.

Ich sage nicht an *irgendeinem* Ort, weil es ein geheimer Ort ist (obwohl er das zweifellos ist).

Ich sage nicht *irgendwann*, weil das Wann ein Geheimnis ist (obwohl es das im Grunde genommen ist).

Und ich sage nicht *ein* Mädchen, weil der Name geheim gehalten werden soll (obwohl genau das der Fall ist).

Nein, ich drücke mich so aus, weil das Mädchen selbst keine Ahnung hatte, wo es sich befand.

---

[*] Wie du sicherlich bemerkt hast, habe ich dieses und einige andere Kapitel mit negativen Zahlen bezeichnet, sozusagen negativ nummeriert. Leider kann ich dir den Grund dafür nicht sagen, ohne zu viel zu verraten. Aber wenn du dich mit ganzen Zahlen auskennst, wirst du es vielleicht erahnen. Du weißt zum Beispiel, dass eine Zahl, deren Wert kleiner als null ist, negativ ist. Und du weißt auch, dass der Wert einer Zahl umso kleiner ist, je »negativer« die Zahl ist. Eine hohe negative Zahl ist eigentlich eine ziemlich niedrige Zahl. Also, wenn du nun zwei negative Zahlen der Reihe nach ordnen willst, dann kommt die höhere der beiden Zahlen (Aufgemerkt, wichtiger Tipp!) immer *vor* der niedrigeren. Minus zehn kommt vor minus neun und so weiter, bis du irgendwann bei null angekommen bist und alles wieder in geordneten Bahnen verläuft. Einigermaßen zumindest.

Oder welche Zeit es war.

Oder wer sie überhaupt war.

Sie war im Stehen aufgewacht, mit geöffneten Augen. Es war ein ziemlich seltsames Gefühl, als ob sie aus dem Nichts heraus plötzlich feste Form angenommen hätte.

Ihre Finger und Zehen kribbelten. Sie spürte ein Brennen an den Ohrläppchen, konnte es aber nicht zuordnen – war es Hitze oder Kälte?

Sonnenstrahlen glitten über ihre Augen und Lichtpunkte trübten ihren Blick. Doch als sie aufblickte, bemerkte sie, dass die Sonne sich hinter grauen Wolken verborgen hielt.

War sie in Ohnmacht gefallen? Hatte sie eine Gehirnerschütterung erlitten? (Sie wusste, dass Verwirrung und verschwommene Sicht Zeichen für eine Gehirnerschütterung waren, konnte sich aber nicht erinnern, woher sie das wusste.) Sie betastete ihren Kopf, bemerkte aber keine Verletzung.

Nach und nach verschwanden die Lichtpunkte von ihren Augen und sie sah klarer.

Neugierig schaute sie sich um.

Sie hatte nicht den blassesten Schimmer, wo sie sich befand. Anscheinend war sie irgendwo auf dem Land, aber sie wusste nicht, in welchem Land. Um sie herum befanden sich Felder, aber der Boden war ausgetrocknet und öde. Hier und dort waren vereinzelte Bäume ohne erkennbares Muster in der Landschaft verstreut. Nirgendwo ein Lebenszeichen.

Immer mit der Ruhe und alles der Reihe nach, sagte sie sich. Wenn du den Weg, den du gekommen bist, wieder zurückverfolgst, wirst du schon rausbekommen, wo du gelandet bist.

Aber sie konnte sich einfach nicht erinnern, was sie an diesen Ort geführt hatte.

Es war fast so, als wäre sie eben erst zur Welt gekommen.

Wer bin ich?

Die Einsicht, dass sie ihren eigenen Namen nicht kannte, kam schleichend wie die Kälte, die man nicht bemerkt, bis man die eigenen Atemwolken in der Luft sieht.

Sie fühlte sich unwohl, Angst hatte sie jedoch nicht. Ein echter Gedächtnisverlust, das wusste sie (auch wenn sie nicht sagen konnte, woher sie dieses Wissen hatte), war äußerst selten. Aller Wahrscheinlichkeit nach würde sich ihre Erinnerung bald wieder einstellen.

Sie entschied, dass es wohl das Beste wäre, ein Stück zu laufen.

Leicht war das Laufen allerdings nicht. Es gab keine Straßenschilder oder Straßenlaternen, die ihr den Weg gewiesen hätten. Die Straße war nicht gepflastert, sondern voller Steine, Wurzeln und Schlammlöcher. Sie verlor mehr als einmal das Gleichgewicht, kämpfte sich aber weiter. Was blieb ihr auch anderes übrig?

Eine Stunde verstrich, vielleicht auch zwei. Oder war doch weniger Zeit vergangen?

Sie erblickte keine Menschenseele – bis sie dann doch jemanden erblickte.

Vor ihr, nur ein paar Schritte abseits der Straße, war ein kleiner Junge gerade dabei, auf einen Baum zu klettern. Katzengleich hangelte er sich auf einem ausladenden Ast entlang. Und genau wie eine Katze blieb er stecken.

»Vater . . . Vater!«

Seine Schreie wurden lauter, aber niemand eilte zu Hilfe. Vielleicht kennt er mich, dachte das Mädchen. Womöglich ist er ja sogar mein Bruder.

»Keine Angst, ich hol dich da runter!«, rief sie.

Falls der Junge sie gehört hatte, ließ er es sich nicht anmerken.

»Vater! Vater!«, rief er immerzu.

Ein abgewetztes Hanfseil lag am Fuß des Baums. Die Überreste einer Schaukel. Das Mädchen hob es auf, und ohne lange nachzudenken, kletterte sie den knorrigen, alten Baumstamm hinauf, als wäre es die natürlichste Sache der Welt. Als wäre sie schon viele Male Kindern zur Rettung geeilt.

Denk an die Drei-Punkte-Regel, sagte sie sich, konnte sich allerdings nicht entsinnen, woher sie diese Regel kannte.*

»Du solltest besser nicht auf Bäume klettern, wenn du dich nicht wieder runtertraust«, sagte sie, als sie fast in Reichweite des Jungen war.

Er nahm keinerlei Notiz von ihr, sondern schrie unermüdlich nach seinem Vater.

»Bist du taub? Ich versuche, dir zu helfen . . .«

Das Hemd des Jungen war kaum mehr als ein Lumpen und hatte sich in einem Ast verfangen. Als das Mädchen es vorsichtig lösen wollte, zuckte der Junge vor Schreck zusammen und fiel fast vom Baum.

Sie bekam ihn zu fassen und zog ihn an sich. »Pass doch auf . . .«

Er brüllte wie am Spieß: »Geiß! Geiß!«

Danach hörte es sich jedenfalls an.

»Beruhige dich, alles wird gut.«

Sie tätschelte ihm tröstend die Schulter, aber seine Schreie wurden immer schriller und verzweifelter.

---

* Beim Klettern sollte man immer darauf achten, dass zwei Hände und ein Fuß oder zwei Füße und eine Hand den Untergrund berühren. Vielleicht erinnerst du dich, diese hilfreiche Regel kam auch schon in einem anderen Buch vor, aus dem man wahnsinnig viel lernen kann und das ehrlich gesagt ziemlich genial ist. Genau, ich meine *Wenn du dieses Buch liest, ist alles zu spät.*

»Ich hol dich da runter, keine Sorge.«

Gekonnt befestigte sie das Seil am Baum. Ein Gordingknoten, erinnerte sie sich. Aber sie wusste nicht mehr, woher sie diesen Begriff kannte.

Sie zog den Jungen behutsam am Kragen, aber er krallte sich am Ast fest und ließ sich nicht von der Stelle bewegen.

»Geiß, Geiß!«

»Geiß? Ist da unten eine Ziege? Hast du deswegen Angst? Keine Panik, sie tut dir nichts. Ziegen fressen keine Menschen. Blechdosen oder Tennisbälle vielleicht, aber keine kleinen Jungs. Normalerweise jedenfalls.« Sie lächelte, um ihm zu zeigen, dass sie scherzte, aber er erwiderte das Lächeln nicht.

Schließlich holte sie ihn vom Baum, indem sie behutsam seine Hände um das Seil legte – und ihn dann beherzt vom Ast schubste.

»Stell dir vor, das ist eine Rutschstange wie bei der Feuerwehr!«, rief sie ihm nach.

Er glitt am Seil hinab, aber das Grauen stand ihm ins Gesicht geschrieben. Sobald er wieder festen Boden unter den Füßen hatte, rannte er auf und davon.

»Gern geschehn, keine Ursache«, murmelte das Mädchen leise vor sich hin.

In einiger Entfernung wartete ein Mann, wahrscheinlich der Vater des Jungen. Er trug einen Hut mit Federschmuck, ein dunkles Wams und weite, pludrige Ärmel. Er sah aus wie einer der drei Musketiere.

Bestimmt ein Schauspieler, dachte das Mädchen. Vielleicht gibt es hier in der Nähe ein Theater.

Der Junge kreischte immer noch etwas von einer Geiß, als er sich mit einem Sprung in die Arme seines Vaters rettete.

Das Mädchen winkte ihnen zu. Aber der Mann nahm keinerlei Notiz von ihr.

Meine Güte, die Leute hier sind vielleicht freundlich, dachte sie. Kopfschüttelnd kehrte sie zur Straße zurück – und trat mitten in eine Pfütze.

Sie ächzte genervt.

Während sie das Wasser von ihren Füßen abtropfen ließ, warf sie einen Blick in die Pfütze. Das schlammige Wasser spiegelte den blauen Himmel und die silbrigen Wolken, ein Vogelschwarm zog durchs Bild. Aber etwas fehlte: sie selbst.

Nicht *Geiß,* dachte sie bestürzt.

Sondern *Geist.*

Kapitel eins
Ein tiefer Schlaf

Max-Ernest traf um genau 19 Uhr und 59 Minuten im Krankenhaus ein.

Eine Krankenschwester hinter dem Empfangsschalter winkte gut gelaunt herüber. »Hallo, Max-Ernest! Gerade noch rechtzeitig, wie immer.«

Die Besuchszeit endete offiziell um 20 Uhr. Danach würde er nicht mehr hereingelassen werden, da er ja kein Familienangehöriger der Patientin war. Jedenfalls war er nicht das, was sich das Krankenhaus unter einem Familienangehörigen vorstellte.

Max-Ernest winkte halbherzig zurück.

»Komm schon, Schätzchen. Schau nicht drein wie drei Tage Regenwetter. Denk immer daran . . .«

Die Schwester wies über ihre Schulter auf ein Poster, auf dem ein Welpe mit einer roten Clownsnase abgebildet war. *Lachen ist die beste Medizin.*

Max-Ernest riss sich zusammen und zwang sich zu einem Lächeln.

Das ist doch totaler Quatsch, wäre ihm beinahe herausgerutscht. Wie kann Lachen immer die *beste* Medizin sein? Was, wenn es in bestimmten Fällen eine andere Medizin gibt, die einem das Leben retten könnte – Penicillin beispielsweise? Wäre sie in diesem Fall nicht *besser?* Oder was, wenn man sich eine Rippe gebrochen hat oder unter Lungenkrebs leidet oder Asthma? Lachen würde die Lage da eher noch verschlimmern. Und um wessen Lachen geht es überhaupt? Soll man selber lachen oder jemand anderes? Was, wenn jemand dich auslacht, statt mit dir zu lachen? Gilt das dann immer noch als die beste Medizin?* Außerdem können Hunde überhaupt nicht lachen. Manche Wissenschaftler sind der Ansicht, dass Gorillas und Schimpansen lachen können. Aber Hunde bestimmt nicht. Nicht einmal Welpen mit Clownsnasen!

Aber, und das wird dich überraschen, wenn du Max-Ernest auch nur ein klein wenig kennst, er sagte von alledem kein Wort. Er biss lediglich die Zähne zusammen und stapfte zum dritten Aufzug rechts.

Zu dem Aufzug, auf dem die Buchstaben *KK-IS* standen. Jedes Mal, wenn Max-Ernest diese vier Buchstaben betrachtete, dachte er sich neue Bedeutungen aus: Kleine Kraken im Sandkasten ... Komische Kiwis irren südwärts ... Keine Küsse im Supermarkt ... Köstlicher Kakao ist schokoladig ... Kalter Kaffee ist scheußlich ... Kichernde Kamele imitieren Schlagsahne ... und so weiter. Diese Buchstabenspiele waren eine alte Angewohnheit, eher ein Gedächtnissport-Fimmel als etwas, was ihm wirklich Spaß machte. Nicht einmal die Vorstellung von Kraken im Sandkasten oder albernen Kamelen konnte ihn im Moment aufheitern, ganz gleich, ob nun Lachen die beste Medizin war oder nicht.

* Dies war ein feiner Unterschied, dessen sich Max-Ernest nur allzu bewusst war: Er selbst wollte immer, dass man *mit* ihm lachte, was meist darauf hinauslief, dass die Leute *über* ihn lachten.

Denn er wusste nur zu gut, wofür die Buchstaben standen:
KK-IS: Kinderklinik – Intensivstation.
Der vielleicht am wenigsten lustige Ort auf der Welt.

Max-Ernest hatte im Laufe der Zeit viel Gelegenheit gehabt, Erfahrungen mit Krankenhäusern zu sammeln.

Seine Kindheit war eine einzige lange Reihe medizinischer Tests gewesen. Hauttests. Knochenuntersuchungen. Sehtests. Hörtests. DNA-Analysen. IQ-Tests (denn auch eine ungewöhnlich hohe Begabung halten manche für anormal und besorgniserregend). Tintenkleckstests. Psychologische Auswertungen. Neurologische Untersuchungen. Kardiologische Kontrollen. Röntgen und Computertomografie. Sie hatten seine Reflexe mit der gleichen Hingabe untersucht wie seine Komplexe. Sie hatten ihn beim Essen beobachtet und ihm beim Schlafen zugehört. Sie hatten seine Motorik ausgewertet und seine Kreativität unter die Lupe genommen. Er hatte Blutproben und Urinproben abgegeben und einmal sogar (obwohl er das gerne verdrängte) eine Stuhlprobe.*

Alle waren sich einig, dass Max-Ernest an einer Krankheit litt – aber was genau ihm eigentlich fehlte, wusste niemand. Das Einzige, was alle Experten feststellten, war das Hauptsymptom der mysteriösen Krankheit: pausenloses Plappern.

Natürlich hätte man das auch ohne die fachkundige Hilfe eines Spezialisten herausfinden können.

Vor Kurzem allerdings war etwas Komisches geschehen. Seltsam-komisch, meine ich. Nicht lustig-komisch.** Max-Ernest, die Quasselstrippe, war stumm geworden. Nicht vollkom-

* Wenn du nicht weißt, was eine Stuhlprobe ist, dann frage bitte jemand anderen danach. Ich habe ehrlich gesagt keine Lust, das zu erklären – es ist nicht gerade sehr appetitlich.

** Das ist noch so ein Unterschied, mit dem sich Max-Ernest bestens auskennt. Er wollte immer lustig-komisch sein und war meist seltsam-komisch.

men und absolut stumm – aber fast. Wenn er überhaupt etwas über die Lippen brachte, waren es meist nur einsilbige Wörter – wie zum Beispiel Ja oder Nein –, und selbst die waren eher Grunzgeräusche, die man nur mit sehr viel Fantasie als Sprache bezeichnen konnte.

Es lag nicht daran, dass er nicht imstande gewesen wäre zu sprechen. In seinem Kopf schwirrten noch immer Unmengen von Wörtern umher und er konnte noch immer die Luft aus seinen Lungen pressen und Zunge und Lippen dazu bewegen. Es lag daran, dass Sprechen für ihn neuerdings sehr, sehr anstrengend war. Es fiel ihm sogar schwerer als unter normalen Umständen das Schweigen. Früher waren die Wörter in einem reißenden Fluss aus seinem Mund geflossen. Diese Wortkaskaden nicht laut auszusprechen, wäre wie der Versuch gewesen, einen gewaltigen Staudamm zu bauen. Jetzt hatte der Fluss plötzlich seine Fließrichtung umgekehrt und Sprechen war wie der mühsame Versuch, gegen den Strom zu schwimmen, wenn man sich gerade so über Wasser halten konnte.

Dieser neuartige Zustand, diese unfreiwillige Stummheit hatte sich vor zehn Tagen wie ein Mantel des Schweigens über ihn gesenkt. Das war der Tag gewesen, als Kass ins Krankenhaus gekommen war – der Tag, als sie ins Koma gefallen war.

»Es handelt sich nicht um die Art Koma, an die Sie jetzt vielleicht denken«, hatte der Arzt hastig erklärt, als Kass' Mutter bei dieser Nachricht fast selbst ins Koma gefallen wäre. »Nicht die Art Koma, wie man sie aus Filmen kennt. Kassandras Gehirn ist sehr aktiv. Und allem Anschein nach macht sie auch die normalen Schlafphasen durch. Ja, sie schläft einfach nur. Aller Wahrscheinlichkeit nach wird sie sehr bald wieder zu Bewusstsein kommen.«

Aber Max-Ernest wusste: Ein Koma war ein Koma, auch wenn es kein Koma-Koma war. Dass man es als Schlaf bezeichnete, änderte nichts daran. Und überhaupt, ein normales Koma war ohnehin nichts anderes als Schlaf. Max-Ernest hatte im Lexikon nachgeschlagen: Koma war ein griechisches Wort und es bedeutete nichts anderes als tiefer Schlaf.

Seinen Mitmenschen ging Max-Ernests Schweigen ziemlich auf die Nerven. Besonders Kass' Mutter und den Ärzten und Krankenschwestern, die zu rekonstruieren versuchten, was passiert war. Max-Ernest gab zu, dass er bei Kass gewesen war, als es geschah, aber immer, wenn ihn jemand nach Einzelheiten fragte, zuckte er stumm mit den Schultern oder starrte ins Leere.

Auch wenn Kass' Mutter es ihm nicht direkt ins Gesicht sagte – es war ganz offensichtlich, dass sie ihn im Verdacht hatte, etwas zu verheimlichen. »Warum ist Kass immer mit dir zusammen, wenn . . .?«, begann sie einmal, führte ihre Frage aber nicht zu Ende. »Bist du ganz sicher, dass du nicht . . .?«, fragte sie ein anderes Mal, stockte aber und ließ den Satz unvollendet.

Sie hatte Max-Ernest eigentlich nicht in das Krankenzimmer lassen wollen, aber Kass' Großväter waren ihm zu Hilfe geeilt und hatten sie darauf hingewiesen, dass Max-Ernest Kass' bester Freund war.

»Kass würde sich freuen, ihn zu sehen, und das weißt du auch«, sagte Großvater Larry. »Der arme Junge fühlt sich ohnehin elend genug – schau ihn dir doch bloß mal an.«

»Vielleicht«, sagte Großvater Wayne, »kann der Klang seiner Stimme sie ja wecken.«

Wenn es nur so einfach wäre!, dachte Max-Ernest. Dann würde er sich zusammenreißen und wieder sprechen, koste es, was es wolle. Wenn es ihr helfen könnte, würde er pausenlos reden und nicht einmal aufhören, um zu essen oder zu schlafen, ja nicht einmal, um Atem zu holen. Er würde wieder so sein wie früher und noch tausendmal redseliger, wenn er Kass damit heilen könnte. Er wünschte sich seine Freundin sehnlicher zurück, als er sich je etwas gewünscht hatte.

Heute Abend ging Kass' Mutter schon früher nach Hause als üblich – alle im Krankenhaus waren sich einig, dass sie ein wenig Schlaf bitter nötig hatte. Als sie Max-Ernest in der Eingangshalle begegnete, umklammerte sie sein Handgelenk. Ihre Augen waren rot vor Müdigkeit.

»Max-Ernest, bitte, wann wirst du . . .«

Dann ließ sie seine Hand los und verstummte. So als fehle ihr die Kraft, die Frage laut auszusprechen. Kopfschüttelnd ging sie weiter.

Max-Ernest öffnete den Mund, dann schloss er ihn wieder.

Kass' Mutter hatte recht, er verheimlichte tatsächlich etwas. Aber selbst wenn er die Erlaubnis hätte zu sprechen, selbst wenn er nicht den geheiligten Geheimhaltungsschwur abgelegt hätte, selbst wenn er alles auf eine Karte setzen und seine Geschichte erzählen würde – es würde ihm ohnehin niemand glauben. Die Wahrheit war so unglaublich, so außergewöhnlich, so ganz und gar verrückt, dass man ihn entweder für einen Lügner oder einen Schwachkopf gehalten hätte. Warum es also versuchen?

Da war es besser, gleich den Mund zu halten.

Vor Kass' Krankenzimmer gab es einen Süßigkeitenautomaten. Ungeschickt schob Max-Ernest eine Münze hinein und wählte den größten und schokoladigsten Riegel, den es gab. Er verschlang ihn mit solcher Hast, dass jemand, der zufällig vorbeigekommen wäre, sicherlich angenommen hätte, dies sei das Erste, was er seit Wochen zwischen die Zähne bekam.

»Hmmmgh . . .«

Beim Essen machte er ein eigenartiges Geräusch – halb Summen, halb Stöhnen –, allerdings nur, wenn er Schokolade aß. Er hatte diese Laute ebenso wenig unter Kontrolle wie seinen Heißhunger auf Schokolade.

»Hmmgh . . . hmmmgh. . . . hmmmmmgh . . .«

Gierig kaufte Max-Ernest drei weitere Schokoriegel und verschlang sie mit großen Bissen. Dann kaufte er sich noch einen fünften Riegel und verstaute ihn in seiner Tasche – für später. Er überlegte, ob er sich noch einen sechsten Riegel gönnen sollte, aber der Automat sah besorgniserregend leer aus. Wenn er so weitermachte, würde der gesamte Vorrat nicht mal mehr für einen weiteren Tag reichen.

Allein der Gedanke erfüllte ihn mit Panik. Seit er entdeckt hatte, dass er nicht allergisch gegen Schokolade war, hatte Max-Ernest sich beispiellosen Schokoladen-Schlemmereien hingegeben, die wohl jeden außer einem echten Schoko-Nimmersatt vom Hocker gehauen hätten. Würde man mitzählen, käme man ungefähr auf zehn Riegel täglich (und wie du Max-Ernest kennst, zählt er immer alles). Was, wenn der Schokoladenvorrat im Krankenhaus nicht rechtzeitig nachgefüllt wurde?

Wie sollte er die Besuche bei Kass ohne die köstlichen, cremigen, dunklen, knusprigen, pikanten, wunderbaren, himmlischen, wohlschmeckenden, aromatischen, edlen, ansprechenden (sie wären ansprechend, wenn Schokoladen sprechen könnten), kräftigen, deftigen, verführerischen, verlockenden, so feenhaft bezaubernden, duftenden, geschmacks- und kalorienreichen, hinreißenden, atemberaubenden, buttrigen, glänzenden, zuweilen zartbitteren, doch niemals bitteren, sagenhaften, märchenhaften, schlaraffenlandwürdigen, fruchtigen und fleischigen, beerigen und kirschigen, wunderbar schlichten und doch verblüffend vielseitigen, samtigen und seidigen und doch vor Spannung knisternden, beruhigenden und anregenden, irdischen und doch von himmlischen Sphären stammenden zartschmelzenden Schokoladenerlebnisse durchstehen?*

Er würde Vorsorge treffen müssen und auf Schritt und Tritt mit Schokolade gerüstet sein – das war die einzige Möglichkeit, die ihm in dieser ausweglosen Situation blieb. Aber nicht einmal der Gedanke an diesen Notfallplan konnte ihn jetzt beruhigen. Eigentlich war es Kass, die immer jeden Schritt im Voraus bedachte. Wann immer sie in geheimer Mission für ihre Geheimorganisation, die Mieheg-Gesellschaft, unterwegs waren, konnte Max-Ernest darauf zählen, dass sich in Kass' Rucksack »Kassandras Spezial-Super-Chip-Mischung« befand, ein Studentenfutter mit so viel Schokostückchen, dass es früher oder später unweigerlich zu einem großen schokoladigen Klumpen schmolz. Leider hatte Max-Ernest wegen seiner vermeintlichen Allergie nie die Gelegenheit gehabt, davon zu kosten. Er hatte sich so darauf gefreut – und jetzt?

Seine Panik ebbte ab und eine Welle von Traurigkeit brach über ihn herein.

Würde seine Freundin, die Überlebenskünstlerin, überleben? Kass hatte ihr gesamtes bisheriges Leben damit verbracht, sich gegen Katastrophenfälle jeglicher Art zu wappnen. Erdbeben. Hurrikans. Tornados. Nicht zu vergessen jede erdenkliche Art von Massenvernichtung und Massensterben.

---

* Das waren eigentlich nicht die Worte, die Max-Ernest in diesem Moment durch den Kopf gingen. Ich fürchte, ich habe mich ein wenig von meiner Begeisterung davontragen lassen. Aber ich kann dir versichern, dass ich Max-Ernests Gefühle damit ziemlich gut getroffen habe.

Meteoriteneinschlag. Erderwärmung. Atomkrieg. Und nun lag sie hier, vom Stängel gehauen von einer lächerlichen Kleinigkeit, einer Nichtigkeit, einem winzigen bisschen, eigentlich nur einer Kostprobe. Gerüstet für jede Art von Katastrophen und Kriegen – um letztendlich der Kakaomasse zu erliegen?*

Ja, die Schokolade war an allem schuld.

Die Ärzte waren nicht besonders überrascht gewesen, als sie in Kass' Magen Spuren von Schokolade gefunden hatten – sie war ja schließlich ein Kind, oder? –, und hatten es rasch als Nebensächlichkeit abgetan. Schokoladenallergie war ein äußerst seltenes Phänomen und würde wohl kaum zu so schweren körperlichen Reaktionen führen.

Max-Ernest konnte ihnen da nur recht geben, zumindest was das Letztere betraf. Seine eigene Allergie jedenfalls hatte sich als reines Hirngespinst entpuppt. Und doch war er der Einzige, der wusste, dass es ein Mundvoll Schokolade war, der Kass ins Koma gestürzt hatte.

Selbstverständlich war das nicht irgendeine Schokolade gewesen. Nicht die Art Schokolade aus dem Krankenhausautomaten, mit der er sich Abend für Abend eindeckte. Nicht Schokoladen-Schokolade.

Nein, es war extra-schokoladige Schokolade gewesen.

Extrem-Schokolade.

Extrem dunkle Schokolade, meine ich. Die dunkelste Schokolade aller Zeiten.

Schokolade, die mit der legendären Stimmgabel angerührt

---

* Ich entschuldige mich hiermit in aller Form dafür, dass ich schon wieder Worte in den Kopf von Max-Ernest geschmuggelt habe, und für die poetischen (und überhaupt nicht philosophischen) Spielereien zu einem solchen Zeitpunkt – immerhin geht es um Tod oder Leben. Doch die Schokolade, meine Muse, hat es mir in den Sinn gegeben und lässt mich Wortgespinste weben! (Verstanden? Leben – gegeben – weben? Eben!)

worden war – das magische Kochgerät der Azteken (man konnte nicht umhin, es magisch zu nennen, obwohl Max-Ernest schon bei der Erwähnung dieses Wortes zusammenzuckte).

Es war die Zeitreise-Schokolade gewesen, wie Kass und Max-Ernest sie insgeheim nannten.

Es war eine Schokolade, die denjenigen, der von ihr kostete, in die Zeit der Vorfahren katapultierte. (Ob Kass tatsächlich in die Vergangenheit gereist war oder nicht, bliebe noch zu klären. Immerhin war ihr Körper noch an Ort und Stelle, nur ihr Geist war entrückt.)

Als Geheimniswahrerin besaß Kass das Wissen über das Geheimnis – ja genau, das Geheimnis, das die Mieheg-Gesellschaft zu schützen geschworen hatte –, allerdings nur in dem viele Generationen zurückreichenden Gedächtnis der Ahnen.

Der boshafte Chefkoch Señor Hugo hatte diese Schokolade speziell für Kass kreiert, damit sie ihm und seinen Komplizen, diesen hinterlistigen Alchemisten, auch Meister der Mitternachtssonne genannt, das Geheimnis preisgäbe. (Die Meister der Mitternachtssonne sahen in dem Geheimnis den Schlüssel zur Unsterblichkeit und würden vor nichts zurückschrecken, um es aufzudecken.*)

Das erste Mal, als Kass von dieser Schokolade gekostet hatte, war sie in eine Falle getappt und hätte das Geheimnis um ein Haar preisgegeben. Das letzte Mal hatte Kass die Schokolade

---

* Ich habe die Geschichte von Kass und Señor Hugo viel ausführlicher in *Dieses Buch ist gar nicht gut für dich* erzählt. Wenn du diesen Band noch nicht gelesen hast, rate ich dir davon ab, dies jetzt noch zu tun. Genau genommen ist der Titel eine ziemliche Untertreibung. Eigentlich wollte ich das Buch zutreffender *Dieses Buch wird dir gar nicht bekommen* nennen. Aber meine Verleger fürchteten, dieser Titel könnte möglicherweise die Leser verschrecken. Sie änderten den Titel in *Dieses Buch ist gut für dich.* Alles, was ich noch tun konnte, war, im letzten Moment ein »gar nicht« hineinzuschmuggeln, als sie einen Moment lang nicht hinsahen.

freiwillig gegessen – und das entgegen Max-Ernests ausdrücklichen Rat, wie er sich immer wieder in Erinnerung rief –, um selbst etwas über das Geheimnis herauszufinden.

Soweit sie wussten, konnte nur ein speziell zubereitetes Gegengift – eine geheimnisvolle, milchig weiße Substanz, die mit der Stimmgabel aufgeschlagen werden musste – sie in die Gegenwart zurückholen. Kass hatte die Stimmgabel Max-Ernest überlassen, damit er ihr dieses Gegengift zubereiten und ein zweites Mal verabreichen könnte.

Aber es funktionierte nicht. Sie hatte einfach zu viel von der Schokolade gegessen. Oder vielleicht hatte er auch das Gegengift falsch zubereitet. Oder er hatte zu lange gewartet, bis er es ihr gegeben hatte (es waren nur fünf Minuten gewesen, die sich aber wie fünf Stunden angefühlt hatten). Oder . . . Max-Ernest fiel etliches ein, was schiefgelaufen sein könnte.

Bevor er einen zweiten Versuch starten konnte, war Kass' Mutter unerwartet bei Max-Ernest zu Hause aufgetaucht, um ihre Tochter abzuholen. Als sie Kass bewusstlos auf dem Boden liegen sah, rief sie sofort den Notarzt – und seither war sie ihrer Tochter kaum von der Seite gewichen. Max-Ernest hatte bisher keine ruhige Minute gehabt, in der er mit Kass allein gewesen wäre.

Heute Abend aber war alles anders. Max-Ernest war fest entschlossen: Heute würde er Kass das Gegengift verabreichen.

Es war nicht das erste Mal seit Kass' Unfall, dass er sich nach der Unterstützung ihres Freundes und Mieheg-Kollegen Jojo-schi sehnte. Aber Jojo-schi war zusammen mit seiner Familie für zwei Monate nach Japan zurückgekehrt. Er hatte vergeblich versucht, seine Eltern dazu zu bringen, ihn bei Max-Ernest zurückzulassen, aber natürlich konnte er ihnen nicht die wahren Gründe verraten, warum er nicht mit ihnen ins Ausland wollte. Es war strengstens verboten, die Mieheg-Gesellschaft in der Öffentlichkeit zu erwähnen.

Hin und wieder schrieben Max-Ernest und Jojo-schi sich E-Mails. Natürlich verschlüsselten sie ihre Nachrichten in der üblichen Geheimsprache. (Tipp: Das Schlüsselwort ist der vordere Teil des Namens von Jojo-schis Band.) Aber die E-Mails hatten lediglich dazu geführt, dass Max-Ernest sich noch einsamer fühlte.

Die letzte Mail von Jojo-schi war besonders entmutigend gewesen:*

> Von: jojo-san@xxxx.com
> Betreff: unterwegs nach Fuji
> An: mstriche@xxxxxxxxx.com
>
> CNY, WMHHTN EDQ KUQ JAH RABNK, EARR DIC KANICRTN WMICN MSSHCKN LDK.
> LDK JDT JDCKNK NHTNQK LNCJ IAJONK AUS ENJ LNQB SUFD, JNDK EAE WCHH EA ZNUB UNLNQ UJWNHTVNQRIHJUTZUKB QAURSDKNK. EU WNDRRT FA, WDN JNDKN NHTNQK EQAUS RDKE – DK ENQ KATUQ DRT NHNGTQMZNUB ALRMHUT VNQ-LM-TNK! (KDICT JAH JURDG EAQS DIC JDTKNCJNK! AQQCC! – DIC WNQEN RTNQLNK VMQ HAKBNWNDHM!) RMLAHE DIC WDNENQ EA LDK, ICNIG DIC JMCKN JADHR – DIC CMSSN, GARR IRT LDR EACDK WDNENQ MG.
>
> BLEIB COOL, MANN! j-j
> \m/ (>.<) \m/
> (HALT DIE OHREN STEIF!)

* Falls du dich nicht mehr an den vorderen Teil von Jojo-schis Bandnamen erinnerst (er taucht später in diesem Buch noch einmal auf) oder falls du einer von der faulen Sorte bist, findest du die entschlüsselte E-Mail im Anhang. Wenn du wissen willst, wie man Geheimsprachen dieser Art entschlüsseln kann, rate ich dir, die Anleitung am Ende meines ersten Buchs zu Rate zu ziehen. Falls du nicht weißt, wie dieses Buch heißt, dann befindest du dich in guter Gesellschaft.

Max-Ernest stand also ganz alleine da mit seiner Aufgabe.

Als er Kass' Krankenzimmer betrat, blieb er einen Moment stehen und starrte seine Freundin an, starrte auf all die Schläuche, die aus ihr herausschauten, und auf die gezackte grüne Linie auf dem Monitor, die ihren Herzschlag anzeigte.

Ihre Augen waren geschlossen, ihre Lippen bewegten sich nicht, ihre Miene war ausdruckslos – sie war kaum wiederzuerkennen, man hätte sie für jeden beliebigen Menschen halten können. Nur die großen, spitzen Ohren wiesen sie eindeutig als Kass aus. Sie zuckten dann und wann, als ob sie Max-Ernest zeigen wollten, dass hier vor ihm tatsächlich seine Freundin Kass lag und niemand sonst.

»Hi . . . Kass«, sagte er. Es kostete ihn solche Mühe zu sprechen, dass er nur einsilbige Piepser zustande brachte. »Ich . . . bin's . . . ich . . . bin . . . da.«

Er atmete auf, erleichtert, dass der Teil mit dem Sprechen nun vorüber war. Entschlossen zog er ein uraltes Gerät mit zwei Zinken aus seiner Jacke – die Stimmgabel. Er stellte eine Schüssel Wasser auf und machte sich ans Werk.

Er war so in seine Arbeit vertieft, dass er nicht merkte, wie seine Freundin plötzlich mit den Lippen das Wort Geist formte, und dann wieder

und wieder

und wieder

und wieder

und wieder . . .

Kapitel minus neun
Die Seherin

Wenn ich ein Geist bin, dann müsste ich eigentlich tot sein.

Das Mädchen warf einen Blick an sich hinab. Für den Rest der Welt mochte sie vielleicht durchsichtig sein, aber sie selbst fand, dass ihre Gliedmaßen ziemlich robust aussahen. Nichts wies in irgendeiner Weise auf einen Todesfall hin, weder auf einen, der eben erst geschehen war, noch auf einen, der sich schon lange zuvor ereignet hatte. Keine Spur eines Unfalls oder einer körperlichen Verletzung. Keine Anzeichen von Verwesung, nirgendwo fleischfressende Maden. Sie besaß nicht einmal die entfernteste Ähnlichkeit mit einer Horrorfilm-Leiche. Sie versuchte, den Atem anzuhalten, denn logischerweise müssen Tote nicht atmen, aber sie schnappte schon bald nach Luft.

Sie sprang in die Höhe, um festzustellen, ob sie schweben konnte, womöglich sogar fliegen . . .

»Autsch!«

Leider entfalteten die Gesetze der Schwerkraft auch hier ihre volle Wirkung.

(Eigentlich hatte es nicht wirklich wehgetan. Ihr Aufschrei war vielmehr eine instinktive Reaktion darauf, dass sie sich den linken Knöchel beim Aufkommen leicht verdreht hatte.)

Was die Umgebung anbelangte, sah alles ziemlich lebensecht aus, auch wenn sie die Gegend nicht wiedererkannte. Falls dies eine Art Schwebezustand in einer anderen Dimension war, fühlte es sich nicht so an, wie man es sich üblicherweise vorstellen würde. Es gab weder geisterhafte Nebelschleier noch irgendwelche verlorene Seelen, die durch die Straßen zogen.

Vor allem aber fühlte sie sich nicht tot. (Obwohl man das ja eigentlich gar nicht wissen kann. Woher um alles in der Welt soll man wissen, wie es ist, sich tot zu fühlen?) Andererseits fühlte sie sich auch nicht so richtig lebendig. Eigentlich fühlte sie fast überhaupt nichts. Es war, als ob ihre Unsichtbarkeit wie eine Barriere zwischen sie und den Rest der Welt getreten wäre. Eine Barriere, die sie von jeglichem Kontakt zur Außenwelt abschnitt.

Sie machte sich wieder auf den Weg. Was blieb ihr auch anderes übrig?

Nach einer Weile tauchte eine Stadt am Horizont auf – na gut, es waren nur ein paar Häuser und ein Pferd. Sie beschleunigte ihre Schritte.

Ihr erster Gedanke war, dass sie auf einen dieser Mittelalter-Jahrmärkte geraten war, wo sich die Leute Tuniken aus Samt und grüne Strumpfhosen, manchmal auch einfach nur Leinensäcke und Birkenstockschuhe anziehen und die ganze Zeit »Hör, hört!« rufen. Sie konnte sich an keine Einzelheiten erinnern, aber sie hatte eine vage Erinnerung an solche Veranstaltungen. (Ein Schulausflug vielleicht? War sie überhaupt zur

Schule gegangen?) Aber hier gab es wenige Ritter und adelige Fräulein, dafür umso mehr ärmliche Bauern. Auch waren nirgends Waffeln oder Eiscreme aus der Tiefkühltruhe im Angebot, stattdessen gab es matschige Karotten und verwelkte Kohlköpfe. Krätzige Truthähne und spindeldürre Hühner wanderten frei herum, flatterten in Verschläge hinein und wieder heraus oder huschten unter Karren. Es sah aus wie der Markttag in einer Kleinstadt vor Hunderten von Jahren. Die kleinen Strohhütten um den Platz herum wirkten erstaunlich echt. Vielleicht war es gar kein Jahrmarkt, sondern eine Filmkulisse?

Wie auch immer, es herrschte jedenfalls ziemliches Gedränge und das Mädchen rempelte ständig jemanden an. Zum Beispiel eine Fleischpastetenverkäuferin, die lautstark ihre Waren anpries, welche dann jedoch auf den Köpfen einiger Kunden landeten. »Sabbernder Saurüde!« und »Hängebäuchiges Hexenweib!« beschwerten die Käufer sich lauthals.

Fast hätte das Mädchen einen Streit zwischen zwei jungen Gecken mit Federhüten und Volantkragen verursacht. »Lehmhirniger Laffe, du!«, rief der eine, »maunzende, milchklebrige Made!« der andere.*

Für einen kurzen Augenblick vergaß das Mädchen, dass es unsichtbar war, und wandte sich an eine freundlich wirkende Frau, um nach dem Namen dieser Stadt zu fragen. Statt zu antworten, lief die Frau direkt durch sie hindurch und sie prallten mit den Köpfen zusammen. Daraufhin drehte sich die Frau verdattert um und fluchte lauthals.

Das Mädchen hatte den Zusammenprall kaum gespürt,

---

* Wie du vielleicht schon aus der Haltung der jungen Männer geschlossen hast, sind Gecken eitle junge Männer, die sich immer nach der neuesten Mode kleiden. Manche würden sagen, sie sind sogar übertrieben modebewusst, aber meiner Meinung nach geht das gar nicht.

denn noch immer waren ihre Sinne ziemlich stumpf. Aber unangenehm war es trotzdem gewesen. Sie fühlte sich ein wenig schuldbewusst, weil sie eine solche Verwirrung angerichtet hatte, konnte aber nicht umhin zu bewundern, dass kaum einer der Leute aus der ihm zugedachten Rolle fiel. War das hier womöglich ein Theater-Camp für erwachsene Schauspieler?

Sie kämpfte sich quer über den Marktplatz, wobei sie weiteren Zusammenstößen, so gut es ging, auswich. Während sie sich unter Hindernissen hinwegduckte und zwischen Marktbesuchern hindurchschlängelte, hielt sie nach einem Schild Ausschau, das ihr verraten könnte, wo sie sich gerade befand.

Sie bemerkte eine Schar Schaulustiger in der Mitte des Marktplatzes. Die Leute jubelten und johlten und schienen sich ziemlich gut zu amüsieren. Weil sie fürchtete, einen Krawall zu verursachen, wenn sie sich mit den Ellenbogen freien Weg verschaffte, stellte sie sich auf Zehenspitzen und versuchte, einen Blick auf denjenigen oder dasjenige zu erhaschen, das die Menschenmenge angezogen hatte.

Zuerst sah sie nur drei Kartoffeln, die durch ihr Blickfeld segelten und immer wieder in die Luft geschleudert wurden. Dann bemerkte sie den silbrigen Schein von Schellen, die von den drei Spitzen eines Hutes baumelten. Schließlich erblickte sie einen drahtigen jungen Mann in einem Anzug mit Rautenmuster – einen Hofnarren –, der auf einer Art Kiste stand.

Er jonglierte und erzählte dabei Witze, die, dem Stöhnen der Menge nach zu urteilen, eher lästig als lustig waren.

Das Mädchen lauschte.

»Was vernehmen meine Ohren da? Ich sei ein Esel?«, schleuderte der Narr einem Zwischenrufer entgegen. »Fürwahr, recht hast du – sonst könnt ich dich schwerlich foppen mit meinen Eseleien!«

Ganz unerwartet durchzuckte das Mädchen ein Gefühl des Wiedererkennens. Was an ihm kam ihr so bekannt vor? War sie womöglich in einem früheren Leben selbst ein Hofnarr gewesen? Sie blickte an sich hinab und betrachtete ihre Jeans und Turnschuhe – nein, wohl eher nicht. Vielleicht war sie ja in einem Zirkus aufgewachsen und als Kind auf den Knien eines Clowns in den Schlaf gewiegt worden? Das erschien ihr schon wahrscheinlicher. Wenn sie ihre Kindheit am Trapez verbracht hätte, würde das auch erklären, warum sie so geübt im Klettern war. Andererseits konnte sie sich selbst nie und nimmer in einem glitzernden Trikot vorstellen.

Als sie ein ruhigeres Eckchen auf dem Marktplatz gefunden hatte, hielt sie einen Moment inne, um ihre Lage zu überdenken. Was sollte sie als Nächstes tun? Sie fühlte sich ein wenig gehetzt, so als hätte sie nur eine begrenzte Zeitspanne zur Verfügung, um eine ganz bestimmte Aufgabe zu erfüllen. Andererseits hatte es den Anschein, als wäre ihre Zeit unbegrenzt.

»Sei gegrüßt, junge Wanderin.«

Das Mädchen wandte sich um und erblickte eine alte, knorrige Frau mit wirrem Haar, die auf einem Baumstumpf unter einem alten, knorrigen Baum saß. Vor ihren Füßen stand ein zweiter großer Baumstumpf, der ihr als Tisch diente. Daneben war ein kleinerer Stumpf zum Draufsetzen. Erschrocken stellte das Mädchen fest, dass die alte Frau sie mit durchdringendem Blick musterte.

»Können Sie mich etwa sehen?«

Die Frau nickte. »Ich bin eine Seherin. Ich besitze das sogenannte Zweite Gesicht und kann hellsehen . . . Setz dich doch zu mir. Ich kann dir etwas über dein Schicksal erzählen.«

Die Haut der Frau war gelblich wie Pergament, ihr Haar schlohweiß – sie wirkte beinahe durchsichtig. Sie trug keine Schuhe und nur ein schlichtes Gewand aus Leinen. Das einzig Auffällige an ihr war ein goldenes Monokel, das ihr blasses wässrig blaues Auge wie magisch vergrößerte.

»Eigentlich glaube ich nicht wirklich an solche Sachen«, sagte das Mädchen und trat hastig einen Schritt zurück.

»Woran glaubst du nicht? Ans Hinsetzen?«

Das Mädchen zögerte. Wer wusste schon so genau, woran er glaubte? Und überhaupt, spielte das jetzt noch eine Rolle? Vielleicht glaubte sie nicht an Gespenster, aber das hieß noch lange nicht, dass sie nicht selbst eines war. Sie kramte in ihrer Tasche. »Ich habe leider kein Geld mehr.«

Die Frau lächelte leicht, als hätte Kass einen schlechten Scherz erzählt. »Ich denke, dein Geld wird dir hier nicht viel nützen. Bitte . . .« Sie wies mit der Hand auf den kleineren Baumstumpf. »Wie heißt du, Kind?«

Kass setzte sich. »Ich, ich heiße . . .«, stotterte sie. »Tut mir leid, aber ich weiß es nicht.«

»Keine Sorge, die Karten werden es uns sagen.«

»Bin ich etwa . . . tot?« Voller Anspannung wartete das Mädchen, nicht ganz sicher, ob es die Antwort wirklich hören wollte.

Die Seherin schielte durch das Monokel auf das Mädchen herab. Ihr linkes Auge war geschlossen, ihr rechtes Auge blinzelte nicht einmal.

»Ich glaube nicht«, sagte sie schließlich. »Meiner Erfahrung nach sind Tote meist ziemlich von sich selbst überzeugt. Sie können einem damit ganz schön auf die Nerven gehen.«

»Also bin ich kein Geist?«, fragte das Mädchen, doch die Erleichterung währte nur kurz.

»Es gibt viele Arten von Geistern. Manche sind die Gespenster von Verstorbenen. Andere sind schlicht und einfach die Erscheinung eines Menschen, der weit entfernt ist. Und einige wenige kommen sogar aus der Zukunft.«

»Aus der Zukunft?«, wiederholte das Mädchen, dessen Verwirrung von Minute zu Minute wuchs.

Als sie den Blick senkte, fielen ihr die zahlreichen Jahresringe auf der Oberfläche des größeren Baumstumpfs auf. Von irgendwoher aus der Vergangenheit vernahm sie die weiche Stimme eines Mannes (wessen Stimme war das?), die erklärte, dass jeder dieser Ringe für ein verstrichenes Jahr stand und dass man das Alter eines Baums an der Zahl seiner Ringe ablesen konnte.*

»Welches Jahr haben wir überhaupt?«, fragte sie.

Aber die Seherin hörte schon nicht mehr zu. Ihre Augen waren fest geschlossen und sie fuhr mit der Hand über einen Satz Karten, der auf dem Tisch ausgebreitet lag. Die Karten waren ziemlich zerfleddert und ihre Rückseite zierte ein Muster aus Monden und Sternen.

Das Mädchen beobachtete, wie die Seherin zehn Karten verdeckt auf dem Tisch auslegte. Irrte sie sich oder hatte die Seherin die Karten gar nicht berührt? Verwundert rieb das Mädchen sich die Augen. Die Hände der Seherin schwebten über den Karten.

Erst nachdem die Karte in der Mitte sich wie von einem leichten Windhauch berührt umgedreht hatte, öffnete die Seherin die Augen und griff nach ihrem Monokel.

Auf der Vorderseite der Karte war ein fein gemaltes Bild eines schlanken jungen Mannes. Hinter ihm türmten sich Wol-

* So etwas nennt man auch Dendrochronologie. Aber natürlich weißt du das längst.

ken auf. Er stieß sein Schwert in den Himmel und warf dabei einen Blick über die Schulter.

»Ah ja, der Schwertpage«, murmelte die Seherin. »Eine Karte im Verborgenen, der Spion unter den Tarotkarten. Wie gemacht für ein unsichtbares Mädchen, was? Ich denke, die Karte will uns sagen, dass du auf einer geheimen Mission in dieser Welt unterwegs bist.«

»Eine geheime Mission? Wie sieht sie aus?«

Ohne auf die Frage einzugehen, hielt die Seherin die Hand über eine zweite Karte. Als sie ihre Hand zurückzog, hatte die Karte sich schon umgedreht und lag aufgedeckt über der ersten. Die zweite Karte zeigte eine Art Kompass, war an allen vier Ecken von Tierfiguren umrahmt und obenauf saß eine Sphinx.

»Sieh an, das Rad der Fortuna.« Die Seherin beschrieb in der Luft erst einen Kreis, dann ein X. »Du stehst vor einer Weggabelung. Welche Richtung wirst du wählen? Auf diesem Weg folgst du dem Engel, auf jenem Weg dem Adler, hier wirst du auf den Spuren des Löwens wandeln, dort auf denen des Stiers.«

»Woher soll ich denn wissen, was das zu bedeuten hat?«, fragte das Mädchen, die Augen auf die Karten geheftet.

»Manche behaupten, das Rad bringt dir Glück, aber verlass dich nicht darauf«, sagte die Seherin fast abweisend. »Deine Bestimmung wird sich erfüllen, ob im Guten oder im Schlechten. Sicher ist nur, dass das Rad sich wieder zu drehen beginnt.«

»Danke, das hilft mir wirklich weiter«, erwiderte das Mädchen. Das Gedächtnis hatte sie vielleicht verloren, die Vorliebe für sarkastische Antworten aber war ihr geblieben.

»Die Karten können uns nur vor Augen halten, was wir bereits wissen«, warnte die Seherin.

»Aber ich habe nicht den blassesten Schimmer, wohin ich gehen und was ich tun soll«, sagte das Mädchen.

»Geduld, Geduld.« Die Seherin wandte die nächste Karte um (oder drehte die Karte sich selbst um?). Diesmal zeigte sie ein ägyptisches Motiv, eine ernst dreinblickende Frau, die eine Schriftrolle in Händen hielt. Zu ihren Füßen war eine Mondsichel abgebildet.

»Das hier ist dein Schicksal – die Hohepriesterin. Sie ist die Wahrerin aller Geheimnisse. Bist du vielleicht auf der Suche nach einem Geheimnis?«

»Ja . . . ich glaube . . . das könnte sein«, erwiderte das Mädchen langsam. »Es ist nicht ein, sondern *das* Geheimnis.«

Sie wusste selbst nicht, woher dieser Gedanke so plötzlich gekommen war, und doch war ihr in der Dunkelheit ihres Bewusstseins gerade ein Licht aufgegangen.

Das Geheimnis. Sie suchte nach dem Geheimnis.

»Das Geheimnis, ja«, sagte die Seherin rätselhaft. »Das ist es doch, wonach wir letztlich alle streben, nicht wahr?«

Die Seherin hob die Hand leicht an und die nächste Karte wurde aufgedeckt. Im Gegensatz zu den anderen Karten lag diese so, dass das Mädchen und nicht die Seherin die Abbildung sehen konnte.

Das Mädchen las die Inschrift: *Ass der Stäbe.*

»Diese vierte Karte führt uns zurück in deine ferne Vergangenheit, zum Anfang deiner Reise.« Die Seherin schüttelte betrübt den Kopf. »Ist dir aufgefallen, dass sie auf dem Kopf steht? Es sieht ganz so aus, als ob ein altes Unrecht bereinigt werden müsste. Du wirst keine Ruhe finden, bis der Zauberstab wieder seinen angestammten Platz eingenommen hat.«

»Welches Unheil? Und welcher Zauberstab?«

»Vielleicht ist dir etwas gestohlen worden. Oder aber du hast selbst jemandem etwas gestohlen?« Die Seherin zuckte mit den Schultern. »Andererseits, manchmal ist ein Zauberstab auch nichts weiter als ein Zauberstab.«

»Meinen Sie so etwas wie den Zauberstab eines Magiers?«

»Was denn sonst?« Die Seherin nickte zufrieden, als eine weitere Karte sich wie von Geisterhand drehte. Darauf war ein Mann in einem langen Umhang zu sehen. In seiner Rechten hielt er einen Zauberstab, mit dem er zum Himmel wies, mit seiner Linken zeigte er zur Erde. *Der Magier,* lautete die Inschrift. »Wie sonst wärst du hierher gekommen, wenn nicht durch Magie?«

»Wie komme ich wieder von hier weg? Das interessiert mich viel mehr«, sagte das Mädchen, das von Minute zu Minute unruhiger wurde. »Oder soll ich einfach die Hacken zusammenschlagen und wie Dorothy im Zauberer von Oz rufen: ›Zu Hause ist es doch am schönsten‹?«

»Wie oben, so unten, sagt man. Wie in dieser Welt, so auch in anderen Sphären. Darum zeigt der Magier nach oben und unten zugleich. Ich kann dir nicht beantworten, wie du von hier nach dort gelangen kannst. Ich weiß nur, dass alles, was du in dieser Welt tust, sich in der anderen Welt widerspiegeln wird.«

Eine sechste Karte deckte sich auf und zum ersten Mal zeigte die Seherin Anzeichen von Verwunderung. »Der Narr? Wie ist das möglich . . .«

»Was ist? Stimmt etwas nicht?«

»Die sechste Karte zeigt dir das Ziel deines Auftrags. Und doch – ist nicht der Narr stets der Fragensteller? Bist du es?« Die Seherin hielt nachdenklich inne. »Vielleicht zeigt dir diese Karte dich selbst, du musst es herausfinden . . .«

Das Mädchen besah sich die Karte genauer.

Nun war sie diejenige, die ihre Verwunderung nicht verbergen konnte.

»Was hast du denn?«, fragte die Seherin.

»Gerade eben habe ich einen jungen Burschen gesehen, einen Narren, der diesem da wie aus dem Gesicht geschnitten war. Mich ließ das Gefühl nicht los, dass ich ihn irgendwoher kannte. Ich glaube, ich weiß jetzt, woher . . .«

Die Seherin zog die Augenbrauen hoch. »Sind die Karten also doch nützlicher als erwartet?«

»Ja, kann sein«, gab das Mädchen zu. »Ähm, wie heißen Sie eigentlich? Nur für den Fall, dass ich Sie irgendwann mal suchen sollte oder so.«

»Ich? Ich heiße Klara. Aber die meisten Leute nennen mich Kassandra.« Sie lachte in sich hinein. »Sie finden, ich sage ihnen zu oft kommendes Unheil voraus.«

Kassandra. Kassandra. Der Name dröhnte im Kopf des Mädchens.

»Ich sehe schon, dir kommt der Name der Prophetin bekannt vor. Kennst du dich in der griechischen Mythologie aus?«

Das Mädchen schmunzelte. »Na ja, nicht direkt, es ist nur . . . ich kenne diesen Namen ziemlich gut, das ist alles.«

Kassandra. Es war ihr eigener Name. Sie selbst hieß so.

Der Magier. Der Narr. Das Geheimnis.

Ihre Erinnerungen kehrten zurück, eine nach der anderen rückte auf den richtigen Platz wie die Karten auf dem Tarotdeck.

Sie war tatsächlich auf einer Mission. Einer Mission, die sie in die Vergangenheit geführt hatte. Ihre Aufgabe war es, den Narren ausfindig zu machen.

Das Geheimnis zu lüften.

Und sich selbst zu finden.

Sie war die Geheimniswahrerin, so hatte man es ihr gesagt. Es war an der Zeit herauszufinden, was das alles bedeutete.

Als Kass sich aus dem Strudel ihrer Gedanken befreite und aufblickte, war die Seherin verschwunden. Der Baumstumpfsitz war leer, genauso wie der Baumstumpftisch. Eine einsame Fliege saß nun dort, die aber im selben Moment wegflog, als Kass sie bemerkte.

Hatte sie die seltsame Begegnung nur geträumt? War das alles nur in ihrem Kopf geschehen?*

Als Kass den Blick auf den Baumstumpf richtete, schienen die Jahresringe zu verschwimmen. Träumte sie oder waren jetzt weniger Ringe zu sehen als gerade eben noch? War sie womöglich noch tiefer in die Vergangenheit vorgedrungen? Oder hatten die Ringe für ihre Zukunft gestanden und nun saß sie endgültig in der Vergangenheit fest?

Allmählich gelangte sie zu der Einsicht, dass sowohl das Tarotkarten-Lesen als auch die rätselhafte Veränderung im Baumstamm nichts als Einbildung waren. Da sah sie etwas Schimmerndes am Boden liegen. Das goldene Monokel der Seherin.

Hatte die Alte es etwa absichtlich dort zurückgelassen? Wenn sie einen Blick hindurchwarf, würde sie dann alles sehen, was die Seherin gesehen hatte?

Als sie nach dem Monokel griff, fiel ihr etwas Merkwürdiges auf: Das Glas bestand aus zwei Linsen, eine über der anderen. Es war eine Art Doppelmonokel.

---

* Bei allem Respekt, den ich Kass entgegenbringe: Ich habe ein Problem mit der Redensart »*nur* in meinem Kopf«. Schließlich kann etwas *nur* in deinem Kopf und trotzdem wirklich sein. Das Gehirn zum Beispiel ist im Inneren deines Kopfes – außer du hast keins.

Ein Doppelmonokel, dass einem die Gabe des »Zweiten Gesichts« schenkte. Ja, das passte.

Mit einem leicht flauen Gefühl im Magen – was würde sie sehen, was sie bisher nicht gesehen hatte? – hob Kass das Monokel ans Auge und spähte blinzelnd hindurch.

Kapitel zwei
Tarocchini

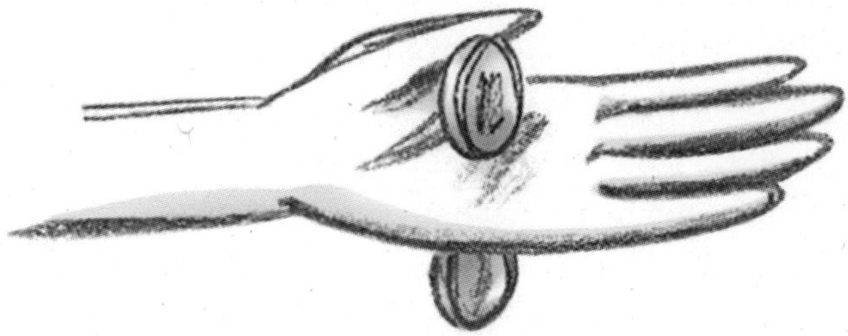

Pietros Zirkus erweckte in den frühen Morgenstunden nie einen besonders einladenden Eindruck. Die Zelteingänge waren verschlossen, die Jalousien der Wohnwagen und Transporter waren heruntergelassen. Überall lagen Popcornreste und angebissene Hotdogs herum und der Boden war übersät von zähem, ausgekautem Kaugummi. Als Max-Ernest schließlich vor dem Campingwagen der Clowns stand, waren die Sohlen seiner Turnschuhe auf die doppelte Höhe angewachsen; lange Fäden aus Zuckerwatte klebten daran.

An der Tür hielt er zögernd inne. Wenn es jemanden gab, von dem er erfahren könnte, wo sich Pietro gerade aufhielt, dann waren es die Clowns. Aber es war immer ein wenig anstrengend, sich mit ihnen zu unterhalten. Er nahm seinen ganzen Mut zusammen und klopfte an – ein wenig lauter, als er eigentlich beabsichtigt hatte.

»Wer da? Es ist übrigens nicht nötig, gleich die ganze Nachbarschaft aus den Betten zu holen!«, ertönte die gedämpfte Antwort aus dem Inneren.

Max-Ernest stieß die Tür auf und bekam einen Hustenanfall. Der Wohnwagen war so verqualmt, als hätte jemand ein Lagerfeuer darin entfacht.

»Ich . . . bin's . . . ähm . . . Max . . . Er. . .nest«, stieß er keuchend hervor.

Die beiden Clowns, Mickey und Morrie, saßen an einem kleinen Klapptisch. Wie üblich wirkten sie völlig zerzaust. Ihre Hemden waren falsch zugeknöpft und auf ihren unrasierten Gesichtern war Clownschminke verschmiert. Sie sahen aus, als wären sie eben erst aufgestanden – oder vielmehr, als wären sie seit Tagen nicht zu Bett gegangen. Bei ihnen saß Myrtle, die Frau mit dem Bart, ein pink-grüner Hausmantel umhüllte ihre ausladende Gestalt. Auf der anderen Seite saß Pietro, der alte Magier, der geheime Chef der Mieheg-Gesellschaft. Sein buschiger Schnurrbart ließ noch die Reste seines Frühstücks erahnen.

Alle vier rauchten dicke Zigarren. In ihren Händen hielten sie große Spielkarten. Ein Stapel funkelnder Münzen türmte sich in der Tischmitte.

»Sieh an, sieh an, wenn das nicht das Wunder mit den zwei Namen ist!«, scherzte Morrie, der kleinere und dickere der beiden Clowns. »Was meinst du, Myrtle, würden die Leute Geld dafür bezahlen, ihn zu Gesicht zu bekommen? Zwei Namen – das ist doch beinahe so, als hätte man zwei Köpfe, findest du nicht?«

»Ja, vielleicht könnten wir ihn als gespaltene Persönlichkeit anpreisen. Dr. Max und Ernest Hyde«, witzelte Mickey, der lange und dürre.

»Die einzigen gespaltenen Persönlichkeiten hier werdet ihr zwei sein, wenn ihr nicht aufhört, den armen Jungen zu triezen«, schimpfte Myrtle.

Sie nahm einen riesengroßen gelben Hammer und schwenkte ihn drohend in Richtung der beiden. Max-Ernest stellte mit

Erleichterung fest, dass der Hammer aus Gummi war und zu den Zirkusrequisiten der Clowns gehörte.

Er wedelte sich den Qualm aus dem Gesicht. »Pi. . .e . . .tro . . . kommst . . . du . . . nach . . . drau. . .ßen . . .?«, röchelte er. Das Sprechen fiel ihm schwer, aber schließlich handelte es sich hier um einen Notfall.

»Einen Moment, Max-Ernest. Das Spiel, es ist noch in vollem Gange.« Der italienische Akzent des Magiers verlieh allem, was er sagte, einen etwas skurrilen Klang. Er hörte sich stets ein wenig spitzbübisch an und man erwartete nach jedem Satz eine Pointe.

»Nur . . . eine . . . Mi. . .nu. . .te?«

Pietro schüttelte den Kopf. »Tut mir leid, ich kann die Clowns nicht aus den Augen lassen, sonst stibitzen sie den Einsatz.«

Myrtle nickte bedächtig. »Die haben lange Finger, die beiden . . .«

»Wer . . . wir? Wir sind die reinsten Unschuldslämmer! Wir würden nie auf die Idee kommen, etwas zu stehlen!«, rief Mickey empört.

»Warum auch? Das Schummeln bringt uns doch genug ein!«, stimmte ihm Morrie zu.

»Es . . . geht . . . um . . . Kass!«, stieß Max-Ernest hervor.

»Psst«, murmelte Pietro und hielt den Zeigefinger an die Lippen.

Resigniert ließ sich Max-Ernest auf einen Kostümkoffer der Clowns plumpsen, aus dem seitlich eine rot gelockte Perücke hervorlugte, und schaute den Kartenspielern zu.

»Ha, das ist mein Stich!«, jubelte Myrtle.*

* Mit Stich meint Myrtle hier keinen Stich mit einem Schwert oder Zauberstab. Ebensowenig spielt sie darauf an, dass du gelegentlich Fieslinge auf dem Schulhof mit dem Bleistift stichst (ich will doch hoffen, dass du das tust!). Nein, sogenannte Stichspiele sind Kartenspiele wie Bridge, Skat, Schafkopf oder Watten. Ein Stich bezeichnet dabei einen einzelnen Spielzug.

»Zauberstab ist Trumpf. Und hier ist das Ass der Stäbe«, triumphierte sie und legte die Karte auf den Tisch.

Pietro lächelte anerkennend. *»Molto bene,* meine bärtige Partnerin!«

Max-Ernest reckte den Hals, um einen Blick auf die Karte zu erhaschen. Er war davon ausgegangen, dass sie Poker spielten, aber ein *Ass der Stäbe* kannte er nicht.

»Was . . . für . . . Kar. . .ten . . . sind . . . das . . . ei. . .gent. . . lich?«, fragte er. Gegen seinen Willen begann ihn die Sache langsam zu interessieren.

»Das sind Tarotkarten«, erwiderte Mickey. »Was ist mit deiner Stimme passiert? Früher kriegtest du vor lauter Plappern deine Klappe gar nicht mehr zu.«

Auf der Theke neben Max-Ernest lagen ein übergroßer gepunkteter Notizblock und ein übergroßer, bunt gestreifter Stift, beides Zirkusrequisiten. Max-Ernest nahm den Stift in die Hand und testete ihn auf dem Notizblock. (Er funktionierte gut, obwohl er rosa Glitzerkleber anstelle von Tinte enthielt.)

Ich habe Kehlkopfentzündung, kritzelte er. In die nächste Zeile schrieb er: *Sind das Karten, mit denen man sein Schicksal bestimmen kann?* Dann hielt er den Block in die Höhe, damit die Spieler am Tisch es lesen konnten.

Morrie nickte. »So ist es. Und wenn du ein Spiel verlierst, dann schmeißt du dein Geld wenigstens nicht zum Fenster raus.«

»Genau. Du leistest nämlich einen wertvollen Beitrag zur Verbesserung der Lebensumstände von Clowns!«

»Wir Italiener spielen dieses Spiel mit Tarotkarten schon seit Hunderten von Jahren«, erklärte Pietro. »Wir nennen es Tarocchino.«

»Genug Geschichtsunterricht für heute!«, sagte Mickey. »Morrie?« Er klopfte zweimal auf den Tisch, um Morries Aufmerksamkeit auf sich zu ziehen.

Morrie nickte unauffällig. Na ja, er hielt es vielleicht für unauffällig.

»Wie furchtbar traurig! Mir sind die Zauberstäbe ausgegangen«, sagte Morrie, ohne sonderlich betrübt zu wirken. Er hielt eine Karte hoch, sodass alle sie sehen konnten. »Herr Magier, hiermit präsentiere ich Ihnen meine Trumpfkarte . . . den Magier.«

Die Augen des leibhaftigen Magiers funkelten, als er seine Karte auf die von Morrie legte. »Wie wär's mit einem Clown für einen Clown? Oder vielleicht sollte ich besser sagen: mit einem Narren einen Narren übertrumpfen?«

»Warte mal, du kannst den Narren nicht einfach ausspielen – er ist der Joker«, sagte Mickey empört. »Du umgehst die Regeln!«

»Bin ich der einzige echte Italiener hier in diesem Raum oder nicht? Wer, wenn nicht ich, kennt die Regeln? Der Narr ist nicht zu bändigen – er übertrumpft alle.«

Mickey warf seine Karten auf den Tisch und schob den Stapel Münzen zu Pietro.

»Schummler«, brummte er missmutig.

Wenige Minuten später standen Pietro und Max-Ernest im Freien vor dem Wohnwagen. Max-Ernest fühlte sich elend und schrieb wie wild mit dem bunt gestreiften Clownstift drauflos.

Ich habe alles richtig gemacht und sie hat nicht einmal geblinzelt! Sie lag einfach nur da und regte sich nicht. Ich weiß nicht mehr weiter – die Ärzte sagen, je länger das Koma an-

dauert, umso geringer ist die Wahrscheinlichkeit, dass sie jemals wieder aufwacht!

Er zeigte Pietro den Notizblock und fügte dann schmollend hinzu: *Aber dir ist das ja anscheinend egal!*

Pietro legte seine Hand auf Max-Ernests Schulter. »Ich weiß, dass du mir böse bist. Du hältst nichts davon, dass ich in so einem Moment meine Zeit mit Kartenspielen verbringe. Du glaubst, dass ich unsere Kass nicht lieb genug habe. Aber versteh mich doch. Die Karten können uns etwas mitteilen . . .«

Max-Ernest warf ihm einen skeptischen Blick zu. *Ich dachte, es war ein Kartenspiel nur so zum Spaß.*

»Das muss ja nicht bedeuten, dass die Karten dabei ihre Macht verlieren.«

Aber du glaubst doch nicht etwa, dass sie . . . Max-Ernest zögerte, bevor er schrieb: *magisch sind? Du glaubst nicht ernsthaft, dass man in die Zukunft sehen kann, oder?*

Er konnte es nicht fassen, dass Pietro, sein Held und Vorbild, so naiv und abergläubisch war. Pietro war ein professioneller Magier – na gut, ein pensionierter professioneller Magier – und kein windiger Zauberer.

Pietro zuckte mit den Schultern. »Was ist schon Magie? Die meisten Menschen sind der Ansicht, Magie könne man nicht erklären. Wir Magier wissen es besser. Magie ist, was noch niemand erklärt hat – noch nicht. Hier . . .«

Er griff hinter Max-Ernests linkes Ohr und zog scheinbar eine Münze hervor.

Max-Ernest hätte fast die Augen gerollt – das war wirklich ein uralter Hut. Trotzdem ließ er den Magier nicht aus den Augen. Pietro vollführte in letzter Zeit nur noch selten Zauberkunststücke und man konnte beim Zuschauen immer etwas lernen.

Pietro schloss die Faust um die Münze. Als er sie wieder öffnete, lagen zwei Münzen auf seiner Handfläche. Wieder machte er eine Faust und öffnete sie – nun war nur noch eine Münze da. Statt flach auf Pietros Hand zu liegen, stand sie aufrecht auf der Kante, wie um zu beweisen, dass sich darunter keine zweite Münze befand.

»Na, was denkst du – wo ist die andere Münze?«

Max-Ernest lächelte wissend. *Du hast sie zwischen zwei Finger geklemmt.*

»Ja, das ist die übliche Methode«, gestand der Magier. Aber als er seine Finger spreizte, war keine Münze zu sehen. »Diesmal liegst du allerdings daneben.«

Er drehte die Hand mit gespreizten Fingern um. Die zweite Münze stand aufrecht auf seinem Handrücken, absolut ruhig und im Gleichgewicht. Er drehte die Hand zur Seite – die Münze rührte sich nicht vom Fleck. Auch die Münze auf der Handfläche blieb an Ort und Stelle. Beide Münzen schienen fast schwerelos an seiner Haut zu haften.

»Was meinst du, was ist der Trick dabei?«

Klebeband? Flüssigkleber?

Der Magier schüttelte den Kopf. »Überzeuge dich selbst.«

Er reichte Max-Ernest die Münze, um ihm zu zeigen, dass sie kein bisschen klebrig war.

Max-Ernest grummelte, es passte ihm nicht, mit seiner Weisheit am Ende zu sein. Das war er einfach nicht gewohnt.

»Reg dich nicht auf! Man muss nicht immer alles sofort begreifen«, beschwichtigte ihn Pietro. »Ein Magier möchte natürlich verstehen. Wie bleibt der Elefant in der Luft? Woher kommt die Sinnestäuschung? Gibt es hier einen Spiegel oder sind irgendwo Seile gespannt? Das ist auch in Ordnung so, denn genau das ist die Aufgabe des Magiers. Aber glaub mir,

Max-Ernest, wenn du nicht zuerst die Aura des Geheimnisvollen spürst, beherrschst du auch nicht die Magie. Dann bist du wie ein Musikant, der zwar Töne hervorbringt, aber keine Melodie. Hier, nimm die andere Münze.«

Pietro drückte Max-Ernest die zweite Münze in die Hand und die beiden Münzen blieben aneinander hängen. Max-Ernest zog die Münzen wieder auseinander, aber sofort kehrten sie in die Ausgangslage zurück.

Sind das Magnete?

Der Magier nickte lächelnd.

Das ist aber geschummelt.

Pietro lachte laut auf! »Du und die Clowns – was habt ihr nur immer mit eurer Schummelei? Es gibt in der Magie kein Schummeln, höchstens im Poker!«

Ich habe immer noch keinen blassen Schimmer, was das alles mit Tarotkarten zu tun haben soll. Oder mit Kass.

»Wer weiß? Vielleicht gibt es ein Kraftfeld, das die Spielkarten genauso lenkt wie die Wirbelströme die Magneten. Stell dir nur mal die Menschen früherer Zeiten vor, was werden die wohl gedacht haben, als sie zum ersten Mal das Rätsel Magnetismus entdeckten . . .«

Während er das sagte, nahm Pietro Max-Ernest die magnetischen Münzen aus der Hand und ließ eine davon auf seiner Handfläche tanzen, indem er sie von oben mit der anderen Münze steuerte. »Unsichtbare Fäden, die die Dinge zusammenhalten – ist das nicht Magie? Ich bin mir sicher, dass die Karten ein Zeichen sind. Nur weil ich ihr Geheimnis nicht entschlüsseln kann, ist das noch lange kein Grund, die Botschaften nicht zu beachten.«

Okay, schrieb Max-Ernest, immer noch nicht ganz überzeugt. *Also, was haben uns die Karten zu sagen?*

Der Magier sah ihn eindringlich an.
»Bist du also bereit, mir zuzuhören?«
Max-Ernest nickte.
»Nun denn«, begann Pietro bedeutungsvoll. »Ist dir aufgefallen, wie das Ass der Stäbe verkehrt herum lag? Das heißt vermutlich, dass ein Unrecht bereinigt werden muss. Oder, in diesem Fall, dass Diebesgut an den Eigentümer zurückgegeben werden muss.«
Diebesgut?
»Hast du nun die Stimmgabel eurer Rektorin gestohlen oder nicht? Wie war doch gleich ihr Name? Mrs Johnson, wenn ich mich nicht irre. Dieses Ding bringt nur Unglück. Es will zu seinem rechtmäßigen Eigentümer. Das ist der Grund, warum die Stimmgabel dir ihren Dienst verweigert.«
Das ist doch nur ein Metallgerät. Wie kann es irgendetwas von mir wollen?
»Ist ein Magnet nicht im Grunde genommen auch nur ein Metallgerät? Und doch will es nach Norden zeigen, oder etwa nicht? Du hast mich um Rat gebeten. Dies ist der Rat, den ich dir geben kann: Gib die Stimmgabel deiner Rektorin zurück.«
Na gut, dann gebe ich sie eben zurück, kritzelte Max-Ernest, nicht ganz sicher, ob er alles richtig verstanden hatte. *Aber wie können wir dann Kass zurückholen? Ich brauche doch die Stimmgabel, um das Gegengift anzurühren.*
»Du musst sie selbst holen.«
Max-Ernest starrte Pietro verständnislos an. *Wie meinst du das? Soll ich sie aus der Vergangenheit holen? In den Tiefen der Geschichte aufspüren?*
»Darauf wird es letzten Endes hinauslaufen. Du musst sie aus ihrem eigenen Geist befreien.«
Aber wie soll das funktionieren?

»Du kennst ihren Geist besser als irgendjemand sonst. Du musst in ihr Gedächtnis eindringen.«

Sprechen wir etwa von Gedankenlesen?

»Ja, wenn du so willst.«

Max-Ernest schüttelte ungläubig den Kopf. Pietro hatte ihm schon viele nahezu unmögliche Aufträge erteilt, aber das hier schoss den Vogel ab.

»Hör mir zu, mein Freund. Wir wissen beide, dass du nicht an Kehlkopfentzündung leidest.«

Der Magier zog den Stift behutsam aus Max-Ernests Hand und hielt ihn hoch wie einen Zauberstab – oder vielleicht auch wie das Ass der Stäbe. »Dein Problem liegt nicht hier«, er zeigte mit dem Stift auf Max-Ernests Kehle, »sondern hier ...« Er richtete den Stift auf Max-Ernests Brust. »Auch mir ist das Herz schwer. Aber du musst jetzt Stärke zeigen. Die Lage ist ernst. Nicht nur Kass' Leben steht auf dem Spiel. Sollte sie sterben, wird sie das Geheimnis mit in den Tod nehmen.«

Max-Ernest streckte die Hand nach dem Stift aus, aber Pietro ließ den Stift mit einem weiteren Taschenspielertrick verschwinden (was in Anbetracht der Größe des Stifts gar nicht so leicht war).

»Sprich mit mir.«

Max-Ernest zuckte mit den Schultern. Ihm blieb keine andere Wahl, als wohl oder übel wieder zu reden. »Ich dachte, du wolltest um jeden Preis verhindern, dass irgendjemand das Geheimnis erfährt.«

»Da hast du recht«, stimmte Pietro ihm zu. »Aber es gibt etwas, das noch schrecklicher ist als die Preisgabe des Geheimnisses: dass es für immer verloren geht.«

Max-Ernest senkte den Blick und dachte darüber nach. Wie alles, was er je über das Geheimnis gehört hatte, waren die

Worte des Magiers unergründbar und widersprüchlich, aber von größter Bedeutung, das wusste er.

»Einverstanden. Ich werde stark sein«, sagte er nach einer Weile mit fester Stimme. »Und wenn es irgendeinen Weg gibt, in Kass' Geist einzudringen, werde ich es tun.«

»Gut. Aber zunächst musst du die Stimmgabel zurückbringen«, sagte Pietro und versuchte, locker und unbeschwert zu klingen, was ihm jedoch kläglich misslang. »Und wenn das hier vorüber ist und unsere Freundin Kass wieder mit beiden Beinen auf dem Boden der Gegenwart steht, bringe ich dir Tarocchino bei.«

Bei diesem Versprechen klopfte Pietro Max-Ernest ein letztes Mal auf die Schulter und kehrte dann in den Wohnwagen zurück, zu einer weiteren Runde beim Kartenspiel.

! Warnung für den Leser!
Warnstufe: 90 % Kakaogehalt, sehr dunkel

Ein kürzlich eingetroffener Auslandsbericht enthält Hinweise darauf, dass sich Agenten der Mitternachtssonne möglicherweise an einigen der Bücher der Geheimnis-Reihe zu schaffen gemacht haben.

Bevor nicht das Gegenteil bewiesen wurde, solltest du vorsichtshalber davon ausgehen, dass dieses Buch mit Funksendeempfängern, globusalen Ortungssystemen oder ähnlichen Mitteln ausgestattet ist, die es der Mitternachtssonne ermöglichen, dieses Buch und jeden, der es gerade in der Hand hält, aufzuspüren.

Denkbar ist auch, dass das Buch mit unsichtbarer Tinte oder Pulver behandelt wurde. Die Tinte oder das Pulver können womöglich auf den Leser abfärben und ihn so für die Mitternachtssonne als leichte Beute kenntlich machen.

Weder deine eigene Sicherheit noch die des Buchs können zweifelsfrei garantiert werden. In jedem Fall ist es ratsam, folgende Notfallvorsorgemaßnahmen zu treffen:

☞ Lass dieses Buch nie offen im Freien liegen! (Natürlich solltest du es auch nicht geschlossen stehen lassen. Das wäre um keinen Deut besser.)

☞ Wenn es sich nicht vermeiden lässt, dieses Buch in der Öffentlichkeit mitzutragen, tarne es. (Die gebräuchlichste Methode ist, den Umschlag eines anderen Buchs zu nehmen oder einen eigenen Umschlag aus braunen Papiertüten zu gestalten. Ich kann dir nur raten, deine ganze Fantasie einzusetzen. Tarnungen sollten, genauso wie Gewohnheiten, so oft wie möglich abgeändert werden.)

☞ Bleib immer auf der Hut und halte Ausschau nach Fremden mit weißen Handschuhen. Das gilt auch, es schmerzt mich sehr, dies sagen zu müssen, für Freunde mit weißen Handschuhen. Denke immer daran: Die Meister der Mitternachtssonne sind gerissen und verschlagen. Vielleicht benutzen sie Verkleidungen, die ihre Handschuhe harmlos wirken lassen. Den Frack eines Dirigenten, beispielsweise. Möglicherweise tragen sie auch Sachen, die ihre Handschuhe vollständig verdecken – zum Beispiel die Ganzkörperanzüge eines Maskottchens bei Ballspielen oder in Freizeitparks. Es ist bis auf Weiteres nicht zu empfehlen, umherlaufenden Alligatoren oder violetten Dinosauriern zu vertrauen.

☞ Keine Panik! Nervositätsausbrüche und ähnliche Anfälle wie Schwindel, Übelkeit, Hyperventilation, Hautausschläge, Nesselsucht und Inkontinenz sind – obwohl nur zu verständlich – in dieser Situation überhaupt nicht hilfreich.

☞ Benutze deinen Verstand. Wenn jemand dir tausend Dollar für dieses Buch anbieten will, ist zu vermuten, dass die Absichten dieses Menschen nicht ganz harmlos sind. Andererseits – tausend Dollar ist ein Batzen Geld. Schnapp es dir und nimm die Beine in die Hand.

☞ Für den äußerst unerfreulichen Fall, dass du in die Klauen eines Mitglieds der Mitternachtssonne geraten solltest, bohre in der Nase! Doch, im Ernst. Die meisten Mitglieder der Mitternachtssonne sind sehr pingelig und empfindlich. Beim Anblick eines so ekelerregenden Vorgangs werden sie höchstwahrscheinlich verzweifelt das Weite suchen und du hast die Chance deines Lebens. Lauf! Wenn dieser Trick nicht klappt, dann probiere es damit, die Mitglieder der Mitternachtssonne darauf hinzuweisen, dass ihnen etwas zwischen den Zähnen hängt. Diese Leute sind fürchterlich eitel. Allein der Gedanke, dass ihr perlweißes Gebiss verunreinigt sein könnte, genügt ihnen, um sich panisch zum nächsten Spiegel zu begeben.

☞ Ein Letztes noch: Ich bin mir durchaus bewusst, dass gewisse Lehrer und Bibliothekare, ja sogar einige sehr verantwortungslose Eltern gelegentlich eines oder mehrere meiner Bücher laut einem oder mehreren Kindern vorlesen. Selbstverständlich verurteile ich dieses Verhalten aufs Schärfste. Es gibt nur eines, das gefährlicher ist als Menschen, die meine Bücher laut lesen, und das sind Menschen, die meine Bücher anderen laut vorlesen. Wie auch immer, ich vermute, dass jede Bitte von meiner Seite wirkungslos bliebe. Diese draufgängerischen Lautleser würden nur noch lauter lesen. Für den Fall, dass du oder eine dir bekannte Person nicht umhinkann, dieses Buch laut zu lesen, sorge bitte dafür, dass die Jalousien geschlossen und jegliche Aufnahmegeräte ausgeschaltet sind und dass genügend Schokolade für jeden griffbereit steht.

Vielen Dank,

P. B.

Kapitel minus acht
Doppelblick

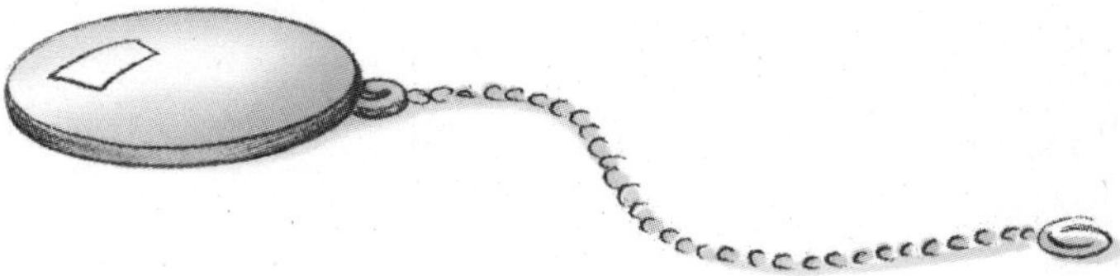

Das Doppelmonokel bereitete ihr Kopfschmerzen.

Kass war sich nicht sicher, was sie eigentlich erwartet hatte – etwa dass sämtliche Geister, von denen die Seherin gesprochen hatte, sich ihr offenbaren würden? Stattdessen sah sie mit einem Auge ein doppeltes Abbild der Wirklichkeit – und davon konnte einem schon schwindlig werden.

Sie presste das Monokel fest ans Auge, drehte sich einmal um die eigene Achse und musterte ihre Umgebung. Während ein Gegenstand nach dem anderen ihrem Blickfeld entglitt und ein anderer an seine Stelle trat, schien das erste Objekt – eine Mistgabel, ein Esel, ein Heuballen – einen Schatten zu hinterlassen. Diesen Eindruck hat man gelegentlich auch, wenn man mit der Hand in der Luft herumfuchtelt und es einem vorkommt, als bliebe eine verwischte Spur zurück. Ein interessanter Effekt, aber wohl kaum übernatürlich zu nennen.

Ich sehe einfach nur doppelt, dachte Kass. Mehr aber auch nicht.

Doch gerade als sie das Monokel absetzen wollte, fiel ihr etwas Merkwürdiges auf. Manche Dinge, auf die sie ihr Monokel gerichtet hatte, schienen mit dem bloßen Auge gesehen viel weiter entfernt zu sein. Sie setzte das Doppelmonokel ab – am Horizont waren lediglich verschwommene Flecken erkennbar. Sie spähte wieder durch die Linsen – sie wirkten tatsächlich wie ein besonders starkes Fernglas.

Als sie das Monokel vor ihrem Auge hin und her bewegte, bemerkte sie noch etwas anderes: Manche Dinge, die sie durch das Monokel erblickte, waren mit bloßem Auge unsichtbar, denn sie waren von Mauern, Tieren oder Menschen verdeckt. Durch das Monokel hindurch sah sie beinahe alles in ihrer Umgebung, ganz gleich wie weit entfernt oder wie gut verborgen es war. Vielleicht war das nicht ganz so aufregend, wie Geister zu sehen, aber ein Grund zum Staunen war es allemal. Im Grunde genommen war das Monokel auf diese Weise sehr viel nützlicher.

Vor allem aber würde es die Suche nach einem ganz bestimmten Menschen wesentlich erleichtern.

Kass wandte sich in die Richtung, in der sie den Narren zuletzt gesehen hatte. Die Marktbesucher hatten sich noch nicht vollständig zerstreut. Mithilfe des Monokels konnte sie durch die Menschentrauben auf dem Marktplatz hindurchblicken, doch vom Hofnarren war weit und breit nichts zu sehen. Nur die Kiste, auf der er gestanden hatte, war noch da. Kass ließ den Blick schweifen und ihre düstere Vorahnung bestätigte sich: Der Narr war verschwunden.

Die Verzweiflung drohte, sie zu übermannen, aber Kass brachte all ihre Willenskraft auf und bezwang ihre Mutlosigkeit. Du hast schon viel schlimmere Situationen als diese durchgestanden, munterte sie sich selbst auf.

Natürlich war sie in den meisten dieser Situationen nicht allein gewesen. Stets hatte Max-Ernest sie begleitet. Wie oft hatte sie sich darüber beschwert, dass er ihr nur im Weg war, aber nun, da er ihr nicht zur Seite stand, fühlte sie sich einsam und hilflos. Sie hatte sich immer auf sein logisches Gespür verlassen können, mit dem er alle Rätsel und Codes geknackt hatte.

Wenn er hier wäre, welchen Plan würde er wohl vorschlagen, um den Hofnarren zu finden?

Lass uns mal überlegen, was wissen wir bis jetzt über den Narren?, hörte sie Max-Ernest im Geiste fragen. Brav begann sie, eine Strichliste in ihrem Kopf zu machen:

1. Der Narr war der Begründer der Mieheg-Gesellschaft.
2. Er liebte es, zu reimen und Witze zu erzählen.
3. Er trug einen albernen Hut mit Schellen daran.
4. Er stand in Diensten des Königs (wenn man die Arbeit des Narren Dienst nennen wollte).
5. Er hatte, ähnlich wie sie selbst, spitze Ohren und war ihr Ururur-undsoweiter-Großvater (sie war nicht ganz sicher, wie viele Ur vor das Großvater gehörten).
6. Er wohnte in einem Zelt.
7. Er kannte das Geheimnis.

Das meiste davon wusste Kass aus den Gesprächen mit ihrem Freund, dem verstorbenen Homunkulus namens Herr Krautkopf. Er hatte das stolze Alter von fünfhundert Jahren erreicht, und das hieß auch, er hatte den Narren noch persönlich gekannt. Herr Krautkopf hatte nur die bescheidene Höhe von zwei Fuß gemessen (fast zwei Fuß, um genau zu sein) und war in einer Flasche geboren worden, aber das ist eine ganz andere

Geschichte – nämlich die berühmte *Legende von Herrn Krautkopf.*[*]

Die Listenpunkte Nummer vier (Er steht in Diensten des Königs) und sechs (Er wohnt in einem Zelt) waren die einzigen Informationen, die Kass im Moment von Nutzen sein könnten.

Der König, vermutete Kass, wohnte wohl eher nicht in einem Zelt, sondern in einem Palast oder auf einer Burg (was ja mehr oder weniger dasselbe war).[**]

Dieser Palast oder diese Burg, hörte Kass Max-Ernest im Geiste sagen, war logischerweise die erste Anlaufstelle bei ihrer Suche nach dem Hofnarren. Wenn er sich nicht dort aufhielt, dann würde zumindest sein Zelt irgendwo in der Nähe zu finden sein. Blieb nur noch die Frage zu klären, wo der Palast sich befand (sie sparte sich an dieser Stelle die Hinzufügung »oder Burg«, weil es so kürzer war. Und weil Max-Ernest ihre Gedanken ja ohnehin nicht hören konnte – jedenfalls nahm sie das an). Da sie unsichtbar war, konnte sie ja schlecht den nächstbesten Passanten nach dem Weg zur Burg fragen.

Dummerweise gab es nicht einmal Straßenschilder. Der Markt hatte zwar wie ein buntes Volksfest gewirkt, aber anders als bei solchen Veranstaltungen gab es hier keine Weg-

---

* Wenn du die *Legende von Herrn Krautkopf* nicht kennst, kannst du sie in meinem zweiten Werk *Wenn du dieses Buch liest, ist alles zu spät* nachlesen. Doch Vorsicht! Wie Mr Wallace dort ausführlich darlegt, wurde sie von jemandem mit literarischem Anspruch verfasst. Das heißt, er könnte sich unter Umständen schriftstellerische Freiheiten herausgenommen haben, um Dinge auszuschmücken, ja womöglich sogar zu erfinden. Du solltest das, was er dir so erzählt, also lieber mit Vorsicht genießen – im Übrigen empfehle ich dir das Gleiche für jede Geschichte und jeden Roman (einzige Ausnahme: natürlich dieses Buch!).

** Der Unterschied, wie Max-Ernest ihr an dieser Stelle zweifellos erklärt hätte, bestand darin, dass ein Palast eine prachtvolle Wohnstätte ist, gebaut zum Vergnügen der königlichen Herrschaften und um Gäste zu beeindrucken. Eine Burg hingegen ist eine befestigte Anlage, deren Zweck es ist, feindliche Angriffe abzuwehren.

weiser, die mit Pfeilen den Weg zum Königspalast oder zum nächstgelegenen »Pizza-Schmaus« anzeigten.

Aus welcher Richtung war sie gekommen? Wenn sie ihren Ausgangspunkt fände, könnte sie sich von dort aus weiter vorwagen. Da sie stadteinwärts keinen Palast zu Gesicht bekommen hatte, wäre das schon ein Anhaltspunkt, welche Richtung sie einschlagen sollte.

Bevor sie ihre Schritte jedoch zurückverfolgen konnte, ertönte eine Trompete.

»Macht Platz! Platz da! Der Herzog kommt mit Gaben für den König!«

Sofort teilte sich die Menschenmenge auf dem Markt. Einige grummelten ärgerlich, andere tuschelten aufgeregt, aber alle traten zur Seite, als hätten sie keine Wahl, als der Obrigkeit Gehorsam zu zollen.

Gleich darauf zog eine lange Prozession durch die frei gewordene Gasse.

Kass betrachtete die Parade durch ihr Monokel. Vorneweg ging eine Reihe von Soldaten zu Fuß – Fußsoldaten, hieß das wohl, wenn sie sich nicht täuschte. Sie waren mit Schwertern bewaffnet und trugen knielange, bauschige Hosen – Kass hätte sie wohl eher als drollige Pluderhöschen bezeichnet.

Darauf folgten die Ritter zu Pferde in ihren glänzenden Rüstungen. An der Seite trugen sie lange Schwerter und noch längere Speere, die schon für das nächste Turnier einsatzbereit zu sein schienen.

»Hü, Rappe!« oder »Hott, braves Ross« riefen sie ihren Pferden zu.

Gleich dahinter ritten einige Damen und Herren in feinen Gewändern, die auf einer Jahrmarktparade schlicht und einfach adelige Herrschaften dargestellt hätten. Im echten Leben trugen sie aber wahrscheinlich ganz besondere Titel, wie Kass vermutete. Auch riefen sie der Volksmenge keine Sprüche zu, sondern tuschelten und tratschten und zogen sich gegenseitig auf. Sie fächelten sich unentwegt Luft zu, aber ihre steifen Rüschenkragen regten sich kaum in der Brise.

Wer waren diese Menschen? Gehörten sie zur Familie des Herzogs? Waren es Prinzen und Prinzessinnen? Die Parade zu beobachten, war, wie ein Geschichtsbuch zu betrachten, ohne den Text lesen zu können. Die Bilder hatten ohne erklärende Texte keinerlei Bedeutung.

In der Mitte des Umzugs schleppten vier muskelbepackte Soldaten eine große Holztruhe mit Messingbeschlägen. Sie ächzten vor Anstrengung und zählten im Rhythmus – »eins, zwo, drei, vier, eins, zwo, drei, vier« –, um den Gleichschritt zu halten.

Beim Anblick der Truhe fingen die Bauern in Kass' Nähe an zu murren.

»Gaben für den König, sagt er? Das sieht mir eher nach Abgaben für den König aus.«

»Man kann wohl kaum etwas als Geschenk bezeichnen, was man erst eintreiben muss.«

»Oh, den Herzog muss man nicht bemitleiden. Er kann sich das ganz gut leisten.«

»Natürlich kann er das, er zieht uns ja alles aus der Tasche.«

Ich möchte zu gern wissen, was in dieser Truhe ist, dachte Kass. Sie ging noch etwas näher heran und begutachtete die Truhe durch das Monokel. Das Vorhängeschloss war groß, prunkvoll und mit einem Wappen versehen, was darauf hindeutete, dass sich in der Truhe mehr als nur Geld befand. So oder so war die Truhe unterwegs zum König. Kass würde also nur der Prozession folgen müssen und auf diese Weise zum Palast gelangen. Und mit etwas Glück auch zum Hofnarren.

Weil sie unsichtbar war, konnte sie sich frei bewegen, und sie wollte sich gerade zwischen die Fußsoldaten einreihen, als sich direkt vor ihr etwas sehr Sonderbares ereignete: Ein Kopf – genauer gesagt der Kopf eines Mannes – lugte aus einem Zwiebelfass, das am Rand des Marktplatzes stand.

Erstaunt und für einen Augenblick vom Zwiebelgeruch überwältigt, schnappte Kass nach Luft.

Der Mann wirbelte herum und starrte in ihre Richtung. Die obere Hälfte seines Gesichts war von einer schwarzen Maske bedeckt, die untere Gesichtshälfte von einem Schnurrbart, der dem Mann einen finsteren Ausdruck verlieh. Mit den Händen umklammerte er eine große Axt. Wären da nicht das Heu und die verschiedenfarbigen Zwiebelschalen in seinem Haar gewesen, hätte er ziemlich Furcht einflößend ausgesehen.

Kass riss sich zusammen und rief sich in Erinnerung, dass der Mann sie nicht sehen konnte.

Stirnrunzelnd wandte sich der Mann wieder um und stieg aus dem Fass. Lautlos gab er jemandem zu seiner Rechten ein Handzeichen, woraufhin ein zweiter Mann aus einem Kartoffelsack stieg. Und ein dritter kam hinter einem Apfelkarren hervor.

Ängstlich darauf bedacht, keine Geräusche zu machen, beobachtete Kass das Geschehen. Es war offensichtlich, dass die drei Männer nichts Gutes im Schilde führten. Wahrscheinlich planten sie ein Verbrechen – die Frage war nur, welche Art von Verbrechen.

Plötzlich übertönte der Hufschlag eines galoppierenden Pferdes alle anderen Geräusche auf dem Marktplatz.

Kass blickte über die Schulter und sah eine weitere maskierte Gestalt auf einem schwarzen Ross heranpreschen. Der Hals des Pferdes war im Lauf gestreckt, die lange schwarze Mähne flatterte im Wind. Der Reiter schmiegte sich flach an das Pferd und auch seine schwarzen Haare wehten im Wind. Zu beiden Seiten kippten Lastkarren, rollten Körbe, stoben die Menschen auseinander. Pferd und Reiter schienen nicht von dieser Welt zu sein, sie waren so schnell, dass alles um sie herum wie in Zeitlupe ablief. Aber mit dem Monokel konnte Kass das galoppierende Pferd und den Reiter so gut erfassen, als ob die Zeit gänzlich stillstände.

Das Pferd donnerte an Kass vorbei – ein lebendiger Wirbelsturm auf klappernden Hufen, mit geblähten Nüstern und gespannten Muskeln – und für einen Augenblick erhaschte sie einen Blick auf das Gesicht des Reiters. Auf dem Pferd saß eine Frau, eine wunderschöne Frau mit vor Anstrengung schmalen Lippen.

»Anastasia . . .! Anastasia . . .!« Der Name ging raunend durch die Menschenmenge, ein ums andere Mal, wie eine Beschwörung.

Einen Wimpernschlag später hatte das Pferd auch schon den Paradezug erreicht.

All das geschah so schnell, dass niemand wusste, in welche Richtung er sich zuerst wenden sollte. Überall ertönten gellende Schreie und Flüche, überall gerieten Menschen in Aufruhr. Die Soldaten schwangen die Schwerter, die Pferde scheuten, die Damen (ja sogar der ein oder andere adelige Herr) fielen vor Schreck in Ohnmacht.

Wenig später lag die Holztruhe auf der Erde. Der bärtige Gauner, in dessen Haaren immer noch ein paar Zwiebelschalen steckten, ließ seine gewaltige Axt auf den Deckel der Truhe niedersausen und zerschmetterte das große Messingschloss. Den Soldaten, die die Truhe getragen hatten, blieb nichts anderes übrig, als hilflos zuzusehen, denn man hatte ihnen flink die Hände auf den Rücken gefesselt.

Mit raschen und geschmeidigen Bewegungen warf die maskierte Frau namens Anastasia jedem ihrer maskierten Komplizen reihum Rubinringe und smaragdene Halsketten, silberne Kelche und goldene Kerzenhalter zu. Die Maskierten hatten sich inzwischen ebenfalls auf Pferde geschwungen und fingen geschickt die glitzernde Beute auf. Dann trieben sie ihre Pferde Richtung Wald.

»Was ist das . . .?« Der axtschwingende Räuber öffnete eine kleine hölzerne Schachtel und hielt einen rauen schwarzen Gesteinsbrocken in die Höhe. Der Stein hatte ungefähr die Größe einer Zuckermelone und war von feinen Goldäderchen durchzogen.

»Er sieht nicht gerade schön aus, aber er ist bestimmt wertvoll«, sagte Anastasia, während sie einen prall gefüllten Beutel aufriss, aus dem Goldmünzen herauskullerten. »Sonst hätte der Herzog es nicht gewagt, den Stein als Geschenk zu präsentieren.«

Noch während sie sprach, begannen die Münzen, auf den geheimnisvollen Gesteinsbrocken zuzufliegen. Zügel, Sporen, Ketten – alles Metallische in der Nähe schien wie magisch von dem Stein angezogen zu werden. Schon bald war er ganz mit Metall bedeckt.

Kass hatte alles genau beobachtet. Durch das Doppelmonokel betrachtet wies der Stein einen einzigartig bläulichen Schimmer auf. Er schien beinahe zu pulsieren. Bildete sie es sich nur ein oder wurde sogar das Monokel von dem Stein angezogen?

Anastasia betrachtete den Gesteinsbrocken verwundert. »Was um alles in der Welt ist das . . .«

Probehalber schob ihr Komplize die Münzen mit dem Handrücken weg und legte ein Stück von der Gesteinsoberfläche frei. Dann hielt er seine Axt davor – und mit lautem Scheppern blieb die Klinge an dem Stein haften.

»Welch wundersame Macht!«, sagte er und zog die Axt wieder weg. »Hat der Stein Zauberkraft? Was meinst du, ist er verflucht?«

»Unsinn. Es gibt gewiss eine einfache Erklärung dafür«, erwiderte Anastasia. »Pack den Stein weg, Thomas. Später kannst du noch lange genug damit herumspielen. Nimm die Truhe mit, sie ist beinahe leer.«

Der maskierte Mann, den sie Thomas genannt hatte, beäugte den Stein misstrauisch, verstaute ihn dann jedoch vorsichtig in einem Beutel. Dann schnallte er die Holztruhe auf den Rücken des nächstbesten Pferdes, sprang auf und galoppierte davon.

In der Zwischenzeit hatte Anastasia einen weiteren Sack voll Münzen über ihren Kopf gehoben.

»Und jetzt gebe ich dem Volk sein Eigentum zurück!« Schwungvoll wirbelte sie den Sack über ihren Kopf und ließ die Münzen auf die jubelnden Menschen regnen.

»Anastasia . . .! Hurra, Anastasia . . .!«, riefen sie im Chor.

Anastasias Pferd bäumte sich auf, die fliegende Mähne glänzte im Gegenlicht. Als es wieder mit den Hufen aufschlug, warf die seltsam großzügige Diebin den Kopf zurück und schwang ihr Haar genau so, wie ihr wildes Pferd die Mähne schüttelte. Dann galoppierte sie davon und folgte ihren Komplizen in den Wald.

Sehnsüchtig verfolgte Kass durch das Doppelmonokel den waghalsigen Ritt. Sie verspürte den Drang, sich dieser unerschrockenen Frau und ihrer Diebesbande anzuschließen. Aber auf sie warteten andere Aufgaben.

Mit einem Seufzer ließ sie das Monokel sinken, wandte sich wieder der Parade zu – oder was davon nach dem Raubüberfall noch übrig war – und machte sich auf in Richtung Palast.

Kapitel drei
Der Magnet

Hört! Hört!

Alle tapferen Recken und holden Maiden der XXXXX-Schule sind gerufen an den Hof Ihrer Königlichen Majestät zum Renaissancemarkt am Freitag, dem zehnten Tag im Oktober.

Die Pest möge den befallen, der fernzubleiben wagt! Der Preis für das beste Kostüm wird von Ihrer Majestät, Königin Elisabeth höchstpersönlich verliehen.

Schulausflug gesponsert von »Schlemmen wie im Mittelalter – Familienrestaurant«

Esset, trinket und seid mittelalterlich!

Auf dem gelben Prospekt waren zwei Ritter abgebildet, die hoch zu Pferde in ein Turnier ritten.

Max-Ernest schüttelte betrübt den Kopf. »Warum achtet nie jemand auf den Unterschied zwischen Renaissance und Mittelalter?«, murmelte er. »Dabei sind das doch zwei ganz verschiedene Paar Stiefel . . .«

Die XXXXX-Schule machte jährlich im Herbst einen Ausflug zum sogenannten Renaissancemarkt. Es war das erste aufregende Ereignis des Schuljahres, ungefähr einen Monat nach Schuljahresbeginn. Normalerweise sah Max-Ernest dem Jahrmarkt mit freudiger Erwartung entgegen. Er hatte sich zwar noch nie in ein Kostüm geworfen, aber stets etwas Interessantes für sich entdeckt. Mal waren es geheimnisvolle Rätselspiele, mal war es der Unterschied zwischen den englischen und den italienischen Rüstungen. Dieses Jahr konnte er sich allerdings nichts Langweiligeres vorstellen. Seiner Meinung nach waren solche Späße fehl am Platz, wenn Kass' Leben am seidenen Faden hing. Und wenn schon eine Reise in die Vergangenheit, dann hätte er die echte Renaissance vorgezogen – auf diese Weise hätte er immerhin eine Chance, Kass wiederzufinden. Immer unter der Voraussetzung, dass sie es tatsächlich bis in die Zeit des Hofnarren geschafft hatte, ohne irgendwo stecken zu bleiben und beispielsweise in den 1980ern in der Schule ihrer Mutter zu landen.

Alles wäre ihm in diesem Moment lieber gewesen als dieser Schulausflug.

Heute stand jedoch zunächst der erste Schultag an. Max-Ernest stand mutterseelenallein im Flur, während schwatzende Schüler an ihm vorbeizogen. Widerstrebend riss er sich vom Schwarzen Brett los und betrat mit wackligen Knien das Sekretariat.

Hinter dem Empfangstresen saß eine Frau, die er noch nie zuvor gesehen hatte. Sie kaute Kaugummi – ein Verstoß gegen die Schulordnung, wie Max-Ernest sofort registrierte – und war gerade dabei, ihre Fingernägel zu lackieren.

»Hallo«, sagte er, etwas lauter, als er beabsichtigt hatte. »Ich bin . . .«

»Max-Ernest, ich weiß. Mrs Johnson erwartet dich bereits«, erwiderte die Frau in einem näselnden New Yorker Akzent, ohne auch nur für eine Sekunde aufzublicken.

»Oh. Ähm, wer sind Sie, wenn ich fragen darf?«

»Die neue Sekretärin dieser Schule«, sagte sie und ließ eine Kaugummiblase platzen. »Ich heiße Opal. Wie der Edelstein.« Die Sekretärin wedelte mit der Hand vor Max-Ernests Gesicht und zeigte ihm einen Goldring mit einem milchig weiß schillernden Stein.

»Ähm, nett, Sie kennenzulernen . . .«

»Danke, gleichfalls«, nuschelte sie.

Max-Ernest wusste nicht, was er von der neuen Sekretärin halten sollte. Selbst im Sitzen war Opal ziemlich groß. Sie hatte einen üppig blond gelockten Kopf, der sie noch größer erscheinen ließ. Auch ihre Hände waren außergewöhnlich kräftig und ihr Dauergrinsen wurde durch ein ziemlich großes Muttermal auf ihrer rechten Wange noch betont. Alles in allem trug ihr Anblick nicht gerade zu Max-Ernests Beruhigung bei.

»Sind Sie sich ganz sicher, dass Mrs Johnson im Moment nicht vielleicht zu beschäftigt ist?«, fragte Max-Ernest hoffnungsvoll. »Bestimmt hat sie einen riesigen Berg von Arbeit zu erledigen. Vielleicht sollte ich besser morgen noch mal vorbeischauen. Ja, das ist eine gute Idee – was meinen Sie?«

»Tut mir leid, Max-Ernest, da hast du leider kein Glück.«

Bildete er es sich nur ein oder unterdrückte sie ein Lachen?

Max-Ernest machte zaghaft einen Schritt auf die Bürotür der Rektorin zu. Bei seiner letzten Begegnung mit ihr hatte Mrs Johnson gebrüllt, sie wolle ihn nie wieder zu Gesicht bekommen. Und das aus gutem Grund, denn er, Kass und Jojo-schi hatten nicht nur Mrs Johnsons Familienerbstück, die Stimmgabel, gestohlen, sondern die Rektorin zu allem Überfluss auch noch erpresst (natürlich in der ehrenvollen Absicht, Kass' Mutter das Leben zu retten, aber das zählte für Mrs Johnson nicht). Wenn er Glück hatte, würde er mit einer Jahresladung Nachsitzen davonkommen. Wahrscheinlicher war es, dass er von der Schule flog.

»Sie sagte, du bräuchtest nicht anklopfen«, fügte Opal hinzu und strahlte ihn an. »Geh einfach rein.«

Max-Ernest nickte matt. Seine Kehle war wie ausgedörrt und seine Hände waren schweißnass. Er holte tief Luft und öffnete die Tür.

»Max-Ernest, was fällt dir ein! Hast du noch nie etwas von Anklopfen gehört?«

»Ähm, tut mir leid . . . Mrs Johnson«, stammelte Max-Ernest und verfluchte im Stillen die neue Sekretärin. Wie gemein von ihr, ihn so reinzulegen.

»*Wir* wären dir sehr zu Dank verbunden, wenn du uns zukünftig nur noch als Ihre Majestät ansprächest«, sagte Mrs Johnson, wobei sie jedes Wort übertrieben betonte. »Na los, steh nicht mit offenem Mund rum, sondern komm rein.«

Max-Ernest konnte nicht anders – er musste sie einfach anstarren. Er erkannte die Frau, die vor einem mannshohen Spiegel posierte, kaum wieder. Anstelle ihres üblichen Kostüms aus Polyester trug sie eine lange Samtrobe und ein strassbesetztes Diadem. Um ihren Hals hatte sie ein schwarzes Seidenband geschlungen, an dem ein geschliffener Stein baumelte. Er hatte die Form eines Auges und schimmerte im Licht.

»Ich oder vielmehr Wir werden auf dem diesjährigen Renaissancefest Königin Elisabeth verkörpern. Du hast Uns in Unseren königlichen Gemächern belästigt. Normalerweise stünde auf ein solches Vergehen die Todesstrafe.«

»Tut mir leid, Mrs . . . Eure Majestät, meine ich.«

»So gefällt es mir schon besser. Nun sag mir, was hältst du von meinem Kleid? Ist es zu schlicht? Mein Schneider hat es gerade erst angeliefert.«

»Ähm . . .« Max-Ernest sah zu Boden. Er wusste nicht, was er sagen sollte. Als er wieder aufblickte, hielt er überrascht den Atem an. Der Schmuckanhänger schwebte in der Luft.

»Das ist ein Magnet«, sagte Mrs Johnson, als sie seinen Blick bemerkte.

Aha, das erklärte die Sache. Ein wenig, zumindest.

Der Magnet zeigte direkt auf ihn. Oder vielmehr direkt auf die Stimmgabel in seiner Tasche, stellte Max-Ernest fest.

»Es ist ein sehr starker Magnet«, fügte die Rektorin hinzu. »Er zieht negative Energie an und nimmt sie in sich auf. Er hat mein, nein Unser ganzes Leben verändert.«

Sie tätschelte den Anhänger, der wieder auf ihre Brust zurücksank.

»Es ist nämlich etwas sehr Wichtiges geschehen. Wir haben eine Botschaft empfangen . . . von Uns selbst.«

Bevor Max-Ernest die Gelegenheit hatte zu fragen, was das zu bedeuten hatte, oder es als Unsinn abtun konnte oder in Erfahrung bringen konnte, welche Botschaft sie denn empfangen hatte, fuhr sie fort: »Und daher haben Wir uns auf die Reise in ein fernes, fernes Land begeben. Wir nennen es das Liebes-Ich . . .« Die letzten beiden Worte verschluckte sie fast.

Max-Ernest traute seinen Ohren nicht. Hatte er sich verhört? »Sagten Sie gerade: Ich liebe dich?«

»Ja, jeder hört das, was er hören möchte, nicht wahr?«, sagte die Rektorin. »Aber eigentlich meinte ich: *Ich liebe mich.* Das Liebes-Ich ist die Oase unseres vollkommenen Selbst, die uns allen innewohnt. Du wirst jetzt sicher fragen, wie Wir dazu kamen, diese Reise zu unserem Ich zu unternehmen.« Sie machte eine bedeutungsvolle Pause. »Die Wahrheit ist: Du hast Uns auf diesen Weg gebracht. Du und deine Freunde.«

»Ich ... äh, wir?«

Mrs Johnson nickte. »Auf eure Weise habt ihr Uns einen Gefallen getan.«

Sie zupfte ihr Kleid vorsichtig zurecht und ließ sich hinter dem Schreibtisch nieder – wieder ganz die Schulrektorin.

»Nachdem ihr die Stimmgabel gestohlen hattet, zog ich mich gewissermaßen in mich selbst zurück. Ich fand heraus, dass die Stimmgabel mich die ganze Zeit gelenkt hatte. Ich hatte meine eigene Oase nicht mehr unter Kontrolle, wenn man so sagen darf«, erklärte sie und verzichtete ganz auf das königliche Wir und die übermäßige Betonung. »Die Zeit war reif, mein Ich ins Mich aufzunehmen.«

»Ich verstehe nicht ganz. Das Ich ins Mich aufnehmen? Im Wort MICH ist das ICH doch sowieso schon enthalten«, sagte Max-Ernest und versuchte tapfer, den Worten seiner Rektorin zu folgen.

»Sei nicht töricht, ich sprach natürlich im übertragenen Sinne«, erwiderte Mrs Johnson unwirsch. »Wie dem auch sei. Irgendwie wusste ich, dass die Stimmgabel eines Tages zu mir zurückkehren würde. Und auf diesen Augenblick wollte ich vorbereitet sein. Welche Macht würde mich schützen können?, fragte ich mein Ich. Was würde die Stimmgabel von mir ablenken, damit die Anziehungskraft nicht unvermindert auf mich wirkte? Und weißt du, welche Antwort mein ICH mir auf diese Frage gab? Eine Antwort, die all meine Probleme lösen sollte? Mein Ich sagte . . .«

»Wie wär's mit einem Magneten?«, schlug Max-Ernest vor und nahm gegenüber der Rektorin Platz. Es war schon ein ziemlich komischer Zufall, dass innerhalb von zwei Tagen sowohl Pietro als auch Mrs Johnson die Rede auf Magneten brachten, aber Max-Ernest ahnte, dass genau dies die richtige Antwort auf ihre Frage war.

»Sehr gut.« Mrs Johnson warf ihm einen anerkennenden Blick zu, wirkte aber gleichzeitig ein wenig enttäuscht, als habe sie insgeheim gehofft, die Antwort selbst geben zu können.

»Natürlich habe ich mich schon ausgiebig mit der Bedeutung von Magneten befasst, ich bin ja schließlich Schulleiterin einer Magnet-Schule. Aber nie hätte ich gedacht, dass Magnete eines Tages eine so persönliche Bedeutung für mich haben würden«, fuhr Mrs Johnson fort.*»Und siehe da – was wartete auf meinem Dachboden auf mich? In einer Kiste mit Dingen

* Huch! Ich glaube, gerade ist mir versehentlich ein Hinweis auf die Schule unserer Helden herausgerutscht. Eigentlich ist er ja nicht mir, sondern Mrs Johnson herausgerutscht. Na gut – jetzt ist es sowieso zu spät. Ich habe die Katze aus dem sprichwörtlichen Sack gelassen . . . Wahrscheinlich ahnst du ohnehin, was eine Magnet-Schule ist, oder? Vielleicht besuchst du sogar selbst eine? Eine Magnet-Schule zieht Schüler aus der ganzen Gegend an, die unter anderen Umständen wahrscheinlich nicht dieselbe Schule besuchen würden. Um dieses Ziel zu erreichen, spezialisieren sich die meisten Magnet-Schulen auf ein bestimmtes Schulfach. Aber die Schule unserer Helden war keine künstlerische Magnet-Schule oder eine naturwissenschaftliche Magnet-Schule, nicht einmal eine Sport-Magnet-Schule. Sie war schlicht und einfach eine Magnet-Schule oder – um es mit Max-Ernests Worten zu sagten – eine Magnet-Magnet-Schule. Jahrelang hatte Mrs Johnson sich den Kopf zerbrochen, wie sie ihrer Schule eine besondere Bestimmung geben könnte. Da sie eine Schulleiterin war und Schulleiter immer besonders gerne und besonders viele Prinzipien haben, war sie von der Idee beseelt, die Schule zu einem Manieren-Magnet zu machen. Aber die Schüler hielten von dieser Idee so wenig, dass sie einen Manieren-Streik ausriefen. Du kannst dir sicherlich ausmalen, wie das aussah. Die Schüler fuhren schwere Geschütze auf – von Rülpsen, Nasenbohren über Kauen mit offenem Mund bis hin – leider muss ich auch das erwähnen – zu Furzen. Diese Aktion fand unter dem Namen Widerwärtiger Widerstand Eingang in die Schulgeschichte und Mrs Johnson gab die ganze Sache sehr rasch wieder auf.

meiner Groß-Groß-Groß-Tante Klara? Derselben Frau, der zufällig auch die Stimmgabel gehörte? Derjenigen, die überall als Hexe bekannt war?«

»Der Magnet?«

»Ganz richtig, und zwar genau der Magnet, den ich hier und jetzt um meinen Hals trage.«

Sie hielt den Anhänger hoch, damit Max-Ernest ihn genauer in Augenschein nehmen konnte. Bei näherer Betrachtung stellte sich heraus, dass es sich dabei um einen schwarzen, von dünnen Goldäderchen durchzogenen Stein handelte.

»Ich habe mich entschieden, mich meiner Vorfahren nicht länger zu schämen, sondern das Andenken an meine berühmten Verwandten in Ehren zu halten«, fuhr Mrs Johnson fort. »Vielleicht kann ich von ihrer sogenannten Hexerei noch einiges lernen ... Wie dem auch sei, ich kann keinen Moment länger warten. Hast du die Stimmgabel bei dir? Ich nehme an, das ist der Grund, warum du mich aufgesucht hast.«

Sie musterte Max-Ernest, reckte den Hals, ließ den Blick auf der Suche nach Ausbuchtungen über Max-Ernests Taschen wandern und versuchte gleichzeitig, einen Blick in seinen Schulrucksack zu erhaschen.

»Ja, ich habe sie dabei, Mrs Johnson.«

Diesmal machte sie sich nicht die Mühe, ihn wegen des fehlenden Titels zurechtzuweisen.

Kaum hatte Max-Ernest die Stimmgabel hervorgezogen, richtete Mrs Johnson den Blick so gebannt auf sie, als wären ihre beiden Augen selbst zwei Magnete.

Der Anhänger um ihren Hals schwebte wieder in der Luft und zog das Samtband straff. Gleichzeitig fühlte Max-Ernest, wie eine unsichtbare Kraft ihn in Richtung Schulleiterin zog.

»Siehst du, welche Macht sie hat«, keuchte Mrs Johnson.

Sie riss sich vom Anblick der Stimmgabel los, stand auf und ging um den Tisch herum zu Max-Ernest.

»Lass uns einen Energiekreislauf bilden, du und ich zusammen.« Sie packte ihn bei der Hand und zog ihn vom Stuhl.

»Wir werden der Stimmgabel die negative Energie entziehen und sie in einen positiven Fluss umwandeln.«

Positiv hin, negativ her, Max-Ernest konnte nur an eines denken: Er hielt Händchen mit der Schulleiterin. Er und Mrs Johnson hielten Händchen! Er biss die Zähne zusammen. Er musste das jetzt durchstehen, daran führte kein Weg vorbei.

Aber zumindest würde er vorerst nicht von der Schule fliegen.

Kapitel minus sieben
Hunde sind keine Schweine

Auf die Beine, ihr Burschen! Auf, auf, meine Damen.«

Die Ritter und das Fußvolk, die Edelmänner und Hofdamen, alle Mitglieder des Festzuges sammelten sich, wenn auch grummelnd, nach dem Überfall ziemlich schnell wieder. Sie schienen solche Zwischenfälle öfter zu erleben und Kass beschlich das Gefühl, dass die maskierte Reiterin und ihre Diebesbande häufiger Reisenden auflauerten – so wie Banditen im Wilden Westen die Postkutschenwege belagerten.

Zum Glück schien niemand in dem Tumult verletzt worden zu sein.

Kass reihte sich in die Nachhut der Fußsoldaten ein und folgte der langen Prozession, die sie zum Königspalast und damit hoffentlich auch zum Hofnarren führen würde.

Der Fußmarsch zog sich Stunde um Stunde dahin und die anfängliche Ordnung des Zugs löste sich zunehmend auf. Den Männern rann der Schweiß von der Nase, die Hemden klebten ihnen am Rücken. Schlamm spritzte auf die Kniehosen und tropfte den Soldaten in die Stiefel. Menschen und

Tiere beklagten sich in gleicher Weise über die Strapazen und Schmerzen, über Hunger und Durst. Obwohl Kass mehr Geist als Mensch war, wurde auch ihr der Marsch allmählich zur Qual.

Schließlich verwandelte sich der holprige Pfad in einen ebenen Weg und die wildwüchsige Landschaft wich sorgsam gepflegten Gärten. Passend zu den äußeren Veränderungen nahm auch der Festzug Haltung an. Die Soldaten richteten sich auf, neuer Schwung erfüllte alle und man marschierte im Gleichschritt, die Fahnen stolz in die Höhe gereckt. Die Hofdamen und Adelsherren oder wer auch immer die vornehm gekleideten Leute waren, nutzten die Zeit, um sich noch ein wenig herauszuputzen.

Auch wenn Kass den Palast noch nicht sehen konnte, ahnte sie, dass sie sich dem Ziel ihres Marsches näherten.

Der Palast war weder ein weiß funkelndes Märchenschloss auf einem Berg, noch war er eine düstere Festung mit Burggraben und Zugbrücke. Trotzdem war Kass ziemlich beeindruckt von dem Herrschaftssitz. Vor ihr erhob sich ein gewaltiges ziegelrotes Bauwerk, so lang und so breit wie mehrere Häuser mit unzähligen Reihen weiß gerahmter Fenster, die im Glanz des Sonnenlichts wie Hunderte Augen in einem riesigen Gesicht aufblitzten.

Nachdem der Festzug die Außentore durchschritten und die ausgedehnten Palastanlagen erreicht hatte, zogen sich einige der Fußsoldaten zurück, wahrscheinlich um ihre Kasernen aufzusuchen. Ein paar von ihnen begleiteten jedoch einige hochgestellte Personen zu den beiden Türmen, die das gewölbte Hauptportal umrahmten.

Kass erschauerte, doch dann rief sie sich ins Gedächtnis,

dass sie eigentlich nichts zu verlieren hatte – vorausgesetzt, sie erreichte das Ziel ihrer Mission.

Sie spähte durch das Doppelmonokel ins Hofinnere hinter dem großen Portal. Eine Gruppe von Würdenträgern erwartete die Neuankömmlinge bereits. Womöglich befand sich ja der Hofnarr unter ihnen?

Wuff, wuff! Wau, wau! Arghh, arghh! Blaff, blaff! Grrrrrrr . . . *

Kass wollte den anderen gerade vorbei an den königlichen Wachposten in den Innenhof des Palasts folgen, als plötzlich eine Meute Beagles über sie herfiel. Die Hunde schnappten wütend nach ihren Fersen, offenbar spürten sie, dass das unsichtbare Mädchen ein Eindringling war, den man am Königshof nicht willkommen hieß.**

Ein erschöpft wirkender Mann in ledernen Kniehosen, vermutlich der Hundewärter, schlurfte herbei.

»Terrence? Bailey? Hunter? Was treibt ihr kleinen Halunken da? Habt ihr ein Murmeltier aufgespürt? Oder mal wieder ein flügellahmes Rebhuhn?«, fragte er in einem Ton, als ob die Hunde Herren über ihn seien und nicht umgekehrt. »Ihr braucht euch nicht um die Beute zu streiten! Im Hundezwinger warten köstliche Leckerbissen auf euch, es ist für jeden genug da. Kommt jetzt, hört auf zu bellen.«

Für den Hundewärter und jeden anderen Zuschauer musste es ziemlich sonderbar aussehen, wie die Beagles ohne erkennbaren Grund eine leere Stelle umzingelten und mit den Pfoten

---

* Ich bin mir leider nicht ganz sicher, welcher Hundelaut an dieser Stelle richtig ist. Du kannst dir aussuchen, was dir am besten gefällt. Es ist ja schon schwierig genug, einen Dialog wiederzugeben, der vor Hunderten von Jahren stattfand – aber das ist nichts im Vergleich dazu, in der Sprache der Tiere zu schreiben, ganz egal aus welcher Zeit. Wusstest du, dass Hundebellen in beinahe jeder Sprache anders geschrieben wird? In Afrikaans beispielsweise macht der Hund *Blaff*, in Esperanto bellt er *Voj* und im Schwedischen *Voff*.

** Ich nenne diese Hunde lediglich aus Gründen der Einfachheit Beagles – tatsächlich jedoch waren es sogenannte Talbot-Hunde, die Vorfahren der heutigen Beagles.

in die Luft schlugen. Bisher hatte Kass sich zwar darauf verlassen können, dass sie von niemandem gesehen wurde, aber sie wollte ihr Schicksal nicht herausfordern. Hastig versuchte sie, die Hunde fortzuscheuchen – was gar nicht so einfach war, wenn man dabei keine Geräusche machen wollte.

Glücklicherweise konnte der Wärter die Hunde schließlich mit einigen Leckerbissen fortlocken, die er in seiner Umhängetasche dabeihatte.

Unglücklicherweise waren unterdessen die Teilnehmer des Festzugs längst verschwunden – das Tor schlug gerade hinter dem letzten Fußsoldaten zu. Kass hatte ihre Chance, in den Palast zu gelangen, verpasst.

Sie versuchte, sich davon nicht entmutigen zu lassen, und begann, das Königsschloss zu umrunden.

Wo um alles in der Welt war der Hofnarr? Hatte er geregelte Arbeitszeiten oder kam und ging er, wie es ihm passte? Sie stellte sich einen Hofnarren als eine Art Bühnenkomiker vor, nur eben nicht in einer Comedyshow, sondern als ein Art Wandervogel, der ständig unterwegs war. Sie konnte sich an sein rot-weiß gestreiftes Zelt erinnern. Schlug er es auf dem Palastgelände auf oder lieber irgendwo draußen im Wald?

Unsichtbar, wie sie war, konnte sie wohl ohne großes Risiko durch ein offenes Fenster klettern. Leider war es recht kühl und man hielt alle Fenster geschlossen. Immerhin konnte sie durch einige Fenster, deren Vorhänge nicht zugezogen waren, in die Palasträume spähen. Manche Leute, allen voran Kass' antiquitätensammelnde Großväter, hätten alles gegeben, um einen Blick auf die Möbel zu werfen. Aber in Kass' Augen glich ein Raum dem anderen: vollgestopft mit unbequemen Stühlen und goldgerahmten Bildern, die entweder düster und unheimlich waren oder kitschig und viel zu viel

Himmel hatten. Und nirgendwo ein junger Mann mit Schellenhut.

Als Kass um eine Ecke bog, fiel ihr ein Treppenschacht auf. Sie stieg die Stufen hinunter und stieß auf eine niedrige Eisentür – der erste Zugang zum Palast seit dem Hauptportal. Einen Versuch ist es wert, dachte sie und drückte die Klinke. Zugesperrt.

Sie wollte sich gerade abwenden, da wurde von innen ein Riegel zurückgeschoben, die Tür schwang weit auf und Kass wurde beinahe zu Boden gestoßen.

»Aua!«, keuchte sie, aber ihr Aufschrei wurde zum Glück von lautem Kettengerassel übertönt.

Benommen von dem Aufprall spähte Kass hinter der Tür hervor. Ein uniformierter Soldat zerrte eine schmächtige Gestalt hinter sich her, die auf den ersten Blick aussah wie ein Affe.

Ein finster blickender Mann in einem dunklen Umhang tauchte im Türrahmen auf. »Schaff ihn fort und wirf ihn in den Hundezwinger! Wenn er nicht reden will, soll er auch nicht besser behandelt werden als ein Hund!«

Der Finsterling spuckte auf den Rücken der kleinen Kreatur und schlug die Tür zu, ehe Kass hindurchschlüpfen konnte.

Empört sah Kass auf die wimmernde Gestalt zu ihren Füßen.

»Los, du hast deinen Meister gehört«, knurrte der Soldat und zog den Gescholtenen am Kragen. »Ab in den Hundezwinger.«

Der kleine Mann hatte außergewöhnlich große Augen, die, wie Kass erschrocken feststellte, genau in ihre Richtung starrten. Er konnte sie sehen! Aber was viel schlimmer war – Kass kannte diese Augen nur zu gut.

»Herr Krautkopf!«, rief sie unbedacht.

Die geplagte Kreatur blickte verwirrt drein, so als ob sie Kass nicht recht verstünde. Aber es gab keinen Zweifel. Auch wenn er sogar noch kleiner wirkte (falls das überhaupt ging) als bei ihrer letzten Begegnung und obwohl seine ledrige Haut nicht ganz so viele Falten hatte, war das Wesen vor ihr niemand anderer als ihr alter Freund Homunkulus in seinen jungen Jahren. Kass hätte ihn sogar mit verbundenen Augen wiedererkannt: die riesigen Hände (die dazu da waren, um Unmengen an Fleisch in den Mund zu schaufeln), die gewaltige Nase (um Braten oder Süßigkeiten zu erschnuppern) und der gedrungene Körper mit dem kugelrunden Bauch (der von Mahlzeit zu Mahlzeit runder wurde). Der Homunkulus war unverwechselbar. Bestimmt konnte er sie sehen, weil er kein Sterblicher war.

Der Soldat zog sein Schwert. »Wer da?«

Der Anblick ihres gefesselten Freundes war Kass unerträglich. Sie musste ihn befreien, so viel stand fest.

Kass legte die Finger an die Lippen. Der Homunkulus nickte leicht. Er würde sie nicht verraten.

Schulterzuckend steckte der Soldat sein Schwert wieder zurück. »Wird wohl wieder dieses verfluchte Ohrenklingeln sein . . .«

Er schleifte den Homunkulus weiter. »Los, elender Hund!«

Herr Krautkopf grunzte unwillig. Widerstrebend schlurfte er hinter dem Soldaten her, nicht ohne Kass noch einen kurzen Blick über die Schulter zuzuwerfen.

Was hatte der Homunkulus hier im Palast zu suchen?, fragte sich Kass, während sie den beiden nachschlich. Und warum wurde er in die Hundezwinger geschleift?

Da fiel es ihr wieder ein: die Geschichte vom Krautkopf.

In der Geschichte bringt der Schöpfer des Homunkulus, Lord Pharao, sein Wesen zu einer Audienz beim König mit. Weil der Homunkulus nicht auf Befehl Kunststückchen vollführen will, wird Lord Pharao zornig und bestraft ihn, indem er ihn nach draußen schickt, wo er bei den Schweinen im Dreck schlafen soll.

Erlebte sie gerade wirklich das mit, worüber sie früher nur gelesen hatte? Kass lief ein Schauer über den Rücken, als ihr aufging, was das bedeutete: Der Mann im Umhang, den sie an der Tür gesehen hatte, war der gefürchtete Lord Pharao, der geniale, aber abgrundtief böse Alchemist, der nicht nur den Homunkulus geschaffen, sondern auch die Mitternachtssonne gegründet hatte.* Und was die Sache mit den Schweinen anging, hatte der Schreiber offensichtlich etwas falsch verstanden. Schwungvoll ausgedrückt: Der Homunkulus fraß nicht im Schweinekoben, sondern musste mit den Hunden toben.**

* Lord Pharao war natürlich weder ein Lord noch ein Pharao, sondern ein Arzt aus der Schweiz. Er hatte sich diesen Namen gegeben, als er zum Meister der Alchemie geworden war. Max-Ernest hatte sich einmal über diesen Namen gewundert – vielleicht erinnerst du dich – und gefragt: »Ist das nicht doppelt gemoppelt?« Eigentlich komisch, dass ausgerechnet Max-Ernest das fragte, findest du nicht? Wenn man bedenkt, wie oft Max-Ernest sich wiederholt.

** Der Vollständigkeit halber sollte ich vielleicht erwähnen, dass der Homunkulus in fortgeschrittenem Alter selbst behauptete, mit den Schweinen des Königs gespeist zu haben (und eben nicht mit den Hunden). Ich glaube, dass seine Erinnerungslücken am ehesten mit dem bekannten Phänomen »alles glauben, was über einen geschrieben wird« zu erklären sind. Irgendwann hat er wohl die *Legende vom Krautkopf* gelesen und das, was schwarz auf weiß vor ihm stand, für wahr gehalten.

Kapitel vier
Neuer Mitschüler, alter Kumpel

Es war Mittagszeit und Max-Ernest war in Gedanken immer noch bei der seltsamen Begegnung mit Mrs Johnson. Ihr Magnet musste ziemlich stark sein, so mächtig, wie seine Anziehungskraft war. Max-Ernest gab Pietro recht: Für jemanden, der noch nie von Magnetismus gehört hatte, musste es aussehen wie Magie.

Aus Gewohnheit steuerte er den Ort an, an dem er immer zu Mittag aß: den »bescheuerten Tisch«.

Erst als er sich auf seinen üblichen Platz gesetzt hatte, fiel ihm auf, dass er gerade im Begriff war, das schlimmste aller denkbaren Schulhofverbrechen zu begehen – nämlich alleine zu Mittag zu essen.

Er starrte auf die leeren Stühle; Kass' Platz war auf der gegenüberliegenden Seite und Jojo-schi saß immer rechts von ihm. Jahrelang hatte Max-Ernest nichts dabei gefunden, alleine zu essen, er war es nicht anderes gewohnt gewesen. Aber seit er wusste, wie schön es war, gemeinsam zu essen, schmeckte das Mittagessen ohne seine Freunde nur noch halb so gut.

Was nun?

Er war nicht besonders hungrig, außerdem hatte er auch gar nichts zu essen mit. (Jahrelang hatte er immer zwei Brotzeitboxen dabeigehabt: eine von seiner Mutter und eine, die ihm sein Vater mitgegeben hatte. Neuerdings schien es allerdings keinem von beiden mehr in den Sinn zu kommen, dass Max-Ernest hin und wieder etwas zu essen brauchte.) Das einzig Essbare in Reichweite war ein Schokoriegel – und der musste reichen, bis Max-Ernest wieder zu Hause war. Der Riegel hatte den ganzen Tag über in seiner Hosentasche gesteckt und war inzwischen garantiert geschmolzen. Max-Ernest würde also warten müssen, bis der Riegel abkühlte und wieder fest geworden war, bevor er ihn essen konnte.

Sollte er einfach wieder aufstehen und gehen? Das würde ziemlich dämlich aussehen, er hatte sich ja gerade erst hingesetzt. Außerdem wusste er nicht, wohin er gehen sollte. Jedenfalls nicht, bevor die Schule aus war.

Er ließ seinen Blick über die blaue Kunststoffoberfläche des »bescheuerten Tisches« schweifen, als würde er dort Ratschläge geschrieben finden. Tatsächlich war der Tisch voller Sprüche, die in den Kunststoff geritzt worden waren, aber leider war nichts darunter, was Max-Ernest irgendwie weitergeholfen hätte – geschweige denn etwas, was ich hier wiederholen möchte.

Max-Ernest war ratlos, das konnte man ohne jede Übertreibung sagen.

Ich bin einsam, stellte er fest.

Ich fühle mich mies.

Eigenartigerweise fühlte sich das irgendwie gut an.

Max-Ernest hatte schon immer seine Schwierigkeiten mit Gefühlen gehabt. Normalerweise fühlte er sich nicht schlecht, sondern er fühlte schlecht (genauso wie er schlecht warf, auch wenn Jojo-schi ihm dabei schon ein wenig Nachhilfe gegeben hatte). Aber heute war es anders – er fühlte sich mies und dieses Gefühl fühlte er ziemlich gut. Das heißt natürlich nicht, dass er sich wirklich gut fühlte, sondern dass er sich geradezu professionell mies fühlte.

Diese Formulierung gefiel ihm so gut, dass er sie beinahe laut ausgesprochen hätte. Leider war niemand da, der sie hören konnte. Das war ja das Traurige.

Die beiden anderen Schüler am bescheuerten Tisch, Daniel-nicht-Daniela und Globus, zählten, was das anging, nicht. Zum einen saßen sie am anderen Ende des Tisches, da hätte Max-Ernest schon laut rufen müssen. Zum anderen hatten sie sich nicht einmal die Mühe gemacht, Hallo zu sagen. (Andererseits hatte Max-Ernest sie auch nicht begrüßt. Am bescheuerten Tisch grüßte man eigentlich nie.)

Daniel-nicht-Daniela war ein Junge mit leiser Stimme und karamellbrauner Haut, der sich weigerte, seine überlangen Rastalocken schneiden zu lassen, obwohl sie ihm immer ins Gesicht hingen. Er hatte die Namensverwechslung schon so oft verbessern müssen, dass die Verbesserung selbst zu seinem Namen geworden war.

Globus war ein pickliger und käsebleicher Junge, der in der schulinternen Hackordnung am untersten Ende stand. Allerdings hatte er beinahe uneingeschränkte Macht über die Fertignahrungs-Industrie. Er hatte eine eigene Website, den *Glob Blog*, auf der er regelmäßig Kritiken der neusten Fastfood-Produkte veröffentlichte. Dieser Blog wurde von Tausenden Fastfood-Fans geradezu verschlungen und es hieß, dass seine Bewertung darüber entscheiden konnte, ob ein Produkt sich auf dem Markt behauptete oder nicht.

Max-Ernest kannte die beiden so gut, wie er jeden am bescheuerten Tisch kannte, aber er kannte sie nicht gut. Jedenfalls war er nicht mit ihnen befreundet. Andererseits war er auch nicht mit ihnen verfeindet.

Max-Ernest rutschte ein paar Sitze in Richtung der beiden. Einen Versuch war es wert. Sie schienen sich weder zu freuen, noch schien es ihnen etwas auszumachen.

Max-Ernest nahm das als positives Zeichen.

»Ich dachte schon, er ist ein Aristokrat, ein Herzog oder ein Graf oder so was – aus England jedenfalls«, sagte Daniel-nicht-Daniela gewohnt leise. »Aber dann habe ich gehört, dass er ein Exsträfling ist, der nur wegen neuer DNA-Spuren aus dem Jugendgefängnis entlassen wurde.«

Zuerst nahm Max-Ernest an, dass die beiden über das Thema sprachen, das hier an der Schule in aller Munde war – das Renaissancefest. Immerhin redeten sie von Herzögen und Grafen. Aber je länger er Daniel-nicht-Daniela zuhörte, desto mehr hatte er den Eindruck, dass sie sich über etwas ganz anderes unterhielten. Offenbar beehrte eine neue Berühmtheit ihre Schule.

»Er ist weder das eine noch das andere. Er ist ein Teenie-Schauspieler«, erwiderte Globus, während er eine neuartige Kreation – lindgrünes Atemfrisch-Popcorn mit Kaugummigeschmack – mampfte. (Die Lebensmittelhersteller schickten Globus immer kostenlose Probepackungen ihrer neuesten Produkte zu, wie zum Beispiel »Kirschbomben-Kaugummi mit Explosionsgarantie« oder »Extrem-Nacho-Käse-Kartoffelchips«. Die Firmen hofften auf eine wohlwollende Erwähnung ihrer Produkte in seinem Blog.)

»Er hat sich eine Auszeit genommen. Genau deswegen ist er hier.«

Daniel-nicht-Daniela sah verwirrt drein. »Er ist wegen einer Auster gekommen? Hierher an die Schule? Hier gibt es doch gar keine Austern!«

»Nein, du Idiot, Aus-zeit. Er hat sich eine Auszeit genommen. Das ist so ähnlich wie Sommerferien für Fernsehschauspieler. Wenn mein Blog auf dem Food-Channel gesendet wird, gibt es natürlich keine Sommerferien, weil das Kabelfernsehen nach einem ganz anderen Sendeplan läuft als die Schule.« Er fischte einen abgenagten Popcorn-Kern aus seinem Mund und inspizierte ihn genauer. »Diese Teile schmecken absolut grässlich, trotzdem wird man fast süchtig danach – echt abgefahren.«

»Ach so«, sagte Daniel-nicht-Daniela. »Wie auch immer, er ist jedenfalls ein Genie. Ich hab gehört, dass er zwölf Sprachen fließend kann. Sogar Belgisch.«

»Das kann nicht sein«, schaltete sich Max-Ernest ein. Er konnte diesen neuen Mitschüler immer weniger leiden.

»Warum nicht? Weil er dann mehr Sprachen kann als du?«, fragte Globus. (Sein Sarkasmus war nicht ganz so schneidend, wie er vielleicht hätte sein können, aber es ist gar nicht so leicht, mit dem Mund voller grünem Popcorn geistreich daherzureden.)

»Nein. Aber die Sprache Belgisch gibt es nicht.«

»Gibt es doch. Es gibt ja auch belgische Waffeln!«

»Na und? Als ich das letzte Mal nachgesehen habe, konnten Waffeln jedenfalls nicht sprechen. Die Sache ist die: In Belgien sprechen die Leute entweder Französisch oder Flämisch, was eigentlich ein Dialekt des Niederländischen ist. Na, wie findet ihr das?«

»Mir doch egal«, sagte Daniel-nicht-Daniela. »Dann kann er halt fließend Flämisch.«

»Und kein Wort gegen belgische Waffeln«, sagte Globus. »Die Leute von *Schlemmen wie im Mittelalter, das Familienrestaurant* haben mir Gutscheine im Wert von ungefähr hundert Mäusen geschenkt, damit ich ihre Waffeln probiere. Und jetzt sponsern sie meinen Blog während des Renaissancefests. Und diesmal zahlen sie bar auf die Hand!«

Max-Ernest wandte sich ab. Er fühlte sich wie ein Trottel. Warum machte er sich überhaupt die Mühe, diesen Banausen etwas zu erklären? Und warum hatte ihn dieser Aristokrat oder Schauspieler oder Welche-Berühmtheit-auch-immer-Typ so aufgeregt? Er sollte sich lieber auf Kass' Rettung konzentrieren. Das und nichts anderes war jetzt wichtig.

Plötzlich spürte Max-Ernest schmerzhaft, wie sehr er seine Freundin vermisste. Wenn er zuvor nur ein leises Brennen gespürt hatte, fühlte er jetzt einen glühend heißen Schmerz. Mit Kass zusammen hätte er stundenlang über Belgien diskutieren können, ohne sich wie ein Idiot vorzukommen. Sie hätte ihn vielleicht ausgelacht, weil er so auf den Unterschieden zwischen Flämisch-Belgisch und Belgisch-Belgisch herumritt. Aber wenn sie *über* ihn lachte, lachte sie immer zugleich auch *mit* ihm.

»Hey, schaut mal, da ist ER«, sagte Globus.

»Er kommt doch nicht etwa zum bescheuerten Tisch, oder? Das kann ja wohl nicht wahr sein!«, sagte Daniel-nicht-Daniela.

Globus und Daniel-nicht-Daniela starrten den Jungen an, der direkt auf sie zukam – nein, lässig herbeischlenderte. Selbst aus der Entfernung war er unverwechselbar. Statt Jeans und T-Shirt trug er einen Nadelstreifenanzug mit Fliege und anstelle eines Schulrucksacks hatte er eine Aktentasche unter den Arm geklemmt. Er ähnelte mehr einem smarten Geschäftsmann als einem Schüler. Das Sonnenlicht fiel auf seine goldenen Locken und ließ die große Glaslinse an seinem linken Auge funkeln.

»Das kann sehr wohl wahr sein. Jeder kann sich hier hinsetzen«, sagte Max-Ernest trotzig, obwohl er genau wusste, was Daniel-nicht-Daniela gemeint hatte. »Womöglich leidet er ja unter irgendwelchen Allergien«, fügte er hinzu.*

»Was hat er da auf seinem Auge? Ist das eine Lupe oder was? Vielleicht können wir damit Feuer machen«, sagte Globus aufgeregt.

»Das ist ein Monokel«, erklärte Max-Ernest. »Das ist eine Art Brille, nur für ein Auge. Früher haben die besonders Reichen so etwas getragen.« Und manche Magier auch, dachte er. Daher wusste er überhaupt, was ein Monokel war.

»Er kommt so was von an unseren Tisch«, hauchte Daniel-nicht-Daniela.

Und tatsächlich, der Monokeljunge winkte in ihre Richtung.

»Hallo, Max-Ernest, mein werter Kamerad!«

Daniel-nicht-Daniela und Globus wandten sich gleichzeitig zu Max-Ernest um. Ihre Mienen verrieten deutlich, was sie dachten. So unglaublich es auch war, dass der Neue an den bescheuerten Tisch kam, noch viel unglaublicher war es, dass er Max-Ernest mit Namen kannte.

* Offiziell war der bescheuerte Tisch ein Tisch für Kinder, die unter Allergien litten. Lange Zeit hatte Max-Ernest sich darüber aufgeregt, dass der »bescheuerte Tisch« eigentlich der »gescheuerte Tisch« heißen müsste, weil er immer sauber sein musste. Erst vor Kurzem war Max-Ernest der tiefere Sinn der Namensgebung aufgegangen: Die anderen hielten die Schüler am bescheuerten Tisch – richtig geraten – für bescheuert.

Notfallübung!
Aufgepasst, Leser!

Zu unserem großen Bedauern müssen wir dich mitten im Kapitel unterbrechen, aber wie du sicher weißt, sind Notfälle nicht immer nur zu günstigen Zeitpunkten eingeplant. Eigentlich sind sie überhaupt nicht eingeplant. Darum sind es ja auch Notfälle.

Der Autor dieses Buches hat uns, die »Spezialisten für Unfälle und Profis für Ersthilfe im Rettungseinsatz« – besser bekannt unter unserem Akronym SUPER – mit der Durchführung dieser Notfallübung beauftragt, um sicherzustellen, dass du auf den Ernstfall vorbereitet bist. Obwohl es sich hierbei nur um eine Übung handelt, erfordert der Ablauf deine volle Konzentration und deinen ganzen Einsatz. Nur so kann deine Sicherheit und die Sicherheit anderer gewährleistet werden. Davon hängt nicht zuletzt auch unsere Entlohnung ab. (Pseudonymous Bosch, dieser elende @$%@#%$&!!, weigert sich, im Voraus zu bezahlen.)

Deine Reaktionsgeschwindigkeit während dieser Notfallübung wird mit der Stoppuhr gemessen und anschließend mit der Reaktion anderer Leser verglichen. Dies geschieht rein zu Informationszwecken. Die Erniedrigung der sich dabei offenbarenden Nullnummern ist nicht unser vorrangiges Ziel – lediglich ein kleiner Leistungsanreiz.

Denke immer an unser Motto: »Wenn's beim ersten Mal nicht klappt, schaffst du es nie«.

Bist du bereit?

Hier nun – auf Anweisung des Verfassers – das Notfallszenario. Wir übernehmen keinerlei Verantwortung für die Eintrittswahrscheinlichkeit oder Richtigkeit der aufgestellten Behauptungen. Durch deine Teilnahme willigst du ein, SUPER nicht für eventuelle Verletzungen während der Notfallübung verantwortlich zu machen.

Du sitzt gerade im Schulbus. Dein bester Freund ist zu Hause geblieben, weil er krank ist, und du hast die Sitzbank für dich alleine. Du liest still ein Buch – dieses Buch, das du gerade in der Hand hast. Niemand im Bus kann erkennen, was du liest, weil du das Buch natürlich getarnt hast, wie zuvor schon besprochen.

Wenn du es schon nicht lassen kannst, ein Buch der Geheimnis-Serie in der Öffentlichkeit zu lesen, ist es – selbst in scheinbar sicherer und vertrauter Umgebung wie zum Beispiel im Schulbus – ratsam, alle ein, zwei Minuten vom Buch hochzuschauen, um sicherzugehen, dass kein Mitglied der Mitternachtssonne dich beobachtet. Leichtsinnigerweise warst du so in die Geschichte versunken (Wie konntest du nur!), dass du schon seit zehn Minuten nicht mehr aufgeblickt hast.

Stell dir Folgendes vor: Plötzlich fällt dir siedend heiß ein, dass du deine Sicherheitsmaßnahmen vergessen hast. Du blickst aus dem Fenster, reibst dir die Augen und hältst deine Hand schützend davor, um nicht von der Sonne geblendet zu werden. Auf den ersten Blick scheint alles in Ordnung zu sein.

Allmählich erkennst du, dass der Bus an einer verstopften Kreuzung zum Stillstand gekommen ist. Der Strom ist ausgefallen und die Ampeln blinken regelmäßig auf. Eine Verkehrspolizistin steht in der Mitte der Kreuzung und regelt den Verkehr. Moment mal, sie trägt – ach, natürlich trägt sie weiße Handschuhe! Weiße Handschuhe gehören ja schließlich zu ihrer Uniform. Absolut normal. Kein Grund zur Aufregung. Und doch, unwillkürlich fröstelt dich bei ihrem Anblick.

Du lässt den Blick über die Straße wandern und beobachtest verwundert, wie sich ein Kanaldeckel hebt, dreht und schließlich auf den Asphalt fällt. Ein Bauarbeiter mit gelbem Schutzhelm und orangefarbenem Overall klettert aus dem Schacht auf die Straße. Er trägt ebenfalls weiße Handschuhe. Das sind wahrscheinlich Arbeitshandschuhe, denkst du dir. Aber merkwürdig ist es schon, dass sie ausgerechnet weiß sind. Nicht sehr praktisch auf dem Bau. Was soll's, das ist sein Problem. Kein Grund zur Panik.

Zuerst denkst du, das Licht spielt dir einen Streich – der Mann, der auf der gegenüberliegenden Straßenseite an der Bushaltestelle wartet, scheint ebenfalls weiße Handschuhe zu tragen. Bei genauerem Hinsehen musst du feststellen, dass er tatsächlich weiße Handschuhe trägt. Aber wozu? Er trägt einen schwarzen Anzug und an der Bank neben ihm lehnt ein Notenständer – ist er vielleicht Dirigent? Dirigenten tragen Handschuhe. Im Grunde genommen spricht überhaupt nichts dafür, dass er ein Mitglied der Mitternachtssonne sein könnte.

Und doch, dich lässt dieses komische Gefühl nicht los. Der gesunde Menschenverstand sagt dir: Zwei Leute mit weißen Handschuhen können reiner Zufall sein. Aber drei Leute mit weißen Handschuhen sind in der Tat besorgniserregend.

Deine Beunruhigung verstärkt sich noch, als plötzlich eine Blaskapelle hinter einer Autoschlange auftaucht und direkt vor deinem Bus über die Kreuzung marschiert. Die Blaskapelle zählt über hundert Mitglieder – Trompeter, Tubaspieler, Trommelspieler und alles, was dazugehört –, alle in roter Uniform mit goldenen Litzen.

Und alle tragen sie weiße Handschuhe.

Du blickst in ihre Gesichter, in der Hoffnung, dass sie sich als echte Marschkapelle erweisen, vielleicht als Schulkapelle und nicht als eine Armee von finsteren Alchemisten. Aber ihre Augen sind kalt. Und ihre Haut, obwohl sie sehr jugendlich wirkt, ist blass und fast zu straff. In deiner Vorstellung verwandeln sich die gut aussehenden und schwungvollen Musikanten in eine Musikkapelle von Skeletten am Totensonntag.

Dein Puls rast. In deinem Kopf schwirren bange Gedanken. Der Bus hat bereits gehalten und kann nicht mehr weiter, ohne direkt durch die Blaskapelle zu pflügen. Das ist der entscheidende Augenblick – es geht um alles oder nichts. Du hast sie gesehen, aber sie haben dich noch nicht entdeckt.

Du musst handeln. Sofort.

Die Notfallübung hat begonnen.

JETZT.

Bitte halte jede deiner Bewegungen Sekunde für Sekunde auf einer Zeitkontrollkarte fest. Videoaufnahmen deiner Notfallübung werden gerne entgegengenommen, stellen jedoch keinen ausreichenden Ersatz für schriftliche Einsendungen dar.

Anschrift:

SUPER

P. Bosch Notfallübungskommando

zu Händen Übungsleiter Notfälle

Kapitel vier
Fortsetzung

Max-Ernest blinzelte und versuchte, den Gesichtsausdruck des Jungen zu erkennen, der ihm zuwinkte. Um ehrlich zu sein, war er genauso überrascht wie die anderen beiden.

»Sag bloß, du kennst deinen alten Kameraden nicht mehr!«, rief der Junge empört, als er den bescheuerten Tisch erreicht hatte. Er zeigte ein blendend weißes Lächeln und nahm sein Monokel vom Auge. »Es ist doch lediglich ein Jahr vergangen, seit unserem letzten Tête-à-tête* bei einem Tässchen Tee.«

»Eineinhalb Jahre«, verbesserte ihn Max-Ernest. Er hatte den Jungen erkannt – auch wenn er kaum wiederzuerkennen war. »Genau genommen ist es ein Jahr und acht Monate her, dass wir uns zuletzt gesehen haben.«

»Ah, das ist Max-Ernest, wie er leibt und lebt! Immer so akkurat! Hütet euch, in seiner Gesellschaft einen Fehler zu ma-

* Auf Französisch bedeutet Tête-à-tête nichts anderes als »Kopf-an-Kopf«, also ein Gespräch Kopf-an-Kopf oder von Herz zu Herz. In allen anderen Sprachen bedeutet es, dass der Sprecher seinen eigenen Redeschwall mit protzigen französischen Ausdrücken aufpolieren will.

chen, er kommt euch stets auf die Schliche«, sagte der Junge glucksend.

Die anderen beiden Jungen am Tisch stimmten zu und lachten anerkennend. Der Neue hatte einen eigenartigen Sprachstil, aber er war so lässig und selbstbewusst, dass er nicht trottelhaft, sondern erwachsen und elegant wirkte.

»Willst du mich denn nicht deinen Kumpanen vorstellen?«

Es dauerte einen Moment, bis Max-Ernest die Aufforderung verstand. Das lag vor allem daran, dass er das Wort Kumpan noch nie laut ausgesprochen gehört hatte (er kannte es nur aus alten Büchern).*

Außerdem waren Daniel-nicht-Daniela und Globus nun wirklich nicht seine Kumpane (wie wir bereits an anderer Stelle festgestellt haben).

»Ähm, okay. Daniel-nicht-Daniela, Globus, darf ich vorstellen, das ist, äh, Benjamin Blake«, sagte Max-Ernest. »Früher ist er auch hier zur Schule gegangen.«

Zumindest schien der Junge Benjamin Blake zu sein.

Das letzte Mal, als Max-Ernest Benjamin gesehen hatte, war er ein gutes Stück kleiner gewesen und hatte viel jünger gewirkt. Aber mehr als sein äußeres Erscheinungsbild hatte sich seine Ausdrucksweise verändert. Der alte Benjamin hatte so sehr genuschelt, dass ihn kaum jemand verstanden hatte. Und immer wenn sich jemand die Mühe gemacht hatte, ihn zu verstehen, hatte sich herausgestellt, dass seine Gedanken noch unverständlicher waren als seine Worte. Er war ein Synästhetiker, was heißt, dass alle seine Sinne miteinander vernetzt waren und seine Gedanken aus einem chaotischen

---

* Grundsätzlich lehnte Max-Ernest Unterhaltungsliteratur ab. Er begriff nicht, wie man Spaß daran haben konnte, etwas zu lesen, das nicht wahr, sondern ausgedacht war. Aber bei Krimis und Geheimnisgeschichten machte er eine Ausnahme, weil sie wie Rätsel oder Denksportaufgaben waren, nur länger.

Durcheinander von Klängen, Geschmäcken und Gerüchen bestanden.*

Heute war seine Ausdrucksweise geschliffen, ein Musterbeispiel perfekter Rhetorik. Er redete nicht nur wie ein Star in einem alten Schwarz-Weiß-Film, er sah auch so aus. Am überraschendsten aber waren seine Umgangsformen. Früher war er so schüchtern und unbeholfen gewesen, dass er normale Alltagsbegegnungen kaum meistern konnte. Jetzt war er fidel und voller lässigem savoir-faire.**

»Ich dachte, du seist jetzt auf einer Sonder. . . ich meine, einer anderen Schule«, sagte Max-Ernest, nachdem er sich von seinem anfänglichen Schrecken erholt hatte.

Man hatte ihm und Kass gesagt, dass Benjamin auf eine spezielle Schule wechseln würde. Weil Benjamin für die Mitternachtssonne von besonderem Interesse war, hatten Max-Ernest und Kass im Auftrag der Mieheg-Gesellschaft ein Auge auf ihn haben sollen. (Die Mitternachtssonne war auf die Idee gekommen, dass die einzigartige Beschaffenheit von Benjamins Gehirn der Schlüssel für das Geheimnis aller Geheimnisse sein könnte.) Max-Ernest und Kass hatten sich gedacht, dass er auf einer solchen Schule sicher gut aufgehoben war, und daher kaum einen Gedanken mehr an ihn verschwendet. Mit einem Anflug von Schuldgefühl wurde Max-Ernest klar, dass sie kein einziges Mal überprüft hatten, ob Benjamin tat-

---

* Falls du noch nie etwas von Synästhesie gehört hast, hilft dir ein Blick in Band 2 der Serie weiter. Aber ich warne dich, es bedeutet trotzdem nichts anderes als Verwirrung – die Verwirrung der Sinne, um genau zu sein.

** Ich könnte dir jetzt sagen, was fidel heißt, wenn ich wollte, aber im Moment möchte ich nicht gestört werden – dafür ist es viel zu sonnig (ein kleiner Tipp: Das Gegenteil von fidel ist nervös und stressgeplagt). Was den Ausdruck savoir-faire angeht: Er heißt einfach, dass man weiß, wie man sich benehmen soll. Wenn man den Begriff im Deutschen verwendet, ist das wie bei Tête-à-tête – es beweist, dass man eine Faible für vornehm klingende französische Ausdrücke hat.

sächlich auf diese Schule ging. Er hätte überall sein können, ohne dass Kass und Max-Ernest auch nur den leisesten Schimmer davon gehabt hätten.

»Oh ja, ich war in der Tat auf einer Sonderschule, einer ganz besonderen sogar«, erwiderte Benjamin. »Sie nennt sich die *Neue Prometheus-Akademie*. Es ist ein Internat für Feinschliff. Unterrichtet werden gesellschaftliche Etikette und so weiter. Ich habe diese Schule zwar abgeschlossen, aber mein Leben habe ich soeben erst begonnen. In dieser Schule bin ich zu wahrem Leben erweckt worden. Ich fühle mich wie neugeboren.«

Max-Ernest konnte nicht umhin, ihm zuzustimmmen. Allerdings hatte er das Gefühl, dass ihm der alte, nicht neu erweckte Benjamin lieber gewesen wäre.

»Darf ich mich setzen?«

Max-Ernest nickte und Benjamin nahm auf Kass' Stuhl Platz (zweifellos eine Premiere in der Geschichte des bescheuerten Tisches – noch nie zuvor hatte jemand um die Erlaubnis gebeten, sich dort hinsetzen zu dürfen).

Max überlegte angestrengt, was er zu dem Fremden ihm gegenüber, der früher sein Freund gewesen war, sagen könnte. »Hmm . . . hast du vor, dieses Jahr ein Bild bei den Renaissancemeistern einzureichen?«

»Renaissancemeister« war die Bezeichnung für den Zeichenwettbewerb, der jedes Jahr zum Renaissancefest abgehalten wurde. Benjamin Blake hatte seinerzeit gleich den 1. Preis gewonnen.

»Nein, ich habe mit dem Malen aufgehört.«

»Wirklich?« Max-Ernest war überrascht. Früher hatte Benjamin das Malen geliebt. Beinahe einzig über die Malerei war es ihm möglich gewesen, mit der Außenwelt Kontakt aufzunehmen.

»Ach, Kunst ist ein solch kindisches Streben, findest du nicht auch? Sofern man kein großer Künstler ist, meine ich. Wenn man Michelangelo oder Raphael nicht das Wasser reichen kann, wozu dann das Ganze? Ich verabscheue Mittelmäßigkeit.«

»Ja, ich auch«, sagte Max-Ernest automatisch.

Dann dachte er nach. »Aber wie kannst du wissen, ob du nicht gut in irgendetwas bist, wenn du es nicht ausprobierst? Michelangelo wusste auch nicht, dass er Michelangelo sein würde, bis er . . . eben Michelangelo war. Wie findest du das?«

Benjamin lächelte herablassend. »So aufmunternd! So weise! Du klingst genau wie meine armen alten Eltern.«

Max-Ernest errötete. Zugegeben, was er sagte, klang wirklich wie etwas, was Eltern sagen würden. »Trotzdem, manche Leute fanden dich großartig.«

»Gewiss, aber nur im Vergleich zu den meisten anderen Kindern. Meine wahre Bestimmung liegt woanders.« Benjamin hielt sein Monokel gegen das Licht und spähte hindurch, als hoffe er, seine wahre Bestimmung auf diese Weise zu finden.

Max-Ernest fiel auf, dass das Monokel aus zwei Linsen bestand, die übereinanderlagen. Das war auch der Grund, warum das Monokel so weit hervorstand.

»Wow, so ein Monokel habe ich noch nie gesehen. Das ist fast wie ein bildliches Oxymoron. Mono heißt ja bekanntlich *eins,* aber dein Monokel hat *zwei* Linsen. Eigentlich ist es ein bildlich bildliches Oxymoron. Der sprachliche Gegensatz ist bildlich – und es ist bildlich, weil du durch das Monokel quasi Bilder sehen kannst. Wie findest du das?«

»Huch, so genau habe ich das noch nie betrachtet«, sagte Benjamin und setzte das Monokel rasch wieder an sein Auge.

»Verstärkt die zweite Linse die optische Wirkung oder wie funktioniert das?«

»So was in der Art, ja ... Aber nun lass uns zu den ernsten Dingen des Lebens kommen. Wie steht es um unsere Freundin Kassandra? Ich mache mir solche Sorgen um sie. Sie ist immer noch im Krankenhaus, nehme ich an?«

Max-Ernest runzelte die Stirn. »Woher weißt du, dass sie im Krankenhaus ist?«, flüsterte er. Er blickte Daniel-nicht-Daniela und Globus streng an, um ihnen zu zeigen, dass dieses Gespräch nicht für ihre Ohren bestimmt war. Die beiden wandten sich ab (aber ich bezweifle, dass sie auch wirklich weghörten).

»Ich dachte, jeder wüsste davon. Ich ahnte nicht, dass es ein Geheimnis ist.«

Max-Ernest betrachtete seinen alten/neuen Mitschüler alarmiert. Wenn selbst ein Außenstehender wie Benjamin über Kass Bescheid wusste, war alles möglich. Selbst die Mitternachtssonne konnte Wind davon bekommen haben. Max-Ernest war sich nicht sicher, was sie mit dieser Information anfangen würden. Kass aus dem Krankenhaus entführen? Gift in ihre Infusionen mischen? Er wollte es gar nicht so genau wissen.

Seine Aufgabe war dringender als je zuvor.

»Erzähl es bitte trotzdem nicht weiter. Sie würde nicht wollen, dass alle darüber reden«, sagte er zu Benjamin. »Du brauchst dir keine Sorgen zu machen, sie kommt bestimmt bald wieder auf die Beine.«

»Das will ich doch hoffen! Meine Güte, was würde denn aus all den Katastrophen der Welt, wenn Kass nicht hier wäre, um sie vorherzusagen?«

Max-Ernest nickte zustimmend. Er war in den letzten Jahren

immer besser darin geworden, wenn es darum ging, Sarkasmus zu erkennen. Aber falls aus Benjamins Worten Sarkasmus klang – nicht, dass ich das behaupten würde –, dann war er viel zu unterschwellig für Max-Ernest.

Kurz darauf war die Mittagspause zu Ende. Als die wiedervereinigten Freunde auseinandergingen, räusperte sich Benjamin und senkte die Stimme.

»Max-Ernest, alter Knabe, ich möchte dich nicht in Verlegenheit bringen, aber auf deinem Rücken klebt ein Zettel. Darf ich . . .?«

Höflich und mit ernster Miene löste Benjamin den Zettel von Max-Ernests Rücken und reichte ihm das Blatt Papier.

Max-Ernest seufzte. Der klassische Schulhofstreich, wie er ihn im Laufe der Zeit schon Dutzende Male erlebt hatte. Zwei Worte standen auf dem Zettel: TRITT MICH.

»Danke«, sagte er mit zusammengebissenen Zähnen.

»Nicht der Rede wert.« Benjamin verneigte sich leicht und schlenderte davon.

Max-Ernest wollte den Zettel mit der Beleidigung gerade in den Müll werfen, als er bemerkte, dass die Rückseite beschrieben war. Der Text klang wie eine Art Reisehinweis.

WARNUNG:
NIMM NIE N-WORTE IN DEINEN MUND!
IN EINEM L-AND ORD FAHR NICHT A(UT)O
LE – SEN! DEIN B. T.

Diese Worte waren so merkwürdig, dass Max-Ernest sofort eine verschlüsselte Botschaft der Mieheg-Gesellschaft dahinter vermutete. Die Tarnung als Reisehinweis war Pietros Lieblingsmethode für Verschlüsselungen. Aber was sollte das bedeuten? Max-Ernest sah auf den ersten Blick, dass es sich bei den Worten nicht um einen Code handelte, den man mit einem Schlüsselbegriff knacken konnte, und auch nicht um eine einfache Buchstabenverschiebung.

ORD war die Funkrufnummer des Flughafens von Chicago, das hatte Max-Ernest irgendwo gelesen. Sollte er dorthin kommen? Warum? Und vor allem, wie?*

Und überhaupt, was sollte das mit dem Auto? Selbstverständlich würde er nicht mit dem Auto nach Chicago fahren! Er konnte ja nicht einmal Auto fahren.

NIMM NIE N-WORTE IN DEINEN MUND! Max-Ernest ging davon aus, dass der Schlüssel der Botschaft in diesem ersten Satz lag, schlicht und einfach, weil es der seltsamste von allen war. NIE war ein Wort, das oft in Palindromen auftauchte – der Satz »Nie, Amalia, lad 'nen Dalai Lama ein« beispielsweise bedeutete rückwärts gelesen dasselbe wie vorwärts. Aber auch wenn der Anfangssatz dieser Botschaft kein Palindrom war, dann handelte es sich vielleicht um ein Anagramm. *Nie = ein? Deinen = neiden* oder *dienen?* Aber was hatte das mit dem N-Wort zu bedeuten? Normalerweise war das »N-Wort« das Wort *Nein*, aber es hieß ja »N-WORTE«. Sollte man niemals *Nusskaramell* sagen? Oder nie vom *Nachtisch* sprechen? Oder durfte man etwa das Wort *Nugatschokolade* nicht in den Mund nehmen?

Obwohl das sonst gar nicht seine Art war, gab Max-Ernest auf und stopfte den Zettel in seine Hosentasche. Unter normalen Umständen hätte eine Botschaft der Mieheg-Gesellschaft allerhöchsten Stellenwert gehabt und er hätte so lange geknobelt,

* Ohne zu viele Informationen über Max-Ernests Wohnort preiszugeben, kann ich dir verraten, dass Max-Ernest nicht in der Nähe des Flughafens von Chicago wohnte, und jemand in seinem Alter kann ja wohl schlecht alleine einen Abstecher zum Flughafen von Chicago machen.

bis er die Verschlüsselung geknackt hätte, komme, was da wolle. Aber jetzt gab es Dringenderes zu tun: Er musste Kass retten.*

Wenig später schrieb Max-Ernest in der Bibliothek eine E-Mail an Jojo-schi, in der er ihm von der merkwürdigen Rückkehr seines Freundes Benjamin Blake berichtete. Er schrieb auch über seine verzweifelten Versuche, Kass in die Gegenwart zurückzuholen.

Pietro hatte ihn aufgefordert, in Kass' Gedanken vorzudringen. Es musste einen Weg geben – und es war seine Aufgabe, ihn zu finden.

---

* Es könnte allerdings auch sein, dass Max-Ernest ein bisschen beleidigt war. Pietro hatte eine Vorliebe für Scherze, aber der »Tritt-Mich«-Zettel war schon ziemlich gemein. Hätte der Magier ihm die Botschaft nicht auf einem anderen Weg zukommen lassen können? Gut möglich, dass Max-Ernest sich nicht um die Botschaft scherte, um sich auf diese Weise an Pietro zu rächen. Obwohl das ehrlich gesagt keine besonders effektive Methode war.

Kapitel minus sechs

Der königliche Hundezwinger

Verglichen mit der entsetzlichen Beschreibung des Schweinestalls in der Erzählung vom Krautkopf waren die königlichen Hundezwinger kein übler Ort zum Übernachten. Tatsächlich waren sie ziemlich prunkvoll.

Die Hundezwinger waren in einem lang gezogenen Backsteingebäude untergebracht, das wie eine Miniaturausgabe des Palasts aussah. Innen waren die Wände mit Malereien geschmückt, auf denen Hunde fröhlich durch den Wald tollten und Jagd auf einen eingeschüchterten Fuchs machten, während pausbäckige Hunde-Engelchen selig auf sie herablächelten. Jeder preisgekrönte königliche Hund besaß sein eigenes dick gepolstertes Samtkissen, das so üppig mit Goldborten besetzt war, dass man sich nicht gewundert hätte, es vom Baldachin über dem Königsbett hängen zu sehen. Die Hundemahlzeiten wurden in silbernen Schüsseln serviert, in deren Mitte das Königswappen und an deren Rand der Name des Hundes eingraviert waren.

Und was für Mahlzeiten das waren!

Als der Homunkulus – dem man seinen Hunger deutlich ansah – von einem Soldaten hereingezerrt wurde, waren die Hundemajestäten gerade am Schlemmen. Es gab verschiedenste Fleischgerichte und Geflügel, die in Fett und köstlichen Soßen brutzelten. Kass bemerkte, wie sich der Blick des Homunkulus auf ein Bratenstück heftete, das vom ersten und fettesten und offensichtlich am meisten verhätschelten Hund gefressen wurde – Terrence der Dritte, seinem Napf nach zu schließen. Stammte daher womöglich Herrn Krautkopfs Vorliebe für Kronenbraten?, fragte sich Kass. Als der Homunkulus, dem sichtbar das Wasser im Mund zusammenlief, an Terrence vorbeikam, sah dieser von seiner Schüssel auf und ließ wie zufällig ein Rippenstück fallen. Es fiel direkt vor die Füße des Homunkulus, der dankbar die Hände danach ausstreckte. Aber Terrence schnappte es dem Homunkulus knurrend weg, noch bevor er es in die Finger bekam.

Herr Krautkopf zuckte zusammen, als ob man ihn geschlagen hätte.

Dann, als ob einmal nicht schon genug gewesen wäre, ließ der überfressene Beagle den Knochen erneut vor die Füße des Homunkulus fallen – und schnappte ihn wieder weg, bevor der Homunkulus danach greifen konnte.

Ungläubig schüttelte Kass den Kopf. Welcher Hund quälte jemanden absichtlich auf diese Weise?

Leider schien das Luxusleben der Beagles nicht für einen niederen Homunkulus bestimmt zu sein. Als der Soldat ihn dem Wärter übergab, zeigte sich, dass für den Homunkulus anderes vorgesehen war. Er durfte nicht auf einem Samtkissen schlafen, er durfte überhaupt nicht schlafen – nein, er musste die Nacht damit zubringen, die Hundegemächer von allen – sagen wir mal – königlichen Hinterlassenschaften zu reinigen, die den blitzblanken Marmorboden besudelten. Der Wärter drückte dem Homunkulus eine Schaufel und einen Wischlappen in die Hände und versicherte ihm, dass er es bitter bereuen würde, wenn sich am Morgen noch der kleinste Fleck auf dem Boden fände. Kass wartete, bis sie allein waren, bevor sie sich an den Homunkulus wandte.

»Du erkennst mich nicht, oder? Aber das kannst du auch gar nicht. Wir haben uns im Moment noch gar nicht kennengelernt. Wir werden es auch die nächsten fünfhundert Jahre nicht tun«, sagte sie, vor allem um sich selbst die Lage zu erklären – dem Homunkulus jedenfalls erklärte das nicht sonderlich viel. »Ich bin Kassandra. Wenn dir das zu lang ist, kannst du mich gerne Kass nennen. Eigentlich nennen mich fast alle so.«

Der Homunkulus starrte sie verwirrt an. Er schien nicht zu verstehen, was sie da sagte, geschweige denn, was sie von ihm wollte.

»Du kannst das natürlich noch nicht wissen, aber wir werden einmal gute Freunde sein. Na ja, so ein bisschen zumindest. So ganz kann ich mich nicht von dem schrecklichen Gedanken befreien, dass du trotz allem ein Kannibale bist.«*

Vielleicht war es keine so gute Idee gewesen, das zu erwähnen, dachte Kass. Was, wenn das den Homunkulus dazu ermunterte, den Kannibalismus ein wenig früher auszuprobieren?

Es war eine seltsame Erfahrung, einen alten Freund zu tref-

---

* Ich kann nicht umhin, an dieser Stelle darauf hinzuweisen, dass der Homunkulus zwar ein echter Vielfraß, aber kein Kannibale ist, wenigstens nicht im engeren Sinne. Es stimmt schon, er isst gelegentlich Menschen (hauptsächlich gebratene Gauner), aber da er nicht vollständig menschlich ist, ist er folglich auch nicht vollständig kannibalisch. Streng genommen müsste er hierfür andere Homunkuli verspeisen (ganz gleich ob geröstet, in Sülze oder roh). Genauso wie ein kannbalisches Eichhörnchen nur Eichhörnchen-Eintopf frisst, nicht Menschenragout. Leider ist der Homunkulus, soweit ich weiß, der Einzige seiner Art. Daher könnte er gar kein Kannibale sein, egal wie sehr er sich bemüht. Nein, ich muss mich korrigieren: Er könnte sich selbst auffressen. Und wie ich ihn kenne, wäre der Homunkulus unter bestimmten Umständen sicherlich imstande, dies zu tun.

fen, mit dem man viel zusammen erlebt hat, und festzustellen, dass er sich an nichts davon erinnern kann. Sie war sich nicht sicher, was sie dem jungen Herrn Krautkopf verraten sollte und wie viel er später selbst herausfinden musste. Laut der Obersten Direktive durfte sie den normalen Gang der Dinge nicht verändern; aber galten für intermentale Zeitreisen die gleichen Gesetze wie für die interstellare Raumfahrt?*

Kass wechselte das Thema. »Wie auch immer, wir müssen einen Weg finden, dich hier rauszuschaffen«, sagte Kass. »Denk daran: Wenn irgendjemand kommt, sprich nicht mit mir. Die anderen hier können mich nicht sehen ... aber jetzt kannst du sprechen, wenn du willst.«

Kass verstand nicht, warum er den Mund nicht aufmachte. Auch wenn der Homunkulus in ihrer Erinnerung vielleicht nicht immer besonders redselig war, konnte er reden wie ein Wasserfall, wenn er von seinem Leben erzählte und dabei so richtig in Fahrt kam. Und der nimmersatte Herr Krautkopf konnte regelrecht geschwätzig werden, wenn man ihn mit Essen bestach.

»Na schön, immer der Reihe nach – erst einmal besorgen wir dir was zu essen, ja?«

Da die Beagles ihre Schüsseln blank geleckt hatten (anscheinend schmeckte ihnen das Essen vor den Augen des halb verhungerten Homunkulus noch mal so gut), stibitzte Kass sechs übrig gebliebene Brathähnchen von einem Tisch.

»Hier, bitte schön, Herr Krautkopf. Sechs Hähnchen stehen auf der Speisekarte, das sollte vorerst genügen.«

---

* Die Oberste Direktive, eines der Lieblingsthemen am bescheuerten Tisch, ist die oberste Regel für Sternenflotten in Star Trek. Sie besagt, dass ein Raumfahrer sich nicht in die natürliche Entwicklung eines Planeten, der noch nicht die technische Entwicklungsstufe der interstellaren Raumfahrt erreicht hat, einmischen darf. Natürlich wird diese Regel ständig gebrochen.

Die Beagles protestierten kläffend, als sie sahen, wie die Hähnchen – die ihnen rechtmäßig zustanden – von unsichtbaren Händen weggetragen wurden. Der Homunkulus, ganz unerwartet mutig, knurrte Terrence so wütend an, dass nicht nur er, sondern auch alle anderen Hunde eingeschüchtert winselnd in ihre Samtkissen zurücksanken.

»Tja, wer austeilt, muss auch einstecken können. Das gilt auch für Hunde«, sagte Kass mit einem unsichtbaren Kopfschütteln.

Der nicht ganz zwei Fuß große Homunkulus verputzte die sechs Hähnchen so schnell, dass Kass, die sie ihm reichte, kaum hinterherkam. Bald türmten sich die Knochen zu einem großen Haufen, jedoch erst nachdem der Homunkulus sie in einem wilden Fressrausch abgenagt und anschließend das Knochenmark herausgesaugt hatte.

Kass musste lächeln. Manche Dinge änderten sich wohl nie. Genauer gesagt, würden sie sich zumindest die nächsten fünfhundert Jahre nicht ändern.

»Gut, bist du jetzt zufrieden?«, fragte sie, nachdem der Homunkulus genüsslich seinen letzten Bissen verschlungen hatte.

Auf den Boden gekauert, einen Knochen in jeder Hand, starrte er zu ihr hinauf, ohne zu blinzeln. Entweder hatte er die Frage nicht verstanden oder er wusste keine Antwort darauf.

»Ja, ich weiß. Du bist nie satt.« Kass lehnte sich seufzend gegen den Tisch. »Ich meinte eher, ob du genug gegessen hast, um wieder an etwas anderes zu denken – zum Beispiel daran, was wir als Nächstes tun sollten?«

Kass war hin- und hergerissen – was sollte sie tun? In der Geschichte vom Krautkopf, erinnerte sie sich, findet der Hofnarr den Homunkulus im Schweinestall. Nachdem er Herrn

Krautkopf Essen gegeben hat, bringt er ihn zum Sprechen. Und es ist auch der Hofnarr, der den Homunkulus befreit – aus dem Schweinestall und aus den Klauen von Lord Pharao.

Würde sie nicht zu sehr Schicksal spielen, wenn sie den Homunkulus selbst befreite? Und war sie nicht ohnehin gerade dabei, auf den Hofnarren zu warten? Sie war hierhergekommen, um ihn zu treffen. Er war der Grund, warum sie die Schokolade gegessen hatte und fünfhundert Jahre zurück in die Vergangenheit gereist war.

Aber was, wenn der Hofnarr sich überhaupt nicht blicken ließ? Dass man sich nicht auf Geschichten verlassen konnte, hatte sie schon am eigenen Leib erfahren. War die Befreiung des Homunkulus nicht wichtiger als alles andere?

»Ich habe wirklich keine Ahnung, was ich tun soll, aber wenn du nicht bald etwas sagst, bleibt mir wahrscheinlich nichts anderes übrig, als dich hier sitzen zu lassen«, sagte Kass. Natürlich meinte sie es nicht so. »Pass mal auf – wenn du redest, werde ich dafür sorgen, dass du einen dieser Kronenbraten, wie ihn die Hunde vorhin hatten, kriegst, sobald wir hier rauskommen. Einverstanden?« Sie unternahm diesen Bestechungsversuch aus purer Verzweiflung, aber genau das hatte in der Vergangenheit schon einmal funktioniert. Oder vielmehr in der Zukunft.

»Na komm schon, denk an die saftigen Knochen. Ich weiß, dass du sprechen kannst.«

»Ich k-kann«, flüsterte er.

»Wie bitte, ich verstehe dich nicht?«

»Ich kann«, sagte der Homunkulus lauter. »Ich kann sprechen.«

»Bravo, gut gemacht!«

Kass erstarrte. Wer hatte die letzten beiden Worte gesprochen? Sie hörte das Klingeln der Glöckchen an seinem Hut, bevor sie ihn sah.

Der Hofnarr.

»Ich wusste, du kannst sprechen. Und so kam ich her, um dich zu bestechen.«

Er trat ein. Die Hunde bellten und schnappten wütend nach ihm, waren aber immer noch so eingeschüchtert, dass sie sich nicht von ihren Kissen heruntertrauten.

»Ich dachte, das wird sicher nicht leicht, wenn er bockt – doch schon hab ich ihm ein Wort entlockt!«

Kass starrte ihn an. Sie konnte es nicht fassen – da stand sie, nur einen Schritt entfernt vom Hofnarren, dem Gründer der Mieheg-Gesellschaft, ihrem einzigen bekannten Vorfahren. Ihre frühere Begegnung, auf einer schokoladengesteuerten Zeitreise, war so flüchtig und traumhaft gewesen, dass sie sich kaum wirklich angefühlt hatte.

Er sah genau so aus, wie Kass ihn in Erinnerung hatte – runde, sommersprossige Wangen, rote Locken, die unter seiner Narrenkappe hervorquollen – allerdings viel jünger. Natürlich war sein auffallendstes Merkmal gleichzeitig auch ihr auffallendstes Merkmal: die großen, spitzen Ohren.

Der Hofnarr grinste und drehte eine kleine Pirouette, so zufrieden war er mit sich selbst.

»Zauberhaft! Ich habe dir die Sprache gegeben. Um Großes zu tun, muss ich nur den Finger heben!«

Was sollte sie ihm sagen, wie ihn ansprechen? Welche Worte waren der Bedeutung des Augenblicks angemessen? Es war nicht gerade günstig, dass sie unsichtbar war, aber sie würde schon dafür sorgen, dass er dieser Kleinigkeit keine Beachtung schenkte. Und sie würde wohl oder übel darüber hinwegsehen müssen, dass er die Lorbeeren dafür einheimste, dass der Homunkulus zur Sprache gefunden hatte. (Normalerweise brachte sie so etwas auf die Palme.)

Der Hofnarr sah sich im Raum um, um sicherzugehen, dass er mit dem Homunkulus alleine war.

»Nur die Tiere hören uns hier zu«, flüsterte er. »Also kann ich es wagen, dir mein Geheimnis zu sagen.«

Kass spitzte die Ohren. Würde sie nun endlich das Geheimnis erfahren?

»Ich habe diesen Palast satt und will mein eigener Herr sein. Dich hält Lord Pharao an der Leine, mir macht der König Beine. Sehen kannst du sie nicht, meine Ketten – doch mein Schmerz ist wie deiner, darauf kannst du wetten.«

Nachdenklich blickte er den Homunkulus an und wartete auf eine Reaktion. Dann fuhr er fort: »Ich habe einen wahrlich tollkühnen Plan. Lass uns zusammen fliehen, im Dunkel der Nacht. In der Ferne haben weder König noch Pharao Macht.«

Aufgeregt und wild gestikulierend lief der Hofnarr hin und her. »Wohin, fragst du mich? Was sind das für Pläne? Und bekommen wir dann auch was zwischen die Zähne?« Der Hofnarr lächelte. »Pass auf, jetzt kommt's. Ein Traum erfüllt sich drauf, denn wir beide treten gemeinsam auf! Stell dir vor, der törichte Mensch und das weise Monster. Ich bring sie zum Lachen, du bringst sie zum Weinen. Zusammen stehen wir endlich auf eigenen Beinen. Wir bringen die Menge zum Rasen – und verdienen uns goldene Nasen!«

Er tippte sich bei diesen Worten begeistert an die Nase und rieb sich dann erwartungsvoll die Hände. »Und, mein kleiner Freund, was sagst du dazu?«

Der Homunkulus öffnete den Mund, dann schloss er ihn wieder. Entweder hatte er nichts zu sagen – oder zu viel.

Der Hofnarr nickte. »Du sprichst heute nicht mehr, das gefällt mir sehr! Wir passen zusammen, ich und du. Du schweigst, ich bring meinen Mund nicht zu. Nie hab ich gelernt, die Zunge im Zaum zu halten – ich kann sie höchstens zusammenfalten.«

Er begann, seine Zunge einzurollen, um dem Homunkulus seine Kunstfertigkeit vorzuführen, aber als er die versteinerte Miene des Homunkulus sah, gab er auf. »Was, ich bring dich nicht zum Lachen? Du hast recht, ich sag nur alberne Sachen! Na schön, hast du diesen Witz schon gehört? Ach wozu, es ist ja alles nichts wert. Wofür hab ich eigentlich den Narrenhut? Im Scherzen bin ich gar nicht gut. Kann grauenhaft schlecht Witze zum Besten geben, ebenso gut könnt ich auf Flügeln schweben!«

Er sank auf den Boden und ließ sich gegen die Wand plumpsen, seine Begeisterung verebbte ganz und gar.

»Aber du, du bist ein lebendes Wunderwerk«, sagte er verbittert und ganz ohne Reim. »Der sprechende Homunkulus. Um dich zu Gesicht zu bekommen, würden die Menschen um die ganze Welt reisen. Und was ist mit mir? Ich bin nichts als ein vollkommener Tor. Ich bin kein Vollblutnarr, sondern allenfalls ein Volltrottel. Kein Wunder, dass du dich nicht mit mir abgeben willst. Ich verdiene es nicht, mit einem Naturtalent wie dir zu arbeiten . . .«

Der Hofnarr hob den Kopf, ein Ruck ging durch ihn.

»Na schön. Wenn mir nichts anderes übrig bleibt, dann mache ich mich eben ohne dich auf den Weg. Ich bin es ja gewohnt, alleine zu sein. Immerhin habe ich jahrelang als Hofnarr gedient. Aber du – was hast du je geleistet? Du hast dich nicht mal selbst erschaffen! Du bist nicht dein eigenes Wunder, sondern das von Lord Pharao«, höhnte der Hofnarr. »Ich will dich in meinen Berufsstand einweihen – und was tust du?

Du verschmähst mich! Nicht einmal ein Dankeschön bekomme ich von dir . . .«

Er schlug die Hände vors Gesicht, ein Bild des Jammers. Der Homunkulus betrachtete ihn verblüfft.

»Verzeih mir, ich weiß nicht mehr, was ich sage«, entschuldigte sich der Hofnarr dumpf. »Du kannst ja nichts dafür.«

Kass hatte sich inzwischen auf den Tisch gesetzt und musterte den Hofnarr verärgert. Das sollte der großartige Mann sein, von dem sie schon so viel gehört hatte? Nur durch ihre langjährige Erfahrung mit Max-Ernests Monologen war sie imstande, seinen wilden Gedankensprüngen zu folgen. Und dann diese plötzlichen Stimmungsschwankungen – Max-Ernest hätte sofort eine manisch-depressive Störung diagnostiziert.

Der Hofnarr warf einen letzten Blick auf den Homunkulus und seufzte tief. »So oder so, hin oder her, schon längst bin ich kein Hofnarr mehr. Fliehen will ich, hab ich gesagt – in Wahrheit wurde ich fortgejagt. Ich steh nicht mehr in des Königs Gnade . . . schade! Lord Pharao gehört längst schon des Königs Aufmerksamkeit, bis zu meiner Entlassung war es da nicht mehr weit. Was soll's, was nützt all dieses Schwafeln, ich werde nun nie wieder königlich tafeln.«

Tränen rannen über seine Wangen und Kass hätte ihm gerne tröstend den Arm um die Schultern gelegt.

»Heute bin ich Narr und darf über den König lästern, morgen schon bin ich Schnee von gestern.«

Er riss sich zusammen, stand auf und wandte sich zum Abschied noch einmal an den Homunkulus. »Ich dachte, wir könnten es miteinander wagen, aber ach, was hilft das Jammern und Klagen? Und doch soll alle Welt erfahren, wie edel die Taten des Hofnarren waren. Das würde denen grade so passen – zu sagen, ich hätt dich im Stich gelassen.«

Mit glänzenden Augen legte er die Hand auf seine Brust, ganz offensichtlich überwältigt von seiner eigenen Heldenhaftigkeit. »Wenn ich schon kein Narr sein kann, dann wenigstens ein echter Mann!«

Das Geräusch einer knallenden Tür und das Kläffen der Beagles rissen ihn aus seinem Redefluss. »Was hören meine Ohren da?«

Fußschritte, die unverwechselbar waren. So hörten sich nur im Gleichschritt marschierende Soldaten an.

Kass sah sich hektisch um. Der einzige Fluchtweg war ein Fenster über dem Tisch, gerade groß genug für einen Homunkulus, aber zu klein für einen ausgewachsenen Mann. Sie reckte sich und stieß das Fenster auf.

»Sieh da, ein offenes Fenster!« Der Hofnarr zeigte darauf, als ob es ganz allein seine Idee gewesen wäre.

»Halt, die Halsfessel . . .«, rief Kass laut, denn sie fürchtete, die baumelnde Kette könnte sich am Fensterrahmen verfangen.

Ganz in der Nähe lag eine große Gartenschere. Zack – und schon war der Hals des Homunkulus frei.

»Ah, das ist gut. Ich bin froh, dass du das los bist!«, rief der Hofnarr, obwohl er seinen Augen und Ohren nicht ganz traute. Eine Stimme, die aus dem Nichts kam, eine Schere, von unsichtbarer Hand geführt? Er zuckte die Schultern. »Schnell, Kleiner, klettere durchs Fenster. Ich . . . ich werde hier die Stellung halten und mich den Soldaten des Königs in den Weg stellen«, sagte er betont tapfer.

Das musste man dem Homunkulus nicht zweimal sagen. Er sprang auf den Tisch wie ein zu groß geratener Frosch und kletterte aus dem Fenster, gerade in dem Moment, als die Soldaten hereinstürmten, gefolgt von Lord Pharao.

»Wo ist er?«, fragte er drohend und baute sich vor dem Hofnarren auf. »Was hast du mit meinem Homunkulus gemacht?«

»Er gehört nicht Euch«, sagte der Hofnarr. »Er gehört nur sich selbst. Ich habe nichts getan – nur das, was jeder Mann, der ein Herz im Leib hat, getan hätte.«

»Schon möglich, dass du ein Herz im Leib hast. Aber ein Gehirn hast du nicht im Kopf. Legt diesen Einfaltspinsel in Ketten!« Lord Pharao zeigte auf den Hut des Hofnarren. »Ich will diese Glöckchen nicht wieder hören. Fortan mögen sie in den Tiefen des Kerkers bimmeln.«

Kass sah hilflos zu, wie die Soldaten den Hofnarren fesselten und ihn aus den Hundegemächern schleiften. Dann war sie allein. Nur die königlichen Köter sprangen japsend um sie herum.*

* Eine kurze Bemerkung am Rande zu den Unterschieden zwischen einer Geschichte und der Wirklichkeit: Wenn du die Erzählung vom Krautkopf nicht kennst, kannst du diese Fußnote ruhigen Gewissens überspringen. Solltest du sie jedoch gelesen haben, wirst du zweifellos einige Unterschiede zwischen ihr und dem vorhergehenden Kapitel bemerkt haben. Abgesehen von der Verwechslung zwischen Schweinen und Hunden, die Kass schon bemängelt hat, gibt es da noch einige schwerwiegendere Unstimmigkeiten, auf die ich an dieser Stelle aufmerksam machen möchte. Zunächst betrifft das den Namen des Homunkulus. In der *Legende vom Krautkopf* gesteht der Homunkulus dem Hofnarren in ihrem ersten Gespräch, dass die Haushälterin von Lord Pharao ihn gelegentlich »ihren kleinen Krautkopf« nannte. Daraufhin beschließt der Hofnarr, den Homunkulus künftig bei diesem Namen zu nennen. Soweit ich weiß, hat dieser Teil des Gespräches in Wirklichkeit nie stattgefunden – jedenfalls nicht zu dieser Zeit und an diesem Ort. Die zweite Abweichung bezieht sich auf das Klangprisma, die magische Klangkugel, der der Hofnarr wundervolle Melodien entlocken konnte, wenn man der »Legende vom Krautkopf« Glauben schenkt. Mit ebendiesem Prisma haben Kass, Max-Ernest und Jojo-schi Jahre später den Krautkopf angelockt. Warum, so fragen wir uns unwillkürlich, hat der Hofnarr in diesem Buch kein Klangprisma bei sich? Ich kann dir diese Frage nicht mit letzter Sicherheit beantworten, aber ich vermute, es gibt eine Erklärung für beide Abweichungen: Diese Dinge haben sich erst viel später zugetragen. Das heißt, der Homunkulus erhielt seinen Namen erst später in seinem Leben, so wie auch der Hofnarr das Klangprisma zu einem späteren Zeitpunkt bekam. Ich fürchte, der Verfasser der Krautkopf-Schauergeschichte hat den zeitlichen Ablauf für seine eigenen literarischen Zwecke einfach ein wenig zurechtgebogen. Das ist so üblich unter Autoren. Genau das ist der Grund, warum insbesondere Memoiren, sprich Lebenserinnerungen, sich meist als äußerst unzuverlässig herausstellen.

Kapitel fünf
Eine wichtige Ankündigung

»Mama, Papa, habt ihr vielleicht irgendwelche Bücher über Telepathie oder das Zweite Gesicht oder so was Ähnliches?«

Max-Ernest hatte seine Eltern in ihrem neu eingerichteten Gemeinschaftsbüro aufgesucht. Sie hatten ihre Tische ganz nahe zusammengerückt, sodass ihre Gesichter sich ganz nah waren und sie sich anhimmeln konnten, ohne sich verrenken zu müssen.

Bevor Max-Ernests Eltern beide Büros zusammengelegt hatten, waren an dieser Stelle zwei getrennte Räume gewesen – noch jetzt zeugten die Risse an der Wand davon. Auf dem Boden waren gesplitterte Holzbalken und kreideweißer Mörtel verteilt – um Max-Ernests Eltern herum versank alles im Chaos, aber das schien ihnen gar nicht aufzufallen.

Sie waren einfach viel zu verliebt, um auf solche Kleinigkeiten zu achten.

Max-Ernest räusperte sich lautstark. »Hallo, Mama. Hallo, Papa. Ich stehe hier, direkt vor eurer Nase. Ich weiß, dass ihr mich hört . . .«

Früher waren Max-Ernest Eltern nie von seiner Seite gewichen und er war sie kaum losgeworden. Jetzt war es schon schwer genug, sie überhaupt auf seine Anwesenheit aufmerksam zu machen.

»Ich habe euch gerade gefragt, ob ihr vielleicht irgendwelche Bücher über Telepathie habt – ihr wisst schon, solche Sachen über psychische Phänomene oder übersinnliche Fähigkeiten des Gehirns oder so.«

Beide Eltern waren Psychologen und in ihrem Arbeitszimmer standen Regale voller Bücher über das Gehirn des Menschen, über das Gehirn der Tiere oder das Gehirn eines Roboters. Die Chancen standen also nicht schlecht, dass etwas darunter war, was Max-Ernest interessieren könnte. Aber wie das bei vielen Sammlern der Fall ist, rückten sie ihre Bücher nicht gerne heraus. Max-Ernest musste also erst ihre Erlaubnis einholen, bevor er sich eines der Bücher ausleihen durfte. Dazu musste er den Namen des Buches auf ein Karteikärtchen schreiben, damit seine Eltern nie den Überblick verloren. Dann erst durfte er es sich nehmen.

»Ach, ich brauche keine Bücher über Telepathie mehr – ich kann deine Gedanken auch so lesen«, sagte sein Vater, ohne die Augen von Max-Ernests Mutter zu nehmen.

»Bücher über Telepathie sind jetzt völlig nutzlos geworden – ich weiß doch ohnehin, was du denkst«, sagte seine Mutter, ohne die Augen von Max-Ernests Vater zu nehmen.

Zu den Zeiten, als sie noch geschieden waren (aber trotzdem im selben Haus wohnten), hatten sich die Eltern von Max-Ernest angewöhnt, alles, was der andere sagte, zu wiederholen, als wäre der andere gar nicht da. Leider hatten sie diese Gewohnheit jetzt, da sie wieder zusammen waren, nicht abgelegt. Daher war es sehr anstrengend und verwirrend, ihnen zuzuhören – sogar für Max-Ernest, der daran gewöhnt war.

»Heißt das also, dass ich mir ein paar Bücher ausleihen kann?«, fragte Max-Ernest.

»Ach, Max-Ernest«, sagte sein Vater mit starrem Blick auf Max-Ernests Mutter. »Du kannst uns nichts vormachen. Ich kann dir deine Gedanken von den Augen ablesen.«

»Oh, Max-Ernest«, sagte seine Mutter mit starrem Blick auf seinen Vater. »Was du denkst, das ist doch klar wie Kloßbrühe. Stell dich nicht so an.«

»Denk daran, wir sind nicht nur deine Eltern«, sagte sein Vater. »Wir sind auch Psychologen.«

»Vergiss nie, dass wir Kenner der menschliche Psyche sind – und das berufsmäßig«, sagte Max-Ernests Mutter. »Wir sind nicht nur diejenigen, die dich gezeugt haben.«

Max-Ernest blickte seine Eltern verwirrt an. »Wovon zum Teufel sprecht ihr da? Ich denke im Moment überhaupt nichts.«

»Es geht nicht darum, was du denkst, vielmehr darum, was du fühlst«, verbesserte ihn sein Vater. »Denk immer daran, du hast auch Gefühle, mein Sohn.«

»Wir sprechen natürlich von Emotionen«, stellte seine Mutter richtig. »Nicht alles auf der Welt ist rational, nicht einmal du, Max-Ernest.«

Max-Ernest gab auf. »Na schön. Was fühle ich im Moment, wenn ihr es schon so genau wisst?«

Er setzte sich auf die lange Couch, die eigentlich für die Patienten seiner Eltern gedacht war. Aber er würde sich auf keinen Fall so darauf ausstrecken, wie das die Patienten taten. Das ging nun wirklich zu weit.

Verstohlen ließ er seinen Blick über die Buchreihen an der

Wand gleiten. Vielleicht fand er auf diese Weise das, was er suchte. An einem Titel blieb sein Blick hängen: *Das zweite Gesicht – Sehen mit dem dritten Auge in vier einfachen Schritten, fünfte Auflage.* Das Buch befand sich genau auf der Höhe seiner Schulter, verlockend nahe.

»Es ist uns nicht entgangen, dass du in letzter Zeit ein wenig, wie soll ich sagen, deprimiert bist«, sagte sein Vater und wandte sich schließlich doch noch zu Max-Ernest um.

»Du irrst, wenn du denkst, wir haben die dunkle Wolke, die du seit Tagen mit dir herumschleppst, nicht bemerkt«, fügte seine Mutter hinzu und wandte sich ebenfalls um.

Na toll, dachte Max-Ernest. Meine beste Freundin liegt im Koma – man muss wirklich kein Genie sein, um darauf zu kommen, dass ich deprimiert bin. Sogar ich wäre darauf gekommen.

Aber das behielt er lieber für sich. Er würde wohl oder übel die Belehrungen seiner Eltern über sich ergehen lassen müssen, wenn er an ihre Bücher ranwollte. Irgendwann würden sie wieder auf die Bücher zu sprechen kommen – es konnte sich nur um Stunden handeln.

»Wir haben gemerkt, dass du irgendwie spürst, was hier in diesem Hause vor sich geht«, sagte seine Mutter. »Viele Kinder fühlen so.«

»Wie viele andere Kinder auch wirst du den Braten schon gerochen haben, ohne dass wir dir etwas verraten hätten«, sagte sein Vater.

Was sollte er gerochen oder besser gesagt erraten haben? Etwa, dass sie schon wieder heirateten? Oder ließen sie sich ein zweites Mal scheiden? Würden sie das Haus teilen, aber zusammenbleiben? Oder würden sie sich trennen, das Haus aber behalten? Etwas in der Art würde es wohl sein. Obwohl Max-

Ernest keine Ahnung hatte, welche Möglichkeit die wahrscheinlichste war. Oder welche er vorziehen würde. Alle Szenarien waren ähnlich vertrackt.

Max-Ernest rutschte ein wenig näher an das Buch über das Zweite Gesicht heran. Vielleicht konnte er es ja vom Regalbrett stibitzen.

»Vielleicht könnte man es als ›Telepathie zwischen Brüdern‹ bezeichnen«, sagte seine Mutter.

»Es ist so etwas wie ein siebter Sinn, den nur Geschwister haben«, sagte sein Vater.

Max-Ernest runzelte die Stirn. Er konnte das Buch unmöglich direkt vor den Augen seiner Eltern vom Regalbrett mopsen.

Brüder? Geschwister? Wovon sprachen seine Eltern da? Er war ein Einzelkind. Seine ganze Kindheit war davon bestimmt gewesen, dass er ein Einzelkind war. Wollten sie ihm womöglich erzählen, dass er einen Zwillingsbruder hatte, der sich am anderen Ende der Welt versteckt hielt? Oder einen älteren Bruder, der bei der Geburt gestorben war?

Sein Vater lächelte ihn verschwörerisch an. »Du kannst es uns jetzt verraten. Wann hast du zum ersten Mal bemerkt, dass deine Mutter schwanger ist?«

Seine Mutter hatte das gleiche Lächeln aufgesetzt.

»Jetzt mal im Ernst. Wie lange weißt du schon, dass du einen kleinen Bruder bekommst?«

»Einen . . . Bru. . .der?«

Max-Ernest starrte seine Eltern mit offenem Mund an. Für den Moment vergaß er sämtliche übersinnlichen Bücher um sich herum.

Er würde einen Bruder bekommen? Wieso war ihm das entgangen? Wo war er die ganze Zeit gewesen, dass er so etwas nicht mitbekam?

»Du hast ganz recht. Das Baby, das du erahnt hast, ist ein kleiner Junge«, sagte seine Mutter. »Wir verstehen völlig, wenn du das Gefühl hast, nun nicht mehr die erste Geige zu spielen.«

Sein Vater nickte weise. »Kindern in deiner Situation kommt es oft vor, als würden sie von jemandem weggedrängt.«

»Wir haben schon damit gerechnet, dass du eifersüchtig sein wirst«, sagte seine Mutter.

»Deine derzeitige Stimmung ist nur natürlich, jeder würde so reagieren«, fügte sein Vater hinzu.

Sie dachten, das Baby sei der Grund für seine Niedergeschlagenheit? Hatten sie die Sache mit Kass ganz vergessen? Normalerweise wussten seine Eltern über jeden Schritt ihres Sohnes Bescheid – war es ihnen inzwischen völlig gleichgültig, wie es ihm ging?

Er war so vor den Kopf gestoßen, dass er sich nicht die Mühe machte, sie eines Besseren zu belehren.

»Aber bitte versuche, deinen Ärger in Grenzen zu halten«, bat ihn sein Vater. »Wir wollen nicht erleben, wie du mitten in der Nacht das Baby in Mayonnaise tauchst!«

»Kontrolliere bitte deine Emotionen«, bat seine Mutter. »Wir haben keine Lust, nachts aufzuwachen und dich mit einer leeren Tube Mayo bei dem Baby stehen zu sehen.«

»Wie ihr wollt. Also keine Mayo«, sagte Max-Ernest mit einem gezwungenen Lächeln. Er nahm an, dass sie scherzten – wenigstens hoffte er das –, aber er konnte es immer noch nicht fassen, dass sie in diesem Ton mit ihm sprachen. Sie behandelten ihn wie einen zweijährigen Jungen, der so eifersüchtig auf sein kleines Brüderchen ist, dass er sogar die verhasste Soße über ihn schütten würde. Überhaupt, wussten seine Eltern nicht, dass er sich vor Mayonnaise ekelte und die Tube unter keinen Umständen berühren würde?

»Gut. Ich bin sehr froh, dass wir dieses Gespräch nun geführt haben«, sagte Max-Ernests Vater. »Du kannst ganz unbesorgt sein. Dein kleiner Bruder ist bei uns gut aufgehoben. Wir haben aus unseren Fehlern gelernt, das kannst du mir glauben.«

»Wie schön. Ich bin sehr glücklich, dass wir uns verstehen«, sagte Max-Ernests Mutter. »Und du brauchst dich wirklich nicht zu sorgen. Dein kleiner Bruder wird bei uns in guten Händen sein. Alles, was wir bei dir falsch gemacht haben, werden wir bei ihm richtig machen – versprochen.«

Sein Vater nahm die Hand seiner Mutter und lächelte sie an.

»Er wird seine Kindheit nicht so wie du zubringen müssen – er wird nicht so lange von Arzt zu Arzt geschleift werden, bis er ein Nervenbündel ist.«

Max-Ernests Mutter erwiderte das Lächeln seines Vaters und nahm seine andere Hand. »Nein, ihn werden wir nicht so zugrunde richten, indem wir nach einer Krankheit suchen und suchen, die vielleicht nicht einmal geheilt werden kann!«

Max-Ernest rief sich in Erinnerung, dass es nicht sein Leben war oder das seines Bruders, um das es jetzt ging. Er versuchte, den Worten seiner Eltern so wenig Beachtung wie möglich zu schenken. Der Gedanke, dass sie bei ihm alles falsch gemacht hatten und damit letztendlich als Eltern gescheitert waren, war natürlich schon ziemlich erschütternd, aber dies war jetzt ganz einfach nicht der Moment, um sich erschüttern zu lassen. Er musste sich jetzt ganz auf sein Ziel konzentrieren: Diebstahl.

Seine Eltern waren zu sehr mit sich selbst beschäftigt, um zu bemerken, wie er das Buch über das Zweite Gesicht aus dem

Regal zog und es hinter seinem Rücken verschwinden ließ. Er atmete auf. So weit, so gut.

»Wir werden ihn nicht auf Schritt und Tritt verfolgen«, fuhr Max-Ernests Vater fort.

»Wir werden ihn nicht die ganze Zeit herumkommandieren und uns um ihn streiten«, fuhr Max-Ernests Mutter fort.

»Unser neuer Sohn soll ein nettes, normales Leben führen können«, schloss sein Vater.

»Unser neuer Sohn soll ein nettes, normales Kind sein dürfen«, schloss seine Mutter.

Max-Ernest schluckte. Obwohl er sich wirklich bemühte, seinen Eltern so wenig Beachtung wie möglich zu schenken – so ganz und gar, hundertprozentig konnte er sie nicht ignorieren. Ihm war klar, dass sie ihn für seltsam hielten. Warum sonst hätten sie all die Zeit nach einer Heilungsmöglichkeit gesucht? Aber es war noch einmal etwas anderes, dies laut ausgesprochen zu hören.

Das macht doch nichts, es ist völlig egal, was sie von mir denken, sagte er sich. Ein normaler Junge wäre nie und nimmer in der Lage, ein Mädchen, das im Koma liegt, aus der Zeit ihrer Vorfahren zurückzuholen. Ein normaler Junge könnte Kass nicht retten. Kass hielt ihn auch nicht für normal, aber sie wollte gar nicht, dass er normal war. Sie verließ sich darauf, dass er so blieb, wie er war. Sie glaubte an ihn. Das hatte sie ihm selbst gesagt. Sie nicht zu enttäuschen, war das Einzige, was jetzt noch zählte.

Seine Eltern strahlten sich so glückselig an, dass er wahrscheinlich den Raum verlassen und das Buch mitnehmen könnte, ohne dass sie es bemerken würden.

Genau das tat er dann auch.

Und danach aß er erst einmal ein Stück Schokolade.

Und dann noch ein Stückchen.

Und dann noch eins.

Und noch

. . . hmmgh . . .

eins.

Kapitel minus fünf

Ein Gespräch in der Dunkelheit

Kass trat aus den Hundezwingern ins Freie, aber der Hofnarr war nirgends zu entdecken und die Wachen waren schon im Palast verschwunden. Kass ging zum Hauptgebäude und nahm die Umgebung mit dem Doppelmonokel, das sie wie ein Fernglas benutzte, unter die Lupe – ohne Erfolg.

Wie sie den Homunkulus kannte, hatte er sich schnurstracks auf den Weg in die Palastküche gemacht. Wahrscheinlich verschlang er gerade genussvoll ein Bratenstück vom Spieß, das doppelt so groß war wie er selbst. Vielleicht hatte er aber auch Angst und wollte so schnell wie möglich den Klauen von Lord Pharao entkommen – in diesem Fall war er bestimmt längst über alle Berge.

Ihr Ziel war schon in greifbarer Nähe gewesen. Sie hatte den Hofnarren treffen und ihn nach dem Geheimnis fragen wollen. Und sie hatte mehr über sich selbst herausfinden wollen. Jetzt war ihr Ziel in weite Ferne gerückt. Und überhaupt, welches

Geheimnis sollte dieser Hofnarr schon bewahren? War es wirklich denkbar, dass ein verrückter, launischer Mann wie er über geheime Informationen verfügte, von denen das Schicksal der ganzen Welt abhing?

Kass war so in ihren düsteren Gedanken verloren, dass sie nicht bemerkte, wie eine Dienstmagd sich mit einem Kübel aus dem Fenster über ihr beugte.

Kass spürte einen Windhauch und sprang gerade rechtzeitig aus dem Weg, bevor der Inhalt des Eimers sich in einem langen, unappetitlichen Strom ergoss. Ich werde dir jetzt nicht sagen, worum es sich bei diesem Inhalt handelte, aber wenn du weißt, was ein Nachttopf ist, wirst du es sicher erraten. (Vergiss nicht – wir befinden uns hier in einer Zeit lange vor Erfindung der Toilettenspülung.)

Kass hatte damit gerechnet, dass es neben ihr ziemlich spritzen würde, aber es stellte sich heraus, dass die Magd den Nachttopf direkt über einem steinernen Brunnenschacht entleerte.

Der Gestank, der aus diesem Brunnenschacht strömte (falls man so etwas wirklich als Brunnen bezeichnen will), hätte die meisten Leute auf der Stelle die Flucht ergreifen lassen. Aber Kass bemerkte tief drunten einen schwachen Lichtschein und ihre Neugier war geweckt. Sie hielt sich die Nase zu und beugte sich über die Kante.

Es war dunkel, doch sie konnte genug erkennen, um sich ein ungefähres Bild zu machen. Am Grund des Schachtes erkannte sie tatsächlich ein Wasserbecken. Allerdings trieben darin nur Dreck und Unrat. Von tief unten drangen die matten Schreie der Gefangenen zu ihr herauf sowie – oder bildete sie sich das nur ein? – das noch mattere Klingeln der Narrenkappe.

Offenbar war die königliche Latrine gleichzeitig auch der Kerker.

Aber wie sollte sie da hineingelangen? Sie konnte natürlich in den Schacht kriechen – aber woher sollte sie wissen, ob sie nicht in einem finsteren Loch stecken blieb? Kass erinnerte sich nur zu gut daran, wie sie sich von der Spitze der Pyramide im Spa der Mitternachtssonne abgeseilt hatte – nur um festzustellen, dass unten ein Feuer auf sie wartete und die Flammen bereits an ihren Füßen leckten. Aber ein Becken voller Schlamm und Unrat? Das war fast noch schrecklicher.

Zum Glück fand sie einen anderen Weg. Nicht weit von ihr entfernt stieß sie auf eine ziemlich breite Treppe, die in die Tiefe verschwand. Bestimmt führten die Stufen hinab in den Kerker. Ein schweres Eisentor versperrte den Zugang. Kass entschloss sich zu warten – früher oder später würde sicher jemand das Tor öffnen.

Und tatsächlich, schon bald darauf tauchte ein Trupp von sechs Soldaten mit neuen Gefangenen im Schlepptau auf: zwei Männer aus Anastasias Gaunerbande. Ihre dunklen Masken hingen schlaff um ihren Hals.

»Ihr könnt uns in Eisen schlagen, aber in Wahrheit seid ihr die Gefangenen des Königs!«, rief einer.

»Ihr denkt wohl, ihr könnt uns diesmal länger festhalten? Das werden wir schon noch sehen!«, schrie der andere.

Kass hatte Mitleid mit den Banditen und dachte kurz daran, ihnen zu Hilfe zu eilen – schließlich war sie ja unsichtbar. Aber dann besann sie sich eines Besseren. Sie musste sich darauf konzentrieren, den Hofnarren zu retten.

Sie hielt sich dicht hinter den Soldaten, bis sie durch das Tor geschlüpft war, aber im Kerker blieb sie stehen, um den Soldaten etwas Vorsprung zu geben.

Dann folgte sie dem Klang ihrer Schritte in einen langen, gewundenen Gang hinein, der eigentlich viel zu dunkel war, um sich ohne Taschenlampe darin zurechtzufinden. Doch mithilfe des Monokels konnte sie jeden Riss in der Wand, jede Spalte am Boden mühelos ausmachen. Na ja, falls man es nicht als Mühe bezeichnet, Ratten und Kakerlaken und einer besonders fetten Spinne auszuweichen.

Als ihr ein schrecklicher Gestank entgegenschlug, wusste sie, dass sie ihr Ziel fast erreicht hatte. Sie hielt sich die Nase zu und ging weiter.

Der Gang war schwach beleuchtet, an der Wand brannten nur wenige Kerzen. Der Weg machte eine scharfe Kurve, bis er schließlich in einem unterirdischen Rundbau mündete. In der Mitte lag das Abfallbecken, um das herum die Kerkerzellen kreisförmig angeordnet waren.

Nur ein paar Schritte entfernt schlugen die Soldaten gerade eine Tür hinter den Wegelagerern zu. Kass drückte sich flach gegen die Wand, als die Truppe auf dem Rückweg an ihr vorbeimarschierte.

Die Eisentüren der Zellen waren verrostet. Durch kleine Klappen konnte man mit den Insassen sprechen. Kass stellte sich auf Zehenspitzen und lugte durch die Öffnung in die erste Zelle. Drin war es dunkel, sie konnte kaum etwas erkennen, aber sie war sich ziemlich sicher, dass die Zelle leer war.

Gerade als sie auf die zweite Tür zuging, flog diese auf und Lord Pharao stürmte heraus, eine Kerze in der Hand. Hinter ihm folgte ein Kerkermeister.

»Wenn du mir nicht verrätst, wo sich diese Kreatur versteckt hält, wirst du den Rest deines Lebens hier drinnen verbringen, darauf kannst du Gift nehmen«, brüllte er den Insassen der Zelle an. Dann stapfte er davon, direkt auf Kass zu.

»Ich weiß nicht, wohin Euer Äffchen verschwunden ist«, kam die Antwort aus der Kerkerzelle. »Ich weiß nur, wohin Ihr geht.

Hört auf meinen Rat und nehmt lieber keinen Mantel mit, es wird ziemlich heiß werden. Genauer gesagt, so heiß wie die Hölle.«

Hastig presste sich Kass wieder gegen die Wand – zu langsam. Lord Pharao streifte sie und blieb an ihrem Arm hängen. Kass stolperte und das Monokel fiel ihr aus der Hand.

Das Glas blieb bei dem Sturz zwar heil, aber es fiel mit lautem Scheppern zu Boden. Lord Pharao drehte sich in ihre Richtung. »Was haben wir denn da?«

Kass erstarrte und ihr Herz schlug ihr bis zum Hals.

Im Licht der Fackel blitzte das Monokel auf.

Lord Pharao bückte sich, hob es auf und drehte es zwischen seinen Fingern. »Sehr interessant. Ein Doppelmonokel . . .«

Und dann passierte es. Er hielt das Monokel an sein Auge und blickte direkt in ihr Gesicht. »Sehr interessant, in der Tat«, sagte er mit einem düsteren Lächeln.

Er griff nach ihrem Arm. Sie versuchte, sich loszuwinden, aber sein Griff war zu fest. »Einen Moment lang dachte ich, das Licht spiele mir einen Streich. Aber siehe da – anscheinend kann man die optische Täuschung auch anfassen.«

Kass starrte den Mann an, der sie mit durchdringendem Blick musterte. Sein grünes Auge, vergrößert vom magischen Monokel, funkelte dunkel und unheimlich, fast wie ein Reptilienauge. Sie wollte eigentlich etwas erwidern – diesem schrecklichen Mann irgendetwas Schlagfertiges entgegenschleudern, ihm zeigen, mit wem er es zu tun hatte –, aber sie hatte viel zu viel Angst.

»Wie kommt es, dass ich das Gefühl habe, in die Zukunft sehen zu können, wenn ich dich betrachte?«, sagte der Lord nachdenklich. »Du stammst nicht aus dieser Zeit, habe ich recht?«

»Was ist denn da?«, fragte der Wächter ängstlich. »Ein Geist?«

Lord Pharao lachte höhnisch. »Wenn sie ein Geist ist, dann höchstens eine ziemlich mickrige Geistergöre. Kein Grund zu erschrecken.«

Er griff noch einmal fester nach Kass. »Dieses Glas, das du besitzt, ist faszinierend . . . Was hast du sonst noch aus deiner verborgenen Welt mitgebracht? Leere deine Taschen aus! Sofort. Oder ich werde den Kerkermeister anweisen, dir dabei behilflich zu sein.«

Kass gehorchte, aber in ihren Hosentaschen war nichts außer einem Stück knittriger Alufolie. Lord Pharao faltete die Folie auseinander. Ein winziger Klumpen Schokolade kam zum Vorschein. Kass schnappte erschrocken nach Luft. Das war das letzte Stückchen von Señor Hugos Zeitreise-Schokolade. Sie hatte ganz vergessen, dass sie noch etwas übrig hatte.

Lord Pharao schnüffelte vorsichtig an der Schokolade, dann schleckte er mit der Zunge darüber. »Was ist das? Ein seltenes Gewürz?«

»Das ist Schokolade«, antwortete Kass so überrascht, dass sie für einen Moment sogar ihre Angst vergaß. Dann fiel ihr ein, dass es noch etwas dauern würde, bis Waren aus der Neuen Welt nach Europa gelangten.

»Es schmeckt scheußlich – aber einzigartig. Ich werde es behalten und später genauer unter die Lupe nehmen«, sagte Lord Pharao und wickelte die Schokolade wieder in die Folie.

Kass wartete auf Anzeichen für die Wirkung von Señor Hugos Schokolade – vielleicht hatte sie ja Glück und Lord Pharao sackte ohnmächtig auf dem Boden zusammen –, aber anscheinend verfehlte die Kostprobe bei Lord Pharao ihre Wirkung.

»Und was dich betrifft – dich werfen wir in den Kerker zum

Hofnarren. Das dürfte für den Augenblick genügen. Später können wir uns etwas ausdenken, wie man Geister tötet.«

Er ließ das Monokel sinken und musterte es noch einmal kurz.

»Mich beschleicht das Gefühl, dass die Zukunft ohne dich viel besser dran ist«, sagte er selbstzufrieden und setzte das Monokel wieder ans Auge. Er schien entschlossen, das Monokel nie mehr aus den Händen zu geben.

Kass unterdrückte ein Schluchzen. Ohne das Monokel hatte sie keine Chance zu entkommen.

Die Schellen auf der Kappe klingelten fröhlich, wie um der Finsternis zu trotzen.

»Wer da?«, fragte der Narr. »Euer Gesicht verbirgt sich in der Dunkelheit, doch möchte ich gern wissen, wer Ihr seid!«

Kass spähte in der Zelle umher und versuchte, die schemenhafte Gestalt ihres Mitgefangenen auszumachen. Die einzige Lichtquelle war der schmale Schlitz in der Tür, durch den das Licht von draußen hereinfiel.

Schließlich sah sie einen matten Schein, der von den Schellen des Hofnarren auszugehen schien. Sie rutschte darauf zu.

»Ähm, hallo. Ich heiße Kassandra, aber alle nennen mich Kass. Jedenfalls alle, die mit mir befreundet sind.«

»Kass?«, hörte sie die überraschte Stimme des Hofnarren. »Aber du bist ja noch ein Kind! Trügen mich meine Ohren? Was hast du in einem Loch wie diesem verloren? Was hast du denn verbrochen? Nein! Was hast du richtig gemacht? Hierher werden nur die Besten gebracht. Nur die wahren Helden schafft man hierein, sonst würde ich hier nicht sein!«

Kass musste kichern. Offensichtlich war der Hofnarr schon wieder besserer Laune.

»Na ja, das ist eine ziemlich lange Geschichte, aber wahrscheinlich liegt es daran, dass«, sie holte tief Luft, »dass ich unsichtbar bin und Lord Pharao den Grund dafür herauskriegen will.«

Der Hofnarr lachte auf. »Der Witz ist gut, aber ein echtes Rätsel ist er nicht. Wir sind alle unsichtbar im Dunkeln – so ganz ohne Licht. Komm schon, was ist die Wahrheit, du kannst mir vertrauen – du darfst auch kleine Lügen einbauen. Hauptsache ist, dass ein Fünkchen Wahrheit drinsteckt, denn du hast schon längst meine Neugier geweckt.«

»Nein, ich meine es ernst. Du würdest mich auch bei hellem Tageslicht nicht sehen. Warte mal . . . ich nehme dir jetzt deinen Hut ab . . .«

Inzwischen hatte Kass die Gestalt des Hofnarren in der Dunkelheit ausgemacht. Bevor er sich wehren konnte, hatte sie ihm schon den Hut vom Kopf gezogen.

»Siehst du, hier schimmert das Glöckchen. Und jetzt fühl mal meine Hand. Du kannst sie spüren, oder? Jetzt wedle ich mit der Hand über die Glöckchen – siehst du Schatten? Du siehst nichts, stimmt's? Die Glöckchen glänzen immer noch genauso wie vorher. Was sagst du jetzt?«

»Ein nettes Kunststück, das muss ich wirklich zugeben«, sagte der Hofnarr. Er klang beeindruckt. »Kannst du das auch, wenn die Fackel brennt? Ich muss schon sagen, du bist ein Talent! Wir beiden würden zueinanderpassen. Zusammen könnten wir's krachen lassen!«

»Das ist kein Zaubertrick. Tricks sind eher das Metier meines Freundes Max-Ernest.«

»Er scheint ein großer Magier zu sein. Ihn kennenzulernen, wär mir ein großes Vergnügen. Wenn er Hilfe braucht, ich steh zur Verfügung. Falls er einen Partner sucht – sag deinem

Kumpan, es läg mir was dran. Ich will großzügig sein, mit unserem Gewinn, bei zehn Talern ist auch für ihn einer drin. Ach, ich fühle mich jetzt schon reich an kostbaren Gaben – eigentlich kann er auch zwei Münzen haben.«

»Vergiss es. Das wird nichts mit Max-Ernest. Es ist nicht gerade leicht, mit ihm zusammenzuarbeiten. Glaub mir – ich muss es wissen. Außerdem tut das jetzt nichts zur Sache. Worauf ich hinauswill, ist, dass das Licht durch mich hindurchscheint, weil ich tatsächlich unsichtbar bin.«

Es war wirklich wichtig, dass er das verstand. Davon hing einiges ab. Einerseits wollte sie verhindern, dass er vor Schreck tot umkippte, falls irgendwann Licht in die Zelle fiel und er niemanden sah. Und wenn er sich andererseits damit abfand, dass sie unsichtbar war, würde es leichter sein, ihn davon zu überzeugen, dass er einen Besucher aus der Zukunft vor sich hatte.

»Schau, ich lege jetzt meine Hand auf deine Augen – und du siehst immer noch. Hab ich recht?«

Der Hofnarr nickte, brachte aber keinen Ton hervor.

»Bist du ein Geist? Ein Gespenst?«, flüsterte er nach einer Weile. »Ich habe noch nie einen Geist getroffen.«

»Gute Frage, ich weiß es auch nicht so genau«, erwiderte Kass. »Ich glaube, es kommt darauf an, was du unter Geist verstehst.«

Der Hofnarr fing an zu zittern.

»Ich weiß, wer du bist. Du bist kein Geist, du bist diese Stimme in meinem Kopf, vor der mich alle warnen!«

Er griff nach seinem Narrenhut und setzte ihn wieder auf, als könnte er die Stimme auf diese Weise zum Schweigen bringen. Die Glöckchen schienen ihn mit ihrem Klingeln zu verhöhnen.

»Oh ja, das ist des Rätsels Schlüssel – ich hab wohl einen

Sprung in der Schüssel!«, wisperte er. »Sie sagen schon lange, ich sei geisteskrank – vielleicht hab ich wirklich nicht alle Tassen im Schrank. Normalerweise fühle ich als Narr mich geehrt, aber heute werde ich eines Schlimmeren belehrt. – Das ist übrigens ein Wortspiel, weißt du? Ein Narr ist jemand, der verrückt ist. Aber es ist auch meine Berufsbezeichnung. Trifft sich das nicht gut? Und wenn jemand schwer von Begriff ist und dann irgendwann doch etwas begreift, wird er ja eigentlich eines Besseren belehrt – aber ich werde eines Schlimmeren belehrt. Mir ist wirklich nicht mehr zu helfen.«

»Halt, jetzt warte doch mal. Ich schwöre dir, ich bin keine Stimme in deinem Kopf. Wenn überhaupt, dann bist du eine Stimme in meinem Kopf. Genau genommen träume ich dich nur . . . gewissermaßen.«

»Wie bitte? Was sagst du da? Du bringst mich noch um den Verstand, du Plagegeist! Na schön, dann erzähl mir eben, was du weißt.«

Er stand auf. Langsam schien er Gefallen an dem Gespräch zu finden. »Kommt, ihr Götter des Irrsinns, erhört mein Flehen! Ich will unter die Bekloppten gehen! Nehmt mich als euren Diener drum – ich freu mich aufs Delirium. Ich warte in dieser Dunkelheit, ohne Ausweg weit und breit. Doch bevor ich hier noch verkalke, stell ich mir vor, ich sei ein Falke. Ich werde nicht in diesem Loch verkommen, denn schon längst bin ich als Ente davongeschwommen. Ich fliege durch Wälder, streife durch Felder, als Rebhuhn ärgere ich die Bauern, doch nie weilt mein Geist in muffigen Mauern. Meine Überreste werden zu Spinnenweben, aber ich erblühe zu neuem Leben!«

»Würdest du vielleicht einmal für eine Minute die Luft anhalten!?«, bat Kass in einem Tonfall, den sie eigens für den Fall, dass Max-Ernest mal wieder besonders lange und lächerlich abschweifte, in ihrem Repertoire hatte. »Du bist nicht wahnsinnig, aber du treibst mich in den Wahnsinn. Pass auf, das alles hört sich jetzt wahrscheinlich ziemlich abgefahren an, aber ich komme aus der fernen Zukunft, Hunderte Jahre von heute entfernt. Genau genommen bin ich sogar deine Ur-Ur-Ur-und-so-weiter-Enkelin.«

»Ha! Genügt es dir nicht, mein Gehirn aufzuweichen? Musst du mir das noch aufs Butterbrot streichen?«

»Hier, fühl mal meine Ohren.« Kass langte nach der Hand des Hofnarren und führte sie zu ihren Ohren. »Schau, sie sind genauso wie deine.«

»Ja, das sind sie wirklich«, stimmte ihr der Hofnarr zu. »Das beweist noch lange nichts über dich, vielleicht bist du auch nur ein Halbelf wie ich.«

Kass erstarrte. Ihr Herz hämmerte in ihrer Brust. Konnte das wirklich sein? Es hörte sich unwahrscheinlich an, aber vielleicht war das ihr Geheimnis. War dies womöglich *das* große Geheimnis?

»Bist du wirklich . . . ein Halbelf?«, fragte sie.

Der Hofnarr gluckste. »Nun mach ich mir Sorgen um deinen Verstand statt um meinen. Ich bin kein Elf und ich kenne auch keinen.«

»Oh«, sagte Kass, erleichtert und enttäuscht zugleich. »Wie auch immer, Elf oder nicht, ich bin eine Nachfahrin von dir. Jedenfalls bin ich mir zu neunundneunzig Prozent sicher, dass ich das bin.«

Der Hofnarr seufzte. »Vielleicht hast du ja recht, um meinen Verstand steht es ohnehin schlecht. So weit ist es schon gekommen, ach, ich fühle mich beklommen.«

Er hatte sich allmählich wieder beruhigt und setzte sich wieder neben Kass zu Boden.

Jetzt ist der Moment gekommen, dachte sie. Sie öffnete den Mund, um endlich nach dem Geheimnis zu fragen, als plötzlich ein lauter Krach aus dem Gang beide zusammenzucken ließ.

Kapitel sechs
Zurück in der Schule

Max-Ernests Stimmung hätte nicht schlechter sein können. Nachdem er das entwendete Buch gelesen hatte, konnte er genauso wenig wie vorher in Kass' Gedanken lesen.

Sehen mit dem dritten Auge in vier einfachen Schritten hätte wirklich von jemandem mit drei Augen geschrieben sein können, so albern war es.

Aber auch wenn sich das Buch als völlig nutzlos herausgestellt hatte, war es Max-Ernest zumindest gelungen, seinen Eltern die Erlaubnis abzutrotzen, sämtliche Bücherregale zu durchstöbern. Die bevorstehende Ankunft von Max-Ernests kleinem Bruder beschäftigte die beiden derart, dass sie nicht so wachsam waren wie üblich.

»Vielleicht stößt du ja auf einen Baby-Ratgeber, den wir übersehen haben«, sagte sein Vater.

»Sag es uns sofort, wenn du Bücher über Baby-Erziehung findest«, bat seine Mutter.

Stunde um Stunde saß Max-Ernest auf dem Fußboden des

Arbeitszimmers und las ein Buch nach dem anderen, allerdings nicht über Babys, sondern über außersinnliche Wahrnehmung. Manches klang eingängig und wissenschaftlich, das meiste jedoch war für seinen Geschmack viel zu skurril. Immerhin lernte er dabei einige wissenswerte Nebensächlichkeiten. *Bilokation* zum Beispiel bezeichnete den Zustand, wenn man an zwei Orten gleichzeitig war (genau das hatte er ja oft getan, als seine Eltern noch in verschiedenen Wohnungen wohnten). *Pendeln* war eine Form des Weissagens, bei der man mithilfe eines Pendels verlorene Sachen suchte (er fragte sich, ob Mrs Johnsons Versuch, die Stimmgabel mit einem Magneten zu suchen, auch unter diese Kategorie fiel). Und beim *Hellsehen* benutzte man einen Gegenstand, wie zum Beispiel eine Kristallkugel oder einen Spiegel, um Dinge zu sehen, die sich weit entfernt ereigneten (fast so, als würde man fernsehen, dachte Max-Ernest, nicht sonderlich beeindruckt).

Es gab viele Theorien über das Wie und Was und Weshalb von Telepathie, aber in Max-Ernests Einschätzung war das alles Quatsch. Eine Anleitung, wie man die Gedanken eines Mädchens, das im Koma lag, enträtseln konnte, fand er jedenfalls nicht. Die meisten Empfehlungen waren unbrauchbar, so wie zum Beispiel der Ratschlag, mit einem Blick in die Augen zu beginnen (Kass hatte die Augen geschlossen), dann das Mienenspiel der Person genau zu beobachten (Kass' Mienenspiel ging gegen null) oder auf ihre Stimme zu achten (Kass schwieg wie ein Grab).

Warum sprach man von Gedanken*lesen* und nicht von Gedanken*sehen* oder *-hören,* fragte sich Max-Ernest, wenn es dabei immer nur ums Hören oder Sehen ging?

Als Meister der Entschlüsselung und des Rätselknackens war Max-Ernest daran gewöhnt, ein Schlüsselwort, eine Gesetzmäßigkeit oder irgendeine Eselsbrücke zu finden, womit er das Problem lösen konnte. Die Bücher aber rieten ihm, sich auf seine *Eingebung* zu verlassen, was ihn ziemlich wurmte.

Und überhaupt, was genau war eine Eingebung? Eine Eingebung war heiße Luft, mehr nicht. Ein Bluff. Eine Eingebung hatte nichts mit Logik zu tun. Sie stützte sich auf rein gar nichts.

Ich habe keine Eingebungen, dachte Max-Ernest. Wenn schon, dann habe ich Ideen.

Und doch gewann er durch seine eifrige Lektüre eine Reihe unerwarteter Erkenntnisse. Die erste hatte mit dem Magnetanhänger von Mrs Johnson zu tun. Einer der sogenannten magischen Gegenstände, von denen Max-Ernest gelesen hatte, war ein Eisenstein, ein natürlich vorkommender Magnet. Mrs Johnsons Anhänger war so ein Stein, das hatte er von Anfang an vermutet und jetzt war er sich sogar sicher. Nicht dass ihm dies irgendwie von Nutzen gewesen wäre. Max-Ernest bezweifelte, dass er Kass aufwecken könnte, indem er einfach mit einem Stein über ihrem Gesicht herumfuchtelte.*

Die andere Erkenntnis betraf den TRITT-MICH-Zettel. Die Lektüre eines Buchs mit dem Titel *Öffne deine Sinne* verhalf Max-Ernest dazu, die Botschaft auf der Rückseite des Zettels zu entziffern.

»Negatives Denken ist dein Feind«, riet ihm das Buch. »Denk immer daran, das N-Wort ist ein schmutziges Wort. Sag Nein zum Nein. Tilge es aus deinem Wortschatz.« Max-Ernest hatte garantiert nicht vor, NEIN aus seinem Wortschatz zu tilgen, es war eines seiner Lieblingswörter. Aber er könnte die N-Wörter aus der verschlüsselten Botschaft tilgen, überlegte er sich.

---

* Magneteisenstein, auch Magnetit genannt, ist sogar für Geologen rätselhaft. Die meisten Wissenschaftler nehmen an, dass der Magnetismus von einem Blitzeinschlag herrührt, aber genau weiß das niemand.

NIMM NIE N-WORTE IN DEINEN MUND! Vielleicht sollte das heißen, dass er alle Wörter mit dem Buchstaben N aus der Botschaft streichen sollte. Wenn er das machte, dann wurde aus

WARNUNG:
NIMM NIE N-WORTE IN DEINEN MUND!
IN EINEM L-AND ORD FAHR NICHT A(UT)O
LE – SEN! DEIN B. T.

Folgendes:

~~WARNUNG~~:
~~NIMM~~ ~~NIE~~ ~~N-WORTE~~ ~~IN~~ ~~DEINEN~~ ~~MUND~~!
~~IN~~ ~~EINEM~~ L-~~AND~~ ORD FAHR ~~NICHT~~ A(UT)O
LE – ~~SEN~~! ~~DEIN~~ B.T.

oder kurz:

L-ORD FAHR A(UT)O LE B. T.

Auf den ersten Blick war die abgekürzte Botschaft noch sinnloser als die ursprüngliche. Doch dann traf es Max-Ernest wie ein Blitz. Die Botschaft war lautmalerisch und die Buchstaben in Klammern konnte man ebenfalls weglassen. Richtig geschrieben bedeutete sie:

LORD PHARAO LEBT

Die Befriedigung, das Rätsel geknackt zu haben, währte nur kurz, denn dann fing Max-Ernest an, sich zu ärgern. Was sollte diese blöde Botschaft? So etwas las man sonst höchstens an der Toilettenwand. ELVIS LEBT oder MEINE LIEBLINGSMANNSCHAFT/BAND/WAS AUCH IMMER IST DIE BESTE. Das war einfach nur so dahergesagt, das war keine richtige Botschaft.

Eines stand jedoch fest: Die Botschaft stammte nicht von Pietro. Je länger Max-Ernest darüber nachdachte, desto klarer wurde ihm, dass Pietro zwar deftige Scherze liebte, aber niemals einen Zettel mit der Aufschrift TRITT MICH an Max-Ernests Rücken kleben würde. Dazu war er viel zu gutherzig. Nein, nicht Pietro, sondern der Geheimbund der Mitternachtssonne verspottete Max-Ernest mit dem Namen des legendären Alchemisten und Gründers Lord Pharao. Eine andere Erklärung gab es nicht. Die Botschaft sollte ihm beweisen, wie nahe sie ihm kommen konnten, ohne dass er es bemerkte.

Und das war sehr, sehr nahe.

Aber wer hatte ihm den Zettel auf den Rücken geklebt? Das war die Frage, die er sich am nächsten Morgen stellte, als er durch die Schule ging, statt sein Referat über Hofnarren bei Shakespeare auszuarbeiten, das er im Sprachunterricht halten sollte. (Als Vorbereitung für den Renaissancemarkt nahmen sie Shakespeare durch. Max-Ernest hatte das Referat freiwillig übernommen, ohne daran zu denken, dass er sämtliche Stücke lesen musste, in denen ein Hofnarr vorkam.)

Globus und Daniel-nicht-Daniela nickten ihm in einem Anflug von Freundlichkeit zu, als er am bescheuerten Tisch vorbeiging. Max-Ernest konnte sich ohne Weiteres vorstellen, dass sie den TRITT-MICH-Zettel geschrieben hatten, nicht aber, dass die beiden Agenten der Mitternachtssonne waren.

Die naheliegendste – weil einzige – Kandidatin war Amber. Offiziell war sie das netteste Mädchen der ganzen Schule. Inoffiziell war sie eine Agentin (wenn auch keine vollwertige) der Mitternachtssonne.

Als Max-Ernest schließlich vor Amber stand, die wie üblich

an ihrem Tisch in der Mitte des Schulhofs saß, war er – erstens – felsenfest davon überzeugt, dass sie die Übeltäterin war, hatte sich – zweitens – bereits ausgemalt, welche vernichtenden Worte er ihr unerschrocken ins Gesicht schleudern würde, nur um – drittens – zu beschließen, sie einfach zu ignorieren, weil er ihr genau diese Genugtuung nicht bieten wollte.

Leider war Amber, die sonst genauso ungern mit Max-Ernest sprach wie er mit ihr, ausgerechnet an diesem Morgen wild entschlossen, ihm ein Gespräch aufzudrängen.

»Max-Ernest! Hal-lo-oo! Komm mal rüber!«

Er gab sich die größte Mühe, so zu tun, als hätte er sie nicht gehört, und ging weiter.

Aber Amber ließ sich nicht entmutigen. »Max-Ernest! Huhuu! Ich weiß genau, dass du mich hörst!«

Amber weiterhin zu ignorieren, wäre noch riskanter, als auf sie einzugehen, deshalb drehte sich Max-Ernest um. Er sagte kein Wort, nur seine Miene schien zu fragen: *Ja, was willst du?*

Gegenüber saß Ambers Freundin Veronica, die gespannt zusah.

Amber grinste übers ganze Gesicht. »Willst du nicht wenigstens Hallo sagen?«

»Hatte ich eigentlich nicht vor«, erwiderte Max-Ernest knapp.

Unbeeindruckt von seiner Abfuhr grinste Amber sogar noch mehr als zuvor. »Du vielleicht nicht, aber ich! Hi, Max-Ernest! Wie waren die Sommerferien?«

»Was soll das? Du redest doch sonst nicht mit mir. Du kannst mich nicht ausstehen«, stellte Max-Ernest sachlich fest. Oder willst du nur herausfinden, ob ich weiß, dass du mir den Zettel auf den Rücken geklebt hast?, dachte er im Stillen.

»Ach komm schon, das ist doch mehr als drei Monate her und längst vergessen. Können wir nicht Freunde sein? Ich bin wirklich nett, du kannst jeden hier fragen.«

Veronica nickte energisch. »Total nett.«

»Manche halten mich sogar für den nettesten Menschen der ganzen Schule, wusstest du das?«

»Ja. Das heißt aber noch lange nicht, dass sie auch recht haben.«

»Du lieber Himmel, was in aller Welt habe ich dir denn getan?«

»Tja, also . . .«, fing Max-Ernest an. Er wollte die Frage beantworten, angefangen damit, dass Amber ihn und Kass bezichtigt hatte, sie würden sich mögen (mögen im Sinne von *mögen,* was nach Max-Ernests Auffassung eigentlich *mehr als mögen* heißt und auf keinen Fall auf ihn und Kass zutraf), nicht zu vergessen die Tatsache, dass Amber der Mitternachtssonne dabei geholfen hatte, den Homunkulus zu entführen, bis zu der Angelegenheit mit dem TRITT-MICH-Schild – aber dann besann er sich eines Besseren.

»Das weißt du ganz genau«, sagte er knapp.

»Hältst du mich für eine Spinnerin oder was?« Amber lachte. »Na ja, Hellseherin trifft es schon eher. Veronica und ich, wir sagen heute nämlich die Zukunft voraus. Wir haben keine Lust, bis zum Renaissancemarkt zu warten. Was ist, darf ich dir die Zukunft voraussagen?«

»Nein.«

»Bitte, bitte.«

»Warum?«

»Warum nicht? Hast du Angst?«

Max-Ernest brachte nicht die Energie auf, mit ihr zu streiten. Außerdem war es gut möglich, dass Amber wusste, was die

Mitternachtssonne vorhatte, und vielleicht gab sie unabsichtlich etwas preis, wenn sie ihm die Karten legte.

»Okay. Aber nur damit du es weißt, ich glaube nicht an dieses Zeug.«

»Setz dich.«

Max-Ernest hatte damit gerechnet, dass sie Tarotkarten ausbreiten würde, aber stattdessen waren es ganz gewöhnliche Spielkarten – allerdings mit einer Rückseite in Glitzerrosa.

»Okay, die erste Karte ist die Liebeskarte. Mal sehn, ob sie uns etwas verrät oder nicht . . .«

Sie hob vorsichtig die oberste Karte vom Stapel – und lächelte.

»Oh, die Herz-Zehn. Das ist ein dickes Ja. Zehn von zehn. Total verliebt! Wer ist es denn, Max-Ernest? Zier dich nicht so, du kannst es uns ruhig sagen.«

»Niemand«, antwortete Max-Ernest mit hochrotem Gesicht.

Warum habe ich mich darauf eingelassen? Ich muss vorübergehend nicht bei Trost gewesen sein, dachte er bei sich. Ich sollte meine Hirnrinde untersuchen lassen. Vielleicht ist da etwas nicht in Ordnung. Ob man mit minimalinvasiver Chirurgie etwas dagegen machen kann?

»Ach komm schon, die Karten lügen nicht. Wir wissen ohnehin alle, wer es ist . . .« Amber lächelte boshaft. »Kass, hast du gehört?«, rief sie laut.

Ein kleines Grüppchen hatte sich um sie versammelt, darunter auch Daniel-nicht-Daniela und Globus. Normalerweise hätte Amber es niemandem vom bescheuerten Tisch erlaubt zuzuhören, aber dies war offensichtlich eine Ausnahme.

»Kass, ich glaube, du hast einen nicht-heimlichen Verehrer!«, rief sie. »Bestimmt macht er dir bald einen Antrag!«

Globus, der gerade eine neue Kaugummimarke namens *Vulkan* ausprobierte, lachte so laut, dass er versehentlich den Kaugummi ausspuckte, woraufhin der auf dem Asphaltboden explodierte.

»Die nächste Karte zeigt uns, welches wichtige Ereignis dir bevorsteht«, fuhr Amber etwas leiser fort. »Was glaubt ihr, Leute, was es ist? Werden Max-Ernest und ein bestimmtes Mädchen demnächst heiraten? Ich verrate nicht, wie das Mädchen heißt, nur dass es wirklich große, ich wollte sagen schöne Ohren hat . . .«

Sie zog die nächste Karte aus dem Stapel und ihre Miene wurde ernst.

»Oh nein. Ist jemand krank?«, fragte sie Max-Ernest übertrieben besorgt. »Diese Karte ist nämlich die Pik-Dame und das bedeutet, dass jemand, den du liebst, sterben wird.« Amber blickte die Umstehenden der Reihe nach an. »Da fällt mir ein, wo ist Kass? Ist sie heute überhaupt in die Schule gekommen? Ich hoffe, es geht ihr gut . . .«

Max-Ernest war speiübel. Er wollte Amber eine passende Antwort geben, brachte aber keinen Ton heraus.

Benjamin Blake, der hinzugekommen war, trat einen Schritt vor. »Dürfte ich bitte mal einen Blick darauf werfen, Miss?«, fragte er in seiner gestelzten Art.

»Ich heiße Amber.«

»Nun, Miss Amber, dürfte ich dann bitte diese Karte sehen?«

»Was soll das? Welche Karte?«, fragte Amber mit hochrotem Gesicht.

»Die Karte in deiner Hand natürlich.«

»Und warum?« Amber drückte die Karte an die Brust, damit niemand das Blatt sehen konnte.

»Weil es nicht die Pik-Dame ist. Ich frage mich, warum du so etwas behauptest. Oder findest du es lustig, wenn jemand stirbt, den Max-Ernest mag? Wie auch immer, du hast gelogen. Die Karte in deiner Hand ist die Kreuz-Drei.«

»Woher willst du das wissen?«

»Wenn es die Pik-Dame ist, dann zeig sie uns doch.«

Amber warf unwillkürlich einen Blick auf die Karte in ihrer Hand – und war so verdutzt, dass sie die Karte auf den Tisch fallen ließ.

Blitzschnell hob Max-Ernest sie auf. Natürlich war es die Kreuz-Drei. Er hielt die Karte hoch, damit alle sie sehen konnten.

»Mensch, Amber. Das war nicht sehr cool«, murmelte Daniel-nicht-Daniela ganz unerwartet unter seinen Rastalocken hervor.

»Ja, total uncool«, stimmte ihm Globus zu. »Und so jemand will das netteste Mädchen in der ganzen Schule sein?«

Daniel-nicht-Daniela, Globus und die anderen Schüler, die sich um sie geschart hatten, gingen kopfschüttelnd davon.

»Komm schon, Kamerad. Der Unterricht fängt wieder an«, sagte Benjamin Blake und zog Max-Ernest, der immer noch um Fassung rang, mit sich. Amber und Veronica sandten ihnen finstere Blicke hinterher.

»Wie hast du das gemacht?«, fragte Max-Ernest während des Mittagessens. Seine Stimmung hatte sich ein wenig gebessert. Sie saßen wieder am bescheuerten Tisch (diesmal hatte Benjamin nicht gefragt, ob er sich setzen dürfe). »Hast du heimlich eine Karte in Ambers Spiel gemogelt?«

Benjamin schüttelte den Kopf. »Ich weiß nicht, was du meinst.«

»Na ja, mogeln im Sinne von tricksen. Es so einzurichten, dass Amber die Karte einfach nehmen muss.«

»Nein, ich habe keine Karte in Ambers Spiel gemogelt.«

»Aber du hast die Karte gesehen? Du *musst* sie vorher gesehen haben . . .«

»Nein.«

»Hattest du einen Spiegel?«

»Nö.«

»Hat dir jemand ein Zeichen gegeben?«

Benjamin schüttelte den Kopf.

Max-Ernest starrte ihn an, ebenso beeindruckt wie ratlos. »Dann gebe ich es auf. Jetzt sag schon, woher wusstest du, welche Karte sie in der Hand hat?«

Benjamin lächelte geheimnisvoll. »Ein Zauberer gibt seine Tricks niemals preis. Das solltest du doch am besten wissen, Max-Ernest. Wenn ich richtig informiert bin, willst du später einmal ein Zauberer werden. Ein Wanderkomiker-Schrägstrich-Magier oder etwas in der Art?«

»Deswegen weiß ich ja, dass es so einen Trick nicht gibt. Oder besser gesagt, dass es nicht mit rechten Dingen zugeht.«

»Dann habe ich vielleicht tatsächlich Ambers Gedanken gelesen. Hast du diese Möglichkeit schon in Erwägung gezogen?«

»Klar doch«, sagte Max-Ernest leicht verärgert.

Aber dann dachte er erneut an das, was Pietro ihm gesagt hatte. War er zu voreilig gewesen, was die Möglichkeit einer Gedankenübertragung betraf? Pietro hatte ihm geraten, offener gegenüber Dingen zu sein, die er sich auf den ersten Blick nicht erklären konnte.

Falls Benjamin tatsächlich etwas vom Gedankenlesen verstand, musste Max-Ernest das herausbekommen. Es ging schließlich um Kass' Leben.

»Warte mal. Wer hat dir gesagt, dass ich Zauberer werden will?«

»Oh, das weiß doch jeder.«

»Ja, aber wer hat es dir erzählt?«

»Wie schon gesagt, das weiß doch jeder.«

»Genau das Gleiche hast du behauptet, als ich dich fragte, woher du weißt, dass Kass im Krankenhaus ist. Vielleicht wissen alle, dass ich Zauberer werden will, aber nicht alle wissen von der Geschichte mit Kass. Davon weiß eigentlich niemand.«

»Ach ja? Und was willst du damit andeuten?«

»Du bist . . .«

»Was? Was bin ich?«

Max-Ernest konnte es nicht laut aussprechen, so haarsträubend war der Gedanke. Er beschloss, ein Experiment zu machen.

Du liest meine Gedanken, dachte er so deutlich, wie er nur konnte. *Du kannst tatsächlich Gedanken lesen.*

Einen Moment lang sagte Benjamin nichts, sondern betrachtete Max-Ernest durch sein Monokel. Dann nickte er. »Ja, alter Kamerad, das kann ich.«

Max-Ernest riss die Augen auf. Das war der Beweis.

»Schau nicht so überrascht. Erinnere dich daran, was dein Freund Pietro gesagt hat. Es mag einem vielleicht vorkommen, als ginge es nicht mit rechten Dingen zu, aber das heißt nicht, dass man Gedankenlesen nicht erklären könnte. Man hat es bisher nur noch nie getan.«

»Ich nehme an, das hast du auch in meinen Gedanken gelesen?«

Benjamin nickte.

Max-Ernest schüttelte verblüfft den Kopf.

»Okay, dann erklär mir doch, wie Telepathie funktioniert.

Hat es etwas mit deiner Synästhesie zu tun? Kannst du deshalb Gedanken lesen?«

»Nein, nicht direkt. In der Neuen Prometheus-Akademie hat man mir beigebracht, meine Gedanken zu kontrollieren. Es ist erstaunlich, wozu man imstande ist, wenn man sich nur fest genug konzentriert. Ich fürchte, mehr kann ich dir im Moment nicht sagen.«

»Weil du selbst nicht richtig weißt, wie es geht, oder weil du nicht darfst?«

»Sowohl als auch.«

»Wer hat dir das beigebracht?«

»Besondere Lehrer«, sagte Benjamin ausweichend. »Fachleute.«

»Kannst du mir das auch beibringen?«

»Tut mir leid, altes Haus. Das geht auf gar keinen Fall.«

»Hat Gedankenlesen mehr mit Lesen oder mit Sehen zu tun?«, fragte Max-Ernest mit wachsender Verzweiflung. »Kannst du mir wenigstens das verraten?«

Diese Frage beschäftigte Max-Ernest, seit er das Buch über das Zweite Gesicht gelesen hatte. Wenn Gedankenlesen etwas mit Lesen zu tun hatte, dann gab es vielleicht noch Hoffnung. Das hieß nämlich, dass es einen Code gab, den er knacken konnte. Aber wenn Gedankenlesen eher mit Sehen zu tun hatte, wenn es wirklich so etwas war wie ein zweiter Blick, tja, dann sah es für ihn zappenduster aus.

»Hmm . . .« Benjamin überlegte. »Wenn du Wörter richtig lesen willst, dann musst du sie auch sehen, nicht wahr?«

»Nicht wenn man blind ist und Braille lesen kann – dann kann man sie auch ertasten«, erklärte Max-Ernest. »Oder jemand könnte einem das Wort laut vorlesen. Dann würde man es zuerst hören. Ich weiß sogar von zwei Brüdern, die sich

Wörter mit Geruchssignalen vorbuchstabierten. Wie findest du das?«*

»Tja, wie finde ich das?«, wiederholte Benjamin.

»Also, wie steht's nun? Siehst du die Gedanken anderer oder liest du sie?«

Benjamin zuckte die Schultern. »Sowohl – als auch und weder – noch. Ich kann es nicht erklären.«

Zu behaupten, dass Max-Ernest frustriert gewesen wäre, wäre eine glatte Untertreibung. Da saß er jemandem gegenüber, der tatsächlich Gedanken lesen konnte, und war selbst dennoch keinen Schritt weitergekommen, Kass' Gedanken zu lesen!

Arrrgh, dachte er, was soll ich jetzt bloß machen?

»Ich könnte es für dich übernehmen«, sagte Benjamin ruhig. »Natürlich nur, wenn du möchtest.«

Max-Ernest zuckte erschrocken zusammen. Er würde in Zukunft genau darauf achten müssen, was er dachte.

Benjamin lachte. »Mach dir keine Sorgen. Ohne ausdrückliche Zustimmung blicke ich für gewöhnlich nicht in die Gedanken anderer Menschen. Oder lese sie. Das wäre meines Erachtens äußerst unhöflich.«

»Das ist . . . gut so . . .«, antwortete Max-Ernest. »Du glaubst also wirklich, du könntest Kass' Gedanken lesen, auch wenn sie im Koma liegt?«

Benjamin lächelte. »Ich kann's versuchen.«

»Das würdest du tun?«, fragte Max-Ernest. Ein Hoffnungsschimmer blitzte in seinen Augen auf. »Ich habe . . . ich habe nämlich Angst, dass sie nicht mehr aufwacht. Pietro – ähm, ein Bekannter von mir – ist überzeugt davon, dass man nur über ihre Gedanken an sie rankommen kann.«

---

* Die Brüder waren natürlich Pietro und Dr. L. (damals noch Luciano). Als sie elf Jahre alt waren, benutzten sie die Duftsymphonie, um sich während einer Zirkusvorstellung mit dem Duftcode zu verständigen.

Benjamin nahm sein Monokel vom Auge und betrachtete es nachdenklich.

»Sind viele Leute im Krankenhaus um sie herum? Das könnte ein Problem werden. Am besten wäre es, wenn ich mit ihr allein sein könnte.«

»Wenn das so ist, sollten wir es nach Ende der Besuchszeit versuchen. Dann sind zwar immer noch Nachtschwestern da und Pförtner und solche Leute, aber es ist bestimmt einfacher, ein paar Minuten mit ihr allein zu sein . . . Das Problem ist nur, sie werden uns nicht reinlassen, weil wir keine Familienangehörigen sind.«

»Dann müssen wir ein Ablenkungsmanöver starten«, schlug Benjamin vor.

»Um uns, wenn niemand hinschaut, hineinzuschleichen? Das könnte klappen.«

»Was, wenn wir ein paar Minuten lang den Strom im Krankenhaus unterbrechen? In der Dunkelheit würde uns niemand sehen und wir hätten genug Zeit, in ihr Zimmer zu gehen.«

Max-Ernest schüttelte den Kopf. »Zu schwierig. Dazu müssten wir auch die Notstromgeneratoren lahmlegen. Außerdem sind da Geräte, die das Leben von Menschen erhalten. Wir wollen doch niemanden umbringen, oder?«

Benjamin dachte stirnrunzelnd darüber nach, als ob dies eine ernst zu nehmende Frage wäre. »Nein, wohl eher nicht. Das würde nur Probleme verursachen . . .«

»Hey, jetzt weiß ich es. Wie wär's, wenn ich einen Tumult auslöse?«, rief Max-Ernest aufgeregt. »Ich könnte so tun, als hätte ich einen epileptischen Anfall. Dann müssten alle Krankenschwestern kommen und mir helfen und du könntest dich in der Zwischenzeit in Kass' Zimmer schleichen. Ich glaube, ich könnte es so hinkriegen, dass es ziemlich echt aussieht.«

Benjamin war beeindruckt. »Ich finde, das ist eine famose Idee!«

Aber schon im nächsten Moment schwand Max-Ernests Zuversicht. »Ach Mist, dann kann ich ja nicht mit dir zusammen im Zimmer sein. Vergiss es.«

»Ich sage es nur ungern, aber das ist vielleicht sogar die beste Lösung«, erwiderte Benjamin vorsichtig. »Dann lenken mich keine zusätzlichen Gehirnwellen ab. Denn glaub mir, du hast ziemlich viele Gehirnwellen.«

»Tatsächlich?«, fragte Max-Ernest neugierig.

Benjamin nickte. »Mehr als jeder andere, den ich kenne.«

»Hm, ich denke, das ist nur logisch«, sagte Max-Ernest geschmeichelt. »Ich will ja nicht angeben, aber ich habe Unmengen von Gedanken in meinem Kopf. Manchmal treiben sie mich fast in den Wahnsinn.«

»Das Gefühl kenne ich.« Benjamin streckte die Hand aus. »Abgemacht?«

»Abgemacht.«

Sie schüttelten sich feierlich die Hände wie zwei Juwelendiebe, die einen Einbruch verabreden.

Später, als sie die Einzelheiten besprachen, Raumpläne zeichneten und Strategien für den Notfall entwarfen, fragte sich Max-Ernest, ob das, was er tat, klug war. Eigentlich war es ja *seine* und nicht Benjamins Aufgabe, Kass zu retten. Pietro hatte kein Wort davon gesagt, dass jemand anderes sich in Kass' Gedanken schmuggeln sollte.

Was, wenn Benjamin etwas in ihrem Kopf entdeckte, das nicht für ihn bestimmt war? Kass war auf der Jagd nach dem Geheimnis. Falls sie es gefunden hatte – war es dann sichtbar oder lesbar für Benjamin oder wie auch immer man es nennen wollte?

Hastig verdrängte Max-Ernest den Gedanken, aus Sorge, Benjamin könnte ihn dabei belauschen.

Unsinn, dachte er gleich darauf. Benjamin stand auf seiner Seite, daran bestand kein Zweifel. Immerhin hatten die Leute von der Mitternachtssonne ihn entführt und ihm beinahe das Hirn herausgesaugt. Kass und Max-Ernest hatten ihn vor einem Schicksal bewahrt, das schlimmer war als der Tod. Wenn Benjamin auf die Idee käme, die Operation Gedankenlesen könnte etwas mit dem andauernden Kampf zwischen der Mieheg-Gesellschaft und der Mitternachtssonne zu tun haben, dann würde er ihnen erst recht helfen. Und was das Geheimnis anging, es gab keinen Grund anzunehmen, dass Benjamin jemals davon gehört hatte. Und selbst wenn Benjamin durch irgendeinen dummen Zufall dem Geheimnis auf die Spur käme, würde er aller Wahrscheinlichkeit nach nicht viel damit anfangen können.

Außerdem, gestand Max-Ernest sich fast widerstrebend ein, war es nett, wieder einen Partner zu haben. Einen Freund.

Er hatte keine Lust, so schnell wieder allein zu sein.

Was für ein Pech, dass Max-Ernest an diesem Nachmittag darauf verzichtete, seine E-Mails abzurufen.

Denn genau in dem Augenblick, als Max-Ernest und Benjamin sich die Hand schüttelten, beantwortete Jojo-schi die E-Mail, die ihm Max-Ernest zuvor wegen Benjamin geschickt hatte. Hier die Betreff-Zeile der Nachricht:

Betreff: SOFORT LESEN, KUMPEL!!!

Unglücklicherweise las Max-Ernest die Nachricht erst spät in der Nacht. Natürlich könnte ich dir jetzt ihren Inhalt mitteilen. Aber ich denke, es ist das Beste, wenn du den Lauf der Dinge in der gleichen Reihenfolge erfährst wie Max-Ernest.

Auf diese Weise macht das Buch viel mehr Spaß.
Jedenfalls für mich.
Für dich wird es, fürchte ich, etwas anstrengender.

Kapitel minus vier
Anastasia

Eine Axt durchschlug krachend die Zellentür.

Durch das Loch in dem zerborstenen Holz trat Anastasia, eine Kerze in der Hand, gefolgt von ihrem bärtigen Begleiter Thomas, der die Axt geschwungen hatte.

»Burnes? Gatewood? Seid ihr hier? Ich hab euch ja gesagt, sie werden euch nicht lange einsperren können!«, rief Anastasia in die Dunkelheit hinein. Ihre Augen blitzten triumphierend und ihr langes Haar fiel ihr auf die Schulter herab.

Der Hofnarr blinzelte überrascht über das plötzliche Auftauchen dieser geheimnisvollen Frau.

»Tut mir leid, Mylady, hier sind nur ich und . . .« Er blickte zu Kass, sah sie aber natürlich nicht. »Nur ich.«

»Und wer ist *nur ich?*« Anastasia musterte den Hofnarren, dessen Kappe schräg auf dem Kopf saß. »Sag mir, dass du dich nur verkleidet hast und kein Hofnarr bist. Oder wagt es der König, mich zu beleidigen, indem er meine Männer mit Narren zusammensperrt?«

»Mach dir keine Sorgen«, erwiderte der Hofnarr trocken. »Ich bin kein richtiger Hofnarr . . . wenigstens nicht mehr. Dafür hat der König schon gesorgt.«

»Lass uns weitersuchen, hier ist niemand«, sagte Anastasias Begleiter.

»Ja, Thomas«, sagte sie. »Hier ist ein Niemand. Ein Spielzeug, das man weggeworfen hat. Das ist der Dank dafür, dass er den König zum Lachen gebracht hat, während die Untertanen hungern. Geschieht ihm nur recht. Denn wie heißt es doch gleich? Wer mit Hunden sich bettet zur Abendruh, erwacht mit Flöhen ab und zu.«

»Wenn ihr wüsstet, wie bequem die Hunde des Königs gebettet sind, dann würdet ihr euch gerne mit ihnen zur Ruhe legen!«, rief der Hofnarr. »Weiche Kissen haben sie, in der Tat. Und was die königlichen Flöhe angeht, sie beißen nicht nur, sie kratzen einen auch noch, wenn man sich über das Jucken beschwert. Sie sind eben auch nur Diener in einer kleinen Livree.«

Kass hatte Mühe, sich ein Lachen zu verkneifen. Zum Glück schien Anastasia es nicht zu hören. Mit einem letzten verächtlichen Blick auf den Hofnarren warf sie ihr Haar zurück und ging hinaus. Die Zellentür ließ sie offen stehen.

»Gehen wir!«, flüsterte Kass.

»Wie? Oh, ja natürlich«, sagte der Hofnarr, während er gedankenverloren dorthin starrte, wo Anastasia gerade eben noch gestanden hatte. »Ich bin froh, dass du hier bist. Ich dachte schon, ich hätte mir alles nur eingebildet.«

»Nein, ich bin hier. Mit Haut und Haaren. Na ja, mit unsichtbarer Haut und unsichtbaren Haaren . . .«

Kass versetzte ihm einen Stoß und schubste ihn zur Tür hinaus.

Draußen herrschte das reinste Durcheinander. Auf der Suche nach den gefangenen Banditen waren sämtliche Kerkertüren in dem Verließ aufgebrochen worden und das Jubelgeschrei der fliehenden Gefangenen hallte so laut durch die Gänge, dass Kass sich vorkam wie in einem unterirdischen Sportstadion.

Sie zögerte, ehe sie den anderen Gefangenen aus dem Kerker folgte.

»Puh, diese armen Kerle . . .«, sagte sie fast ein wenig mitleidig, denn man hatte die Gefängniswärter kurzerhand in die große Jauchegrube geworfen. Geknebelt und gefesselt standen sie bis zum Hals in der Brühe und sahen dem Treiben mit stummer Wut zu.

Der Hofnarr gluckste. »Weshalb die böse Miene, werte Herren? Ihr solltet lieber euer Maul aufsperren. Dieser stinkende Dreck wird gewiss wie Muttermilch munden, denn endlich habt ihr den passenden Platz für euch gefunden!«

Einige der Wachen wollten ihm an die Gurgel springen, rutschten aber nur umso tiefer in die Grube. Ihren Blicken nach zu urteilen, hatten sie nur einen Gedanken – was sie mit dem Hofnarren anstellen würden, sobald sie ihn in die Finger kriegten. Anerkennend auf die Schulter klopfen würden sie ihm wohl kaum.

»Komm schon . . .«

Kass nahm den Hofnarren bei der Hand und sie rannten die steinernen Stufen hinauf in die mondhelle Nacht.

Draußen vor dem Tor warteten die Banditen. Sie saßen im Sattel und hielten ein paar reiterlose Pferde bereit.

»Nehmen wir das graue dort drüben!«, schlug Kass vor und zeigte auf ein Pferd, das nur ein paar Schritte entfernt an der Mauer stand. Das Pferd wieherte zur Begrüßung.

Der Hofnarr zögerte. »Ich habe schreckliche Angst vor Pferden . . .«

»Na toll«, stöhnte Kass. »Du könntest glatt Max-Ernests Zwillingsbruder sein.«

»Wie bitte?«

»Vergiss es. Wir haben jetzt keine Zeit für Angst. Wir müssen schleunigst von hier verschwinden.«

»Keine Sorge«, sagte der Hofnarr und richtete sich auf. »Ich habe die Angst schon vor langer Zeit besiegt. Als ich zum ersten Mal aus dem Gefängnis floh –«

»Du bist schon einmal im Kerker gewesen?«, fragte Kass verwundert. »Was hast du angestellt?«

»Nichts. Ich habe von meinem Elternhaus gesprochen. Dort war es schlimmer als in jedem Gefängnis . . .«

Erstaunlich gelenkig bestieg der Hofnarr das graue Pferd und zog Kass hinter sich in den Sattel.

Anastasia kam auf ihrer schwarzen Stute geritten und rief: »He, Hofnarr, was treibst du da? Das Pferd gehört dir nicht!«

Der Hofnarr lachte. »Das sagt gerade die Richtige, Madame Langfinger! Ich wette einen Batzen Geld, dass das Pferd, auf dem du sitzt, nicht dir gehört. Aber keine Sorge, ich gebe dir den Grauen später wieder zurück.«

Anastasia wollte gerade widersprechen, als eine Schar Soldaten um eine Ecke des Palasts geritten kam.

»Also gut«, sagte sie unwirsch. »Dann komm mit. Aber wenn mit diesem Pferd irgendwas passiert, wirst du mit deinem Leben dafür bezahlen. Los geht's, Männer!«

Sie stieß einen Pfiff aus und die Banditen stoben auf ihren Pferden davon.

Als Kass aufwachte, war ihr Genick steif und ein spitzer Ast pikste sie in den Rücken. Über ihr zeichnete ein Ahornbaum grüne und goldene Schattenspiele. Es war heller Tag.

Sie hob leicht den Kopf. Ihr Blick fiel auf eine Reihe von Zelten. Eine Rauchfahne stieg in den Himmel. Unwillkürlich griff sie nach dem Doppelmonokel, aber dann fiel ihr ein, dass sie es nicht mehr hatte. Sei's drum, sie hatte in der Vergangenheit (besser gesagt: in der Zukunft) ohne Röntgenblick überlebt und würde es auch weiterhin schaffen. Sie rieb sich die Augen und nahm ihre Umgebung auch ohne Hilfsmittel unter die Lupe.

Es war der Lagerplatz der Räuber, jedenfalls nahm Kass das an, als sie den mürrisch dreinblickenden Thomas auf sich zukommen sah. Seine schwarze Maske baumelte an seinem Hals und an seinem Gürtel hing die Axt. Sie wollte ihn gerade ansprechen, als er wortlos an ihr vorbeiging und leise vor sich hin summte, wie man es nur tut, wenn man alleine ist. Für einen Moment hatte sie vergessen, dass er sie ja gar nicht sehen konnte.

Sie kam sich wie eine Spionin vor. Sie sah zu, wie er nur ein paar Schritte von ihr entfernt an einem Baum stehen blieb. Als ein kleiner Wasserstrahl in ihre Richtung schoss, wurde ihr schlagartig klar, dass er sich von dem, was er in der vergangenen Nacht getrunken hatte, erleichterte.

Sie sprang gerade noch rechtzeitig zur Seite.

Kaum war der Straßenräuber wieder weg, gesellte sich der Hofnarr zu Kass. Oder besser gesagt zu seinem Hut, der nicht weit von ihr entfernt auf einem Stein lag. Es war das erste Mal, dass Kass den Hofnarren am helllichten Tag sah, und noch dazu ohne Kopfbedeckung. Seine orangefarbenen Locken standen nach allen Richtungen ab wie widerspenstige Drahtfedern.

»Kass?«, flüsterte er in Richgung Narrenkappe. »Bist du schon wach?«

»Ja, aber ich bin etwas weiter rechts von dir«, erwiderte sie ebenfalls im Flüsterton.

»Wo?« Er sah sich verwirrt um. »Ich habe meinen Hut an die Stelle gelegt, damit ich dich wiederfinde.«

»Wenn ich schlafe, wälze ich mich hin und her. Warte mal. Bleib, wo du bist . . .« Sie stand auf und ging zu ihm.

»Hier bin ich«, sagte sie und nahm den Narrenhut.

Der Hofnarr wich einen Schritt zurück, als der Hut wie von Geisterhand gelenkt durch die Luft schwebte und auf seinem Kopf landete.

»Ah, da bist du ja«, sagte er, nachdem er sich vom ersten Schrecken erholt hatte. »Ich bringe dir das Frühstück.«

Er reichte Kass einen Becher, der mit etwas gefüllt war, das verdächtig nach Haferschleim aussah. »Ich wusste nicht, ob du richtiges Essen brauchst oder dich mit unsichtbarer Nahrung begnügst«, sagte er und sah zu, wie die kleine Schüssel durch die Luft schwebte.

»Ich bin am Verhungern«, sagte Kass. »Aber dieses Zeug ist ekelhaft. Was ist das?«

Der Hofnarr lachte. »Gibt es dort, wo du herkommst, keinen Getreidebrei? Lass es dir schmecken. Diese geizigen Halunken haben einen Berg von Schätzen, der jeden Drachen vor Neid erblassen ließe, aber ich musste wegen dieser kleinen Portion bitten und betteln.«*

---

* Falls es dort, wo du herkommst, auch keinen Getreidebrei gibt: Er wird aus aufgekochtem Weizen gemacht, gilt gemeinhin als die älteste Speise Englands und war ein Hauptbestandteil der mittelalterlichen Küche. Üblicherweise gab es dazu Wildbret oder Delfin (ja genau, Wildbret wie Rotwild und Delfin wie – na eben wie Delfin).

»Sie sind nicht geizig. Sie bestehlen die Reichen und verteilen die Beute an die Armen. Genau wie Robin Hood.«

Der Hofnarr lachte. »Wie wer? Ich kenne keinen Robin. Ich weiß nur, dass ich auch arm bin. Aber mir haben sie noch keine Schätze geschenkt. Den Becher haben sie mir vermutlich nur deshalb überlassen, weil er an diesem seltsamen Stein festklebte. Hast du schon jemals so etwas gesehen?«

»Ich weiß nicht . . .«

»Ein wundersames Ding«, sagte der Hofnarr. »Metall bleibt an ihm kleben wie angeleimt.«

»Du meinst einen Magneten?«

Die Miene des Hofnarren wurde starr. »Schnell, gib mir den Becher!«, flüsterte er.

»Aber ich bin noch gar nicht fertig!«

»Gib ihn her, Anastasia ist im Anmarsch.« Er nahm den Becher so hastig, dass er den Brei über sich schüttete.

»Übst du fürs Kasperltheater?«*

Anastasia musterte den Hofnarren mit hochgezogenen Augenbrauen. Ohne Maske war sie sogar noch hübscher, allerdings genauso einschüchternd. »Beim nächsten Mal solltest du lieber einen leeren Becher nehmen.«

»Das geht leider nicht«, sagte der Hofnarr spöttisch. »Ich brauche diesen Guss, sonst rede ich nur Stuss.«

»Aber auf einen Partner kannst du verzichten. Gerade eben hast du so getan, als würdest du mit jemandem sprechen. Ich dachte mir noch, wie begabt du bist, da du dich offenbar mit der Luft unterhalten kannst.«

---

* In England heißen die zwei Hauptfiguren beim Kasperltheater übringens Punch und Judy. Es ist ein tradtionelles, manchmal ziemlich derbes Puppentheater, das auf die italienischen Straßengaukler früherer Zeiten zurückgeht. Punch ist ein trickreicher Schwindler und Judy ist seine leidgeprüfte Frau. Wahrscheinlich musste Anastasia an das Puppentheater denken, weil Punch immer wie ein Hofnarr angezogen ist.

»Ja, ich werde für dich ein Wort aus der Luft pflücken. Mein Geschäft ist die Narretei, der Scherz mit Zauberstücken.«

»Mag sein«, sagte Anastasia, nun wieder ganz ernst. »Aber wir haben keinen Platz für deine Sprüche. Sie schützen uns weder vor den Soldaten des Königs, noch beschaffen sie den Armen etwas zum Anziehen.«

»Ja, aber sie nähren die Seele.«

»Wir wollen den Hungernden etwas zu essen geben. Das allein ist unser Ziel und sonst nichts.«

»Muss denn ihr Essen so traurig sein? Brauchen nicht gerade die Armen ein fröhliches Mahl?«

»Damit sie nicht mehr an ihren Hunger denken? Und an die vielen Ungerechtigkeiten?«

»Damit sie darüber lachen können. Das ist nicht dasselbe.«

Die Anführerin der Räuber schüttelte den Kopf. »Meine Männer und ich sind uns einig, du musst gehen. Zu Fuß. Vergiss nicht, das Pferd gehört uns. Du hast fünf Minuten Zeit. Wenn du bis dahin nicht verschwunden bist, werde ich mir wieder in Erinnerung rufen, wie vertraut du mit dem König gewesen bist, und dann ist es aus mit unserer Gutmütigkeit.«

Der Hofnarr sah ihr nach, wie sie davonging. Er war ungewöhnlich schweigsam.

Kass betrachtete den großen Fleck auf seinem Hemd und dann seine trübsinnige Miene. »Tut mir leid, dass du dich vor ihr blamiert hast. Ich hätte dir den Becher sofort zurückgeben sollen.«

Der Hofnarr zuckte traurig mit den Schultern. »Für sie werde ich immer der dumme Hanswurst sein, egal was ich tue.« Er lächelte gequält. »Mach dir keine Sorgen. Ein Hofnarr, der nicht manchmal Selbstgespräche führt, ist kein richtiger Hofnarr. Ist das nicht unser tägliches Brot, Bälle von der rechten Hand in die linke zu werfen und dabei Witze zu reißen? Ein Hofnarr braucht ebensowenig ein Publikum wie ein kleines Hündchen eine Katze, wenn er seinen Schwanz fangen will. Oder ist es die Katze, die keinen kleinen Hund braucht? Oder der Vogel ...? Was ich damit sagen will: Ich brauche Anastasia nicht mehr als ... als ...« Er fing an zu stottern und verhedderte sich in seinen eigenen Worten. »Ich bin vollkommen glücklich ohne sie, das ist alles. Ich will heiter sein, nicht verheiratet.«

»Wer hat das behauptet?«, fragte Kass verwundert.

»Keiner! Ich kann sehr gut meinen eigenen Schwanz fangen und brauche niemanden, um mich im Kreis zu drehen. Das ist alles, was ich sagen will«, murmelte der Hofnarr verlegen. »Nun, meine unsichtbare Freundin, wohin gehen wir jetzt?«

Kass sah sich im Wald um. Es war ihr egal, wohin sie gingen. Sie hatte den Hofnarren gesucht und nun hatte sie ihn gefunden.

Es war an der Zeit, ihn nach dem Geheimnis zu fragen.

Kapitel sieben
Putzstunde

Mitternacht war die Putzstunde im Krankenhaus.

Als der Hausmeister zu dem Zimmer Nummer zwölf im KK-IS kam, blickte er vom blitzblanken Boden auf und spähte durch die Tür, so wie er es jede Nacht tat. Es stimmte ihn traurig, ein so junges Mädchen in dem fahlen grünen Lichtkegel der Überwachungsmonitore liegen zu sehen. Aber sie war stark, das spürte er. Eine Kämpferin, das erkannte man sofort an ihren spitzen Ohren. Er drückte ihr jedenfalls die Daumen.

Er wollte gerade weitergehen, als er sah, wie sich ihre Lippen bewegten.

Wahrscheinlich hat es nichts weiter zu bedeuten, sagte er sich. Nur ein Zucken, mehr nicht. Trotzdem stellte er seinen Wischmopp an die Wand und betrat den abgedunkelten Raum.

Sie hatte die Augen geschlossen, ihr Gesicht war beinahe regungslos. Und doch hatte er sich nicht getäuscht. Das Mädchen murmelte leise etwas vor sich hin.

Er beugte sich zu ihr hinunter und jetzt konnte er einige der geflüsterten Worte verstehen.

»Das Geheimnis ... Was ist das Geheimnis? ... Du musst mir das Geheimnis sagen ... Du musst ...«

Bei diesen Worten lief es ihm kalt über den Rücken. Was hätte er darum gegeben, die Gedanken des Mädchens lesen zu können! Sie sprach das Wort *Geheimnis* so aus, als ginge es dabei um das geheimste aller Geheimnisse, ja um das Geheimnis des Lebens selbst.

Dann stutzte er. Jemand in ihrem Zustand konnte normalerweise nicht sprechen. Das wirklich Seltsame war nicht, was sie sagte, sondern die Tatsache, dass sie *überhaupt* etwas sagte.

Sollte er das vielleicht jemandem melden? Er war sich nicht sicher, ob es wirklich etwas zu bedeuten hatte, dass das bewusstlose Mädchen sprach. Hatte er gerade miterlebt, wie sie den Kampf gegen das Koma gewonnen hatte? War sie jetzt über den Berg? Oder führte sie jede Nacht Selbstgespräche?

Für alle Fälle würde er noch einen Abstecher ins Schwesternzimmer machen.

Als er dort ankam, war niemand da.

Da bemerkte er, dass das Alarmsignal blinkte.

Ein Notfall. Unten im Erdgeschoss.

Er ließ das Mädchen nur ungern alleine, aber jetzt musste er nach unten gehen und nachsehen, was los war. Morgen würde er eine Nachricht über die junge Patientin in Zimmer zwölf hinterlassen. Bis dahin musste diese Angelegenheit erst einmal warten.

Kapitel Acht
Das Ablenkungsmanöver

»HIIIIIIIIIIIIIIIIIIIILFE!!!!!«

Als Max-Ernest schreiend durch die inzwischen schon vertrauten Schwingtüren des Krankenhauses rannte, überkam ihn eine Flut von Erinnerungen. Beinahe wehmütig dachte er daran, wie er einmal hierher gekommen war, weil ihm sein Gehirn vom Eistee derart eingefroren war, dass er fürchtete, Frostbeulen am Scheitellappen zu kriegen.* Oder als er eines Abends Rote Bete gegessen hatte und dann so über die Farbe seines Urins erschrocken war, dass er die Notrufnummer wählte und dem Mann am Telefon seinen Letzten Willen diktierte. Oder als er die monsterartigen Riesenkopfläuse auf seiner Bettdecke entdeckt hatte, die sich später als Plätzchenkrümel herausstellten. Oder der Giftsumach, der schon beim bloßen Anschauen seine Leber, wenn nicht gar seine Nieren angegriffen hatte. Nicht zu vergessen der Holzsplitter, den er für einen Bandwurm gehalten hatte. Oder der Schluckauf, der ein ein-

* Um deine Neugier zu befriedigen: Der Scheitellappen ist der Teil des Gehirns, in dem die fünf Sinne sitzen.

deutiges Zeichen für eine Lungenentzündung war. Die triefende Nase, die bedeutete, dass er eine Hirnblutung hatte. Der Fußpilz, der auf Hautkrebs im Anfangsstadium, wenn nicht sogar auf Elefantiasis hindeutete . . .

Weil er so gut wie immer krank war, hatten die Ärzte Max-Ernest für einen verrückten Hypochonder gehalten und als hysterischen Spinner bezeichnet.

Aber all das hatte auch seine guten Seiten, dachte er, während er den Warteraum durchquerte und blinkende Lichter, humpelnde Patienten und schreiende Babys vor seinen Augen verschwammen. All seine Krankheiten hatten eine Gemeinsamkeit: Sie waren das Ergebnis seiner blühenden Fantasie. Wenn man Benjamin glauben durfte, hatte er einfach zu viele Gehirnwellen. Das war sein Problem.

Aber dadurch hatte er jetzt auch einen ganz entscheidenden Vorteil. Er würde seine rege Einbildungskraft gut brauchen können. Nur ein wahrer Superheld der Hypochondrie, ein Spitzenschauspieler in der Disziplin Krankheiten, ein Weltklasse-Patient und Meister des Worts konnte einen Notfall inszenieren, der katastrophal genug war, um das medizinische Personal von den oberen Stockwerken herunterzulocken.

»HILFE! HILFE! HILFE!«, schrie er, so laut er konnte. Glücklicherweise waren seine Stimmbänder inzwischen wieder voll funktionstüchtig.

Er ließ sich auf den Boden fallen, zuckte wie wild und schlug mit den Armen um sich.

Als die erste Krankenschwester ankam, begann Max-Ernest, mit den Augenlidern zu flattern, und verdrehte die Augäpfel, bis das Weiße zum Vorschein kam. Und dann kam das Beste:

Max-Ernest biss einmal kräftig zu – und schon quoll Schaum aus seinem Mund.*

Benjamin beobachtete alles durchs Fenster und grinste. Max-Ernest war ein talentierter Schauspieler – wenn auch nicht so talentiert wie er selbst, wie Benjamin zufrieden feststellte.

Er riss sich vom Anblick des verrückten Spektakels los, das Max-Ernests epileptischer Anfall bot, und ging schnell zum Haupteingang des Krankenhauses.

Über dem Empfangstresen flackerte ein Licht. Die Krankenschwester hinter dem Tresen hatte ihm den Rücken zugewandt und hörte auf die Stimme, die aus der Sprechanlage drang.

»Alle verfügbaren Ärzte und Schwestern bitte zur Notaufnahme. Alle verfügbaren Ärzte und Schwestern.«

Die Schwester blickte sich rasch im Raum um, sah, dass gerade keine Patienten im Anmarsch waren, und eilte dann Richtung Notaufnahme.

Alles lief genau nach Plan.

Genauer gesagt, nach Benjamins Plan. Es gab da nämlich ein, zwei wichtige Punkte auf seiner Liste für diesen Abend, von denen Max-Ernest keinen Schimmer hatte. Wenn alles wie am Schnürchen lief, würde Max-Ernest nie erfahren, welchen bedeutenden Augenblick er verpasst hatte. Jedenfalls nicht, bevor es zu spät wäre.

Benjamin warf einen Blick auf den exakt gezeichneten Gebäudeplan, den Max-Ernest angefertigt hatte, und steuerte direkt auf den dritten Aufzug von rechts zu.

---

* Globus hatte Max-Ernest, wenn auch nicht ganz freiwillig, die letzte Probepackung seines Vulkan-Kaugummis geschenkt, nachdem Benjamin ein wenig in Globus' Gedanken gelesen und gedroht hatte, seine gewonnenen Erkenntnisse weiterzuerzählen. Da auch ich mich an die zwischen den beiden getroffene Abmachung halten muss, kann ich Globus' Geheimnisse hier leider nicht so einfach ausplaudern. Nur so viel: Globus hatte keine besonders außergewöhnlichen Geheimnisse. Dafür aber eine ganze Menge normaler Geheimnisse.

Auf den Aufzug, an dem KK-IS stand.

Danke, Max-Ernest, dachte er. Und du glaubst wirklich, ich würde ausgerechnet *dir* helfen? Wenn das alles vorbei ist, bekommst du ein kleines Geschenk von mir. Wie wär's mit ein paar neuen Zaubertricks?

Er hatte das Gefühl, dass sich Max-Ernest bald nichts sehnlicher wünschen würde, als in einer Rauchwolke zu verpuffen. Der arme Max-Ernest . . .

Inzwischen hatten schon drei Krankenschwestern, zwei Pfleger und eine Ärztin den bedauernswerten Jungen umringt, der auf dem Fußboden lag. Die Patienten im Wartezimmer gafften. Manche verrenkten neugierig die Hälse *(Was hat er nur, der arme Junge?)*, manche warfen empörte Blicke in seine Richtung *(Warum kommen bei diesem Bengel alle gerannt und mich lassen sie seit drei Stunden hier schmoren?)*.

»Ja, genau, ich habe Schmerzen in der Brust und bekomme keine Luft«, stöhnte Max-Ernest und keuchte laut. »Ganz . . . wenig . . . Luft, sehen Sie.«

Er wusste, dass genau diese Symptome ihm im Krankenhaus eine sofortige Behandlung garantieren würden. Aber aus irgendeinem Grund schien die Ärztin da anderer Meinung zu sein.

»Das heißt noch lange nicht, dass es sich hier wirklich um einen epileptischen Anfall handelt«, sagte sie und blickte ihn skeptisch von oben herab an.

»Ich weiß. Es ist etwas ganz Neuartiges. Das liegt an meinem Asthma, zusammen mit einer allergischen Reaktion, glaube ich.«

»Ach ja? Woraufs bist du denn allergisch?«

»Vinyl. Der Fußbodenbelag ist aus Vinyl, sehen Sie.«

»Du bist allergisch auf den Fußboden hier drinnen?«

»Ja. Das Material ist hochgiftig. Ich denke, Sie sollten mal darüber nachdenken, den Belag auszuwechseln.«

»Das erklärt aber noch lange nicht, weshalb du hierher gekommen bist. Oder hast du die Reaktion etwa schon vorausgeahnt?«

Max-Ernest nickte lebhaft. »Das liegt wahrscheinlich daran, dass ich gerade einen Herzanfall hatte.«

Die Ärztin beugte sich hinab und fühlte Max-Ernests Puls. Dann drückte sie ein Stethoskop an seine Brust und lauschte aufmerksam.

Max-Ernest atmete, so schnell er konnte, aber es nützte nichts.

Die Ärztin stand lächelnd auf. »Nun, du kannst ganz beruhigt sein. Ich bin mir ziemlich sicher, dass du keinen Herzanfall hast.«

»Oh, das ist nur das Weißkittelsyndrom. Wissen Sie, immer wenn man einen Arzt sieht, verschwinden die Symptome ganz plötzlich. Sobald der Arzt wieder weg ist, kommen sie sofort wieder.«

»Genau genommen ist das Weißkittelsyndrom, auch bekannt als Weißkittelhypertonie, genau das Gegenteil von dem, was du gerade beschreibst«, sagte die Ärztin mit spöttischem Lächeln. »Menschen, die normalerweise einen ganz normalen Blutdruck haben, bekommen plötzlich Bluthochdruck, wenn sie einen Arzt aus der Nähe sehen. Irgendwie habe ich das Gefühl, dein Problem liegt ganz woanders.«

Max-Ernest verfluchte sich im Stillen. Wie hatte er das nur durcheinanderbringen können? Das sah ihm doch sonst nicht ähnlich! Wahrscheinlich lag es an der Aufregung.

»Ich glaube, wir brauchen hier nur einen weißen Kittel, und zwar, um dich hineinzustecken.« Die Ärztin gab einem Pfleger ein Zeichen. »Zwangsjacke, bitte!«

Max-Ernest wurde blass. In den Biografien von Houdini und anderen Entfesselungskünstlern hatte er alles über Zwangsjacken gelesen – und deshalb wusste er auch, dass man ihnen nicht entkommen konnte. »Ich bin nicht verrückt! Ich leide nur am Münchhausen-Syndrom«, sagte er verzweifelt (und spielte dabei auf das Krankheitsbild an, das darin besteht, dass man Krankheitsbilder erfindet). »Aber ich habe es im Griff, ich verspreche es!«

»Wenn du das Münchhausen-Syndrom hast, dann bin ich eine Zwergin im Land Oz«, sagte die Ärztin und baute sich drohend vor Max-Ernest auf.

Zufälligerweise kam gerade die Krankenschwester vom Empfangsschalter den Gang entlang. Überrascht blieb sie vor Max-Ernest stehen.

»Max-Ernest? Was machst du denn hier? Ist alles in Ordnung mit dir?«

Max-Ernest sprang auf die Füße. »Ja. Mir fehlt nichts. Mir geht's gut.«

Er wartete nicht erst eine Antwort ab, sondern flitzte davon.

Völlig baff sahen ihm die Schwestern und das Personal nach, ehe sie hinterherrannten.

»Hey, wir müssen uns beeilen«, flüsterte Max-Ernest, als er Kass' Zimmer betrat. »Benjamin, hörst du . . .«

Benjamin, der sich über Kass gebeugt hatte, richtete sich erschrocken auf. Sein Monokel fiel herunter. Er tastete im schummrigen Licht über den Boden, hob es auf und setzte es wieder ans Auge.

»Tut mir leid, wenn ich dich erschreckt habe«, sagte Max-Ernest. »Aber sie haben herausgefunden, dass ich geblufft habe. Sie haben sogar herausgefunden, dass mein Bluff geblufft war.

Sie nehmen mir nicht einmal ab, dass ich das Münchhausen-Syndrom habe. Und es stimmt ja – sogar das Syndrom selbst ist ein einziger Bluff. Wenn man genauer darüber nachdenkt, dann ist mein Münchhausen-Syndrom ein geblufftes Bluff-Syndrom-Syndrom ... Wie auch immer, sie können jeden Moment hier sein . . .« Als er Benjamins Gesichtsausdruck bemerkte, stockte er. »Was ist los? Ist alles in Ordnung mit ihr? Hast du in ihren Kopf hineinsehen können?«

»Ja, einen kurzen Moment lang konnte ich ihre Gedanken lesen . . . beinahe jedenfalls . . .« Benjamin schien in eine Art Trance gefallen zu sein. »Ich habe . . . sie . . . beinahe erreicht. Und dann . . . bist du . . .« Er verstummte.

»Du meinst, du . . .? Wow, das ist toll!«, sagte Max-Ernest aufgeregt. »Wenn ich die Schwestern noch eine Minute lang ablenke, reicht dir das, um . . . um zu ihr zu gelangen?«

Benjamin nickte und blickte auf Kass hinab. »Ich glaube schon . . .«

»Okay. Vielleicht sollte ich einfach den Gang entlanglaufen, damit sie mir hinterherrennen. Was meinst du?«

»Ja . . . ja. Gute Idee.«

Max-Ernest blieb zögernd in der Tür stehen. Er war fasziniert, dass Benjamin es beinahe geschafft hatte, und zugleich fühlte er sich dabei irgendwie unwohl.

»Was hast du denn gesehen . . . oder beinahe gesehen?«

»Das Geheimnis«, sagte Benjamin leise. Die gezackte Linie des EKG spiegelte sich gespenstisch in seinem Monokel – wie ein Sprung im Glas, der über die Linse wanderte. »Sie dachte gerade über das Geheimnis nach. Ich war so nah . . .«

»Das Geheimnis? Was weißt du über das Geheimnis?«, fragte Max-Ernest alarmiert.

»Oh, ich weiß rein gar nichts davon«, erwiderte Benjamin

hastig. Er sah Max-Ernest an und gewann langsam seine Fassung wieder. »Ich habe, natürlich rein zufällig, in deinen Gedanken aufgeschnappt, dass Kass auf der Suche nach dem Geheimnis ist – oder besser gesagt: nach *einem* Geheimnis. Es gibt ja so viele Geheimnisse auf der Welt!«

»Stimmt. Ich hätte mir mehr Mühe geben sollen, das zu verheimlichen . . .«, sagte Max-Ernest.

Im Stillen dachte er: Aber ich habe mich wirklich bemüht, auch in meinen Gedanken absolut dichtzuhalten. So leicht durchschaubar können meine Gedanken doch gar nicht sein!

»Vielleicht hätte ich deine Gedanken ja auch so gesehen.«

Aber er hat doch gesagt, dass er nie die Gedanken anderer Menschen liest, ohne sie vorher zu fragen, dachte Max-Ernest, aber er sagte es nicht laut.

»Jetzt geh«, forderte ihn Benjamin auf. Er befand sich längst nicht mehr in Trance, sondern wirkte hellwach, ja sogar nervös. »Ich muss jetzt alleine sein. Es ist sehr wichtig.«

Max-Ernest starrte seinen Freund an. Oder vielmehr den Jungen, den er für seinen Freund gehalten hatte.

Er konnte Benjamin nicht vertrauen, das wusste er jetzt ganz sicher.

»Ähm, weißt du, was, ich glaube nicht, dass uns überhaupt noch so viel Zeit bleibt. Die Schwestern werden jeden Augenblick hier sein. Lass uns verschwinden, solange wir noch können.«

»Lass mich nur eine Minute mit Kass alleine, altes Haus. Ich fürchte, ich muss darauf bestehen. Um die Schwestern kümmere ich mich dann schon.« Entschlossen machte Benjamin einen Schritt auf Max-Ernest zu. Wenn Max-Ernest nicht freiwillig abzog, dann würde er ihn zur Tür hinauswerfen.

»Nein, lieber nicht . . .«

Max-Ernest sah sich im Zimmer nach etwas Brauchbarem um – einen Besen oder einen Schrubber vielleicht –, mit dem er sich und, falls nötig, auch Kass verteidigen konnte.

»Max-Ernest? Was ist hier los? Ich erwarte eine Erklärung oder ich hole unverzüglich die Wachleute!«

Die beiden Jungen wirbelten herum.

Die Empfangsschwester stand in der Tür, die Hände in die Hüften gestützt. Hinter ihr war der Hausmeister.

Das Spiel war aus, wie es in Krimis immer so schön heißt.

Wäre die Schwester nur drei Minuten eher ins Zimmer geplatzt, wäre Max-Ernest enttäuscht und frustriert gewesen. Aber jetzt war er sehr froh darüber.

»Entschuldigung, hab mich im Zimmer geirrt«, sagte Benjamin schnell. »Suche meine Omi.« Dann huschte er hinaus, ohne jemanden anzublicken.

Max-Ernest hingegen konnte nicht einfach so verschwinden. Er musste erst einmal ein ernstes Wörtchen von der Krankenhausverwaltung über sich ergehen lassen.

Glücklicherweise konnte die Krankenschwester ihre Kollegen überreden, Max-Ernest weder vor Gericht zu schleifen (wie manche gefordert hatten) noch ihn ins Irrenhaus zu stecken (wie andere vorgeschlagen hatten). Sein seltsames Benehmen, sagte sie, sei Ausdruck seines Kummers wegen Kass.

Als Max-Ernest das Krankenhaus verließ, war er dennoch ziemlich niedergeschlagen. Die Zeit drängte, und sein Ziel, Kass zu retten, schien weiter entfernt als je zuvor.

Aber als er nach Hause kam und Jojo-schis E-Mail las, war er sehr erleichtert. Kass' Zustand war zwar immer noch sehr ernst, aber wenigstens hatte er das Schlimmste gerade noch verhüten können.

Wie sich herausstellte, hatte Max-Ernest gut daran getan, Benjamin nicht über den Weg zu trauen. Doch nie hätte er vermutet, wie goldrichtig seine Einschätzung gewesen war.

Von: jojo-san@xxxx.com
Betreff: Sofort lesen, Kumpel!
An: mstriche@xxxxxxxxx.com

OARR AUS, GUJONH, EDQ WDQE BNQAEN UNLHNQ
JDTBNRODNHT AHR JNDKNQ HUSTBDTAQQN VMR ENJ
LAENZDJJNQRODNBNH. LDK BQAE VMJ SUFD ZUQU-
NIGBNGMJJNK UKE CAL ENDEKN JADH UNLNQ
LNKFAJDK BNHNRNK. NDK TYO, ENQ RDIC RM GQARR
VEQAEKENQT – EAR QDNICT EMIC I-WIE SAUH. AHRM
CAL DIC NQRTJAH RNDKKN KAJNK BNBMMNHT . . .
JNCHAKZNDBN. ALNQ EAKK LDK DIC LNDJ RUQSNK
AUS EDNRN RICUHN BNRTMRRNK, UKE QATN JAH,
WNQ »EDQNGTMQ« ENQ »KNUNK OQMJNTCNUR-RI-
CUHN« DRT: NDK ENQH KAJNKR . . .
TQMJJNHWDQLNH . . . HUIDAKM LNQBAJM. MC-MC!
YEO, EDNRNQ HAENK WDQE VMK ENQ
JDTTNQKAICTRMKKN BNRICJDRRNK! G.A., WAR EAR
ZU GNENUTNK LAT . . . VLLT. DRT LMKFAJDK NDK
RODMK? FNENKSAHHR DRT EAR AHHNR BAQ KDICT
BUT! AICTUKB, AHAQJRTUSN QMT! JNHE EDIC, WNKK
EU EAR CDNQ LNGMJJNK CART, EAJDT DIC WDNENQ
ICDHHNK UKE DK QUCN IMJOUTNQRODNHN ZMIGNK
GAKK.*

BLEIB COOL, MANN! j-j
\m/ (>.<) \m/
'(HALT DIE OHREN STEIF!)

*Hinweis für alle, die nicht ganz so versiert im Codeknacken sind: Eine Übersetzung dieser Nachricht befindet sich im Appendix, direkt im Anschluss an Jojo-schis erste E-Mail.

Kapitel neun
Oh nein!

Das Mayonnaisenbaby
Die Geschichte von einer grünen Erbse,
einem kleinen Jungen und einem Glas Mayonnaise

Hin und wieder fragen mich Fans, die mich sehr verehren (okay, okay, Fans, die nicht alles unbesehen glauben), ob es wirklich und wahrhaftig wahr ist, dass ich als kleines Kind beinahe in einem Glas Mayonnaise ertrunken wäre. Ich weiß nicht, in welchem meiner unzählig vielen Interviews, die ich den Medien gewährt habe, sie diese Geschichte gelesen haben (schon gut, schon gut, es war das Interview, in dem ich mich am Schluss meines zweiten Buchs selbst interviewt habe, denn wer könnte mich besser interviewen als ich selbst), aber ich denke, es ist an der Zeit, dass ich diese Frage ein für alle Mal beantworte.

Die Antwort ist: Ja, es stimmt.

Und das kam so:

Der wahre Grund meiner Mayophobie
Eine persönliche Abschweifung

So unglaublich es auch klingen mag, aber es gab einmal eine Zeit, als meine Wenigkeit Pseudonymous Bosch nur ein Baby-Bosch gewesen ist. Ein unschuldiges, kleines Kindlein, das nichts von Geheimnissen wusste, geschweige denn von *dem* Geheimnis. Das niemals etwas von der Mieheg-Gesellschaft oder der Mitternachtssonne gehört hatte. Das noch nicht einmal seinen ersten Bissen Schokolade gekostet hatte.

Dieses unschuldige Kind, dieses unerfüllte Versprechen, dieses ungebackene Brot, dieser ungeformte Ton, dieser ungeschriebene Roman, dieses kleine Kind war ich.

Jetzt glaub ja nicht, dass ich damit nur dein Mitleid erregen will, aber meine Kindheit war wirklich nicht sehr glücklich. Das lag nicht nur daran, dass sich meine Eltern ständig wegen mir gestritten haben (oh, habe ich diese erschütternde Geschichte von meinem geteilten Elternhaus schon erzählt?) und meine Eingeweide Tag und Nacht rebellierten (habe ich schon von dem Elend meines übersäuerten Magens berichtet?), nein, ich habe meine Kindheit auch noch damit verbracht, zu heulen wie ein Schlosshund, sodass mich der Ärger auf Schritt und Tritt verfolgte.

Nein, ich will jetzt nicht auf die Tränendrüse drücken, aber ein weinendes Baby hat keine Freunde. Keinen einzigen. Versuch mal, einem Baby fünf Minuten lang oder zehn Minuten lang oder zwanzig Minuten lang oder monatelang beim Weinen zuzuhören, und es hört einfach nicht auf – so wie ich. Jede Wette, dass du das kleine Lämmchen am liebsten erwürgen würdest.

So ein schreiendes Balg wird weder von Oma Jo gewiegt und in den Schlaf gesungen, noch bekommt es Süßigkeiten von Opa Carl zugesteckt. Und Tanta Martha käme niemals auf die Idee, ihm liebevoll in die Wangen zu kneifen. So ein Kind erntet allenfalls einen bedauernden Blick oder ein Kopfschütteln. Im Grunde hat es Glück, wenn niemand einen Schuh nach ihm schmeißt.

Nein, ich will dein Mitleid nicht. Lass deine Taschentücher, wo sie sind. Schicke mir keine Blumen oder Beileidskarten. Deine gut gemeinten Worte nützen mir nichts.

Nun ja, wenigstens jetzt nicht mehr. Damals, glaube ich, wäre es ganz nett gewesen, wenn mir auch nur ein einziger Mensch ein kleines Lächeln geschenkt hätte. Wenn nur ein einziger einzelner Mensch die kleinste Spur von Mitleid für den rotbäckigen Jungen gezeigt hätte, dem der gelbe Rotz von der Nase lief und der einen Hautausschlag an den Füßen hatte ...

Wenn nur irgendjemand das klitzekleinste bisschen Interesse gezeigt hätte, dann hätte er oder sie womöglich die kleine grüne Erbse bemerkt, die mit der Zeit steinhart und schwarz geworden war und zwischen den Falten meines kleinen Oberschenkels stecken geblieben war. Sie war irgendwie an mir kleben geblieben und bereitete mir einen leichten, aber andauernden Schmerz, so ein Kritze-kratze-kribbel-krabbel-Gefühl in meinem Bein, das nie nachließ, weder bei Tag noch bei Nacht.

Sag Prinzessin auf der Erbse zu mir. Verspotte mich, wenn du willst. Aber diese Erbse quälte mich fast ein ganzes Jahr lang. Sie war der Grund, warum ich plärrte. Oder jedenfalls der Hauptgrund. Wer weiß, was aus mir geworden wäre, wenn irgendein freundlicher Mensch daran gedacht hätte, einen Blick auf meinen Oberschenkel zu werfen, und die Erbse schon an dem Tag, an dem sie an mir kleben geblieben war, wieder abgezupft hätte. Wer weiß, was für ein goldiges, fröhliches Kind aus mir geworden wäre, was für ein lachender, hüpfender Springinsfeld.

Dann wäre ich allerdings nicht der, der ich heute bin, oder? Schicksalsschläge prägen uns. Die Erbsen, die uns an den Schenkeln kleben, machen uns zu dem, was wir sind.

Aber ich schweife ab von meiner Abschweifung.

Meine beiden Eltern arbeiteten den ganzen Tag und keiner hatte Zeit, sich um mich zu kümmern. Aber weil ich unaufhörlich schrie, fand sich auch kein Kindermädchen, das es länger als eine Woche mit mir ausgehalten hätte. Manche hielten es nicht einmal eine Stunde lang aus. Eine warf sogar schon nach einer Minute das Handtuch. Als ich ungefähr ein Jahr alt war, gab es im Umkreis von hundert Meilen kein Kindermädchen, keinen Babysitter, ja nicht einmal zehnjährige Aufpasser, die es mit mir ausgehalten hätten.

Und so kam es, wie es kommen musste: Meine Eltern waren gezwungen, mich zu meinem Geburtstagsessen mitzunehmen.

Sie hätten es eigentlich besser wissen müssen.

Während meine Eltern im Lokal wie immer kaum ein Wort miteinander wechselten, plärrte ich so laut, bis die Kellnerin meine Eltern bat, den kleinen Schreihals in die Küche mitnehmen zu dürfen.

Natürlich heulte ich wie eine Sirene, als sie mich von meinen Eltern wegzerrte. Die Kellnerin versuchte es mit allem Möglichem, mit süßen, salzigen und sonstigen ungesunden Naschereien, aber nichts brachte mich zum Schweigen. Schließlich versuchte sie es mit Windelnwechseln. Sie warf mich ziemlich grob auf die harte, kalte, nasse, rostfreie Edelstahlanrichte und hob meine zarten, kleinen Kinderfüßchen in die Höhe. Ich heulte und heulte, aber siehe da, sie fand, was noch niemand zuvor gefunden hatte: die Erbse.

Inzwischen war das Ding fast schon eingewachsen. Es sah aus wie eine schwärzlich bläulich bräunlich grünliche Warze – etwas, das man eher im Gesicht einer Hexe als am Oberschenkel eines Babys erwarten würde. Die Kellnerin hielt es womöglich sogar für irgendeinen Schmarotzer oder Blutsauger. Und da es mit den bloßen Fingern nicht abzubekommen war, suchte sie hektisch nach einem besonders wirkungsvollen Schmierstoff.

Ahnst du, was sie geholt hat?

Sie holte das Erstbeste, was sie in die Finger bekam – einen Topf mit Mayonnaise, etwa so groß wie ein kleiner Mülleimer, mit anderen Worten, gerade groß genug, dass ein Baby hineinpasste.

Zu ihrer Verteidigung muss man sagen, dass sie mich eigentlich nur zur Hälfte eintunken wollte. Aber als ich an meinen Zehen die kalte Mayonnaise spürte, fing ich an, mich wie ein Aal zu winden. Sie konnte mich einfach nicht mehr festhalten. Und als ich erst einmal hineingeflutscht war, schaffte sie es nicht, mich wieder herauszuziehen, so glitschig war ich.

Ich schlug wie wild um mich, aber das hatte nur zur Folge, dass ich noch tiefer einsank. Ich hustete und prustete, schnappte nach Luft, bekam aber nur Mayonnaise in den Mund. Sie stieg mir in die Nase und lief mir in die Augen, sie verstopfte meine Ohren und kroch unter meine Fingernägel.

Bald war ich völlig in dieser kühlen, glitschigen, stinkenden, glibberigen, hochkalorischen, cholesterinsteigernden, bakterienangereicherten, botulismusfördernden, höchst widerlichen, fettigen weißen Pampe versunken.

Gleich würde es mir wie einem Thunfisch-Brötchen ergehen, das man in Mayonnaise ertränkt.

Zum Glück bereitete der stellvertretende Küchenchef in diesem Moment seine berühmte Salatsoße zu, die nach tausend Inseln benannt ist oder so ähnlich. Und Gott sei Dank oder vielmehr der Grünen Göttin sei Dank brauchte er dazu noch einen Extra-Löffel Mayonnaise. Gerade in dem Augenblick, als mir das gleiche erniedrigende Schicksal drohte wie einem Fischstäbchen, griff er in das Glas und erwischte mich mit seiner Salatzange am Nacken.

Während ich in der Luft zappelte und schrie wie ein Neugeborenes, fasste der Koch die Erbse energisch zwischen Daumen und Zeigefinger und drehte mit einem Ruck daran. Die Erbse löste sich von meinem Bein, zurück blieb ein großer roter Fleck, etwa so groß wie eine Münze. (Es war der gleiche Handgriff wie beim Abzupfen grüner Bohnen, so beschrieb es der Koch später.) Es hatte natürlich wehgetan, aber die Erleichterung war sofort zu spüren.

Ich hörte auf zu schreien und starrte beglückt auf das Objekt, das mir so viele Qualen bereitet hatte. Auf die Größe eines Pfefferkorns geschrumpft lag es auf der rostfreien Stahltheke. Ich war wie verzaubert von dem klitzekleinen Erbschen.

Vielleicht verspürte ich das Bedürfnis, meinen Feind in einer dramatischen Geste zu vernichten, oder es war, weil sie einfach so dalag – jedenfalls nahm ich die Erbse, und ehe mich jemand davon abhalten konnte, tat ich, was alle kleinen Kinder tun: Ich verschluckte sie.

Und dann fing ich wieder an zu weinen. Nicht etwa, weil mir die Erbse Magenbeschwerden bereitet hätte, sondern, weil ich, nun durch nichts mehr abgelenkt, bemerkte, dass ich immer noch über und über mit dieser klebrigen weißen Masse überzogen war, in der ich um ein Haar ertrunken wäre. Der Koch erkannte den Grund meines Missfallens und wischte die Pampe ab. Dann gab er mich der dankbaren Kellnerin zurück und ging wieder an seine Arbeit.

Ich will ja nicht angeben, aber jeder beglückwünschte ihn an diesem Abend zu seiner Salatsoße. Es scheint, dass ich der Soße eine gewisse pikante Note *je ne sais quoi* gegeben habe – ganz zu schweigen von dem Gelbton, den nur ein Baby zustande bringt.*

Seit dieser Zeit habe ich eine echte Zuneigung für stellvertretende Küchenchefs – und eine krankhafte Abneigung gegen Mayonnaise.

---

* Frag mich bitte nicht, was *je ne sais quoi* heißt; ich werde auf diese Frage ich weiß nicht, was antworten.

Kapitel minus drei
Umzingelt

Kass war sich nicht sicher, ob sie den Hofnarren richtig verstanden hatte.

»Was? Du kennst das Geheimnis nicht?«

»Ehrenwort, ich weiß nichts davon. Ich habe nie etwas von einem Geheimnis gehört«, antwortete der Hofnarr. *»Du* bist doch das unsichtbare Mädchen. *Du* reist doch durch die Zeit. *Du* bist das einzig Geheimnisvolle, was mir jemals über den Weg gelaufen ist. Ich sollte wohl eher dich nach dem Geheimnis fragen.«

Offenbar hatte sie ihn also ganz richtig verstanden.

Leider.

Sie war wie vom Donner gerührt. Jetzt hatte sie es endlich geschafft, ihn zu fragen, und er konnte ihr keine Antwort geben. Er schien ja nicht einmal die Frage richtig zu verstehen. Ihre Mission war ein Fehlschlag. Und mehr noch, ihre Rolle in der Mieheg-Gesellschaft, ihr ganzer Lebenszweck standen nun auf dem Spiel. Wie konnte sie Wahrerin des Geheimnisses sein, wenn sie gar kein Geheimnis hatte, das sie wahren konnte?

Sie sah sich im Wald um, als wäre das Geheimnis hinter einem Baum versteckt. Aber nichts war zu sehen außer einem Tannenzapfen, der auf einem Stein lag.

»Und was ist mit der Mieheg-Gesellschaft?«, sagte sie stur. »Du bist doch ihr Gründer. Und der ganze Zweck der Mieheg-Gesellschaft besteht doch darin, das Geheimnis zu bewahren. Sie ist nicht umsonst die geheime Gesellschaft des Geheimnisses!«

»Tut mir leid, von einer geheimen Gesellschaft habe ich noch nie etwas gehört. Wenn ich der Gründer bin, dann habe ich sie eben noch nicht gegründet.«

»Und was ist mit meinen Eltern? Wer sind sie?«, fragte Kass, zunehmend verzweifelt. »Wenigstens das musst du doch wissen. Ich bin von weit her gekommen, um herauszufinden, wer ich bin. Ich dachte, du könntest es mir sagen. Ich weiß nur, dass ich das Geheimnis wahren soll.«

»Wenn du aus der Zukunft kommst, woher soll ich dann wissen, wer deine Eltern sind? Du bist ja noch gar nicht geboren«, antwortete der Hofnarr, was zugegebenermaßen sehr einleuchtend war. »Du redest Unsinn, das merkt selbst ein Narr wie ich!«

»Im Ernst? Du weißt wirklich nichts? Ich kapier's einfach nicht . . .«

Der Hofnarr schüttelte den Kopf und brummte vor sich hin. »Entweder du bist nicht da und ich bin nur ein Verrückter, der mit dem Wind spricht. Oder jemand hat dich mit Absicht hierher geschickt, um mich vollends um den Verstand zu bringen. Egal, es läuft aufs Gleiche hinaus.«

Kass ließ sich auf einen Baumstumpf fallen. »Ich kann nicht

glauben, dass ich die Zeitreise völlig umsonst gemacht habe! Was soll ich jetzt tun?« Sie versuchte vergeblich, ein Schluchzen zu unterdrücken.

»Na, so schlimm ist es auch wieder nicht«, tröstete sie der Hofnarr, den ihre Tränen rührten. »Wo bist du denn? Gib mir mal deine Hand, dann kann ich dir den Kopf tätscheln.«

Zögernd stieß Kass ihn am Arm an.

»Oh, da bist du – du darfst nicht immer so hin und her laufen. Ich verliere sonst den Überblick. Mal bist du da, mal bist du dort . . .«

Wie versprochen strich er ihr über den unsichtbaren Kopf. »Wie gefällt dir das? Ich habe nicht viel Erfahrung darin, kleine Kinder zu trösten. Ich kann sie höchstens zum Lachen bringen, bis sie irgendwann müde werden und quengelig. Wenn sie zu weinen anfangen, schicke ich sie weg – das ist schlecht fürs Geschäft.«

»Ich bin kein kleines Kind mehr – aber das machst du gut«, antwortete Kass schniefend.

»Ich habe eine Idee«, sagte der Hofnarr. »Bist du sicher, dass du nicht vielleicht einen anderen Hofnarren suchst? Wie ich höre, soll der König von Frankreich einen lustigen Burschen in seinem Gefolge haben.« Seine Miene verfinsterte sich. »Und dieser Glückspilz hat immer noch eine feste Stelle!«

Kass schüttelte den Kopf. »Nein, ich suche dich. Wir sind uns schon einmal begegnet. Zumindest glaube ich, dass wir uns begegnet sind. Aber damals war alles anders, du warst schon ein paar Jahre älter . . .«

»Ah, da haben wir die Erklärung«, sagte der Hofnarr und seine Miene hellte sich auf. »Du bist zu weit in die Vergangenheit gereist, das ist alles. Vielleicht werde ich das Geheimnis ja morgen entdecken oder nächstes Jahr oder vielleicht auch erst als alter Mann. Und die Gesellschaft, von der du sprichst, wird vielleicht erst viele Monde später gegründet werden. Du solltest wieder nach Hause gehen und dann wiederkommen – in meine Zukunft!«

»Ich weiß nicht, ob ich das kann«, antwortete Kass niedergeschlagen. »Ich weiß ja nicht einmal, wie ich überhaupt wieder nach Hause kommen soll.«

Nach Hause. Sie wollte einfach nur nach Hause. Jetzt sofort. Um jeden Preis. Selbst wenn sie mit leeren Händen heimkehren müsste. Hier hielt sie nichts mehr. Ihre Enttäuschung würde höchstens noch größer werden.

Die Frage war nur, wie. Wie sollte sie nach Hause kommen?

Sie war auf Max-Ernest angewiesen. Er sollte sie nach Hause zurückholen, so war es vereinbart. Aber hätte er das nicht schon längst tun sollen? Er hatte das Gegenmittel ja schon einmal zubereitet. Es konnte doch nicht so schwer sein, dies ein zweites Mal zu tun? Oder war sie noch gar nicht so lange weg?

Wie viel Zeit war in ihrer Welt vergangen, seit sie hierher gekommen war? Sekunden, Minuten, Stunden oder sogar Jahre? Vielleicht war sie im echten Leben inzwischen neunzig Jahre alt. Vielleicht waren ihre Familie, ihre Freunde schon längst gestorben. Vielleicht würde sie ihr Zuhause nicht mehr erkennen, ja vielleicht nicht einmal mehr sich selbst?

Max-Ernest hatte sie gewarnt. Warum hatte sie nicht auf ihn gehört? Sie war die eigentliche Dumme, nicht der Hofnarr.

Als sie das Gebell hörten, war es schon zu spät.

Die königlichen Beagles, die von ihren Samtkissen aufgescheucht worden waren und nun einmal etwas tun sollten, um sich ihren fetten Braten zu verdienen, hatten die Spuren der Räuber erschnüffelt und die Soldaten des Königs zum Lager geführt. Die Räuber waren völlig überrumpelt – der Wachposten war vom Met betrunken, Kass war zu sehr mitgenommen und in der Unterzahl war sie ohnehin.*

In Windeseile war das Lager umzingelt und die Räuber spürten Bajonette an ihrem Rücken. Die königlichen Beagles umkreisten sie wachsam, als wären sie eine Herde Schafe.

Nur der Hofnarr und Kass, die ein Stück vom Lager entfernt waren, blieben verschont. Die Soldaten hatten sie noch nicht entdeckt und auch die Hunde hatten ihre Spur nicht gewittert.

»Jetzt seid ihr wohl auch noch stolz, ihr Hunde, dass ihr den Fuchs nun endlich habt!«, rief Anastasia zornig. (Mit Hunde, wohlgemerkt, meinte sie nicht die Beagles, sondern die Soldaten.) Aus ihren Worten sprach so viel Verachtung wie immer und daran änderte auch die Tatsache nichts, dass die Soldaten drauf und dran waren, ihr jeden Augenblick die Kehle durchzuschneiden. Kass bewunderte den Mut, den die junge Frau selbst in einer so aussichtslosen Lage an den Tag legte. »Wie ich sehe, musste der König nur hundert seiner besten Männer schicken, um zehn Diebe gefangen zu nehmen! Und ihr wollt Soldaten sein!«

»Soldaten, sehr wohl, und geübte Mörder noch dazu. Sag uns, wo der Schatz ist, und euer Tod wird schnell und schmerzlos sein«, forderte ein Soldat sie großspurig auf. Er hatte eine dicke goldene Litze an der Uniform und Schweißtropfen auf der Stirn. Er war ganz offensichtlich der Anführer. »Und wenn ihr uns zu diesem elenden Misthaufen führt, den

* Met, wie du vielleicht vom Hörensagen weißt, ist eine Art Wein aus Honig. Met war schon in den frühesten Kulturen bekannt, die alten Griechen zum Beispiel waren besonders scharf darauf. An deiner Stelle würde ich ihn nicht probieren. Aber in der Erzählung vom Beowulf gibt es eine berühmte Szene, in der die Wikinger, die von Grendel, dem Ungeheuer, angegriffen werden, völlig vom Met benebelt sind. Anscheinend war hauptsächlich dieses Getränk schuld an ihren vielen Niederlagen – aber vielleicht hat Met auch ihren Schmerz ein wenig gelindert.

man den Homunkulus nennt, dann könnten wir sogar darüber nachdenken, ob wir nicht einen oder zwei von euch laufen lassen. Lord Pharao hat eine großzügige Belohnung auf das kleine Ungeheuer ausgesetzt.«

»Komm«, flüsterte der Hofnarr. »Lass uns von hier verschwinden, ehe uns jemand entdeckt.« Er wies mit dem Kinn auf den Soldaten, der am nächsten stand. Der Mann trat von einem Bein aufs andere und konnte sich jeden Augenblick umdrehen und auf sie aufmerksam werden. »Oder ehe uns jemand riecht . . .« Der Hofnarr nickte in Richtung der Beagles, die argwöhnisch am Boden schnüffelten, als nähmen sie gerade die Witterung eines entlaufenen Hofnarren und eines unsichtbaren Mädchens auf.

»Was meinst du damit? Wir können sie doch nicht einfach im Stich lassen!«, platzte Kass heraus.

»Du hast leicht reden, du bist unsichtbar.«

»Aber das ist nicht . . . richtig.«

»Warum nicht? Hat mich die Räuberkönigin nicht selbst weggejagt? Ich tue nur, was sie sagt.«

»Ja, aber sie hat uns aus dem Kerker befreit, schon vergessen? Und sie hat uns ein Pferd überlassen. Wir verdanken ihr unser Leben!«

»Sie hat uns das Pferd *geliehen,* meinst du wohl, und das, wie ich hinzufügen möchte, äußerst widerwillig.«

»Ich dachte, du magst sie ein bisschen.«

»Wie bitte?«

»Ja, du weißt schon, *mögen* wie mögen«, sagte Kass und zog die Augenbrauen hoch, um ihren Worten Nachdruck zu verleihen, vergaß allerdings, dass der Hofnarr sie ja gar nicht sehen konnte. (Sich mit jemandem zu unterhalten, wenn man selbst unsichtbar ist, ist so ähnlich, wie wenn man sich mit einem

Blinden unterhält. Man muss wirklich alles ganz genau beschreiben.)

»*Mögen* wie mögen? Was soll das heißen – dass ich sie zweimal mag? Aber ich mag sie nicht mal ein Mal – sie ist mir drei Mal zuwider!«, protestierte der Hofnarr, machte jedoch keinerlei Anstalten mehr, sich davonzustehlen. Kass' Worte hatten ihre Wirkung nicht verfehlt.

»Okay, du lenkst sie ab«, sagte sie und verfiel dabei in den gleichen Kommandoton wie bei Max-Ernest, wenn sie wieder einmal in Sachen Mieheg-Gesellschaft unterwegs waren. »Und ich sehe zu, ob ich jemanden losbinden kann.«

»Und wie soll ich das bitte anstellen?«

»Keine Ahnung ... jongliere, erzähle Witze, spring im Kreis herum, irgendetwas in der Art. Du bist Hofnarr, oder nicht?«

Der Hofnarr machte den Mund auf, um etwas zu erwidern, sagte jedoch kein Wort. Er hatte den Verdacht, dass Kass vielleicht schon weggegangen war. Für jemanden gehalten zu werden, der Selbstgespräche führte, war die eine Sache, tatsächlich Selbstgespräche zu führen, war etwas ganz anderes.

Er holte tief Luft, dann tat er entschlossen den ersten Schritt.

»Meine Verehrung, die Herren Soldaten!«

Die Soldaten, die ihm am nächsten waren, wirbelten herum und zogen ihre Schwerter. Die Hundemeute kam sofort angerannt und kläffte wie wild.

»Wer ist da?«, rief der Anführer.

»Was? Wer? Niemand!«, rief der Hofnarr und hüpfte hin und her, damit die Beagles ihre Zähne nicht in seine Waden schlugen. »Wollte sagen: Ich bin es, der hier ist. Seht ihr ... hier ... bin ... ich!«

Die Soldaten lachten.

»Schaut her, Leute! Der Hofnarr des Königs! Vor Kurzem

noch sein Gefangener!«, rief ein junger Soldat. »Und heute schon Futter für die Hunde!«

»Was ist los, Hofnarr?«, rief ein anderer. »Warum hast du unsere Gastfreundschaft verschmäht? War der Kerkerboden zu hart für deinen Geschmack? Das Essen vielleicht nicht warm genug?«

»Oh, der Boden war gut und das Essen auch«, erwiderte der Hofnarr und sprang zur Seite, als einer der Hunde nach seinem Schuh schnappte. »Es lag an den Gefängniswärtern, sie haben so widerwärtig gerochen!«

»Du bist ziemlich dreist, solche Scherze zu treiben, wenn du von so vielen Männern umstellt bist«, schnauzte der Anführer ihn an.

»Männer wollt ihr sein? Und habt es nötig, eine Dame zu fesseln?« Der Hofnarr zeigte auf Anastasia, die ungläubig den Kopf schüttelte. Ganz offensichtlich hielt sie den Hofnarren nicht für eine große Hilfe.

»Mach dir keine Sorgen«, sagte der Anführer. »Sie wird nicht lange gefesselt bleiben. Der König will nur ihren Kopf. Wir haben eigens diese Servierplatte mitgebracht . . .«

Auf einen Wink hin kam ein junger Soldat mit der Platte herbeigeeilt. »Wir haben Befehl, ihren Kopf auf dieser Platte mitzubringen. Vielleicht ist auch noch Platz für deinen.«

»Es wäre eine Ehre für mein Haupt, in so vornehmer Gesellschaft zu sein. Aber bitte stellt unsere Köpfe nicht einander gegenüber. Ich fürchte nämlich, sie beißt mir sonst die Nase ab – falls ihr die Hunde nicht zuvorkommen.«

Der Hofnarr grinste Anastasia an, die wütend seinen Blick erwiderte. Sie sah wirklich aus, als würde sie den Hofnarren beißen, wenn sie könnte.

Kapitel zehn
Der Leberfleck, das Monokel und der Maulwurf

Hört! Hört! Hergehört, ihr edlen Herren und Damen, ihr tapferen Ritter und hübschen Jungfrauen! In einem Monat wird der Renaissancemarkt stattfinden. Nach einem Tag voller Scherze und Feiern, lasst euch eine königliche Mahlzeit munden in unserem Mittelalter-Familienrestaurant!«

Die Rufer waren Globus und Daniel-nicht-Daniela. In grünen Strumpfhosen und mit Narrenhüten gaben sie nicht ganz mittelalterliche, nicht ganz renaissancehafte, nicht ganz moderne Herolde ab. Sie hatten Plastiktrompeten dabei und auf Brust und Rücken waren sie mit Plakaten behängt, auf denen für das Mittelalter-Familienrestaurant geworben wurde:

Das Leibgericht der Rittersleut,
für Groß und Klein steht es bereit!

Alle Kinder, die auf dem Schulweg an ihnen vorbeikamen, kicherten los und fingen an zu lästern.

»Hübsche Strumpfhosen!«

»Seid ihr edle Damen oder edle Herren?«

»Lacht nur! Sie zahlen jedem von uns hundert Mäuse und Limo gratis, den ganzen Tag!«, rief Globus und hielt eine Dose in die Höhe. »Oder ist das zu kompliziert für euch, um es zu kapieren? Was kriegt ihr, damit ihr eure alten, miefigen Jeans tragt? Genau – rein gar nichts. Null Komma null!«

»Hör doch auf mit dem Geschrei. Du machst alles nur noch schlimmer«, flüsterte Daniel-nicht-Daniela, der damit beschäftigt war, seine Rastalocken ins Gesicht zu streifen, damit Vorübergehende nur ja nicht sein Gesicht erkennen konnten.

»Sie werden blöd glotzen, wenn sie lesen, was ich in meinem Blog schreibe«, grummelte Globus. »Ich werde auf dem Renaissancemarkt live bloggen und mein Zorn wird sie alle treffen.«

»Denen ist dein Blog so was von egal, Mann.«

»Weißt du, wie viele Aufrufe ich letzte Woche hatte? Ein paar Tausend«, antwortete Globus wütend. »Hey, Max-Ernest, willst du auch mitmachen? Ich hab noch eins . . .« Globus zeigte auf ein Werbeschild, das an der Wand lehnte. Darüber hing ein Paar grüner Strumpfhosen.

Max-Ernest schüttelte energisch den Kopf und ging weiter.

Globus schnaubte wütend. »Eins sag ich dir, das war das letzte Mal, dass ich dir einen Job angeboten habe.«

Mit einem ziemlich flauen Gefühl betrat Max-Ernest die Schule.

Benjamin war seine letzte Hoffnung gewesen, um Kass zu retten. Doch jetzt hatte er sich ausgerechnet als ihr schlimmster Feind entpuppt. Jojo-schi hatte Max-Ernest geschrieben, dass Benjamin ein Schüler von Dr. L. an der Neuen Prometheus-Akademie gewesen war. Und jetzt arbeitete er als Spion – als Maulwurf – für die Mitternachtssonne an seiner eigenen Schule.

Wenn es nach Max-Ernest gegangen wäre, dann hätte er Benjamin am liebsten nie wiedergesehen – oder die Schule, was aufs Gleiche hinauslief. Aber selbst wenn Max-Ernest nun vielleicht nie in Kass' Kopf gelangen würde, in seinem eigenen war ihre Stimme gegenwärtig und forderte ihn auf durchzuhalten, an die Mieheg-Gesellschaft zu denken und an die Schwüre, die sie geleistet hatten, um das Geheimnis zu wahren.

Warum, so fragte sich Max-Ernest oft, kommandierte sie ihn in seinen Gedanken genauso herum wie im wirklichen Leben?

Gerade jetzt hatte er wieder ein stummes Zwiegespräch mit Kass, das ungefähr so verlief:

K: *Lass Benjamin nicht aus den Augen. Wenn sich die Mitternachtssonne schon so viel Mühe gegeben und ihn ausgebildet und an unsere Schule gebracht hat, dann wird er garantiert nicht so schnell aufgeben.*

M-E: Wie soll ich mich an Benjamin ranhängen? Sobald ich in seine Nähe komme, kann er doch meine Gedanken lesen!

K: *Denk einfach an ganz was anderes. Tu so, als wüsstest du nicht, wer er ist. Als wärt ihr immer noch Freunde.*

M-E: Wie soll ich das machen? Ich war noch nie mit jemandem befreundet.

K: *Ach ja?*

M-E: Du zählst nicht.

K: *Vielen Dank.*

M-E: Du weißt genau, was ich meine.

K: *Nein, weiß ich nicht. Und ich glaube, Jojo-schi würde sich auch sehr ärgern, wenn er das hörte . . . Ich weiß nur, dass du schleunigst herausfinden musst, was Benjamin vorhat, ehe er herausfindet, was wir vorhaben.*

M-E: Du hast leicht reden. Du liegst nur da und tust nichts.

K: *Ich tue nichts? Was soll ich denn im Koma tun? Wollen wir tauschen?*

»Du solltest vorsichtiger sein, wenn du Selbstgespräche führst, Max-Ernest. Willst du, dass die Leute dich für verrückt halten? Wobei sie das vielleicht schon . . .«

Max-Ernest fuhr herum. Opal, die neue Sekretärin, stand vor ihm, die Hände in die Hüften gestützt, und lächelte ihn an. Genauer gesagt grinste sie so breit bis zu dem großen Leberfleck auf ihrer Wange.

Max-Ernest hatte sie nicht mehr gesehen, seit sie ihn dazu angestiftet hatte, ohne anzuklopfen, ins Büro der Rektorin zu gehen. Irgendwie sah sie heute verändert aus.

»Es sei denn, du probst schon für deinen Auftritt als Hofnarr? Weißt du, ich könnte dir einen Bühnenauftritt beim Renaissancemarkt verschaffen.«

Max-Ernest spürte, wie er rot wurde. »Sehr witzig.«

Wie viel hatte sie gehört? Er hoffte inständig, dass er nichts von der Mieheg-Gesellschaft oder dem Geheimnis gesagt hatte.

»Hoppla – was höre ich denn da?«

Es klingelte. Schon zum zweiten Mal. Das hieß, dass die erste Stunde anfing.

Opal warf einen übertrieben deutlichen Blick auf die Uhr, wie es die Leute manchmal tun. »Tss, tss, sieht aus, als kämst du ein bisschen zu spät. Ich hoffe, du hast eine Entschuldigung von zu Hause dabei.«

»Ähm . . . eigentlich nicht.«

»Nun, dann kommst du am besten nach der Stunde ins Sekretariat. Dann werden wir ja sehen, was die Rektorin, das heißt Ihre Majestät, dazu meint.«

Max-Ernest blickte sie giftig an. Das war so unfair. Hätte sich die Sekretärin ihm nicht in den Weg gestellt und ihn in ein Gespräch verwickelt, dann hätte er es rechtzeitig zum Unterricht geschafft.

Er wollte gerade protestieren, als ein völlig unerwarteter Anblick ihn davon abhielt.

Benjamin Blake unterhielt sich mit Amber.

Sie waren ganz alleine. Niemand war in der Nähe.

Sie standen zwischen dem Verwaltungsbau und der Cafeteria. Es war kaum genug Platz, normalerweise hielten sich dort nur Ameisen auf und gelegentlich verirrte sich ein Nagetier dorthin. Offensichtlich wollten sie absolut ungestört sein. Es war nur einem glücklichen Zufall zu verdanken, dass er zur rechten Zeit an die rechte Stelle geschaut hatte, und er war wild entschlossen, das auszunutzen.

Er musste die Sekretärin schnellstens loswerden, so viel war klar. Aber wie sollte er seine Schulkameraden ausspionieren, ohne selbst gesehen zu werden?

»Okay, nach der Stunde komme ich ins Sekretariat«, sagte er und zwängte sich an der Sekretärin vorbei.

»Gut. Bis dann«, sagte Opal. Sie musterte ihn aufmerksam,

denn sein plötzlicher Sinneswandel war ihr keineswegs entgangen.

»Ja, bis später.« Er tat so, als wollte er in seine Klasse gehen, als sie ihn noch einmal zurückrief.

»Oh, Max-Ernest, kannst du mir rasch einen Gefallen tun? Ich habe mir gerade die Fingernägel lackiert und es dauert einfach *ewig*, bis sie trocknen. Würdest du mir bitte aus meiner Handtasche ein Taschentuch geben?« Mit spitzen Fingern öffnete sie ihre große schwarze Lackledertasche, damit ihr frischer Nagellack nicht verschmierte.

Ungeduldig kramte Max-Ernest darin nach den Taschentüchern.

»Sie sind unter meiner Puderdose, du weißt schon, dieses Teil mit dem kleinen Spiegel«, half die Sekretärin nach.

Es war ein Klappspiegel und, das begriff Max-Ernest sofort, wie gemacht zum Spionieren.

Er umschloss den Spiegel mit der rechten Hand und mit der Linken zog er das Päckchen Taschentücher heraus. (Beim Üben von Zaubertricks oder wie gerade eben beim Ausspionieren kam ihm die Erfahrung, dass er für seine Eltern oft zwei Dinge gleichzeitig tun musste, sehr zustatten.) Mit etwas Glück würde die Sekretärin gar nicht merken, dass ihre Puderdose fehlte. Und er könnte sie ja wieder in die Tasche zurückschmuggeln, wenn er später ins Sekretariat ging.

Sie ist nur ausgeliehen, hörte er Kass beruhigend sagen, nicht gestohlen. Außerdem hatte ihn diese Frau schon bei ihrer ersten Begegnung ohne jeden Grund reingelegt!

Die Sekretärin zog eine Grimasse und fischte vorsichtig ein Taschentuch aus der Packung, ohne mit den Fingernägeln irgendwo anzustoßen. »Danke, Max-Ernest. Und binde deine Schuhe zu, bitte!«

Max-Ernest nickte, dann ging er in Richtung Klassenzimmer. Seine Schnürsenkel waren ihm völlig egal. Als er davon ausgehen konnte, dass die Sekretärin längst wieder hinter ihrem Schreibtisch saß, machte er kehrt und schlich zurück.

Er drückte sich dicht an der Mauer entlang und versteckte sich, so gut es ging. Dann zog er die Puderdose hervor und drehte den Spiegel, bis er Benjamin und Amber sehen konnte. Sie waren immer noch ins Gespräch vertieft.

Beim letzten Zusammentreffen hatte Amber Max-Ernest die Zukunft vorausgesagt. Damals hatte es nicht den Anschein gemacht, als würden Amber und Benjamin sich kennen. Aber wenn er ihnen jetzt zusah, bekam Max-Ernest den Eindruck, als wären sie gute Bekannte.

Das Echo zwischen den eng stehenden verputzten Mauern war gerade so laut, dass Max-Ernest hören konnte, was sie flüsterten.

»Du hast versucht, ihre Gedanken zu lesen, stimmt's?«, fragte Amber gerade. »Warum? Was erwarten sie sich davon?«

Benjamin zuckte mit den Schultern. »Spielt keine Rolle, denn ich habe nichts gefunden.«

»Komm schon, ich erfahre doch sonst nie etwas«, beschwerte sich Amber.

»Warum soll dann gerade ich dir etwas sagen?«

»Bitte.«

»Warum willst du das unbedingt wissen?«

»Weil ich es hasse, ein Geheimnis nicht zu kennen.«

»Dann bist du ganz nah dran.«

»Was soll das heißen?«

»Ach, gar nichts«, antwortete Benjamin überlegen.

»Oh, ich hasse dich!«, kreischte Amber. »Nach dieser Wahrsage-Geschichte kann mich sowieso niemand mehr leiden. Mein

Ansehen ist futsch. Lass mich wenigstens durch das Monokel schauen!«

Amber griff nach dem Monokel, aber Benjamin wich ihr aus.

»Das darf ich dir nicht geben.«

»Na und? Als ob Dr. L. das jemals erfahren würde.«

»Irgendetwas sagt mir, dass er es erfahren würde. Spätestens dann, wenn er sein Monokel zurückbekommt.«

»Bitte, bitte.«

»Warum willst du unbedingt hindurchschauen?«

»Damit ich deine Gedanken lesen kann und weiß, was du in Kass' Gedanken gesucht hast – was sonst?«

Das Monokel, alles dreht sich um dieses Monokel, dachte Max-Ernest aufgeregt. Er hatte angenommen, dass Benjamin von sich aus die Fähigkeit hatte, Gedanken zu lesen, dass es Benjamins eigenes, unverwechselbares Talent war. Aber wenn er seine ganze Kunst dem Monokel zu verdanken hatte, dann konnte jeder Gedanken lesen – jeder, der das Monokel in die Finger bekam. Sogar er.

Während Max-Ernest noch darüber nachdachte, wie er Benjamin das Monokel abluchsen könnte, hatte Amber es sich schon geschnappt und hielt es sich ans Auge.

Genervt verschränkte Benjamin die Arme und blickte sie an. »Na, was siehst du?«

»Nichts. Ich habe das Gefühl, durch ein Minifenster zu schauen, mehr nicht. Wenn du mich nur veräppeln willst, dann wirst du das noch . . . Nein, warte, ich sehe . . . ich sehe . . . alles. Wahnsinn, ist das cool! Ich kann sogar durch Wände sehen . . . wow, damit könnte ich die ganze Schule kontrollieren – was ich ja ohnehin längst tue . . .«

Plötzlich verschwand ihr Grinsen und sie runzelte die Stirn. »Was hat Veronica mit Naomi zu reden? Das habe ich ihr nicht erlaubt. Ich kann Naomi nicht ausstehen – nicht dass ich nachtragend wäre, ich bin die Letzte, die jemandem etwas nachträgt . . . Moment mal . . .« Amber zeigte in die Richtung, in der Max-Ernest stand. »Ich glaube, hinter dieser Ecke steht jemand und beobachtet uns«, sagte sie mit gedämpfter Stimme, aber Max-Ernest verstand sie trotzdem.

»Wer denn?«

»Ich kann sein Gesicht nicht erkennen . . .«

»Gib mir das Monokel wieder.«

»Nein, niemals!«

»Du musst!«

Sie fingen an zu raufen. Benjamin versuchte, Amber das Monokel wegzuschnappen, aber sie wehrte sich verbissen – bis es plötzlich zu Boden fiel und auf Max-Ernest zuschlitterte.

Max-Ernest reagierte spontan und griff blitzschnell nach dem Monokel. Amber und Benjamin hörten sofort auf zu streiten.

»Max-Ernest, altes Haus. Gott sei Dank, du bist's. Zur Abwechslung mal jemand, mit dem man sich vernünftig unterhalten kann«, sagte Benjamin ruhig. »Das Monokel ist mir wirklich wichtig. Reine Gefühlsduselei, du verstehst schon. Für alle anderen ist es nicht sehr wertvoll. Vielen Dank, dass du es für mich aufgehoben hast. Sehr nett von dir.«

»Ähm . . . gern geschehen«, sagte Max-Ernest und umklammerte das Monokel noch etwas fester.

»Wunderbar. Dann kannst du es mir ja jetzt wiedergeben«, sagte Benjamin in dem Ton, in dem man mit Kleinkindern spricht.

Max-Ernest wich einen Schritt zurück. »Nein, ehrlich gesagt würde ich es im Moment lieber behalten, weil . . . weil . . .« Er fing an zu stottern und suchte verzweifelt nach einer Ausrede, mit der er nicht zu viel verriet.

»Vergiss ihn«, säuselte Amber zuckersüß. »Gib es mir und wir werden die besten Freunde.«

»Wann kapierst du endlich, dass ich nicht mit dir befreundet sein will?«, sagte Max-Ernest.

Er wollte wegrennen, war sich aber nicht sicher, wohin. Wenn er versuchte, durch den Haupteingang zu entkommen, würde ihn Opal wahrscheinlich vom Fenster des Sekretariats aus beobachten.

»Gib es mir zurück, es gehört mir«, sagte Benjamin. »Ich habe jetzt keine Zeit für solche Spielchen.«

»Tut mir leid, aber –«

Benjamin und Amber streckten gleichzeitig die Hand nach dem Monokel aus. Max-Ernest versuchte, beiden auszuweichen, und trat auf seinen Schnürsenkel. Er kippte nach hinten und plumpste auf den Boden, aber das Monokel hielt er fest ihn der Hand.

»Ich nehme dir das wohl besser ab«, hörte er plötzlich Opal sagen, die wie aus dem Nichts aufgetaucht war. Offenbar war sie doch nicht in ihr Büro zurückgegangen. Bevor Max-Ernest auch nur den Mund aufmachen konnte, hatte sie ihm das Monokel schon aus der Hand genommen und in ihrer großen, glänzenden Tasche verschwinden lassen.

»Ich glaube, die Rektorin sollte mal ein Wörtchen mit euch reden«, sagte sie zu Amber und Benjamin.

Sie reichte Max-Ernest die Hand und half ihm wieder auf die Füße. Max-Ernest fiel auf, wie kräftig sie war. »Und *du* gehst zur Sanitäterin. Das gibt eine üble Schramme an deinem Ellbogen.«

Der Sanitätsraum war leer. Die Rollos waren heruntergelassen und der Computerbildschirm war dunkel. Es sah ganz so aus, als hätte heute noch niemand einen Fuß in diesen Raum gesetzt.

»Setz dich hierher«, sagte Opal und klopfte auf die einzige Liege im ganzen Zimmer. Max-Ernest bemerkte, dass sie die Decke mit den Fingern berührte, ohne dass der Nagellack verschmierte. Komisch, dachte er sich, gerade hat sie noch behauptet, ihre Nägel brauchen ewig zum Trocknen . . .

Und plötzlich wusste er auch, was heute anders an ihr war: der Leberfleck. Er hätte schwören können, dass er auf der rechten Wange gewesen war – im Büro stand ihr Schreibtisch leicht schräg, sodass man nur ihre rechte Gesichtshälfte sehen konnte –, aber jetzt war der Leberfleck links.

»Ich sehe mal nach, ob ich vielleicht irgendwo die Krankenschwester finde. Ich muss schon sagen, für einen Raufbold hätte ich dich eigentlich nicht gehalten.«

Wie zufällig ließ Opal ihre Tasche auf den Schreibtisch der Krankenschwester plumpsen, dann schüttelte sie ihre blonde Lockenmähne und stöckelte auf ihren schwindelerregend hohen Plateausohlen aus dem Zimmer.

Max-Ernest konnte sein Glück kaum fassen. Er wartete, bis sich die Tür hinter der Sekretärin geschlossen hatte, dann öffnete er sofort die Tasche, holte das Monokel heraus und legte die Puderdose hinein.

Er hatte sich gerade wieder auf die Liege gesetzt, als Opal schon wieder zurückkam. »Wie dumm von mir. Hab ich glatt vergessen, die Schwester hat doch tatsächlich heute frei. Wer hätte das gedacht? Tja, dann musst du eben die Zähne zusammenbeißen.«

»Hm, sollte ich nicht vielleicht wenigstens einen Eisbeutel

oder so etwas auf meinen Ellenbogen legen?«, fragte Max-Ernest. Seit die Sekretärin etwas von einer Schramme am Ellbogen gesagt hatte, rechnete er mit dem Schlimmsten. »Vielleicht habe ich mir ja den Arm gebrochen. Oder verstaucht. Wissen Sie, ich habe gehört, eine üble Verstauchung ist sogar schlimmer als ein Bruch.«

»Oh, das wird schon wieder«, winkte Opal ab. Offenbar hatte sie vergessen, dass sie es ja gewesen war, die ihn in die Krankenstation geschickt hat. »Kannst du nicht wenigstens mal für fünf Minuten aufhören, hypochondrisch zu sein, Max-Ernest?«

Opal scheuchte ihn aus dem Zimmer und Max-Ernest gab ihr im Stillen recht. Er hatte schließlich ganz andere Sorgen als seinen Ellbogen. Jetzt, da er das Monokel hatte, würde er hoffentlich das zu sehen bekommen, was Benjamin um ein Haar gesehen hätte: Kass' Gedanken. Und dann würde er sie endlich nach Hause holen – falls alles glattging.

Und dennoch, als er seinen Spind öffnete und seine Sachen herausholte, um sich auf den Weg ins Krankenhaus zu machen, ließ ihn dieses komische Gefühl einfach nicht los. Irgendwas war da faul. Wer hatte der Sekretärin verraten, dass er ein Hypochonder war? Es war schon seltsam. Er kannte die Sekretärin nur vom Sehen her, aber sie schien alles über ihn zu wissen.

Beinahe so seltsam wie ein Muttermal, das von der rechten Wange auf die linke wandert.

Hatte die Mitternachtssonne womöglich noch einen Spion – noch einen zweiten Maulwurf – in seine Schule geschmuggelt?

Der Sekretärin war es durchaus zuzutrauen, dass sie ihm das TRITT-MICH-Schild auf den Rücken geklebt hatte.

Kapitel minus zwei

Eine alte Geschichte – auf den Kopf gestellt

Kass hoffte auf einen Geistesblitz, denn einen Plan hatte sie nicht.

Wenn es ihr gelänge, die Soldaten für einen Moment abzulenken, könnte sie zwischen ihnen hindurchschlüpfen und die Räuber von ihren Fesseln befreien. Aber weiter war sie mit ihren Überlegungen noch nicht gekommen. Dummerweise fand sie einfach keinen Stock, der lang genug war, um die Soldaten aus sicherer Entfernung zu piksen. Aber nirgendwo lagen Äste herum – die Räuberbande hatte alles Brennbare schon längst fürs Lagerfeuer verbraucht. Sie suchte nach tief hängenden Ästen – vielleicht konnte sie ja einen abbrechen –, aber das war vergebens.

»Seid ihr euch ganz sicher, dass ihr diese Leute einkerkern wollt?«, hörte sie den Hofnarren die Soldaten fragen. »Seid ihr dann nicht genauso schlimm wie die Räuber? Nein, sogar schlimmer! Es stimmt schon, sie bestehlen die Reichen. Aber stehlen die Reichen ihren Reichtum nicht zuerst von den Armen?«

Kass bezweifelte, dass der Hofnarr auf diese Weise die Soldaten umstimmen würde. Und selbst wenn er die Soldaten von seiner Logik überzeugte – sie würden schon aus Prinzip nicht machen, was er sagte. Eine praktischere Lösung musste her.

»Wie viel Gold hast du denn? Oder du? Und auch du da?«, fuhr der Hofnarr fort. »Hat nicht der König euren Eltern weggenommen, was eigentlich ihnen und euch gehört hätte? Er ist der Oberräuber. Die königliche Krone auf seinem Kopf macht ihn höchstens zu einem königlichen Räuber . . . Oje, lasst das, haut ab, ihr dämlichen Köter! Sehr nett von euch, dass ihr mir gefolgt seid, um auf meine Füße aufzupassen!«

Die königlichen Beagles hatten anscheinend beschlossen, vom Hofnarren abzulassen. Aber ihrem Bellen-Wuffen-Schnappen nach zu urteilen, fürchtete Kass, dass der Grund, aus dem sie von ihm abließen, der war, dass sie einen anderen Geruch witterten – nämlich ihren.

Das Bellen wurde lauter und lauter, und es dauerte keine Minute, bis Kass die Hunde auf sich zukommen sah. Die Soldaten, das wusste sie, kamen gleich hinterher.

Sie hatte zwar den Vorteil, unsichtbar zu sein, aber würde das reichen, um es mit Geschöpfen aufzunehmen, deren Riechorgane vierzigmal empfindlicher waren als die eines Menschen?

Sie überlegte kurz, dann zog sie ihren Pullover aus und warf ihn nach links, dorthin, wo der Felsblock lag. Dann schlich sie in die entgegengesetzte Richtung.

Der Trick funktionierte. Die Beagles stürzten sich auf ihren Pullover, zerrten das geheimnisvolle Kleidungsstück hin und her und suchten nach Kass. Als sie sie nicht finden konnten, jaulten sie enttäuscht auf und rannten im Kreis um den Felsbrocken herum.

Vorsichtig darauf bedacht, sich nicht zu schnell zu bewegen, um die Aufmerksamkeit der Hunde nicht auf sich zu ziehen, ging Kass noch ein Stück weiter weg. Fast wäre ihr Plan geglückt, als die Hunde auf einmal das Interesse an dem Felsbrocken verloren und herumschnüffelten.

Hastig löste sie ihren Gürtel und warf ihn unter einen Busch.

Wieder stürzten sich die Beagles darauf und stritten um die Beute. Wieder waren sie enttäuscht, dass sie nur einen Gürtel ohne den dazugehörigen Menschen erwischt hatten. Wieder fingen sie an zu schnüffeln.

Kass fuhr mit der Zunge über den Finger und feuchtete ihn an, um zu sehen, aus welcher Richtung der Wind kam. Dann schlich sie gegen den Wind, in der Hoffnung, auf diese Weise ihren Geruch verbergen zu können. Aber leider hatte sie sich da verrechnet. Beagles nehmen Witterung nicht aus der Luft, sondern vom Boden auf. Sie kamen trotzdem auf sie zugerannt.

Kass wurde immer nervöser. Sie bückte sich und zog die Schuhe aus.

Das Spiel ging weiter – obwohl Kass es alles andere als lustig fand. Sie schleuderte ihren rechten Schuh nach links und ihren linken Schuh nach rechts, dann ihre rechte Socke nach links und ihre linke Socke nach rechts. Jetzt stand sie barfuß und frierend hinter einem Baum.

Was nun? Immerhin hatte sie erreicht, dass sich die Hunde zehn Meter entfernt von ihr um die Socken balgten. Aber das würde nicht lange andauern. Und bestimmt waren bald die Soldaten da.

Kass zögerte. Auch wenn sie unsichtbar war, weiter würde sie sich garantiert nicht ausziehen.

»Hehehe.«

Ein eigenartiges Geräusch – ein Schnauben, Keuchen, Lachen - ließ sie hochfahren. Was war das? Ein Schwein, das eine Hyäne nachahmte? Oder vielleicht auch umgekehrt?

»Hehehe.«

Kass wirbelte herum und sah den Homunkulus, der sie von einem Felsbrocken aus beobachtete.

»Herr Krautkopf«, flüsterte sie aufgeregt.

»Warum nennst du mich immer so? Die Haushälterin meines Meisters hat mich manchmal ihren kleinen Krautkopf genannt, aber ich dachte, das war nur, weil sie mir immer das übrig gebliebene Kraut gegeben hat . . .«

»Nein, es ist, weil – ach, jetzt ist nicht die Zeit für Erklärungen. Wie lange bist du schon hier?«

Der Homunkulus zuckte seine kleinen Schultern. »Eine ganze Weile.«

»Warum hast du kein Wort gesagt?«

»Es war zu lustig, dich herumhüpfen zu sehen«, kicherte der Homunkulus.

Kass bemerkte, dass er jetzt, wo er zur Abwechslung mal nicht verspottet wurde, sondern selbst über andere spottete, viel besser sprechen konnte als sonst.

»Ja, wahnsinnig lustig. Und was machst du hier?«

»Bin auf der Suche nach etwas Essbarem. Aber diese lausigen Räuber haben kein Fleisch. Nur vergammelte Kartoffeln . . .« Er zeigte ihr eine schimmelige Kartoffel, aus der ein Wurm herausschaute.

»Igitt«, sagte Kass und wich zurück.

»Sie essen wie die Bauern«, sagte der Homunkulus und warf die Kartoffel angewidert fort. Den Wurm behielt er – und steckte ihn in den Mund. »Mmm, gar nicht so schlecht.«

»Ich denke, das machen sie, damit sie den echten Bauern etwas von ihren Vorräten abgeben können«, antwortete Kass und versuchte, die Überreste des Wurms zwischen seinen Zähnen zu übersehen.

»Ich bin hierher gekommen, um dich zu warnen. Lord Pharao sucht dich.«

»Warum?«

Der Homunkulus runzelte die Stirn. »Es ist wegen irgendeines Geheimnisses, das ihm ewiges Leben verschafft. Du bist entweder der einzige Mensch, der es ihm offenbaren kann, oder der einzige Mensch, der es ihm verheimlichen kann, so genau habe ich das nicht mitgekriegt. Er hat das alles durch dein Augenglas hindurchgesehen.«

»Du meinst, er weiß von dem Geheimnis?«, fragte Kass aufgeregt. Das konnte nichts Gutes bedeuten, aber zumindest war es der erste Hinweis auf das Geheimnis, seit sie in die Vergangenheit gereist war.

»Ich weiß nichts von Geheimnissen. Ich weiß nur, dass er ein Mann ist, vor dem man sich in Acht nehmen muss. Ich kann dir nur einen Rat geben. Wenn er dich aufspürt, dann packe ihn bei seiner schwachen Seite – seiner Eitelkeit. Zeig ihm einen Spiegel und du gewinnst wertvolle Zeit.«

»Einen Spiegel? Oh-oh!«

Vielleicht lag es an Kass oder an der Kartoffel oder an Krautkopf, die Hunde hatten jedenfalls Kass' Witterung wieder aufgenommen und kläfften wie wild.

»Ach, mach dir wegen dieser dummen Köter keine Sorgen«, sagte der Homunkulus abschätzig. »Mit denen werde ich schon fertig.«

Kass blickte ihn misstrauisch an. »Du willst sie doch nicht etwa auffressen, oder?«

Der Homunkulus grinste. »Das wäre mal 'ne Idee . . .«

»Herr Krautkopf!«

»Im Ernst, Beagles schmecken fürchterlich. Das Fleisch riecht irgendwie streng. Komm, ich möchte dir etwas zeigen, ehe ich gehe.«

»Wir haben keine Zeit!«

»Sieh dir das an . . .«

Der Homunkulus sprang von seinem Felsbrocken herunter auf einen Haufen aus Blättern und Tannennadeln. Er wischte sie beiseite. Ein großes sackleinernes Tuch kam zum Vorschein. Er hob es an einer Ecke an und gab den Blick frei auf einen silberner Kerzenleuchter. Dann zog er das Tuch ganz weg. Darunter lag die Holzkiste, die die Räuber gestohlen hatten. Kass erkannte sie an dem großen Eisenschloss wieder. Bis an den Rand gefüllt mit Goldmünzen und Edelsteinen, war die Kiste ein wahrer Schatz. Es glitzerte, blitzte und schimmerte verlockend, wie nur ein Schatz funkeln kann.

»Für dich . . .« Der Humunculus zögerte, er war nicht sehr geübt im Schenken. »Niemand sonst ist je nett zu mir gewesen.«

»Wow, danke. Aber dieser Schatz gehört dir ja gar nicht, also kannst du ihn auch nicht verschenken«, tadelte ihn Kass. »Außerdem muss ich jetzt die Räuber befreien. Und wenn ich versuche, die Soldaten mit dem Schatz zu bestechen, stecken sie einfach alles ein – und lassen trotzdem niemanden frei.«

Dem Homunkulus blieb keine Zeit zu antworten, denn die Hunde kamen gerannt.

»Schnell, versteck dich unter dem Stofftuch«, raunte er. »Ich werde sie weglocken.«

»Aber du kannst doch gar nicht so schnell rennen. Sie werden dich fangen.«

»Wer hat was von rennen gesagt?«

Kass stieg auf die Schatztruhe und der Homunkulus warf das Tuch über sie. Nachdem er die Decke mit Blättern zugedeckt hatte, ging er auf die Hunde zu und stieß einen schrillen Pfiff aus. »He, ihr gefräßigen Köter! Ihr seid keinen Deut besser als Schweine. Fangt mich doch, wenn ihr könnt!«

Der Homunkulus machte eine Handbewegung, die Kass, die durch ein Loch in dem Tuch alles beobachtete, nicht verstand. Die Geste galt den Hunden und Kass nahm an, dass sie ziemlich derb war. Flink kletterte der Homunkulus auf den nächsten Baum.

Die Hunde bellten und kratzten und krallten nach dem Baumstamm, bis der Homunkulus auf einen langen Ast stieg und sich nur noch mit einer Hand daran festhielt.

»Passt auf!«, rief er. Und dann . . .

Dann hangelte sich der Homunkulus wie ein Affe durch die Luft bis zum nächsten Baum. »Hihi . . .«

Er schwang sich von Baum zu Baum, verfolgt von der wütenden Hundemeute. Kass erschrak, als auf einer Anhöhe ein Trupp Soldaten auftauchte, aber dann rannten auch sie dem Homunkulus hinterher und Kass war wieder allein.

»Auf Wiedersehen, Herr Krautkopf«, sagte sie leise. Sie bezweifelte, dass sie ihn jemals wiedersehen würde – in der Vergangenheit, in der Zukunft oder wann auch immer.

Kass wartete noch fünf Minuten, ehe sie sich aus ihrem Versteck hervorwagte. Sie setzte sich hin und betrachtete den Räuberschatz.

Sie hatte sich zwar noch nie besonders für Edelsteine interessiert, trotzdem war sie von den vielen Kostbarkeiten beeindruckt und fragte sich, was wohl geschehen würde, wenn sie ein, zwei Stücke davon in ihre Zeit mitnähme. Jedes Teil war garantiert ein Vermögen wert. Andererseits wusste sie ja nicht einmal, wie sie in ihre Zeit zurückgelangen sollte, geschweige denn, wie man ein Diadem als Andenken mitbringen könnte. Und selbst wenn sie der Typ gewesen wäre, der so etwas aufsetzt, was sie ganz bestimmt nicht war (anders als die meisten kleinen Mädchen hatte sie nie die Prinzessinnen-Phase durchgemacht) – mit ihren spitzen Ohren würde ein Krönchen doch ziemlich albern aussehen.

Gerade als sie sich von dem glitzernden Haufen losreißen wollte, fiel ihr der schwarze Stein auf, an dem Münzen und Ringe, ja sogar die Schneide eines Schwerts klebten. Vermutlich handelte es sich um den Magnetstein, der ihr schon beim Raubüberfall auf den Paradezug des Herzogs aufgefallen war. Aber ohne das Doppelmonokel sah er nur bleigrau aus, der bläuliche Schimmer war verschwunden.

Das Schwert war zwar ein bisschen extravagant, um damit nur ein paar Stricke durchzuschneiden – der Griff war aus Gold und mit Edelsteinen besetzt und die Schneide war auf beiden Seiten mit kunstvollen Mustern verziert –, aber trotzdem würde es ihr gute Dienste leisten. Sie musste allerdings ihre ganze Kraft aufbieten, um es von dem Stein wegzuziehen. Wie König Artus, dachte sie, als sie das Schwert in die Höhe hielt.

Sie musste über sich selbst lachen und ließ das Schwert sinken. Dann hielt sie plötzlich inne. Sie hatte eine Idee. Eine absurde, weit hergeholte Idee. Und eine nicht sehr erfolgversprechende noch dazu.

Sie hatte allerdings einen Pluspunkt: Es war ihre einzige.

Aber wie die Idee dem Hofnarren mitteilen – das war die Frage.

Sie schlug mit dem Schwert so viele Stücke aus dem Magnetstein, wie sie konnte. Dann kehrte sie wieder ins Lager zurück.

Als Kass in die Nähe des Lagers kam, verlangsamte sie ihren Schritt. Sie achtete darauf, keine Zweige abzubrechen oder an irgendwelche Steine anzustoßen. Dann versteckte sie das Schwert hinter einem Baum. Den Magnetstein hielt sie in der Hand wie einen kostbaren Besitz – was er ja auch war.

Inzwischen war der Hofnarr an den Füßen gefesselt, damit er nicht weglaufen konnte, aber erstaunlicherweise hatte man ihm die Hände nicht gebunden und den Mund nicht geknebelt. Anscheinend gefielen den Soldaten seine Geschichten; sie forderten ihn gerade auf, noch eine zu erzählen.

»Aber ich weiß keine mehr«, protestierte der Hofnarr. »Ihr habt schon alle gehört, die ich kenne!«

»Dann werden wir dich knebeln wie die anderen«, drohte ihm der Anführer und riss schon mal einen langen Stoffstreifen zurecht.

»Halt, wartet! Ich werde mir etwas einfallen lassen! Mal sehen . . . Habe ich euch schon die Geschichte von der Seeschlange und der Jungfrau erzählt?«

»Ja!«, riefen die Soldaten im Chor.

Niemand bemerkte den Magnetstein, der anscheinend wie von selbst über den Boden rollte – oder falls doch, trauten sie wohl ihren Augen nicht. Kass, die den Stein wie einen Fußball vor sich herkickte, kam ohne Schwierigkeiten bis zum Hofnarren.

Als sie ihm aber auf die Schulter tippte, zuckte er erschrocken zusammen – und das bemerkten alle.

»Du bist ein zart besaitetes Kerlchen, was?«, neckte ihn der Anführer. »Hast du Ameisen in den Hosen? Oder ist dir eine Maus aus dem Kerker nachgelaufen?«

»Woher weißt du das? Eine überaus lästige Maus, in der Tat!«, erwiderte der Hofnarr mit zusammengebissenen Zähnen. Er musste sich zurückhalten, um nicht laut aufzujaulen, denn Kass drückte ihm den Magnetstein in den Rücken, damit die Soldaten ihn nicht entdeckten.

Sie wartete einen Moment, dann flüsterte sie ihm ihren Plan ins Ohr.

Als sie fertig war, verbeugte sich der Hofnarr formvollendet vor dem Anführer. »Sir, ich habe mir doch noch eine Geschichte ausgedacht. Und eine sehr bedeutende Geschichte noch dazu, passend zu diesem ruhmreichen Augenblick. Vielleicht stimmt sie Euch ja sogar um und bringt Euch dazu, uns alle freizulassen.«

»Das kann ich mir beim besten Willen nicht vorstellen«, entgegnete der Anführer.

»Wartet ab ... Es gibt da eine alte Legende. Sie handelt von einem Schwert, das in einem Stein steckt. Ich bin sicher, ihr alle kennt sie. Derjenige, der das Schwert aus dem Stein zu ziehen vermag, ist der einzig wahre König ...«

»Natürlich kennen wir diese Legende. Worauf willst du hinaus?«

»Worauf ich hinauswill? Das kommt ganz darauf an, worauf das Schwert hinauswill. Ich sehe, Ihr seid ein ebenso witziger wie schlitzohriger Soldat.«

»Witzig? Selbstverständlich bin ich das. Du bist nicht der Einzige, der ein lockeres Mundwerk hat«, sagte der Anführer und reckte stolz die Brust. Ganz offensichtlich war der Kommandant normalerweise nicht sonderlich schlitzohrig und witzig schon gar nicht, aber weil er der Anführer war, widersprach niemand.

»Ich will darauf hinaus, dass in dieser Geschichte vielleicht viel mehr steckt, als Ihr denkt. Dass man sie sozusagen auch vom Ende her erzählen kann«, sagte der Hofnarr. »Denn wenn das Schwert wieder in den Stein zurückkehrt, dann ist derjenige, der sich König nennt, nicht der richtige, sondern der falsche König. So jemandem schulden wir keine Treue.«

»Was hat das mit uns zu tun? Ich sehe hier weder Schwert noch Stein.«

Der Hofnarr griff hinter sich und zog mit schwungvoller Geste den Magnetstein hervor. »Hier ist der berühmte Stein, von dem ich rede«, sagte er und legte den Stein auf den Boden. »Wenn auf mein Handzeichen hin ein Schwert durch die Luft fliegt und an diesem Stein stecken bleibt, werdet Ihr dann dem falschen König abschwören und die Räuber laufen lassen?«

Der Anführer lachte. »Nun gut. Das wird wohl kaum geschehen. Aber lass es dir gesagt sein: Wenn das ein Schwindel ist, dann wird dein Kopf neben Anastasias auf der Platte liegen.«

»Dann weiß ich ja jetzt, worauf ich mich einlasse.« Der Hofnarr blickte zum Himmel, schloss die Augen und sagte feierlich: »Excalibur, du magisches Schwert, wenn der König ein Thronräuber ist, dann komm jetzt zu diesem Stein geflogen!«

Der Anführer tippte ungeduldig mit der Fußspitze auf den Boden, bis einer seiner Soldaten zum Himmel zeigte ...

Das edelsteinbesetzte Schwert schwebte hinter einem Baum hervor. Alle, auch die geknebelten Räuber, sahen verblüfft zu, wie das Schwert einen Moment lang in der Luft verharrte wie ein Falke, der nach Beute späht. Es blitzte im Sonnenlicht auf, dann kam es geradewegs auf den Hofnarren zu, wie auf einen stummen Befehl hin.

Der Magnetstein lag vor den Füßen des Hofnarren. Als das Schwert auf der Höhe des Steins angekommen war, blieb es mitten in der Luft stehen und fuhr dann mit der Spitze zuerst nach unten. Es landete mitten auf dem Stein und stand kerzengerade, ohne zu zittern, und scheinbar schwerelos – ein wahrhaft atemberaubender Anblick.

Ein Raunen ging durch die Zuschauer. Selbst die Räuber rissen die Augen weit auf und schienen für einen Moment zu vergessen, dass sie Gefangene waren.

Einer nach dem anderen knieten die Soldaten vor dem Schwert nieder, als hätten sie den wahren König höchstpersönlich vor sich. Nur der Anführer der Truppe blieb stehen. Doch schließlich sank auch er überwältigt auf die Knie.

»Das Schwert weiß alles«, sagte er bebend. »Ich schwöre dem König ab. Ihr seid alle frei.«

»Nana, immer mit der Ruhe. Kein Grund zur Aufregung. Es ist schließlich meine Aufgabe, Euch das Staunen zu lehren!«

Der Hofnarr blickte zu Anastasia hinüber und zwinkerte ihr zu.

Kass sah, wie Anastasia sein Lächeln zögernd erwiderte.

»Ich verschwinde jetzt besser von hier«, flüsterte Kass dem Hofnarren ins Ohr. »Wenn die Soldaten weg sind, findest du mich an der Stelle, wo ich geschlafen habe. Ich muss dir unbedingt etwas erzählen. Es ist sehr wichtig.«

Sie ging fort und versuchte, die Müdigkeit und das Schwindelgefühl zu ignorieren, das sie schon den ganzen Morgen lang nicht loswurde.

Kapitel elf
Der Mann im Spiegel

Joe, der Hausmeister, begann gerade seine einzige Nachmittagsschicht der Woche, als der Junge mit der Stachelfrisur an ihm vorbei in das Zimmer des armen Mädchens stürmte.

Besser gesagt, in das Zimmer, in dem das arme Mädchen bis vor Kurzem gelegen hatte.

Joe folgte ihm und sah, wie er auf das leere Bett starrte. »Wo ist sie? Was ist geschehen?«, fragte der Junge mit erstickter Stimme. Man brauchte keine übersinnlichen Fähigkeiten zu haben, um zu wissen, was er jetzt dachte.

»Keine Sorge. So schlimm steht's auch wieder nicht«, beruhigte ihn Joe. »Sie haben sie nach Hause gebracht. Das ist alles.«

Ein Hoffnungsfunken hellte den Blick des Jungen auf. »Ist sie aufgewacht?«

»Nein, das nicht, tut mir leid. Die Ärztin dachte, es sei an der Zeit, sie wieder in ihrem eigenen Bett schlafen zu lassen. Hier kann man nichts mehr für sie tun.«

»Wollen Sie damit sagen, die Ärzte haben sie aufgegeben?«, fragte der Junge entrüstet.

»Ganz so direkt haben sie es nicht gesagt . . .«

Der Junge ließ sich auf das Krankenhausbett fallen. Alle Farbe war aus seinem Gesicht gewichen.

»Willst du dich einen Moment ausruhen?«

Der Junge nickte. Mit Tränen in den Augen strich er über die Bettdecke, unter der das Mädchen noch vor Kurzem gelegen hatte.

»Aber nicht zu lange, hörst du? Ich muss den Boden wischen und das Zimmer für den nächsten Patienten zurechtmachen.«

Joe zögerte einen Augenblick, er suchte nach tröstlichen Worten. Dann gab er auf und ließ den Jungen allein.

Als Max-Ernest ein paar Minuten später wieder aufstand, bemerkte er, dass ihm das Monokel aus der Jackentasche gefallen und aufs Bett gerollt war.

Zu spät, dachte er bitter. Ich habe das Ding viel zu spät bekommen.

Er nahm das Monokel und verspürte plötzlich den unwiderstehlichen Drang, es gegen den Spiegel zu werfen, der über dem Waschbecken hing. Noch vor einem Jahr hatte er sich förmlich dazu zwingen müssen, Sachen – genauer gesagt, einen Zauberstab – durch die Gegend zu werfen, um seinem Ärger Luft zu machen. Jetzt hingegen musste er sich zurückhalten, den Spiegel nicht in tausend Stücke zu zerschmettern. Vielleicht hatte er ja doch Fortschritte gemacht.

Anstatt mit dem Monokel um sich zu werfen, presste er es ans Auge und sah sich im Raum um. Als sein Blick auf den Spiegel fiel, hielt er erschrocken inne.

Im Spiegel sah er einen Mann. Einen alten, na ja, vielleicht auch nicht ganz so alten Mann (es war schwer zu sagen). Sein wirres Haar stand nach allen Seiten ab und sein Zottelbart war schwarz und weiß zugleich – manche Leute sagen »wie

Salz und Pfeffer« dazu. Er sah jedenfalls ziemlich verrückt aus.

Verdattert ließ Max-Ernest das Monokel sinken und drehte sich um. Aber da war niemand.

Er spähte wieder durch das Monokel. Der Mann im Spiegel war immer noch da. Klar und deutlich wie der helle Tag und zugleich so geheimnisvoll wie der Mann im Mond.

War das ein Geist?, fragte sich Max-Ernest unwillkürlich. Angesichts dieser Erscheinung verflogen seine Zweifel, was übernatürliche Ereignisse betraf. Hier versagte messerschafe Logik und jede Vernunft schien sich in Luft aufzulösen.

Wer immer dieses Wesen im Spiegel auch war, es sah Max-Ernest an, ohne ihn richtig zu sehen. Die Stirn des Mannes war zerfurcht, er wirkte enttäuscht und ratlos. Leise murmelte er etwas vor sich hin.

»Willst du mir etwas sagen?«, flüsterte Max-Ernest und trat einen Schritt näher. »Weißt du etwas von Kass?«

Der Mann atwortete nicht, sondern brummelte weiter.

Der Spiegel war am Rand beschlagen, aber als Max-Ernest mit der Hand darüberwischte, veränderte sich das Bild nicht. Der Nebel war also auf der anderen Seite des Spiegels.

Wahrscheinlich schnappe ich jetzt völlig über und das alles spielt sich nur in meiner Fantasie ab, dachte Max-Ernest. Ja, so muss so sein.

Bei genauerem Hinsehen erkannte er, dass der Mann über einen Schreibtisch gebeugt saß. Vor ihm lagen Blätter verstreut, alle mit unleserlichem Gekritzel beschmiert.

Max-Ernest hatte das komische Gefühl, den Mann irgendwoher zu kennen. Etwas an seiner Nase erinnerte ihn an seinen eigenen Vater. Und doch war sich Max-Ernest sicher, dem Mann noch nie zuvor begegnet zu sein.

War es womöglich einer seiner Vorfahren? Ein Urgroßvater vielleicht?

Der Mann murmelte immer noch vor sich hin. Irgendetwas schien ihn zu beunruhigen.

Max-Ernest spitzte die Ohren, hörte aber nur undeutlich die gemurmelten Worte. »Nur . . . noch . . . eines . . .«, sagte der Mann immer wieder.

Was meinte er? Eines wovon?

Der Mann streckte die Hand nach einem kleinen, glänzenden Ding auf dem Tisch aus. Eine Brille? Ein Messer? Ein Goldbarren? Welchen bedeutsamen Augenblick im Leben dieses Mannes beobachtete Max-Ernest durch sein Monokel?

»Nur . . . noch . . . eines . . . Nur . . . noch . . . eines . . .«

Der Mann griff nach dem Ding – es war tatsächlich ein Goldbarren oder, besser gesagt, ein Barren in Goldfolie – und wickelte es gierig aus. Er starrte auf den Riegel, als wäre er ein lang verschollener Freund. Dann konnte er nicht mehr länger an sich halten . . .

»Hmmmgh . . .«

Ach so, dachte Max-Ernest, nur noch ein Stückchen Schokolade.

Ein Mann, der Schokolade mampfte. Das war das bedeutende Ereignis, das Max-Ernest durch den Spiegel miterlebte. Wenn er nicht so mies gelaunt gewesen wäre, hätte er laut losgeprustet. Andererseits war ihm Schokolade viel zu wichtig, um darüber zu lachen.

Der Mann legte den Riegel wieder hin und lächelte selig, für einen kurzen Moment mit sich und der Welt zufrieden. Bis . . .

»Vielleicht noch ein einziges Stückchen . . .«

Er griff wieder nach der Schokolade.

»Hmmmgh . . .«

Was gibt er denn für seltsame Laute von sich?, wunderte sich Max-Ernest.

»Hmmmgh . . . Hmmmgh . . .«

Das Geräusch kam ihm bekannt vor. Es war ein Mischung aus Schmatzen und Stöhnen. Es klang irgendwie beunruhigend – und zugleich beunruhigend vertraut. So wie wenn etwas juckt, aber man weiß nicht genau, wo. Wie ein Wort, das einem nicht einfällt, obwohl es einem auf der Zunge liegt.

Plötzlich, als hätte ihm jemand auf die Schulter getippt, hob der Mann den Kopf und sah Max-Ernest direkt ins Gesicht.

»Es würde nicht schaden, wenn du es mal mit Sprechen versuchst«, sagte er.

»Sie meinen . . . mit Kass?«, stotterte Max-Ernest.

Der Mann gab keine Antwort, sondern nahm einen Federhalter und begann zu schreiben.

Dann verschwand das Bild im Nebel so plötzlich, wie es aufgetaucht war. Anstelle des Fremden sah Max-Ernest sich selbst.

Enttäuscht und auch ein bisschen ängstlich ließ Max-Ernest das Monokel sinken.

Er trat hinaus auf den Gang und ging schnurstracks zum Süßigkeitenautomaten. Es war nur noch ein einziger Schokoriegel übrig und einen Moment lang überlegte er, ob er ihn für später aufheben sollte. Dann fiel ihm ein, dass es kein Später mehr geben würde, er hatte ja keinen Grund mehr, ins Krankenhaus zu kommen.

»Hmmmgh . . .«

Als er genüsslich in die Schokolade biss, überkam es ihn wie ein Blitz. Er wusste jetzt, warum ihm die seltsamen Geräusche so vertraut gewesen waren. Genau das gleiche Geräusch machte er selbst, wenn er Schokolade aß.

Er hatte keinen Geist im Spiegel gesehen.

Auch keinen seiner Vorfahren oder sonst irgendjemanden aus der Vergangenheit.

Der Mann im Spiegel war der Max-Ernest der Zukunft.

Kapitel minus eins
Bildnis eines unsichtbaren Mädchens

Der Hofnarr bemerkte Kass erst, als er beinahe über sie gestolpert wäre. Sie lag auf einem Bett aus Kiefernnadeln und döste vor sich hin.

»Ach, hier bist du!«

Der Hofnarr beugte sich dicht über sie, seine wirren orangefarbenen Locken hielten das Sonnenlicht ab und warfen einen Schatten auf ihr Gesicht.

»Alles in Ordnung mit dir? Ich habe dich überall gesucht.«

Kass setzte sich benommen auf. »Mir geht's gut. Ich habe mich nur eine Minute hingelegt.«

»Mir kam es eher wie zwanzig Minuten vor ... Hier, nimm das.« Er reichte ihr einen Becher Wasser, den sie dankbar austrank.

»Ich bin sehr froh, dass ich dich getroffen habe. Man glaubt gar nicht, wie nützlich eine unsichtbare Freundin sein kann, bevor man es nicht selbst erlebt hat. Ich glaube, ich könnte gar nicht mehr ohne unsichtbare Freundin sein!« Der Hofnarr tätschelte Kass am Kopf. »Du hast Zöpfe, stimmt's?«

»Dir scheint ja sehr viel an deiner unsichtbaren Freundin zu liegen.«

Kass und der Hofnarr fuhren beide erschrocken hoch.

Anastasia lächelte schelmisch. »Ich nehme an, mit unsichtbaren Wesen kann man nicht vorsichtig genug umgehen. Ohne richtige Pflege könnten sie sich womöglich in Luft auflösen.«

»Unsichtbare Wesen?«, stammelte der Hofnarr. »Welche unsichtbaren Wesen?«

Er stand auf und trat einen Schritt zur Seite, wobei er es sorgsam vermied, in Kass' Richtung zu blicken.

»Genau das frage ich dich. Ich hätte dich einfach für verrückt gehalten, wenn nicht vor Kurzem das Schwert durch die Luft geflogen wäre.«

»Dann hast du die Legende also nicht geglaubt?«, fragte der Hofnarr, nachdem er sich wieder gefangen hatte.

»Ich befasse mich nicht mit Legenden, ich glaube nur, was ich sehe.«

»Sehr gut. Ich gebe zu, ich habe mir alles nur ausgedacht. Aber wusstest du nicht, dass ich selbst gewissermaßen eine Legende bin – ein legendärer Zauberer, ein Meister der Magie, der Dinge zum Fliegen bringen kann.«

»Du bist ein Mann, der mit unsichtbaren Wesen spricht und ihnen über den Kopf streicht.«

»Oh, schon gut. Ich bekenne mich schuldig. Ich spreche mit meiner Hand. Siehst du ... Sei gegrüßt, liebe Hand.« Er hielt die linke Hand hoch und redete wie zum Beweis auf sie ein. »Das habe ich mir als Kind angewöhnt. Wenn ich jetzt nicht mit ihr spreche, dann gehorcht sie mir nicht. Sie jongliert nicht, macht keine Kunststücke. Siehst du – sie hängt einfach schlaff herunter.«

Er schwieg einen Augenblick und bewegte seine Hand nicht.

»Aber wenn ich ihr gut zurede . . . Na komm schon, verehrte Hand. Mach ein Kunststück für Anastasia. Nur ein kleines . . .«

Einen Augenblick lang zitterte seine Hand unentschlossen in der Luft. Dann riss sie mit einer schwungvollen Bewegung eine Blüte von einem Strauch, ließ sie erst verschwinden, dann wieder auftauchen und reichte sie Anastasia.

Anastasia lachte. »Nicht schlecht. Aber ich lasse mich nicht von Blumen ablenken.« Sie warf die Blüte hinter sich. »Vorher hast du mit deiner rechten Hand gesprochen, nicht mit deiner linken.«

»Schon gut«, sagte Kass laut und vernehmlich. »Du kannst es ihr ruhig sagen. Sie lässt sich ohnehin nicht täuschen.«

»Also gibt es das Wesen tatsächlich!«, rief Anastasia verblüfft. »Es sich vorzustellen, ist die eine Sache, es zu hören, eine andere . . .«

»Ja, mich gibt es wirklich.«

»Und du bist ein kleines Mädchen, wenn ich nicht irre?«

»So klein nun auch wieder nicht«, erwiderte Kass beleidigt und stand auf.

»Verzeih, ich wollte dir nicht zu nahe treten. Es kommt nur daher, dass ich mir eine Art unsichtbares Ungeheuer vorgestellt habe. Aber jetzt bin ich erfreut, dass meine Retterin ein Mensch ist. Oder bist du vielleicht eine Fee oder ein anderes Zauberwesen? Wenn ich ehrlich bin, noch vor einer Stunde habe ich nicht an Feen geglaubt – an unsichtbare Mädchen allerdings auch nicht.«

»Oh, ich bin ein Mensch . . . ähm, glaube ich jedenfalls. Bei mir zu Hause war ich es.«

Leider werde ich wohl niemals wieder dorthin zurückkehren, dachte Kass traurig.

»Das freut mich sehr zu hören«, sagte Anastasia. »Wo bist du denn? Ich würde dem Menschen, der mir und meinen Leuten das Leben gerettet hat, gerne die Hand schütteln.«

»*Mir* hast du die Hand nicht geschüttelt«, grummelte der Hofnarr. »Habe ich dich nicht auch gerettet?«

Verlegen, aber doch erfreut nahm Kass Anastasias Hand und schüttelte sie. »Ich heiße Kass. Na ja, mein richtiger Name ist Kassandra. Freut mich sehr . . .«

Anastasia nahm die unsichtbare Hand in ihre beiden großen Hände. »Ah, lange Finger. Wie meine. Sie können gut mit Pferden und Waffen umgehen . . .«

»Und ihre Ohren sind wie meine!«, rief der Hofnarr dazwischen. »Sie sind gut zum . . . sie sind gut zum . . . Müssen sie denn überhaupt zu etwas gut sein?«

»Manchmal höre ich damit ziemlich gut«, sprang Kass ihm zur Seite. »Aber wohl nicht, weil ich große und spitze Ohren habe. Ich glaube, es liegt daran, dass ich gute innere Ohren habe oder so was Ähnliches.«

»Ein gutes Gehör vererbt sich in der Familie weiter«, prahlte der Hofnarr.

Anastasia sah ihn erstaunt an. »Du bist mit dem unsichtbaren Mädchen verwandt?«

»Wieso wundert dich das?«, fragte der Hofnarr. »Für dich bin ich ja auch gewissermaßen Luft.«

»Das erklärt die Sache trotzdem nicht.«

»Kassandra ist meine Urur. . . – oh, Verzeihung, das hätte ich nicht sagen dürfen.«

»Ach, das macht nichts«, sagte Kass. »Du kannst es ihr ruhig sagen. Na ja, zumindest einen Teil davon.«

Aber dann ergab es sich, dass Kass die Geschichte selbst erzählte, und zwar so ausführlich und mit so vielen Einzelheiten gespickt, dass sogar der Hofnarr erstaunt war. Natürlich machte sich Kass Sorgen, ob sie nicht etwa ihr Schweigegelöbnis brach, wenn sie so viel über das Geheimnis und die Mieheg-Gesellschaft verriet, aber dann dachte sie sich: Es ist etwas anderes, wenn ich es Zuhörern aus der Vergangenheit erzähle als Zuhörern aus der Gegenwart. Außerdem war der Hofnarr der Gründer der Mieheg-Gesellschaft, jedenfalls würde er es werden. Wenn man irgendjemandem von dem Geheimnis erzählen durfte, dann wohl ihm. Und was Anastasia anging, so fühlte sich Kass auf unerklärliche Weise zu ihr hingezogen.

»Ich wüsste gerne, wie du aussiehst, Kassandra«, sagte Anastasia. »Wenn du eine Reise durch die Zeit wagst, dann musst du ein sehr tapferes Mädchen sein.«

»Ähm . . . danke. Aber ich sehe ganz normal aus, wirklich. Ich habe nur etwas zu große Ohren, wie der Hofnarr schon sagte.«

»Hier, nimm . . .« Der Hofnarr reichte Kass eine Schriftrolle.

»Was ist das?«, fragte Kass und betrachtete das unbeschriebene Pergament.

»Darauf wollte ich dem König schriftlich meinen Rücktritt erklären, aber leider ist es nicht dazu gekommen. Du kannst es haben.«

»Und wozu?«

»Um ein Bild von dir zu zeichnen, natürlich. Diese Tonerde ist hervorragend dazu geeignet.« Er gab ihr einen Klumpen roter Tonerde, den er vom Boden aufgehoben hatte.

»Ja, bitte zeichne ein Bild von dir, Kassandra«, bat Anastasia.

»Ich weiß nicht, im Zeichnen bin ich eher schlecht. Ich glaube nicht, dass ich es so hinkriege, dass ich mir ähnlich sehe.«

»Und wennschon, das macht doch nichts. Wir werden es ohnehin nie überprüfen können, nicht wahr?«, sagte der Hofnarr.

Etwas unsicher fing Kass an zu zeichnen, und als sie fertig war, war sie ausgesprochen unzufrieden mit ihrem Werk. Zwischen den abstehenden Zöpfen und den übertrieben spitzen Ohren starrte sie ein Gesicht wie aus einem Comicheft an, ein Porträt von ihr, wie es auch ein fieser Klassenkamerad gekritzelt und an Kass' Spind geklebt haben könnte. Aber den beiden anderen schien es zu gefallen. Sie waren zumindest beeindruckt, als das Bild wie von Geisterhand vor ihren Augen entstand.

»Ah, wie ich sehe, hast du die gleichen Ohren wie der Hofnarr. Aber bei dir sehen sie natürlich viel hübscher aus«, sagte Anastasia mit einem Seitenblick auf den Narren. »Darf ich die Zeichnung behalten?«

»Ja, wenn du sie unbedingt haben willst«, sagte Kass verlegen. »Moment mal, habt ihr das gehört?«

»Was denn?«

»Na diese Stimme.«

»Ich fürchte, die Soldaten kommen wieder zurück«, sagte Anastasia. »Damit habe ich gerechnet. Inzwischen haben sie sich Gedanken darüber gemacht, was sie gesehen haben. Und sie zermartern sich die Schädel, was mit ihnen passieren wird, wenn sie ohne meinen Kopf vor dem König erscheinen. Wir müssen schnell weg von hier. Meine Leute warten schon.«

Der Hofnarr lächelte zufrieden. Inzwischen war keine Rede mehr davon, dass er nicht bei ihnen bleiben durfte.

»Nein, es sind keine Soldaten, es ist . . .« Kass musste sich auf die Zunge beißen, um nicht »Max-Ernest« zu sagen. Vermutlich wäre es den beiden anderen gar nicht aufgefallen, sie konnten ja nicht wissen, dass sie von ihrem Freund aus der

Zukunft sprach. Womöglich hätten sie aber auch gedacht, dass sie den Verstand verlor. Und vielleicht hatte sie ja tatsächlich nicht mehr alle Tassen im Schrank.

Aber Anastasia war schon dabei, ihr Pferd zu satteln.

»Geht schon mal vor, ich hole euch ein«, sagte Kass zum Hofnarren, denn plötzlich fühlte sie sich wieder elend und schwach.

Sie lehnte sich an einen Felsbrocken und schloss die Augen. Aus weiter Ferne hörte sie Max-Ernest noch immer ihren Namen rufen. Oder bildete sie sich das nur ein?

»Kass, wo bist du hingegangen?« Der Hofnarr tastete mit den Händen in der Luft. »Ohne dich gehe ich nicht weg.«

Max-Ernest würde bestimmt ziemlich enttäuscht sein, wenn sie ohne das Geheimnis zurückkehrte, dachte Kass. *Falls* sie zurückkehrte.

Nur mit Mühe konnte sie ihre Augen offen halten. »Ich bin hier, aber ich weiß nicht, wie lange noch. Ich weiß, es klingt verrückt, aber ich glaube, jemand ruft mich zu sich. Vielleicht verabschiede ich mich gerade aus dieser Welt.«

»Quatsch. Du siehst so gut aus wie immer – deine Haut ist makellos, durchscheinend und ohne jedes Fleckchen.«

»Haha.« Kass wollte lachen, aber es hörte sich ziemlich kläglich an.

Der Hofnarr wurde wieder ernst. »Was wolltest du mir denn vorhin erzählen? Du hast gesagt, es wäre wichtig.«

»Oh ja. Etwas von Lord Pharao. Und es ist wirklich wichtig. Sehr wichtig sogar.« Kass setzte sich mühsam auf. »Er weiß von dem Geheimnis.«

»Deinem Geheimnis?«

»Na ja, es ist noch nicht wirklich mein Geheimnis. Deshalb musst du es auch suchen, wenn ich nicht mehr da bin.«

»Lord Pharao, dieser entsetzliche Alchimist. Warum sollte ich dem freiwillig in die Quere kommen?«

»Damit du das Geheimnis entdeckst, natürlich. Und um ihm zuvorzukommen und zu verhindern, dass er davon Gebrauch macht, falls er es schon kennt. Und dann kannst du die Mieheg-Gesellschaft gründen, so wie es vorgesehen ist.«

Der Hofnarr sah sie bekümmert an. »Ich weiß nicht recht. Lord Pharao ist sehr mächtig. Ich bin nur ein einfacher Hofnarr und jetzt bin ich nicht einmal mehr das . . .«

»Anastasia wird dir sicher helfen. Und überhaupt, dir bleibt nichts anderes übrig. Der Lauf der Geschichte hängt davon ab. Sonst erfährt die Mitternachtssonne das Geheimnis und nicht du.«

»Für ein unsichtbares Mädchen kommandierst du ziemlich viel herum, weißt du das?«

»Versprich es mir.«

»Nun gut, ich verspreche es.«

»Und wenn du das Geheimnis gefunden hast, dann musst du es für mich irgendwo verstecken.«

»Wie soll ich das anstellen? Man kann ein Geheimnis doch nicht einfach verstecken wie einen Gegenstand.«

»Du weißt schon, was ich meine. Einen Hinweis. Eine Nachricht. Schreib etwas auf und lass es für mich da, damit ich es finde . . . in der Zukunft.«

»Wo denn? Ich weiß ja nicht einmal, wo du wohnst. Oder vielmehr, wo du wohnen wirst.«

Kass überlegte kurz. Der Name der Stadt, in der sie wohnte, würde ihm nichts sagen. Auch der Name ihres Heimatlandes nicht.

Sie gab sich größte Mühe, ihren Wohnort mit Namen und Begriffen zu umschreiben, die er kennen müsste. Es war wie ein Frage-und-Antwort-Spiel. Aber dann hatte sie eine Idee.

»Vergiss das mit unserem Haus, das ist viel zu kompliziert. Meine Großväter haben ein Feuerwehrhaus. Dort kannst du mir die Nachricht hinterlassen.«

Der Hofnarr war nun erst recht verwirrt. »Ein Feuerwehrhaus? Ist das so etwas Ähnliches wie ein Feuerzeichen?«

»Nein, es ist kein Feuer, es ist ein Haus für die Leute, die Feuer löschen. Aber das führt jetzt zu weit. Das Feuerwehrhaus ist nämlich längst kein Feuerwehrhaus mehr. Meine Großväter haben ein Geschäft in dem Gebäude. Es heißt *Der Feuerladen.* Das Dumme ist nur, das Haus gibt es noch gar nicht . . .«

Kass überlegte einen Augenblick. »Wie wär's, wenn du eine Zeitkapsel oder so etwas machst? Du weißt schon, diese Dinger, die man in Grundsteinen einmauert und vergräbt?«

»Ähm, vielleicht . . .« Der Hofnarr machte nicht den Eindruck, als würde er auch nur ein Wort von dem verstehen, was sie sagte. »Was, wenn ich die Nachricht an dich unter dem Magnetstein verstecke? Den Stein würdest du auf den ersten Blick wiedererkennen . . .«

»Einverstanden«, sagte Kass eifrig. »Und wo versteckst du den Stein?«

Sie versuchte, sich noch weiter aufzurichten, aber sie war einfach zu kraftlos und sank zurück. Der Hofnarr antwortete ihr, aber sie konnte seine Worte nicht mehr verstehen.

Wieder hörte sie jemanden ihren Namen rufen.

»Max-Ernest?«, rief sie laut.

Auf einmal wurde alles um sie herum dunkel. Die Augen fielen ihr zu.

Ob ich wohl jemals wieder aufwachen werde?, dachte sie noch. Und wenn ja, wann? Doch da war sie auch schon eingeschlafen.

Kapitel zwölf

Wird schon schiefgehen

In einem solchen Zustand hatte Max-Ernest Kass' Wohnung noch nie gesehen.

Kass' Mutter Melanie war so pedantisch und ordnungsliebend wie kaum ein anderer Mensch. Es war schon ungewöhnlich genug, dass die Eingangstür nicht abgesperrt war und dass auf den Treppenstufen alte Zeitungen verstreut herumlagen, aber das war noch harmlos im Vergleich zur Küche. Im Waschbecken, auf der Anrichte und auf dem Esstisch stapelten sich Berge von Geschirr. Das Haus sah beinahe so verwahrlost aus wie der Laden von Kass' Großvätern.

Der einzige Platz in der Küche, der nicht unordentlich war, war der Kühlschrank. Max-Ernest und Kass hatten schon vor langer Zeit eine ganz spezielle, auf den ersten Blick willkürlich erscheinende Methode entwickelt, die Magnetbuchstaben an der Kühlschranktür so anzuordnen, dass man damit verschlüsselte Botschaften übermitteln konnte. Früher hatte Kass die Buchstaben beinahe jeden Abend neu sortieren müssen, denn ihre Mutter mit ihrem Ordnungsfimmel brachte sie immer wieder in eine alphabetische Reihenfolge. Aber jetzt waren sie noch genau so, wie Kass es wollte. Zwei Wochen waren vergangen, ohne dass die Mutter sie angerührt hatte. Melanie war ganz offensichtlich nicht mehr sie selbst.

Auf der Herdplatte pfiff ein Teekessel. Max-Ernest hatte den Eindruck, dass das Wasser darin schon eine ganze Weile kochte.

Er schaltete die Herdplatte ab.

»Eine gute Tasse Tee wirkt Wunder . . .« Kass' Großvater Larry kam in die Küche geschlurft und redete mit sich selbst.

Verwirrt blieb er stehen. »Seltsam, ich hätte schwören können, der Teekessel pfeift.«

Max-Ernest räusperte sich. »Hi, Großvater Larry.«*

Larrys Miene hellte sich auf. »Wenn das nicht der junge Herr Max ist, was für ein Glücksfall!« Larry schüttelte Max-Ernest etwas zu überschwänglich die Hand.

»Wayne, Melanie! Kommt runter und seht, wer da hereingeschneit ist! Sieht aus, als könnten wir doch noch ausgehen«, rief er die Treppe hoch.

»Eigentlich wollte ich gerade eine Krankenschwester für Kass organisieren, aber wenn du dich um sie kümmerst, ist das natürlich viel besser«, erklärte er Max-Ernest. »Das Mädchen braucht jetzt Zuwendung von Menschen, die es lieben, und keine sogenannten Heilkünstler.«

Max-Ernest war entsetzt, als er Kass' Mutter sah. Sie hatte dunkle Ringe unter den Augen und sah aus wie ein trauriger Waschbär. Die Kleider schlabberten um ihre Schultern. Ihre

* Kass' Großväter bestanden darauf, dass Max-Ernest sie Großvater nannte. Da Kass ihr Ersatzenkelkind war, war Max-Ernest ihr Ersatz-Ersatzenkelkind. Allem Anschein nach verstanden sie unter Familienangehörigen etwas anderes als das Personal im Krankenhaus.

Haare waren verklebt. Hätte er es nicht besser gewusst, er hätte sie für die Patientin gehalten und nicht Kass.

Ganz anders Larry und Wayne. Sie hatten ihre langen, widerspenstigen Bärte sorgfältig gestutzt und überhaupt sahen sie aus wie aus dem Ei gepellt. Während Kummer und Angst Kass' Mutter fast zugrunde richteten, hatten sie auf diese beiden anscheinend die gegenteilige Wirkung. In Zeiten der Not wuchsen sie über sich selbst hinaus, denn wie es aussah, mussten sie sich mehr um Melanie als um Kass kümmern.

Kass' Großväter hatten über eine Stunde gebraucht, um die Mutter zu überreden, das Haus für eine knappe Stunde zu verlassen.

»Wir müssen dafür sorgen, dass du wieder etwas Fleisch auf die Rippen bekommst«, sagte Wayne. »Du siehst aus, als hättest du seit Wochen keinen Bissen mehr zu dir genommen.«

»Habe ich auch nicht«, sagte Kass' Mutter. »Ich krieg einfach nichts runter, seit . . .« Sie führte den Satz nicht zu Ende.

»Glaubst du, Kass würde wollen, dass du zugrunde gehst?«, fragte Larry aufgebracht.

»Du weißt doch, wie wichtig es ihr war, dass niemand seine Blutzuckerwerte absacken ließ«, sagte Wayne. »Für den Fall, dass man es plötzlich mit einem Elektrounfall oder einem Erdbeben oder mit einem atomaren Angriff zu tun kriegte. Nicht wahr, Max-Ernest?«

Max-Ernest nickte. Das stimmte hundertprozentig. Kass war immer sehr besorgt gewesen, dass der Energiespiegel konstant hoch blieb.

»Jetzt gehen wir mit dir einen Burger essen, und wenn wir wieder nach Hause kommen, räume ich die Küche auf«, verkündete Larry. »Hier sieht es schlimmer aus als in der Kombüse der *Warren Harding**. Ich kann mich noch an die Zeiten erinnern, als ich bei der Marine war und für sechshundert Matrosen kochen musste. Damals brach ein Sturm über uns herein und warf das Schiff hin und her. Ein Riesenfass mit Chili kippte aufs Deck. Ich habe drei Tage mit Schrubben verbracht, bis alles wieder sauber war.«

Max-Ernest sah Larry verwundert an. »Marine? Ich dachte, du wärst bei der Armee gewesen.«

»Nebensächlichkeiten, junger Mann. Lauter Nebensächlichkeiten. Wann begreifst du endlich, was eine gute Geschichte ist?«

Schließlich gab Melanie dem Drängen nach und nahm die Einladung zum Abendessen an, aber nicht, ohne Max-Ernest zuvor gründlich auf den Zahn zu fühlen.

»Weißt du wirklich, wie man das EKG-Gerät abliest?«

»Ja, Ehrenwort. Du weißt doch, wie oft ich im Krankenhaus war. Ich bin ein Fachmann.«

»Du brauchst kein Fachmann zu sein. Pass nur auf, dass ihr Herz nicht zu schnell und nicht zu langsam schlägt.«

»Okay.«

»Oder zu ungleichmäßig.«

»Herz muss gleichmäßig schlagen. Kapiert.«

»Und fass unter keinen Umständen die Infusionsflasche an. Du glaubst vielleicht, dass du von Medizin eine Ahnung hast, aber du bist keine Krankenschwester.«

»Nein, bin ich nicht, ich meine, werde ich nicht.«

»Wenn du nur die kleinste Unregelmäßigkeit bemerkst, egal welche, dann ruf mich sofort an.«

---

* Warren Harding ist der neunundzwanzigste Präsident der Vereinigten Staaten gewesen und gilt gemeinhin als der schlechteste Präsident überhaupt. Soweit ich weiß, gibt es kein Schiff, das nach ihm benannt ist. Trotzdem sollten wir mit Großvater Larry nicht so streng sein. *Warren Harding* könnte zum Beispiel der Spitzname eines Schiffs sein, das eigentlich ganz anders hieß, aber zufälligerweise besonders viel Pech auf See hatte.

»Okay.«
»Selbst wenn du es für unwichtig hältst.«
»Sogar dann.«
»Wenn etwas zu blinken anfängt, ruf mich an.«
»Ganz bestimmt.«
»Auch wenn sie sich bewegt . . .«
»Garantiert.«
»Und wenn sie etwas vor sich hin murmelt . . .?«
»Rufe ich dich selbstverständlich an.«
»Ja, und zwar sofort. Und schreib auf, was sie sagt.«
»Okay, ich schreib's auf.«
»Ich meine es ernst, Max-Ernest.«
»Ich weiß.«
»Wenn du die Wörter nicht verstehst, dann schreib auf, wie es klingt.«
»Okay.«
»Auch wenn es gar nicht wie ein Wort klingt, sondern nur wie ein Atemzug oder ein Stöhnen.«
»Okay.«
»Und du hast Larrys Nummer, falls du mich aus irgendeinem Grunde nicht erreichen solltest?«
»Ja.«
»Und Waynes Nummer?«
»Hmm. Aber ihre Handys sind nie eingeschaltet.«
»Wie bitte?«
»Ach nichts.«
»Falls du keinen von uns erreichst, die Telefonnummern aller Nachbarn hier in der Straße hängen neben dem Kühlschrank. Auch die Nummer der Polizei und des nächstgelegenen Krankenhauses und die der Stadtverwaltung und der Schule. Und die der Giftnotrufzentrale.«

»Okay.«

»Aber vergifte sie nicht!«

»Nicht vergiften. Kapiert.«

»Wenn ein Notfall eintritt, dann musst du natürlich zuallererst die 110 anrufen. Kennst du die Nummer?«

»Ähm, das ist doch die 110, oder?«

»Werd jetzt nicht frech, Max-Ernest . . .«

»Entschuldigung, ich wollte nicht frech sein. Du hast mich durcheinandergebracht, das ist alles.«

»Ich *wusste* es ja. Das ist keine gute Idee.«

»Komm schon, Melanie«, sagte Larry. »Wir sind doch nur drei Minuten weg.«

Ehe sie noch ein Wort sagen konnte, hatten er und Wayne sie am Arm genommen und zur Tür hinausgeführt.

»Wird schon schiefgehen«, sagte Max-Ernest in die Stille hinein. Dann nahm er seinen ganzen Mut zusammen, um zu dem stummen Mädchen nach oben zu gehen.

Kapitel null
Unterbrechung

Der Autor dieses Buches hat um eine Viertelstunde Pause gebeten, um neue Kräfte zu sammeln, ehe er das nächste Kapitel in Angriff nimmt, das hochgradig gefühlvoll zu werden verspricht. Du kannst währenddessen eine Kleinigkeit zu dir nehmen oder aufs Klo gehen. Wenn du stattdessen lieber bei dem Buch bleibst, könnte dich das Folgende interessieren:[*]

Kunden, die die Geheimnis-Serie von Pseudonymous Bosch gekauft haben, haben sich auch für Folgendes interessiert:

eine Torte im Gesicht – Regenwürmer essen – eigene Fürze riechen

[*] Diese Vorschläge wurden ausgewählt, weil du das Buch *Dieses Buch ist vielleicht gar kein Buch* von Pseudonymous Bosch gekauft hast. Wenn du meinst, dass diese Vorschläge irrtümlich gemacht wurden, oder wenn du nicht damit einverstanden bist, dass dein persönlicher Geschmack von einer anonymen Maschine ausgewertet wird, dann – kannst du so gut wie nichts dagegen tun.

Kunden, die vorliegendes Buch gekauft haben, legten auch folgende Artikel in den Einkaufswagen:

eine Peitsche

eine Eieruhr

eine Perücke

Gönn dir etwas Gutes:

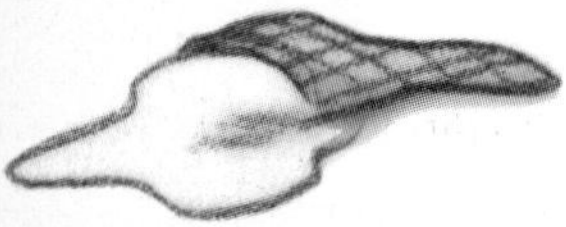

eine matschige Eiswaffel

ein Sandwich, auf dem schon jemand gesessen hat

eine Ladung Ziegelsteine

Kapitel dreizehn

Ein super-extra-langes Gitarrensolo

Vom Krankenhaus war Max-Ernest den ganzen Weg gerannt, aber nach oben in Kass' Zimmer ging er, als steckten seine Füße in Beton. Er machte sich nicht einmal die Mühe, die Stufen zu zählen.*

Irgendwo auf halbem Weg zwischen dem Krankenhaus und Kass' Zuhause hatte er seine Zuversicht verloren. Müsste er nicht eigentlich voller Vorfreude sein, jetzt wo er endlich das Mittel in der Hand hatte, mit dem er Kass' Gedanken lesen konnte? Aber genau das war das Problem. Er hatte die Befürchtung, dass er es gar nicht in der Hand hatte.

Sooft er auch durch das Monokel geschaut hatte, nie hatte er die Gedanken der gesunden, quicklebendigen Passanten auf der Straße lesen können. Wie konnte er da erwarten, die Gedanken eines Menschen zu lesen, der im Koma lag?

* Von den einhundertsiebenundsiebzig Malen, die er die Treppe nun schon hinaufgegangen war, wusste er, dass es exakt vierundzwanzig Stufen waren, trotzdem zählte er sie immer wieder.

Er hatte nur ein einziges Mal etwas ganz deutlich gesehen und darauf hätte er, ehrlich gesagt, gerne verzichtet: das Bild von sich selbst als Erwachsenem, schokoladeversessen und anscheinend halb irre.

Es würde nicht schaden, wenn du es mal mit Sprechen versuchst, hatte der alte Max-Ernest gesagt.

Der junge Max-Ernest hielt das für eine an ihn gerichtete Aufforderung, mit Kass zu reden. Aber konnte man sie aufwecken, nur indem man mit ihr redete? Das klang ganz nach diesem übernatürlichen Quatsch, den er auf den Tod nicht ausstehen konnte. Er war ihm peinlich, dass sein erwachsenes Ich so etwas empfahl.*

Die Tür zu Kass' Schlafzimmer stand weit offen, aber Max-Ernest blieb eine geschlagene Minute lang davor stehen und rührte sich nicht vom Fleck. Er musste seine ganze Selbstbeherrschung aufbieten, um nicht auf dem Absatz kehrtzumachen und davonzulaufen.

Seit dem Tag, als Kass ins Koma gefallen war, hatte er das Zimmer nicht mehr betreten. Mit Ausnahme des Krankenhausbetts, das in der Mitte des Zimmers stand (Max-Ernest brachte es kaum fertig, es anzusehen), sah der Raum fast unverändert aus. Nur ein wenig trauriger. Früher hatten Kass' Sockenmonster – und von denen gab es inzwischen eine ganze Menge – dem Zimmer eine heitere Note verliehen.**

Kass hatte sich nie viel daraus gemacht, mit Puppen oder Kuscheltieren zu spielen, aber jedes ihrer Sockenmonster hatte ei-

* Zufällig weiß ich, dass der ältere Max-Ernest das gar nicht empfohlen hat. Er sprach nämlich gar nicht mit dem jungen Max-Ernest, sondern mit seiner Katze.

** Falls du dich fragst, was ein Sockenmonster ist – es ist genau das, was der Name andeutet: ein Monster aus alten Socken (und Stoffresten). Kass hatte die Angewohnheit, Sockenmonster zu basteln, wenn sie Stress hatte.

ne eigene Stimme und einen unverwechselbaren Charakter. Eine ihrer Aufgaben bestand darin, Max-Ernest genauestens zu belehren, was die Verständigung in Notfällen und Erster Hilfe anging. Jetzt aber saßen die Sockenmonster leblos im Regal, ein griechischer Tragödienchor, der verstummt war. Nicht einmal die »Wand der Schrecken« (wie Kass' Mutter sie nannte) war so schrecklich wie sonst. Die vielen Zeitungsausschnitte und Bilder, die Kass über ihr Bett geklebt und gepinnt hatte – von einstürzenden Bergwerken und explodierenden Vulkanen, von Waldbränden und überschwemmten Städten –, erinnerten Max-Ernest auf grausame Weise nicht nur an Katastrophen und Zerstörung, sondern auch an die spitzohrige Überlebenskünstlerin.

Angesichts der unumstößlichen Tatsache, dass jeder einmal sterben musste (auch wenn die Meister der Mitternachtssonne noch so sehr das Gegenteil wünschten), würden die meisten Menschen vermutlich zu Hause im eigenen Bett, umgeben von den Lieben sterben wollen. Kass hingegen, dachte Max-Ernest mit schmerzlicher Wehmut, würde einen viel dramatischeren Abgang vorziehen – wenn schon nicht durch einen Haiangriff oder eine Lawine, dann wenigstens durch ein einstürzendes Haus oder einen Flugzeugabsturz.

Wenn er ihr schon nicht das Leben retten konnte, sollte er ihr dann nicht wenigstens den spektakulären Abgang verschaffen? Musste ein wahrer Freund nicht dafür sorgen, dass sie nicht langweilig in ihrem Bett starb, sondern in einer aufsehenerregenden Katastrophe?

Er ging einige spektakuläre Varianten durch, wie Kass ihr Leben beenden könnte. Aber es war schwer, eine zu finden, die keine Nebenwirkungen verursachte. Die Jahre, die Max-Ernest nun schon mit Kass befreundet war, hatten ihn gelehrt, immer auf das Schlimmste vorbereitet zu sein.

- Wenn er Kass auf die Straße legte, könnte er leicht eine Massenkarambolage herbeiführen. Noch schlimmer wäre es, wenn er sie auf Eisenbahnschienen legte.
- Wenn er sie von einer Brücke warf, dann würde man ihren Leichnam vielleicht niemals finden. Aber aus dem Fernsehen wusste er, dass unentdeckte Leichen einem nur Scherereien machten.
- Wenn er Kass' Haus in Brand steckte, dann würde das Nachbarhaus höchstwahrscheinlich auch Feuer fangen. Und wo sollte Kass' Mutter dann wohnen?
- Und was Naturkatastrophen anging – Erdbeben, Wirbelstürme, Killerviren und so weiter –, die konnte man nicht einfach mit einem Fingerschnippen herbeizaubern. Außerdem konnte man in solchen Fällen darauf wetten, dass unbeabsichtigte Schäden auftraten.

Nein, er sah keine Möglichkeit, Kass' Tod für sie etwas erträglicher zu gestalten. Ihm blieb nichts anderes übrig, als noch einmal zu versuchen, sie wieder ins Leben zurückzuholen. Egal, wie schlecht die Chancen dafür auch standen.

Max-Ernest setzte sich auf den Rand des Krankenhausbetts, und ohne es eigentlich zu wollen, begann er, laut mit Kass zu reden. Laut und sehr ausführlich, so wie er es eben immer tat.

»Hi. Ich weiß nicht, ob du mich hören kannst. Eigentlich bin ich mir ziemlich sicher, dass du mich nicht hören kannst. Ich weiß, dass es Leute gibt, die ständig mit Pflanzen und Babys und mit allem möglichen Zeug reden, aber das ist ziemlich dämlich, wenn du mich fragst. Da kann man auch gleich Selbstgespräche führen. Aber egal, ich rede jetzt mit dir, weil ich mit dir reden will, obwohl das völliger Unsinn ist. Und auch weil man ja nie wissen kann, nicht wahr? Vielleicht wachst du ja tatsächlich davon auf. Und sei es auch nur, damit ich endlich die Klappe halte oder so. Übrigens, weil wir gerade von Babys gesprochen haben: Ich kriege einen kleinen Bruder. Was sagst du dazu? Meine Eltern spielen deshalb ganz schön verrückt, nicht verrückt verrückt, sondern eher entsetzlich verrückt, aber ich bin auch ein bisschen aufgeregt. Ich habe mir schon immer einen Bruder gewünscht. Hauptsächlich damit mir meine Eltern nicht ständig hinterherlaufen. Aber jetzt laufen sie mir nicht mehr ständig hinterher und ich freue mich immer noch auf meinen Bruder. Verrückt, findest du nicht? Warum sage ich eigentlich immer *verrückt?* Ich hasse es, wenn die Leute ständig verrückt sagen! Ich schätze, ich wünsche mir jemanden, mit dem ich mich unterhalten kann und so was. Versteh mich nicht falsch, ich wollte damit nicht andeuten, dass du nicht mehr da bist, um dich mit mir zu unterhalten ... ach, vergiss es. Was ich dir nur sagen wollte: Egal was mit dir geschieht, du bist und du wirst immer meine Freundin sein. Meine beste Freundin. Mehr als nur eine Freundin. Nicht in dem anderen Sinne *mehr als eine Freundin,* eher mehr als ein Freund, wenn du verstehst, was ich meine. Vielleicht eher als eine Schwester ... egal, ich muss immer daran denken, wie du mich ins Wasser gestoßen hast, obwohl ich gar nicht schwimmen kann. Damals im Spa der Mitternachtssonne – erinnerst du dich, wie wir durch diesen Graben schwimmen mussten, um Benjamin Blake zu retten, und ich nicht ins Wasser wollte? Übrigens, Ben ist wieder aufgetaucht, aber das ist eine andere Geschichte ... Oder damals, als du mich von Dr. L.s Schiff ins Meer geworfen hast. Klar, ich hätte ertrinken können und man hätte dich wegen versuchten Mords einsperren müssen, und damals habe ich dich auch wirklich umbringen wollen, aber wenn ich jetzt so darüber nachdenke, glaube ich, du hast es wirklich gut gemeint. Es war wahrscheinlich das Beste für mich, dass ich ins Wasser springen und schwimmen musste. Die Leute von der Mitternachtssonne hätten mich sonst wohl an die Haifische verfüttert. Ich meine, ich habe damals etwas dazugelernt. Nicht, dass ich keine Angst vor Wasser haben muss oder so. Jaja, ich weiß, ich bin immer noch wasserscheu, aber du weißt schon, was ich meine. Und dann die Sache mit dem Wasserfall im Abenteuerwelt Freizeitpark ... Du sollst jedenfalls wissen, dass ich, egal was passiert, auch weiterhin das tun werde, was du von mir willst. Ich könnte gar nicht damit aufhören, selbst wenn ich es wollte, denn immer, wenn ich vor etwas weglaufen will, höre ich deine Stimme in meinem Kopf, die mir sagt, dass ich mich umdrehen und ins Wasser springen soll. So wie eben, als ich von hier weglaufen wollte. Als ich, nichts für ungut, vor dir weglaufen wollte. Tja, das wollte ich dir sagen. Nur, für den Fall, dass du dir Sorgen machst wegen mir oder so ... Okay, ich denke, jetzt sollte ich mal das Monokel ausprobieren. Diese ganze Rederei bringt doch nichts, oder?«

Max-Ernest wischte sich die Tränen aus den Augen und holte das Doppelmonokel aus seiner Tasche.

Dann steckte er es wieder weg.

»Oh, das hätte ich beinahe vergessen. Jojo-schi hat mir etwas geschickt, das ich dir vorspielen soll. Er dachte, vielleicht regt es irgendeinen Teil deines Gehirns an oder so. Ach ja, und ich soll dir natürlich Grüße von ihm ausrichten ...«

Max-Ernest zog seinen Laptop aus seinem Rucksack, klappte ihn auf dem Bett neben Kass auf und klickte eine Sounddatei an. Ein lauter Gitarrenakkord war zu hören, gefolgt von einem langen Riff in Jojo-schis unnachahmlicher Jimi-Hendrix-Manier.

»Cool, was? Und erzähl mir nicht, ich soll nicht immer *cool* sagen. Diesmal ist es angebracht, das weiß ich genau!«

Nachdem das Gitarrensolo verklungen war, klappte Max-Ernest den Laptop zu und verstaute ihn wieder in seinem Rucksack.

Zuerst fiel ihm gar nicht auf, dass der Ton danach noch weiterschwang – die hallenden Gitarrenklänge hätten auch ein Echo sein können –, aber als die Musik wieder lauter wurde, drehte er sich erstaunt um.

In der Tür stand Jojo-schi, in der Hand die Gitarre, an die sich Max-Ernest noch so gut erinnerte, die blaue mit dem knallorangen Sticker von Jojo-schis Band *Aliens Ohrenschmerz.* Von seinem Scheitel (seine Haare waren inzwischen knallgrün) bis zu seinen Sohlen (die gelben Sneakers waren jetzt noch knalliger) sah er aus, als wäre er geradewegs von einem psychedelischen Alien-Planeten eingeflogen.

»Eindeutig cool! Du hast den Nagel auf den Kopf getroffen, Kumpel«, sagte Jojo-schi grinsend. »Was ist? Willst du nicht wenigsten Hi sagen?«

»Hi«, sagte Max-Ernest und zwang sich zu einem etwas gequälten Lächeln. »Ich dachte, du bist noch mindestens einen Monat weg.«

»Ich habe meine Eltern überredet, dass sie mich früher nach Hause schicken. Hey, ich wohne jetzt bei dir. Meine Mutter hat deine Mutter angerufen – hat sie dir nichts davon gesagt?«

Max-Ernest schüttelte den Kopf. »Zurzeit bin ich nicht mal sicher, ob sie noch weiß, dass es mich gibt.«

Jojo-schi hing seinen tragbaren Verstärker an die Steckdose, spielte einen letzten ohrenbetäubend lauten Akkord, dann lehnte er die Gitarre an die Wand der Schrecken.

Sein Gesichtsausdruck wurde ernst, als er sich im Zimmer umsah. »Boah. Sieht voll nach Krankenhaus aus hier. Wie geht's ihr denn?«

»Hm, ihr geht's . . .«, stotterte Max-Ernest. Er konnte den Satz nicht zu Ende bringen.

»Nicht gut, was?«

Max-Ernest schüttelte den Kopf. »Meine Aufgabe war es, sie wieder zurückholen«, sagte er mit brechender Stimme. »Das hatten wir so miteinander vereinbart.«

Jojo-schi trat einen Schritt auf Kass zu, dann wich er, sichtlich erschrocken, ganz schnell wieder zurück. »Hey, ich weiß, du tust dein Bestes. Und sie weiß es auch. Okay?«

»Sie weiß gar nichts«, sagte Max-Ernest und vergrub sein Gesicht in seinem Hemdsärmel, damit Jojo-schi nicht sah, dass er weinte. »Sie liegt im Koma.«

»Das kann man nie wissen. Vielleicht hört sie alles, was wir gerade sagen, und denkt sich, was für ein Trottel du doch bist«, sagte Jojo-schi, aber auch ihm fiel es schwer, gelassen zu bleiben. »Hey, Moment mal, ist das so in Ordnung . . .?«

Max-Ernest hob den Kopf. Er warf einen Blick auf das EKG-Gerät und sein Herz machte einen Satz. Die grüne Linie auf dem Bildschirm war zu einer geraden Line geworden und aus dem Gerät piepste es laut.

Dann wurde der Monitor schwarz. Und im Zimmer und in der Diele gingen alle Lichter aus. Nur der Mondschein, der durch den Baum vor Kass' Fenster drang, spendete ein spärliches Licht.

Max-Ernest und Jojo-schi beugten sich über Kass. Max-Ernest fühlte ihr den Puls.

»Der Puls ist noch zu spüren! Bestimmt hat es irgendwo einen Kurzschluss gegeben«, sagte Max-Ernest aufgeregt. »Du gehst nach unten und schaust, ob du den Strom irgendwie wieder anstellen kannst – der Sicherungskasten ist gleich vor der Küche. Und ich rufe vorsichtshalber die 110 an.«

Als Max-Ernest das schnurlose Telefon nahm, das Melanie bereitgelegt hatte, war Jojo-schi schon auf dem Weg. Mit zitternden Händen wählte Max-Ernest die Nummer.

Doch dann bemerkte er, dass die Leitung tot war.

Im selben Moment spürte er einen harten, kalten Gegenstand in seinem Rücken.

»Leg das wieder hin, altes Haus! Ich denke zwar, ich habe sämtliche Telefonkabel durchgeschnitten, aber sicher ist sicher.«

Es war Benjamin Blake.

Natürlich, wer sonst?, dachte Max-Ernest. Sie hatten darüber gesprochen, ob sie den Strom im Krankenhaus abstellen sollten, um sich Zugang zu Kass zu verschaffen. Im Vergleich dazu war es hier im Haus ein Kinderspiel!

»Hi, Benjamin!«, sagte Max-Ernest und ließ das Telefon fallen. Er war selbst überrascht, wie ruhig er klang. »Was du getan hast, ist ziemlich übel, weißt du das? Was, wenn Kass an einem Beatmungsgerät oder so was Ähnlichem angeschlossen wäre?«

»Tja, da hat sie ja noch mal Glück gehabt. Und jetzt gib mir das Doppelmonokel. Ansonsten sehe ich mich gezungen, das Ding hier zu benutzen.«

»Welches Ding?«

»Was, glaubst du, halte ich in der Hand?«

»Keine Pistole. Ich kann vielleicht deine Gedanken nicht lesen, aber so viel weiß ich trotzdem.«

»Woher willst du das so genau wissen? Vielleicht habe ich sie ja von unseren gemeinsamen Freunden von der Neuen Prometheus-Akademie.«

»Die Mitternachtssonne hat keine Waffen. Sie braucht keine.«

»Willst du das wirklich riskieren, altes Haus?«

Gute Frage. Zwar hatte Max-Ernest noch nie jemanden von der Mitternachtssonne mit einer Waffe gesehen, aber diese Leute waren so skrupellos, dass sie Benjamin, ohne zu zögern, eine Pistole geben würden, wenn es ihren Zwecken dienlich war.

»Wie funktioniert das Monokel überhaupt?«, fragte Max-Ernest, um Benjamin hinzuhalten. »Ich konnte damit keine Gedanken lesen. Ich habe . . . etwas anderes gesehen.«

»Das liegt an der zweiten Linse. Sie verleiht den Zweiten Blick oder das Zweite Gesicht, ganz wie du willst. Und das ist bei jedem Menschen anders«, antwortete Benjamin ungeduldig. »Manche Leute sehen Gespenster, andere können Gedanken lesen und wieder andere blicken in die Zukunft. Das hängt davon ab, wer man ist und was man wissen will. Aber du willst ja immer alles wissen, das ist wieder mal typisch. Ich mag mir gar nicht vorstellen, was du gesehen haben könntest«, sagte er hämisch. »Jetzt gib es zurück. Es gehört mir.«

»Ach ja? Und woher hat es die Mitternachtssonne? So wie ich diese Leute kenne, haben sie es gestohlen.«

»Ganz und gar nicht. Es ist einer ihrer ältesten Schätze, es stammt noch aus den Zeiten von Lord Pharao. Und mir hat man es anvertraut«, sagt Benjamin stolz. »Du kennst Madame Mauvais gut genug, um zu wissen, dass wir es alle bitter bereuen werden, wenn dieses Monokel verloren geht.«

Während Max-Ernest noch über einen Ausweg nachdachte,

sah er aus dem Augenwinkel etwas Blaues schimmern. Es war Jojo-schis Gitarre, die im Mondlicht aufblitzte. Er konnte gerade noch ausweichen, ehe die Gitarre auf Benjamins Kopf krachte.*

Als Max-Ernest sich umdrehte, war Benjamin bereits bewusstlos zusammengesunken.

Eine Taschenlampe rollte über den Boden. Das war die vermeintliche Pistole gewesen, die Max-Ernest in seinem Rücken gespürt hatte.

»Danke, Jojo –«, begann Max-Ernest.

Aber es war nicht Jojo-schi, der sich mit der Gitarre in der Hand über Benjamin beugte. Es war . . .

»Kass?!«

* Falls du dir jetzt Sorgen machst, darf ich dir sofort versichern, dass Jojo-schis Gitarre sehr leicht war und man damit kaum ernste oder dauerhafte Schäden anrichten konnte.

Kapitel vierzehn
Kass ist wieder da!« – »Drei Freunde treffen sich wieder« – »Einen Monat später« . . .

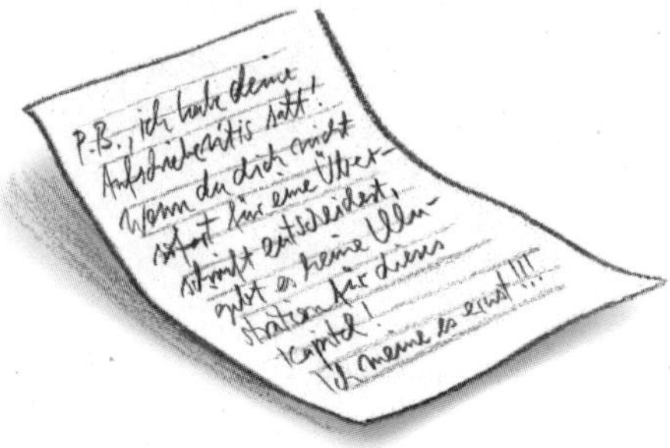

Ganz ehrlich, ich weiß nicht, welche Überschrift ich dem Kapitel geben soll.

P. B., ich habe deine Aufschieberitis satt! Wenn du dich nicht sofort für eine Überschrift entscheidest, gibt es keine Illustration für dieses Kapitel . . . ich meine es ernst . . . okay, ich werde zeichnen, was ich will, aber dann beschwere dich nicht – S. V.

Ich vermute, du wirst von widerstrebenden Gefühlen hin- und hergerissen. Wie Max-Ernest in seinen besten Tagen weißt du nicht recht, was du von der ganzen Sache halten sollst.

Einerseits bist du erleichtert, dass Kass wohlauf ist. Du kennst sie inzwischen ja schon sehr gut. Sie ist für dich wie eine Freundin und du willst nicht, dass ihr etwas Schlimmes zustößt. Jedenfalls nichts wirklich Schlimmes. Klar, sie ist stur und eigensinnig. Sie macht Fehler, mit denen sie sich und ihre

Freunde in Gefahr bringt. Und manchmal ist sie auch zu ihrer Mutter nicht besonders nett. Ihre Ohren sind zu spitz. Aber eine so fürchterliche Strafe hat sie nicht verdient. Auf der langen Reise zu den eigenen Wurzeln in der Vergangenheit zugrunde zu gehen, nein, das darf nicht passieren.

Kurz und gut, du freust dich, dass sie noch am Leben ist.

Auf der anderen Seite bist du stinksauer auf mich, den großmäuligen Erzähler, der dir diese aufreibende Geduldsprobe zugemutet hat. Gib es ruhig zu. Du hasst mich. Warum, fragst du, habe ich dir nicht von Anfang an gesagt, dass Kass überleben würde? Hätte ich die Sache mit dem Koma nicht ganz weglassen können? Warum habe ich dich mit jedem Blinken und Piepsen, mit jedem Zick und jedem Zack auf ihrem EKG-Gerät genervt? Wie herzlos muss man sein, um so etwas zu tun?

Ich könnte nun zu meiner Verteidigung erwidern, dass es meine Pflicht ist, die Wahrheit zu berichten, wie auch immer sie aussieht, wo auch immer ich sie finde. Aber du weißt es besser. Du kennst mich besser.

Deshalb antworte ich klipp und klar: Du hättest das Buch ja auch weglegen können.

Aber du hast trotzdem weitergelesen, nicht wahr? Du hast, wenn ich mich nicht täusche, ein Buch nach dem anderen über Kass und Max-Ernest gelesen, so als würde es dir Spaß machen mitzuerleben, wie diese beiden unschuldigen jungen Menschen in ihr Unglück rennen. So als hätten sie die Prüfungen und den Kummer nur zu deinem Vergnügen auf sich genommen. Als wären sie nicht auch Menschen mit Gefühlen.

Also bitte, verschone mich mit deiner Kritik und deinen Vorwürfen, deinen Einwänden und Beschwerden. Letzten Endes bist du, lieber Leser, genauso schuldig wie ich. Wir stecken beide bis zum Hals in dieser Sache drin. Vergiss das nicht.

So. Ich weiß nicht, wie's dir geht, aber ich fühle mich jetzt viel besser, nachdem ich das alles losgeworden bin. Können wir jetzt bitte mit der Geschichte fortfahren?

Danke.

Beginnen wir von Neuem mit diesem Kapitel, indem wir die alles entscheidende Frage stellen:

Was hat dazu geführt, dass Kass aus dem Koma aufwachte?

Wenn du zu der gefühlvollen Sorte gehörst, dann bist du vielleicht geneigt zu glauben, dass es Max-Ernests lange und zu Herzen gehende Ansprache auf der Bettkante war. Max-Ernests Erinnerungen haben auch bei Kass Erinnerungen geweckt und sie in die Gegenwart zurückgeholt. Das und die vertrauten, wenn auch schrägen Töne aus Jojo-schis Gitarre waren ein Gegengift, dem niemand widerstehen konnte. Ungefähr so hätten es sich wohl auch Kass' Großväter oder Pietro erklärt.

Ich hingegen glaube, dass der von Benjamin verursachte Stromausfall daran schuld gewesen ist. Kass hat einen elektrischen Schlag bekommen, der sie wachgerüttelt hat. Fast so wie bei Frankensteins Monster oder einem Frosch auf dem Seziertisch.

Natürlich ist es auch denkbar, dass Kass von ganz allein aufgewacht ist. Als allwissender Autor dieses Buches habe ich nichts dagegen, wenn du dir diejenige Erklärung aussuchst, die dir am besten gefällt. So oder so können wir zufrieden feststellen, dass Kass wieder da ist, ganz gleich, warum und weshalb.

Kass selbst wusste auch nicht, wovon sie erwacht war, ja sie konnte sich nicht einmal daran erinnern, weshalb sie eingeschlafen war.

Nachdem Jojo-schi in ihr Zimmer zurückgekehrt war, setzten er und Max-Ernest sie knapp ins Bild. Sie beschränkten sich dabei auf ein paar wichtige Kleinigkeiten, zum Beispiel, dass sie zwei Wochen lang im Koma gelegen hatte und dass tatsächlich Benjamin Blake bewusstlos zu ihren Füßen lag und dass die Lichter nicht wegen eines Atombombenangriffs ausgegangen waren, auch nicht wegen eines Erdbebens, sondern schlicht und einfach, weil ihr früherer Klassenkamerad den Strom abgedreht hatte.

Dann fesselte Max-Ernest Benjamin an den Händen. »Das ist der Handschellen-Knoten«, erklärte er seinen Freunden. »Der spanische Palstek ginge auch, aber an den Handgelenken ist es, glaube ich, so besser.«

In der Zwischenzeit entzündete Kass ein paar ihrer Notfall-Leuchtstäbe, brachte den Infusionsschlauch in eine bessere Position und legte sich dann wieder ins Bett. »Okay«, sagte sie. »Ihr beiden habt mich lange genug hingehalten. Also sagt schon, was ist passiert?«

»Was meinst du damit?«, fragte Jojo-schi.

»Ich meine, was mit mir passiert ist, was denn sonst? Ich lag im Koma, oder nicht? Man fällt nicht einfach ohne jeden Grund ins Koma. Hatte ich einen Autounfall? Bin ich um ein Haar ertrunken? Hatte ich eine seltene ansteckende Krankheit? Ist mein Gehirn von einem fremdartigen Virus befallen? Raus mit der Sprache. Ich kann die Wahrheit ertragen . . .«

»Heißt das, du erinnerst dich an nichts?«, fragte Max-Ernest. »Im Ernst?«

»Woran soll ich mich erinnern?«

»Daran, dass du Schokolade gegessen hast . . .«

»Die Schokolade von Señor Hugo? Die war daran schuld?«, fragte Kass verdattert. »Wer hat sie mir gegeben?«

»Du hast sie dir selbst genommen«, sagte Max-Ernest verblüfft. Hatte sie das wirklich schon vergessen?

»Warum sollte ich das tun? Als wir sie zum ersten Mal probiert haben, hat das mich und Jojo-schi beinahe das Leben gekostet. Stimmt's, Jojo-schi?«

Jojo-schi verzog das Gesicht und nickte. »Klar doch. Das war echt irre. Irre lustig und total verrückt.«

»Dann warst du also die ganze Zeit über nur bewusstlos und bist gar nicht in der Zeit zurückgereist?«, fragte Max-Ernest zögernd.

»Hatte ich das vor?«, fragte Kass verwirrt.

Sie hatten keine Gelegenheit mehr, weiter über diesen Punkt zu diskutieren, denn inzwischen war Kass' Mutter nach Hause gekommen. Man konnte sie und die beiden Großväter schon in dem Augenblick hören, als sie das Haus betraten und sich über den Stromausfall wunderten.

»Max-Ernest, bist du oben? Ist alles in Ordnung mit Kass?«

»Schnell, Leute, bindet Benjamin los. Wir behaupten einfach, er wäre mit Jojo-schi zu Besuch gekommen«, flüsterte Kass. »Es wird schon schwer genug, ihnen zu erklären, weshalb alle Lichter ausgegangen sind.«

»Vielleicht ist es aber auch ganz einfach. Wir könnten erzählen, dass Einbrecher ins Haus gekommen sind und ihn gefesselt haben«, sagte Max-Ernest. »Wie findet ihr das?«

Kass schüttelte den Kopf. »Nein, dann rufen sie sofort die Polizei. Viel zu kompliziert.«

»Wach auf, Mann, heute ist dein Glückstag«, sagte Jojo-schi und zog Benjamin an den Ohren, während sich Max-Ernest bückte, um die Knoten, die er erst vor ein paar Minuten gemacht hatte, wieder zu lösen.

War es wirklich denkbar, dass die Schokolade nicht wirkte?,

fragte sich Max-Ernest. So froh und erleichtert er auch war, dass es Kass wieder gut ging, so war er doch auch ein klein wenig enttäuscht.

Und mehr als nur ein klein wenig sorgte er sich darum, welche Auswirkungen diese unerwartete Wendung der Dinge auf das Geheimnis haben würde.

1. Kass und das Geheimnis

Die ersten Erinnerungsfetzen kamen, als Kass in dieser Nacht unter die Decke des Krankenhausbetts schlüpfte. (Ihre Mutter hatte ihr verboten, in ihrem eigenen Bett zu schlafen, solange sie nicht von einem Arzt untersucht worden war.) Unter der Decke lag ein komisches goldenes Monokel mit zwei Linsen. Kass hatte keine Ahnung, wie es dorthin gekommen war (erst später würde sie die ganze Geschichte von Max-Ernest erfahren), aber sie wusste, dass sie es früher schon einmal in der Hand gehalten hatte. Und der Blick durchs Monokel kam ihr auch seltsam vertraut vor, so vertraut, dass sie sich nicht wunderte, dass es eine Art Röntgengerät war und man damit durch Dinge hindurchsehen konnte. Sie beschäftigte sich fast eine geschlagene Stunde lang mit dem Monokel, konnte sich aber beim besten Willen nicht daran erinnern, ob sie es vor fünfhundert Jahren oder vor fünf Wochen zum ersten Mal gesehen hatte.

Um diese Frage zu klären, brauchte sie kein Monokel, sondern eine Kristallkugel. Trotzdem hielt sie es fest wie ein Baby die Kuscheldecke. Es war, an diese Hoffnung klammerte sie sich, der Schlüssel zu den Rätseln der Vergangenheit und damit auch zu dem Geheimnis, das zu bewahren, ihre zukünftige Aufgabe war.

Als sie am nächsten Morgen aufwachte, war ihr noch einiges mehr von ihrer Zeitreise eingefallen, aber nur so, wie man sich an einen Traum erinnert: kleine Bruchstücke, die keinen Sinn ergeben, wenn man versucht, sie zusammenzusetzen.

»Ich habe ein helles Licht gesehen, einen Geist, ein fliegendes Schwert, einen Renaissancemarkt . . . oder war das der Schulausflug vom letzten Jahr? Das ist alles so verwirrend!«, berichtete sie später Max-Ernest am Telefon.

Und was die wirklich wichtigen Fragen anging, so konnte sie sich weder daran erinnern, ob sie den Hofnarren gefunden hatte, geschweige denn, ob sie das Geheimnis erfahren hatte.

Mit anderen Worten, lieber Leser, du weißt mehr über ihr Leben als sie selbst.

Während der nächsten Wochen feierte Kass' Mutter die wundersame Heilung ihrer Tochter, indem sie Kass alle paar Minuten zärtlich drückte und sie kaum aus den Augen ließ (was nervig war, aber irgendwie auch schön), und die Ärzte bestellten Kass zu endlosen Untersuchungen ein und rangen nach einer medizinischen Erklärung (was manchmal lustig war, meist aber eher lästig). Kass selbst wurde immer ratloser und machte sich zusehends Gedanken, ob ihre romanhafte Reise vielleicht doch nie stattgefunden hatte. Vielleicht hatte die Schokolade lediglich Halluzinationen verursacht und alle hatten völlig umsonst Angst um sie gehabt.

Am schlimmsten war es, als Pietro zu Besuch kam. Er gab sich als ein Sozialarbeiter vom Krankenhaus aus, der Kass dabei helfen wollte, »sich wieder in die Gesellschaft draußen einzugliedern« (eine lustige Rolle für einen Einsiedler wie Pietro;

Kass konnte sich niemanden vorstellen, der sich weniger in die Gesellschaft einfügte als er).

Kass freute sich natürlich, ihn zu sehen, und ihr traten Tränen in die Augen, als er ihr sagte, wie stolz er sei, dass sie sich auf eine so gefahrvolle Reise begeben hatte.

Seine weiteren Worte waren allerdings weniger tröstlich.

»Bitte versuch, dich an so viel wie möglich zu erinnern, *cara*«, sagte er. »Ich will dich nicht unter Druck setzen, aber wenn noch mehr Zeit vergeht, dann, fürchte ich, wirst du dich niemals mehr an die Dinge erinnern, die nur du alleine wissen kannst. Die du alleine wissen *musst.*«

»Kannst du mir nicht dabei helfen? Mich vielleicht hypnotisieren oder so?«

Pietro schüttelte den Kopf. »Tut mir leid. Das kann ich nicht. Das kann niemand. Es ist viel zu gefährlich. Die Versuchung, das Geheimnis zu erfahren, wäre viel zu groß für mich.«

Kass versank noch tiefer in Verzweiflung. Sie war eine schlechte Hüterin, so viel stand fest. Sie wusste ja nicht einmal, ob sie das Geheimnis kannte oder nicht.

2. Max-Ernest und PC

Seit Kass wieder wohlbehalten in der Gegenwart angekommen war, brannte Max-Ernest darauf, Näheres über ihre Reise in die Vergangenheit zu erfahren. Am liebsten hätte er den ganzen Tag damit verbracht, sich Spiele und Tests auszudenken, um Kass' Gedächtnis auf die Sprünge zu helfen, aber leider hatte Pietro genau das strikt verboten.

»Sie muss sich von ganz allein daran erinnern, und zwar aus zwei Gründen«, hatte der alte Magier erklärt. »Zum einen besteht die Gefahr, dass du das Geheimnis erfahren könntest. Ich behaupte ja nicht, dass du das absichtlich tun würdest ... aber die Gefahr besteht trotzdem. Zum anderen weiß niemand, wie ihr empfindliches Gehirn darauf reagiert. Das Koma könnte wiederkommen und wir würden sie wieder an die Vergangenheit verlieren.«

Vielleicht hätte Max-Ernest Pietros Rat in den Wind geschlagen, aber dann bekam er so viel zu tun, dass er ohnehin kaum Zeit mit Kass verbringen konnte. Denn noch in derselben Nacht, als Kass aus dem Koma erwacht war, musste Max-Ernest erneut ins Krankenhaus, um einen Patienten zu besuchen. Diesmal musste er sich nicht heimlich hineinschleichen, denn der Patient gehörte ganz offiziell zur Familie. Es war sein kleiner Bruder. Er war ein paar Wochen zu früh auf die Welt gekommen und ziemlich klein. Trotzdem strotzte er vor Gesundheit.

»Er sieht wie eine Erdnuss aus, wie eine alte, verschrumpelte Erdnuss«, berichtete Max-Ernest Kass am nächsten Tag. »Warum sehen Neugeborene immer so alt aus?«

Max-Ernests Eltern ging es nicht ganz so gut wie ihrem neuen Sohn. Leider hatten sie die Frage, welchen Namen sie ihm geben sollten, andauernd vor sich hergeschoben. Aus leidvoller Erfahrung wussten sie, wie schwierig die Entscheidung war (schon bei ihrem ersten Sohn hatten sie sich nicht auf einen Namen einigen können, weshalb Max-Ernest zwei Namen bekommen hatte und seine Eltern zwei Haushalte). Leider waren die alten Wunden noch nicht verheilt. Kaum war das Baby auf der Welt, stritten sie sich auch schon um den Namen.

»Wir müssen ihn nach meinem Onkel Clay nennen«, erklärte Max-Ernests Mutter.

»Nein, er soll wie mein Onkel Paul heißen«, konterte Max-Ernests Vater.

Weil keiner von beiden nachgab, bekam auch der zweite Sohn einen Doppelnamen, und so hieß Max-Ernests Bruder kurzerhand Paul-Clay.

Max-Ernest war darüber nicht weiter erstaunt, höchstens etwas enttäuscht, dass der Streit so schnell wieder aufgeflammt war. Er hatte erwartet, dass seine Eltern sich früher oder später wieder ent-lieben und ihre Ent-Scheidung wieder rückgängig machen würden – aber nicht bereits eine Stunde nach der Geburt ihres Sohnes, der keinen halben Meter von ihnen entfernt in seinem Bettchen lag und weinte.

Es kam, wie es kommen musste. Sobald sie wieder in den entgegengesetzten Hälften ihres Hauses wohnten, wollte Max-Ernests Vater keinesfalls, dass sich Max-Ernests Mutter um *sein* Baby kümmerte. Und Max-Ernests Mutter weigerte sich, dass Max-Ernests Vater auf *ihr* Baby aufpasste. Die Situation schrie geradezu nach einem salomonischen Urteil.*

Aber es war nicht auszuschließen, dass seine Eltern Max-Ernest beim Wort nehmen würden, wenn er ihnen vorschlug, Paul-Clay zu teilen. Immerhin hatten sie auch ihr Haus mehr als einmal geteilt. Max-Ernest hatte nur eine einzige Möglichkeit, um Frieden zu stiften und gleichzeitig sicherzustellen, dass Paul-Clay ganz und in einem Stück blieb: Er schlug vor, dass er selbst das Baby füttern und versorgen würde. Dankbar willigten seine Eltern in den Vorschlag ein.

Da er seinen Doppelnamen schon immer gehasst hatte, kürz-

---

* Ich beziehe mich hier natürlich auf den berühmten Vorschlag von König Salomon, ein Kind, auf das zwei Frauen Anspruch erhoben, in zwei Stücke zu teilen. Er ging davon aus, dass die wahre Mutter lieber ihr Baby hergeben als es in Stücke hauen lassen würde. Ganz offensichtlich kannte Salomo Max-Ernests Eltern nicht.

te Max-Ernest den Namen des Babys zu PC ab und nahm das kleine Würmchen in seine Obhut.

Die nächsten vier Wochen waren für Max-Ernest eine endlose Folge von Windelnwechseln und Fläschchengeben, Lätzchenbinden und Babybaden. Auf den ersten Windelwechsel will ich gar nicht genauer eingehen. Auch nicht auf den zweiten. Oder dritten. Oder vierten. Oder fünften. Aber ich kann dir versichern, beim sechsten Mal ging es glatt, wie auch bei den meisten Windeln danach. Max-Ernest mochte vielleicht nicht der geborene Kinderpfleger sein, aber was ihm an natürlichem Talent fehlte, machte er mit seiner Hartnäckigkeit wett. Wenn PC schlief, las Max-Ernest Baby-Ratgeber, sah sich Videos über Säuglingspflege an und befragte Fachleute (eine besondere Hilfe war ihm in dieser Hinsicht die Empfangsdame im Krankenhaus). Für die Zeiten, in denen er in der Schule war, hatte er einen Plan aufgestellt, weil dann seine Eltern auf ihr Baby aufpassen mussten. Der war so ausgeklügelt und ausgefeilt, dass sich kein Elternteil darüber beklagen konnte. Max-Ernest war so streng und unnachgiebig, dass seine Eltern, die das Baby anfangs gar nicht hergeben wollten, nach einiger Zeit anfingen zu meutern und ihre Babysitter-Stunden zu schwänzen versuchten. Um sie bei der Stange zu halten, begann er, sie fürs Babysitten zu bezahlen, und zwar mit dem Taschengeld, das sie ihm zuvor gegeben hatten.

Ich sage es voller Stolz: Am Ende des Monats war Max-Ernest wahrscheinlich der erfahrenste Baby-Bändiger in der ganzen Schule.

3. *Jojo-schi und der bescheuerte Tisch*

In diesen Wochen traf sich nur Jojo-schi als einziger unserer jungen Helden mit den älteren Mitgliedern der Mieheg-Gesellschaft, allen voran der Geigenvirtuosin und Meisterin der Selbstverteidigung Lily Wei. Nach endlosem Üben erachtete sie sein Geigenspiel schließlich für hinreichend flüssig, sodass er täglich eine Stunde weniger musizierte und stattdessen Kampfsport trainieren durfte. Jojo-schi war vor Freude ganz aus dem Häuschen und verbrachte so viel Zeit wie möglich bei Lily Wei. Wie wir bei anderer Gelegenheit von Kass erfahren haben, hatte auch Jojo-schi schon einmal von Señor Hugos Schokolade gegessen und seine Vorfahren in der Vergangenheit besucht. Wie es schien, hatte der Geist des Samurais, der seinerzeit von ihm Besitz ergriffen hatte, Jojo-schi etwas von seinen Samurai-Künsten vererbt.

Drei Wochen nach der wundersamen Genesung rang Kass' Mutter sich dazu durch, ihre Tochter in die Schule zu schicken. Endlich waren die drei Freunde wieder am bescheuerten Tisch vereint. Im Flüsterton teilte Jojo-schi Kass mit, was sich bei der Mieheg-Gesellschaft in der Zwischenzeit ereignet hatte. Es war nicht viel, was er zu berichten hatte. Owen war wie üblich mit einem Auftrag unterwegs. Mr Wallace, der Archivar der Mieheg-Gesellschaft, vergrub sich, so oft es ging, in seinen Akten und suchte Schriftstücke für Pietro. Der wiederum spielte Tag und Nacht wie besessen *Tarocchino*.

»Er behauptet zwar, die Karten könnten ihm etwas über die Mitternachtssonne offenbaren, aber ich glaube, der alte Knacker zockt einfach gern«, stelle Jojo-schi fest.

»Er hat dir nicht verraten, worüber er sich den Kopf zerbricht?«, fragte Kass etwas bang. Sie konnte nur hoffen, dass nicht sie es war, die Pietro den Schlaf raubte.

Jojo-schi schüttelte den Kopf. »Ich schätze, das ist topsecret. Er hat Max-Ernest deswegen sogar eine Warnung geschickt.«

Max-Ernest runzelte die Stirn. »Mir? Eine Warnung?«

Jojo-schi zuckte mit den Schultern. »Keine Ahnung. Ich weiß nur, dass er seine ganze Hoffnung auf Kass setzt. Er scheint zu glauben, dass nur Kass das drohende Unheil aufhalten kann – was auch immer das ist. Oh, verdammt. Das hätte ich gar nicht sagen dürfen. Pietro will nicht –«

»Er will mich nicht noch mehr unter Druck setzen, ich weiß«, sagte Kass kläglich. »Aber danke, dass du es mir trotzdem gesagt hast.«

»Tut mir leid . . .«

Die Unterhaltung wurde abrupt unterbrochen, weil Globus und Daniel-nicht-Daniela am bescheuerten Tisch auftauchten.

»Okay, wer will nächste Woche nach dem Renaissancemarkt zum Nulltarif im Mittelalter-Familienrestaurant essen?«, fragte Globus und legte ein paar Gutscheine vor Max-Ernest auf den Tisch. »Ach, ich vergaß . . .« Ehe Max-Ernest sich einen Gutschein nehmen konnte, hatte Globus sie auch schon wieder an sich genommen. »Max-Ernest macht sich ja nichts aus so einem Kram, oder?«

»Hör schon auf damit«, sagte Daniel-nicht-Daniela hinter seinen Rastalocken. »Entweder du gibst ihm einen Gutschein oder du lässt's bleiben. Mach nicht so eine große Sache daraus.«

»Kostenlos essen? Ich weiß nicht, was Max-Ernest davon hält, aber ich bin ganz scharf darauf«, sagte Jojo-schi.

»Ich auch«, sagte Kass.

Kass wusste nicht recht, was sie von Max-Ernests neuen

Nicht-Freunden am bescheuerten Tisch halten sollte. Es störte sie ein wenig, dass sie sich in ihre Angelegenheiten einmischten, und die Aussicht auf ein Abendessen mit Globus begeisterte sie auch nicht gerade. Aber falls der Renaissancemarkt ihrem Gedächtnis nicht auf die Sprünge half, schaffte es vielleicht das Mittelalter-Familienrestaurant. Egal ob Mittelalter oder Renaissance, Hauptsache sie kam einen Schritt weiter.

»Oh, so ein Pech, Max-Ernest«, sagte Globus. »Ich hab nur zwei.«

»Wenn er will, kann er meinen Gutschein haben. Ich kann nämlich nicht kommen«, sagte Daniel-nicht-Daniela.

»Was?«, rief Globus entsetzt.

»Tut mir leid, Mann. An dem Tag ist eine internationale Comic-Buchmesse, erinnerst du dich? Mein Vater ist so versessen darauf, dass ich etwas lese, egal was, dass er mir erlaubt hat hinzugehen, selbst wenn ich dafür die Schule schwänzen muss.«

»Ich . . . ich weiß nicht, was ich dazu sagen soll«, stotterte Globus. »Das . . . das ist Betrug!« Erschüttert setzte er sich an den Tisch.

Daniel-nicht-Daniela verdrehte hinter seinen Rastalocken die Augen und setzte sich ihm gegenüber.

Die drei Freunde konnten nicht weiterreden, ohne dass die Neuen alles gehört hätten. Die Beantwortung der Frage, was Pietros Warnung zu bedeuten hatte, musste warten.

Selten war es am bescheuerten Tisch so still gewesen.

In der darauffolgenden Nacht träumte Kass von einem Auge. Es war dunkelgrün und erinnerte sie an ein Reptil. Das Auge starrte sie durch das Doppelmonokel an. Sie erwachte mit einer unguten Vorahnung und fragte sich, wem oder was Pietros Warnung gegolten hatte.

Kapitel fünfzehn
Der Glob-Blog

Der Glob-Blog

Ein Fressalien-Blog von – na, von wem wohl? Von Globus!

Über Globus

Was geht ab, Leckerschlecker? Wenn ihr das hier lest, werdet ihr wahrscheinlich wissen, wer ich bin, und wenn nicht – oh Mann, lebst du auf dem Mond oder was? Nein, im Ernst, falls du zufällig über diese Website gestolpert bist oder den »Besten Blog des Universums« gegoogelt hast und hier rausgekommen bist, lol, zu deiner Info: Ich bin der krasse Typ, der so ziemlich alles schon mal gegessen hat. Vieles auch schon öfter als einmal. Nur nichts, was im Dreck wächst. Gemüse ist so was von zum Kotzen!!! Was Kartoffeln angeht, mach ich da 'ne Ausnahme, weil irgendein Genie mal rausgefunden hat, wie man Pommes draus macht. Pommes an die Macht! Besonders die gewellten. Und Cajun-Gewürzmischung vertreibt Kummer und Sorgen. Altes Sprichwort. Aber genug von mir – alle bereit zum Mampf-Marathon? Moment mal, ich bin ja derjenige, der futtert. Also alles so weit klar, dass *ich* losmampfe? Nicht eifersüchtig sein – jedenfalls nicht allzu sehr. Haha.

Kategorien

Kaugummi – Burger – Süßigkeiten (altmodische, wie zum Beispiel Schokorosinen) – Süßigkeiten (trendige) – Chips (aber nur die echten!) – Schokokekse – Corndogs – Zuckerwatte – Cupcakes – Donuts (mit Füllung) – Donuts (normal) – Donutlöcher – Dörrfleisch – Pommes – Hotdogs – Chicken Wings extra scharf – Nachos – Pizza – Pizzabrötchen – Popcorn – Brezeln (scharf) – Brezeln (mit Schokoladen- oder Joghurtüberzug) – Soda – Tacos – bunt gefärbtes Essen – Wraps

Sponsoren

Mittelalter-Familienrestaurant: »Wo jeder Tisch die Tafelrunde und jedes Menü ein Ritterschmaus ist!«

1. September XXXX

Das Mittelalterfest – live dabei mit dem Glob-Blog

9:20 Uhr*

Hört hört!

Haha. Dachtet ihr, ich bin jetzt auch schon so ein Spinner und schreibe nur noch wie im finsteren Mittelalter? Ehrlich gesagt hatte ich so was in der Art vor, aber es ist gar nicht so leicht, so zu quatschen. Wie auch immer, willkommen auf dem offiziellen Glob-Blog-Live-Mitschnitt des jährlichen Schulausflugs der XXXXX-

* Wie du sicherlich weißt, tauchen in den meisten Blogs die neueren Einträge vor den älteren auf, sodass Aktuelles ganz oben steht. Hier habe ich allerdings Globus' Einträge ein wenig umgeordnet, in zeitlich richtiger Abfolge, beginnend mit den ältesten Einträgen – das ist bequemer zu lesen. Außerdem war ich so frei und habe ein paar Tippfehler ausgebessert.

Schule. Wir steigen gerade aus dem Bus und ich und mein Taschencomputer freuen uns schon auf die leckeren Seiten vergangener Zeiten. Hey, was geht ab? Mich dünkt, es ist der gute alte Zwiebelkuchen, der meinen Namen säuselt!

9:35 Uhr

Okay, im Moment treiben wir uns auf dem Dorfplatz rum und ich mach gerade eine kleine Pause an einem Stand, wo es Bongo-Trommeln, Kettchen und anderes Hippie-Zeugs zu kaufen gibt, aber die haben wenigstens eine Steckdose, wo ich wieder Saft für meinen Laptop bekomme. Das Ganze soll ein »Markttag« sein, aber ich glaube nicht, dass sie in der Renaissance schon Batik-T-Shirts hatten. Neben dem Marktplatz gibt es eine große Freiluftbühne. »Rundes Theater« nennen sie das, weil es, klar Mann, eben rund ist. Im Moment steht ein komischer Typ auf der Bühne, er jongliert und reißt Witze, aber keiner hört ihm zu.

Unsere Rektorin Mrs Johnson macht mal wieder auf Königin Elisabeth. Sie stolziert überall herum und passt auf, dass auch ja jeder einen Diener oder einen Knicks vor ihr macht. Amber und Veronica (Überraschung, Überraschung!) sind ihre Hofdamen. Sie fächeln ihr mit irgendwelchen Riesenfedern Luft zu und halten ihre Schleppe. Was mich echt interessieren würde – wie schafft es Mrs Johnson, sich Jahr für Jahr diesen Job unter den Nagel zu reißen? Nicht dass ihr meint, ich würde mit ihr tauschen wollen! Einmal im Leben König sein, das wäre was, aber doch nicht Königin Elisabeth!!! Die Rolle wäre eher was für Daniel-nicht-Daniela. Hey, war nur Spaß, Mann! Wie wär's mit König Egbert-nicht-Elisabeth?? Okay, okay, war'n Witz, Alter! Sorry, Kumpel! Aber der Witz war echt lustig, das musst du zugeben. Das hat man davon, wenn man zu Hause bleibt, weil man »krank« ist!

Übrigens, gehört nicht so ganz zum Thema, aber wusstet ihr, dass zu Shakespeares Zeiten alle weiblichen Theaterrollen in Wirklichkeit mit Kerlen besetzt waren? Behauptet zumindest die neue

Schulsekretärin, die uns auf das Renaissancefest begleitet hat. Krass oder? Vor allem, weil sie sich heute selbst als Kerl verkleidet hat – genauer gesagt als eine Art Hofnarr. Sie hat ein entsprechendes Kostüm an, nennt sich aber Lady Pappnase.
Uups, ich sollte wohl besser den Stecker ziehen – die Truppe zieht schon weiter.

10:53 Uhr
Hey, wann wird endlich gefuttert, fragt ihr? Ich halte schon Ausschau nach diesen gigantischen Hähnchenkeulen, wie man sie manchmal auf Gemälden von Heinrich-dem-was-weiß-ich-wievielten sieht. Oder nach einem Braten am Spieß, der über dem Feuer brutzelt oder so. Leider ist momentan eine Würstchenbude schon das höchste der Gefühle. Der Stand wirbt mit einem dieser altmodischen englischen Wirtshausschilder, auf dem *Der königliche Beagle* geschrieben steht. Hey, warte mal, hier gibt's Hotdogs, sie heißen hier, na logisch, »heißer Hund«. Ja, solche Hunde mag ich am liebsten! Na ja, abgesehen von meinem Cockerspaniel namens Mampfer, lol. Mal sehen, was haben sie hier noch so auf Lager? Da gibt's zum Beispiel Lancelots Hähnchenschlegel . . . Fish-and-Chips nach Meerjungfrauenart . . . 8tung, Spezial-Tipp des Hauses: Malzessig! Schmeckt total abgefahren zu Pommes, Fritten oder, wie diese verrückten Briten es nennen, Chips.
Wir machen uns gerade wieder auf den Weg und schauen uns eine »Camera obscura« an, was auch immer das ist. Soll angeblich was mit einem dunklen Raum zu tun haben. Die anderen reißen schon Witze, dass es wahrscheinlich eine Art Knutschkiste ist. Wahnsinnig erwachsen, was? Danach gibt's dann noch das große Ritterturnier. 'tschuldigung, ich meinte natürlich das Mittelalter-Familienrestaurant-Turnier-und-Lanzenstechen (Sorry, ihr Leute vom Restaurant! Eure belgischen Waffeln sind der Hammer, auch wenn eure Burger zum Kotzen sind – nur 'n Spaß!! Nein, im Ernst, die

Burger sind echt klasse. Und das sage ich jetzt nicht nur, weil der Laden mich sponsert. Oder doch? Haha.)
Wie auch immer, ich glaube, ich muss mal kurz aus der Leitung – die Frage ist, Camera obscura oder Hotdog? Na was wohl? Wenn Mrs Johnson das rauskriegt, lässt sie mich vermutlich köpfen, oder was meint ihr?

11:09 Uhr
Hey, Leute. Mal ganz im Ernst, habt ihr gedacht, der Globus würde für eine fette Portion Spiegeleier mit Speck auf den Schulaufsflug pfeifen? Falsch gedacht!

o(^-^o)
(o^-^o)
(o^-^)o
(Das ist der Siegestanz, yeah!)

Tja, als Erstes stelle ich mich hier am Hotdog-Stand an, während der Rest der Klasse abdampft, um sich die Camera obscura anzuschauen. Eigentlich keine große Sache, aber dann schreckt mich einer von den Typen aus der Schule auf, indem er von hinten in voller Lautstärke »Hallo« trötet. Er heißt Max-Ernest und ist so ungefähr der uncoolste Typ, den man sich vorstellen kann. Da sind sogar die anderen am bescheuerten Tisch noch cooler als er. (Und ausgerechnet ER ist sich zu gut dafür, hier in Strumpfhosen aufzukreuzen? Notiz an mich: Falls ich irgendwann mal einen Spion brauchen sollte oder eine Geheimgesellschaft gründen will – der Typ ist garantiert nicht mit von der Partie.) Egal, nachdem jetzt wirklich alle abgezogen sind und ich nicht mehr so tun muss, als würde ich mich brennend für Windspiele interessieren, steuere ich auf den »Königlichen Beagle« zu. Ich bin gerade dabei, meinen Hotdog zu bestellen – mit extra viel Senf und Relish versteht sich –, als plötzlich dieser rauchige Geruch von Gegrilltem in der Luft

liegt. Ich lass alle Hotdogs Hotdogs sein, denn irgendwo wartet was Leckeres am Spieß auf mich. Ich ziehe also los, immer der Nase nach.
Schätze, es gibt direkt hinter den Essensbuden eine Art Grillparty. Aber dann sehe ich, dass hier nur ein olles ausgetrocknetes Flussbett ist und gleich danach fängt schon der Wald an. Absolut tote Hose. Hier endet der Jahrmarkt. Ich will mich gerade wieder verziehen, als ich ein Knistern auf der anderen Seite des Flussbetts höre. Keine Menschenseele da, aber bei genauem Hinsehen bemerke ich Fußspuren, die direkt in den Wald führen. Und da, sind das nicht Rauchwölkchen zwischen den Bäumen? Als doch eine Grillparty!
Okay, ich hab schon i-wie ein komisches Gefühl im Magen, aber als ein echter *Ritter vom Rost* muss ich der Sache unbedingt nachgehen. Ich sage euch das jetzt nur für den Fall, dass ich nicht lebend zurückkehren sollte. Haha.
Drückt mir die Daumen! Und vergesst nicht, im Mittelalter-Familienrestaurant zu essen! »Esset, trinket und seid mittelalterlich!«
Euer offizieller königlicher Vorkoster
Globus

11:35 Uhr

NOTFALL – BITTE LESEN! ICH BRAUCH HILFE!

Ich weiß, das hört sich an wie ein blöder Witz, aber in diesem Moment verstecke ich mich in einer Höhle und fürchte um mein Leben. DAS IST JETZT ECHT KEIN WITZ. Falls ich nicht mehr zurückkehren sollte, sagt bitte meiner kleinen Schwester, dass ich gelogen habe – sie ist in Wirklichkeit gar nicht mit einem Schweineschwänzchen zur Welt gekommen. Daniel-nicht-Daniela, du kannst meine komplette Actionfiguren-Sammlung UND meine sensationelle Cremeschnittchen-Einwickelpapier-Sammlung, die es ins Guinessbuch der Rekorde geschafft hat, haben. Ich weiß, du denkst, dieser Blog ist ein Fake, aber an deiner Stelle würde ich ernsthaft darüber nachdenken, ob ich ihn nicht weiterführen sollte. Du könntest den Blog sogar erweitern und über Filme und Spiele posten. Hey, Werbefritzen, wie wär's mit ein paar Bannern auf meiner Seite?

Okay, vielleicht sollte ich euch endlich mitteilen, was mit mir los ist – bald geht meinem Computer der Saft aus. Den Trampelpfad auf der anderen Seite des Flussbetts kann man zwar nicht wirklich als Weg bezeichnen – aber ich brauche nur den zerknautschten Blättern und schlammigen Fußspuren zu folgen und schon bin ich auf direktem Weg zur Grillparty.

Also, ich laufe hier ungefähr fünf Minuten lang und irgendwie habe ich das Gefühl, überhaupt nicht voranzukommen. Zuerst denke ich, das Ganze ist eine Barbecue-Party für die Mitarbeiter des Renaissancefests, was ziemlich cool wäre. Oder vielleicht sind es einfach Camper, die hier ihr Lager aufgeschlagen haben? Oder Landstreicher, vielleicht sogar echte Outlaws? Ich gehe immer weiter in den Wald hinein und fühle mich wie in so einer Naturshow im Fernsehen. Was für eine Story für meinen Blog!

Plötzlich wird der Rauch richtig dick und ich höre komische Sprechchöre. Nicht so wie im Fußballstadion, eher wie Mönchsgesang. Ihr wisst schon, in einer Sprache wie Latein, nur noch älter. Ich nähere mich einer Lichtung. In der Mitte knistert ein riesengroßes Feuer, ungefähr ein Dutzend Menschen stehen im Kreis herum. Sie tragen lange Umhänge und mein erster Gedanke ist, okay, also doch Leute vom Renaissancefest, wahrscheinlich üben sie für die große Mönchsshow oder so.

Aber irgendwie habe ich kein gutes Gefühl dabei, also bleibe ich erst mal in sicherer Entfernung stehen. Ich schaue mich um, auf der Suche nach Tischen voller Grillsachen, Krautsalat und so weiter, aber nirgendwo sind Fressalien zu sehen. Und das Feuer ist überhaupt kein Grill. Kein Fleisch, kein Grillrost, absolute Fehlanzeige. Da ist nur eine große, glühende Kugel. Wahrscheinlich so eine Art Deko-Glaskugel, die von innen leuchten, denke ich. Aber die Ku-

gel ist so hell, dass mir die Augen tränen, fast so, wie wenn man direkt in die Sonne schaut.
Plötzlich ändert sich der Sprechgesang und endlich verstehe ich auch, was sie singen: einfach nur das Wort GEHEIMNIS, rauf und runter, immerzu. Vielleicht hoffen sie darauf, dass der glühende Ball in den Himmel fährt, wenn sie es nur oft genug singen, was weiß ich. Dann hält diese Frau, die irgendwie aussieht, als wäre sie der Boss, einen riesigen Kelch in die Höhe und nimmt einen Schluck daraus. Sie trägt einen Umhang, genau wie die anderen, aber darunter hat sie ein funkelndes weißes Kleid an und sie ist ziemlich blass und vielleicht die hübscheste Frau, die mir je zu Gesicht gekommen ist. Aber sie verzieht keine Miene. Echt jetzt, sie sieht aus, als ob sie noch nie ihre Gesichtsmuskeln bewegt hätte. Irgendwie ist sie ganz schön gruselig, aber auf jeden Fall absolut H-E-I-S-S. Ich sollte wohl besser aufhören, sie so anzustarren, sonst bemerkt sie mich am Ende noch und verwandelt mich in eine Salzsäule oder so. Haha. Sie reicht den Kelch weiter und jeder trinkt einen Schluck. Seltsam, die Leute tragen alle weiße Handschuhe.
Okay, jetzt kommt der Teil, den ihr mir garantiert nicht abnehmt, aber ich schwöre auf meine Cremeschnittchen-Einwickelpapier-Sammlung, dass ich die Wahrheit und nichts als die Wahrheit sage. Nachdem der Kelch einmal im Kreis herumgereicht wurde, hält die Chefin ihn hoch und . . . lässt ihn einfach stehen. Mitten in der Luft. Schwebend. Wie bizarr ist das denn? Plötzlich neigt sich der Kelch und eine weiße Flüssigkeit, die aussieht wie Milch, schwappt heraus und löst sich in nichts auf. Einfach so. Weg. Ich wette, ein Geist hat gerade von diesem Kelch getrunken. Entweder das oder diese Typen sind die größten Zauberfreaks aller Zeiten – aber für wen sollten sie hier bitte Zaubertricks aufführen? Es ist ja nicht mal Publikum da.
Die ganze Szene ist total gruselig, also trete ich vorsichtshalber den Rückzug an. Schätze, ich muss dabei irgendein Geräusch ge-

macht haben oder so, denn auf einmal entdecken sie mich. Der Gesichtsausdruck der Leute ist schwer zu beschreiben, sie starren mich an, als wäre ich ein Monster, das gerade dabei ist, ihr Baby zu entführen.

Irgendjemand ruft: »He du, was hast du hier verloren?« Und ein anderer schreit »Fasst ihn!«, oder so was in der Art.

Also mach ich schleunigst die Mücke. Ich kann ihre Schritte dicht hinter mir hören, aber ich traue mich nicht, einen Blick über die Schulter zu werfen. Ich renne so schnell, dass meine Brust fast zerspringt und mir die Luft ausgeht. Beim Rennen halte ich Ausschau nach einem guten Versteck. Direkt neben dem Trampelpfad liegt ein Riesenfelsbrocken in der Form eines angebissenen Hamburgers. Direkt unterhalb der Stelle, wo jemand in den Hamburger reingebissen hat, ist ein Loch – gerade groß genug für einen Menschen. Also quetsche ich mich rein. (Ich weiß, ich bin nicht gerade schlank, haha – und wennschon!) Das Loch stellt sich als Höhleneingang heraus. Ja, eine echte Höhle oder meinetwegen auch Grotte oder was weiß ich. Ich bin nicht der Erste hier drinnen, denn auf dem Boden liegen Coladosen und eine Chipstüte. Ich bin echt am Verhungern, aber die Tüte ist leer, außerdem mag ich diese Sorte sowieso nicht besonders. (Nein, ich werde euch jetzt nicht verraten, welche Marke – nur für den Fall, dass diese Leute mich eines Tages sponsern. Haha.) Und jetzt – hey, Moment mal, jetzt fängt die Kiste schon wieder an zu piepsen, vielleicht sollte ich mich beeilen, bevor der Akku endgültig alle ist!

Kapitel sechzehn
Hüte, nichts als Hüte

Kass konnte sich einfach nicht an den Anblick so vieler Narrenhüte gewöhnen.

Es gab rote und grüne Mützen, Samtkappen und Filzhüte. Manche waren überdimensional groß und hatten lange Spitzen, die wie ein Geweih vom Kopf abstanden. Andere waren klein und gerade mal groß genug, um eine Glatze zu verstecken. Einige hatten Messingbimmeln, einige Silberglöckchen.

So bunt gemischt die Hüte auch waren, alle ähnelten auf eine irritierende Art und Weise einem ganz bestimmten Hut, der sich irgendwo in den Tiefen ihres Gedächtnisses versteckte. Hüte mit drei Spitzen, die in alle Richtungen tanzten – genau das hatte sie doch schon einmal irgendwo gesehen. Glöckchen, die auf Schritt und Tritt bimmelten und klingelten – genau solche Glöckchen hatte sie in genau dieser Tonlage schon einmal bimmeln und klingeln gehört. Mehr und mehr gelangte sie zu der Überzeugung, dass sie auf ihrer Zeitreise den Hofnarren getroffen hatte – warum sonst schrillten bei diesem Bimmeln alle Alarmglocken in ihrem Kopf? Aber wo? Wann? Und was hatte er gesagt?

Zu allem Überfluss schauten sie sich jetzt auch noch die Camera obscura an – eine kleine, runde, fensterlose Hütte, die auf einer Anhöhe in der Nähe des Marktplatzes aufgebaut worden war. Ihre Führerin, Opal oder auch Lady Pappnase genannt, trug nicht nur einen Narrenhut, sondern auch ein Narrenkleid mit Karomuster. Vermutlich hatte Kass' Hofnarr auch so einen Anzug getragen. (Andererseits konnte sich Kass den Hofnarren beim besten Willen nicht in einem mit Strasssteinchen besetzten Narrenanzug vorstellen.) Opal führte die Gruppe in die dustere Hütte. Ihre Hutglöckchen bimmelten fröhlich, was Kass gehörig auf die Nerven ging.

Doch plötzlich erinnerte sie sich daran, dass sie die Glöckchen des Hofnarren in einem ähnlich dunklen Raum bimmeln gehört hatte. Ein Kerker! Der Kerker im Königspalast! Ihr Gefühl trog sie also doch nicht. Sie hatte den Hofnarren auf ihrer Zeitreise tatsächlich getroffen!

Oder verlor sie allmählich den Verstand und ihr Gedächtnis gaukelte ihr nur etwas vor?

Die Camera obscura war ungefähr genauso groß wie die Kerkerzelle in Kass' Erinnerung – allerdings war der Kerker bei Weitem nicht so gestopft voll gewesen, denn in der Camera obscura drängten sich insgesamt drei Schulklassen. An einer Wand sah man ein exaktes Bild der Außenwelt. Opal stand davor und hielt einen Stapel Karteikarten in den Händen.

»Ihr befindet euch gerade im Inneren einer Kamera – einer sehr großen Kamera«, las sie mit ihrem näselnden New Yorker Akzent vor. »Sie wurde schon im Mittelalter erfunden – das war die Geburtsstunde der Kamera, wie wir sie heute kennen.«

Kass blinzelte. Beim Betrachten des Bilds hatte sie das Gefühl, kopfüber in der Luft zu hängen. Besser gesagt, die ganze Welt stand kopf. Der Boden war der Himmel und der Himmel war der Boden. Kostümierte Marktbesucher mit Zaubermänteln und Feenflügeln wuselten scheinbar schwerelos über den Himmel, der kein Himmel, sondern die Erde war.

»Steht dieses Bild tatsächlich auf dem Kopf oder ist mir schwindelig?«, fragte sie ihre Klassenkameraden leise.

Jojo-schi grinste sie unschuldig an. »Was redest du da? Das Bild ist doch vollkommen in Ordnung, wie kommst du darauf, dass es auf dem Kopf steht?«

»Das ist überhaupt nicht komisch«, fauchte Max-Ernest, der immer noch jeden Moment damit rechnete, dass Kass zurück ins Koma fiel – obwohl inzwischen schon ein Monat vergangen war. »Was, wenn ihr wirklich schwindelig ist? Das könnte ein Zeichen dafür sein, dass mit ihr irgendetwas nicht stimmt. Keine Sorge, Kass, das Bild steht tatsächlich auf dem Kopf ...«

»Oh«, sagte Kass erleichtert.

Sie wagte nicht, ihren Freunden die Wahrheit zu sagen – wahrscheinlich würden sie sie auf der Stelle nach Hause schicken oder, noch schlimmer, ins Krankenhaus verfrachten –, aber sie fühlte sich tatsächlich nicht besonders gut. Und das lag nicht nur an den Narrenhüten. Seit sie heute Morgen aus dem Traum von dem grünen Auge aufgeschreckt war, hatte sie das quälende Gefühl, an verschiedenen Orten gleichzeitig zu sein. Oder vielleicht auch zwischen verschiedenen Orten, das war schwer zu sagen.

»Seht ihr dieses kleine Loch hier?« Opal zeigte auf ein Loch in der gegenüberliegenden Wand, das etwa die Größe einer Münze hatte. Das Licht fiel in einem kegelförmigen Strahl ins Innere der Kammer, so wie bei der Linse eines Filmprojektors. »Licht bewegt sich immer geradlinig fort. Wenn also mehrere

Lichtstrahlen gleichzeitig durch ein kleines Loch fallen, überschneiden sie sich und stellen das Bild auf den Kopf – so wie hier.«

»Ich wette, so was kann man auch selber bauen«, sagte Jojoschi. »Man könnte es ziemlich gut als Überwachungskamera einsetzen.«*

»Still jetzt! *Wir* wollen keinen Mucks mehr hören!«, fauchte Mrs Johnson, die ganz hinten stand, flankiert von ihren beiden Hofdamen Amber und Veronica. »Ich bitte Euch, fahrt fort, Lady Pappnase.«

»Ja, Eure Majestät«, erwiderte Opal. »Solcherlei Ungezogenheiten in Gegenwart Eurer Majestät – da verschlug es mir für einen Augenblick doch glatt die Sprache!«

Die Sekretärin knickste und fuhr mit dem Lesen fort. »In der Renaissance und auch noch später benutzten Künstler, darunter auch viele, die große Berühmtheit erlangten, Cameras obscuras, um ihre Zeichnungen natürlicher aussehen zu lassen. Sie projizierten das Bild auf die Leinwand und zeichneten es nach.«**

Irgendjemand schnappte in der Dunkelheit dramatisch laut nach Luft und rief: »Sie haben die Bilder einfach nachgefahren? Heißt das, diese berühmten Künstler haben geschummelt?!«

Es war Amber. Sie klang weniger empört als vielmehr schadenfroh.

Eigentlich hatte Max-Ernest genau das Gleiche gedacht.

---

* Jojo-schi hat natürlich vollkommen recht. Man kann eine Camera obscura wirklich ganz einfach selbst bauen. Und wie es der Zufall so will, gibt es am Ende dieses Buches eine entsprechende Bauanleitung.

** Bei allem Respekt, aber ich glaube, der Plural von Camera obscura lautet *Camerae obscurae*. Was den Rest angeht, stimmen die Angaben der Sekretärin. Niemand kann mit Sicherheit sagen, wie viele Künstler wirklich von einer Camera obscura Gebrauch gemacht haben, aber Leonardo da Vinci schrieb in seinen Tagebüchern davon und man kann auch davon ausgehen, dass der Maler Vermeer damit arbeitete.

Aber als er seine Gedanken ausgerechnet von Amber laut ausgesprochen hörte, passte ihm das gar nicht.

Was heißt schon schummeln? Pietros Worte klangen ihm noch in den Ohren. *In der Magie gibt es kein Schummeln, höchstens im Poker.*

Ein paar Schritte von ihm entfernt räusperte sich Benjamin Blake und begann, vor sich hin zu murmeln. »Gelb . . . schummeln . . . Stift . . . orange . . . Ofen . . .«

»Wie bitte, Benjamin? Möchtest du deinen Klassenkameraden vielleicht etwas mitteilen?«, fragte Opal.

Benjamin brabbelte weiter und seine Mitschüler fingen an zu kichern. Seit der Nacht, als Kass aus dem Koma aufgewacht war, hatte Benjamin versucht, mit Max-Ernest, Kass oder Jojo-schi ins Gespräch zu kommen, doch alle drei hatten ihm die kalte Schulter gezeigt. Und sie hatten ja auch allen Grund dazu. Aber der Schlag mit Jojo-schis Gitarre hatte Benjamin wieder »geheilt«, wie es Max-Ernest ausdrückte. Er war nicht länger der charmante und eitle Lackaffe, sondern wieder ganz der alte stotternde, künstlerische, synästhetisch veranlagte Benjamin.

Hoffentlich hieß das auch, dass er nicht mehr länger unter dem Bann der Mitternachtssonne stand.

»Ich weiß nicht, warum ich das jetzt für dich tue«, grummelte Max-Ernest. »Du schuldest mir ab sofort einen Gefallen.«

Und dann begann er, für die anderen im Raum zu übersetzen.*

»Ben sagt, dass die Künstler gar nicht geschummelt haben. Eine Camera obscura ist nur ein Werkzeug. Das ist so ähnlich, wie wenn ein Schriftsteller einen Computer statt Stift und Pa-

* Abgesehen davon, dass Max-Ernest ein Experte im Entschlüsseln unverständlicher Botschaften war, hatte er schon immer als Einziger die Geräusche, die Benjamin von sich gab, interpretieren können – jedenfalls die Geräusche, die der alte Benjamin von sich gegeben hatte.

pier benutzt. Oder wenn ein Koch einen Ofen benutzt statt, ähm, ein Lagerfeuer oder so . . .«

Mrs Johnson war offenbar anderer Meinung. »Ich mag vielleicht altmodische Ansichten haben, aber ich . . . *Wir* sind derselben Ansicht wie unsere Hofdame. Schummeln bleibt Schummeln, da gibt es kein Pardon.«

Max-Ernest hätte sich nicht gewundert, wenn sie jeden Augenblick vor Empörung davongestürmt wäre, so entrüstet klang sie. Stattdessen trat sie vor die beleuchtete Wand. Kopfstehende Abbilder der Außenwelt tanzten über sie hinweg und ließen das Diadem auf ihrem Kopf und den schwarzen Anhänger an ihrem Hals aufblitzen.

Es gab so viel zu sehen und alle waren abgelenkt, sodass niemand zu bemerken schien, wie der Steinanhänger sachte in der Luft schwebte.

»So weit kommt's noch! Als Nächstes verteidigen sie hier auch noch das Abschreiben!«, schnaubte Mrs Johnson und stupste ihren Anhänger wieder nach unten. »Nun, Schüler, ich . . . ich meine natürlich *Wir* wünschen, dass ihr jetzt ganz leise diesen Raum verlasst, und zwar einer nach dem anderen, nicht die ganze Horde auf einmal.«

Ein Höllenlärm brach aus, als alle Schüler versuchten, gleichzeitig ins Freie zu kommen. Auf dem Weg nach draußen zupfte Benjamin Max-Ernest am Ärmel.

»Ich habe jetzt keine Zeit, du kannst dich später bei mir bedanken«, sagte Max-Ernest und kehrte ihm den Rücken zu.

»Was ist das eigentlich für ein Ding, das Mrs Johnson um den Hals trägt?«, fragte Kass, als Max-Ernest sie und Jojo-schi eingeholt hatte. Im allgemeinen Durcheinander konnte sie fast in normaler Lautstärke sprechen; bei diesem Lärm belauschte sie bestimmt niemand.

»Sieht fast so aus, als würde der Anhänger in der Luft schweben, findet ihr nicht?«, sagte Jojo-schi.

»Das tut er ja auch«, sagte Max-Ernest. »Es ist ein Magnetit. Ein ganz normal im Erdreich vorkommender Stein mit den Eigenschaften eines Magneten.«

Kass kratzte sich am Kopf. »Das wusste ich schon, die Frage ist nur, woher?«

»Mrs Johnson ist neuerdings ganz verrückt nach diesem Ding. Du hättest hören sollen, wie sie davon schwärmte, als ich ihr die Stimmgabel zurückgegeben habe.«

Kass zog das Doppelmonokel aus der Tasche und warf einen verstohlenen Blick hindurch auf den Magnetanhänger. Obwohl mindestens ein halbes Dutzend Arme und Schultern ihr die Sicht auf den Stein versperrten, sah sie ihn durch das Monokel direkt vor sich. Der schwarze Stein glühte blau und schien leicht zu pulsieren. Kass spürte, wie der Magnet am Monokel zog – und gleichzeitig stieg eine Erinnerung in ihr auf. Genau diese Situation hatte sie schon einmal erlebt.

»Ich kenne diesen Stein«, sagte Kass verblüfft. Erneut war etwas von ihrer Zeitreise in der Gegenwart aufgetaucht. »Damals sah er noch ganz anders aus, größer und rauer, aber ich bin mir sicher, es ist derselbe Stein.«

Das Gefühl, an zwei Orten gleichzeitig zu sein, wurde immer stärker. Hier drinnen konnte sie es keinen Moment länger aushalten.

»Ich fühle mich . . . eingesperrt«, stieß sie hervor. »Ich muss hier raus.«

Ehe ihre Freunde sie aufhalten konnten, hatte sie sich schon durch die Menge hindurch zum Ausgang gedrängt. Aufgeregtes Getuschel folgte ihr.

»Das ist doch dieses Mädchen, das ins Koma gefallen ist!«

»Denkt ihr, sie ist okay?«
»Vielleicht hat sie ja gerade einen Rückfall!«

»Es geht ihr gut«, sagte Max-Ernest ärgerlich und zwängte sich an seinen Mitschülern vorbei.

Jojo-schi folgte ihm. »Hey Leute, wartet auf mich. Vielleicht seid ihr irgendwann noch einmal froh, dass ihr mich dabeihabt.«

Kapitel siebzehn
Die Sehergabe

Sie holten Kass erst ein, als sie vor einem staubigen Zirkuszelt stehen blieb. Über dem Eingang hing ein Schild an einer Kette:

Klara die Hellseherin – ihre Augen sehen alles!

»Ich gehe da jetzt rein«, verkündete Kass.

»Wir kommen mit«, sagte Jojo-schi. »Pietro will, dass wir auf dich aufpassen.«

»Nicht nötig, ich bin gleich wieder da.«

»Ich dachte, du fühlst dich eingesperrt«, sagte Max-Ernest. »Vielleicht hattest du gerade einen klaustrophobischen Anfall. Das wird im Lauf der Zeit immer schlimmer. So was verschwindet nicht einfach von alleine . . .«

Ohne ihre Freunde weiter zu beachten, zog Kass die schweren Vorhänge am Eingang zur Seite und betrat das Zelt. Sie wusste selbst nicht genau, warum, aber der innere Drang, das zu tun, war übermächtig. Als wäre sie hypnotisiert und jemand hätte ihr befohlen, genau dieses Zelt zu genau dieser Zeit zu betreten.

»Hallo, Kassandra.«

Es war die Seherin Klara. Sie saß an einem kleinen Tischchen vor einem ausgebreiteten Set Tarotkarten. Bei ihrem Anblick prasselten die Erinnerungen nur so auf Kass ein. Sie sah die Wahrsagerin vor sich, wie sie sie in der Vergangenheit getroffen hatte: das lange, zottige Haar, die blasse, beinahe durchscheinende Haut, die blauen Augen, die niemals blinzelten.

»Hallo, Kassandra«, wiederholte Kass die Worte, denn ihr war eingefallen, dass auch die Seherin so hieß.

Noch nie war sie so froh darüber gewesen, jemanden zu treffen, den sie im Grunde genommen kaum kannte. Denn endlich kehrten ihre Erinnerungen zurück! Natürlich war es schon ein bisschen seltsam, dass sie die Seherin ausgerechnet hier auf dem Renaissancemarkt traf – seit ihrer ersten Begegnung waren immerhin über fünfhundert Jahre vergangen. Aber Kass verspürte eine unerklärliche Zuversicht, dass es eine Erklärung für das Auftauchen der Seherin gab – und für alles andere auch.

»Schön, dich wiederzusehen«, sagte die Seherin. »Setz dich. Ich werde die Karten für dich lesen.« Sie wies mit der Hand auf den Besucherstuhl.

Kass gehorchte, ihre Ohren klingelten in gespannter Erwartung.

Wie schon beim ersten Mal fuhr die Seherin mit der Hand über das Kartenset, woraufhin sich eine Karte wie von Geisterhand umdrehte. Hier in der Gegenwart, in der realen Welt, war dieser Trick noch viel verblüffender als in der Vergangenheit.

»Ah. Da ist es wieder, das Ass der Stäbe. Aber diesmal richtig herum, nicht mehr auf dem Kopf stehend.« Die Seherin sah Kass fragend an. »Du hast also etwas zurückgegeben?«

»Nein, eigentlich nicht ... was hätte ich denn zurückgeben sollen?«

»Ich habe dir doch erklärt, dass etwas darauf wartet, zu seinem rechtmäßigen Besitzer zurückzukehren.«

Kass durchforstete ihr Gedächtnis und versuchte, sich das Gespräch in Erinnerung zu rufen.

»Ja aber ... ich habe nie herausgefunden, was damit gemeint war.«

»Tatsächlich nicht? Ich dachte, es wäre offensichtlich. Hast du nicht etwas bei dir, was eigentlich mir gehört?«

Kass zögerte etwas ratlos. Dann rief sie: »Oh, meinen Sie etwa das Monokel?«

»Das Doppelmonokel, genau. Jahrelang habe ich es nicht mehr zu Gesicht bekommen, geschweige denn an mein Auge gehalten.«

Kass kramte in ihrer Tasche und zog das Monokel hervor. Ein wenig wehmütig reichte sie es der Seherin, denn es war ihre einzige Verbindung zur Vergangenheit. Aber sie musste es zurückgeben. Wenn das der Preis dafür war, dass sie ihre Erinnerungen zurückerlangte, war es das allemal wert.

Die Seherin hielt das Monokel an ihr rechtes Auge und spähte hindurch. Zuerst fixierte sie Kass, dann ging ihr Blick in die Ferne, in eine Zeit oder zu einem Ort, der für das bloße Auge unsichtbar war. Anscheinend prüfte sie die Bildschärfe, so wie man es bei Brillen oder Lupen immer macht.

»Ahh. Schon viel besser. Danke schön«, sagte sie und setzte das Monokel wieder ab.

»Gern geschehen. Aber ehrlich gesagt dachte ich damals, ich müsste etwas zurückgeben, was ich schon hatte«, sagte Kass und versuchte, Ordnung in ihr immer noch wirres Gedächtnis zu bringen. »Damals, als Sie die Karten für mich gelesen haben, hatte ich das Monokel doch noch gar nicht, oder? Wie hätte ich es dann zurückgeben sollen?«

Der Anflug eines Lächelns glitt über das Gesicht der Seherin. »Ja, die Botschaften der Karten sind seltsam und weisen oft auf verschlungene Wege, nicht wahr?«

Sie hielt die Hand über die nächste Karte, woraufhin sich die Karte in der Luft umdrehte und dann sachte wie Herbstlaub im Wind auf die Tischplatte niederschwebte.

»Hast du deinen Hofnarren getroffen?«

»Ja, ich denke schon. Eigentlich bin ich mir sogar ziemlich sicher, dass wir zusammen im Kerker eingesperrt waren.«

Die Seherin nickte. »Möglicherweise musst du ihn noch einmal aufsuchen. Schau, diesmal steht er auf dem Kopf . . .«

Sie deutete auf die Karte, die sich soeben gewendet hatte. Das Kartenblatt zeigte den Hofnarren und dieser Miniatur-Hofnarr hatte verblüffende Ähnlichkeit mit ebenjenem Hofnarren, der für Kass so wichtig war. Er war Kass zugewandt, nicht der Kartenleserin, stand also auf dem Kopf, wie die Seherin gesagt hatte.

Kass runzelte die Stirn. »Heißt das, ich soll wieder zurück in die Vergangenheit reisen?«

Die Seherin schüttelte den Kopf. »Das würde ich an deiner Stelle lieber nicht tun. Du hast schon viel zu viel Zeit in einem falschen Jahrhundert verbracht. Dadurch hast du dich verändert. Das habe ich auf den ersten Blick erkannt.«

»Ich habe mich verändert? Wie denn?«, fragte Kass beunruhigt.

»Siehst du inzwischen nicht selbst schon Dinge?«

»Was denn zum Beispiel?«

»Dinge, die deinem Auge bisher verborgen waren.«

»Nein, ich meine . . . warum? Warum sollte ich auf einmal Dinge sehen?«

»Du siehst Dinge nur, wenn sie sich dir zeigen.«

»Zeigen sie sich mir denn?«, fragte Kass zunehmend irritiert.

»Es gibt immer etwas zu sehen ... wenn auch nicht mit deinen zwei Augen.«

»Wie soll ich denn sonst sehen, wenn nicht mit meinen Augen?«

»Hast du schon einmal etwas vom inneren Auge, dem sogenannten dritten Auge, gehört?«

»Ja, das schon, aber ich habe nie wirklich an so was geglaubt ...«

»Eine winzige Stubenfliege hat Hunderte von Augen. Warum solltest du nicht drei Augen haben?«*

»Wollen Sie damit andeuten, dass ich eine ...«, Kass brachte das Wort kaum heraus, »eine *Seherin* bin, so wie Sie?«

»Vielleicht ist die Gabe bei dir nicht ganz so ausgeprägt wie bei mir, aber wir heißen schließlich beide Kassandra, nicht wahr?«

Kass nickte zögernd.

»Und was ist mit deinem Geheimnis? Hast du es herausgefunden?«

»Nein, leider nicht. Moment mal ... das ist es! Das ist der Grund, warum ich mich an den Magnetstein erinnern konnte!«, rief Kass laut und sprang vor Aufregung fast vom Stuhl. »Der Magnetstein, der um Mrs Johnsons Hals baumelt. Der Hofnarr sagte, dass er das Geheimnis darunter verstecken wollte. Oder wenigstens eine Botschaft über das Geheimnis.«

»Ach ja?«, fragte die Seherin mit leisem Zweifel in der Stim-

---

* Zu meinem größten Bedauern muss ich hier anmerken, dass die Seherin an dieser Stelle irrt – jedenfalls, was die Sache mit den Fliegen angeht. Genau genommen hat eine Fliege nämlich nur zwei Augen. Aber jedes Fliegenauge hat Hunderte von Facetten und kann daher in ebenso viele Richtungen auf einmal schauen. Daher auch das Gerücht, das eine Fliege achthundert Augen besitzt.

me. »Dann muss es sich aber um ein ziemlich kurzes Geheimnis handeln, wenn man es unter einem so kleinen Stein verbergen kann.«

»Also wissen Sie auch nicht, ob meine Vermutung über Mrs Johnsons Halskette stimmt?«, fragte Kass, enttäuscht darüber, dass die Seherin sich nur mäßig für ihre neu gewonnenen Erkenntnisse interessierte.

»Ich kann dir nur sagen, was mir die Karten verraten.«

Mit einem leichten Handwedeln drehte die Seherin die nächste Karte um. Darauf war ein Mann in einem Umhang abgebildet, mit der rechten Hand hielt er einen Zauberstab in die Höhe und mit der linken wies er auf die Erde. Der Magier.

»Erinnerst du dich? *Wie oben, so unten.«*

»Ja, daran erinnere ich mich. Aber was hat das zu bedeuten?«

»Das kommt natürlich ganz darauf an, was oben und was unten ist.«

Kass rechnete damit, dass die Seherin noch ein paar Karten legen würde, so wie sie es beim letzten Mal getan hatte. Aber die Wahrsagerin verschränkte die Hände, als wäre die Sache damit erledigt.

»Okay dann. Danke jedenfalls«, sagte Kass etwas unzufrieden und stand auf. Trotz allem brannte sie schon darauf, ihren Freunden die Neuigkeiten zu erzählen.

Max-Ernest und Jojo-schi warteten ungeduldig draußen vor dem Zelteingang.

Ehe sie auch nur den Mund aufmachen konnten, sprudelte Kass los und berichtete atemlos von den Abenteuern mit dem Hofnarren, an die sie sich jetzt beinahe wieder vollständig erinnerte. Sie schloss damit, wie der Narr ihr versprochen hatte, eine Botschaft über das Geheimnis unter dem Magnetstein zurückzulassen. »Das Problem ist nur, dass ich nicht weiß, ob er das Geheimnis jemals aufgespürt hat. Als ich ihm von der Sache erzählte, hatte er jedenfalls keinen blassen Schimmer.«

Die anderen zwei Mieheg-Mitglieder starrten sie ungläubig an.

»Wie bitte? Der Hofnarr hatte keine Ahnung von dem Geheimnis?«, fragte Jojo-schi. »Er ist so ziemlich der einzige Mensch, der überhaupt je etwas davon wusste.«

»Ja, ich konnte es auch kaum fassen. Aber es kommt noch schlimmer. Lord Pharao hatte längst Wind davon bekommen – das hat zumindest der Homunkulus behauptet. Also habe ich dem Hofnarren das Versprechen abgenommen, dass er Lord Pharao zuvorkommt und das Geheimnis vor ihm entdeckt.«

»Du hast ihm ein Versprechen abgenommen?«, wiederholte Max-Ernest.

»Moment mal . . . heißt das, du bist . . . Lord Pharao begegnet?«, stotterte Jojo-schi.

Kass nickte und vor ihrem inneren Auge tauchte wieder das vom Doppelmonokel vergrößerte dunkelgrüne, reptilienhafte Auge auf. (Kein Zweifel, es war *scin* Auge gewesen! Nach und nach fügten sich ihre Erinnerungen wie Puzzleteile zu einem Gesamtbild.)

»Ja, ich habe ihn getroffen. Das war ganz schön gruselig.«

Ihre Freunde konnten ihre Verwunderung darüber, dass Kass so selbstverständlich vom Hofnarren und von Lord Pharao sprach, nicht verbergen. Diese beiden Gestalten aus der Vergangenheit waren schließlich nicht irgendwer, sondern der legendäre Gründervater und der nicht minder legendäre Erzfeind der Mieheg-Gesellschaft.

»Na gut, aber es ist doch nur logisch, dass der Hofnarr das

Geheimnis irgendwann gefunden hat«, sagte Max-Ernest, nachdem er sich vom ersten Schrecken erholt hatte. »Warum hätte er sonst die Mieheg-Gesellschaft gegründet?«

»Und du glaubst wirklich, dass Mrs Johnsons Schmuck der Magnetstein des Hofnarren ist?«, fragte Jojo-schi.

Kass nickte. »Na ja, zumindest ein kleines Stück davon. Der Anhänger stammt vom Magnetstein des Hofnarren, davon bin ich überzeugt. Ich weiß, das hört sich verrückt an. Warum sollte ausgerechnet unsere Rektorin diesen Stein haben? Aber mit dem Monokel habe ich den Anhänger auf den ersten Blick erkannt.«

»Vielleicht ist es gar nicht so verrückt«, überlegte Max-Ernest laut. »Laut Mrs Johnson stammt der Schmuck von derselben Hexentante wie die Stimmgabel.«

»Ach ja? Hieß diese Tante nicht Klara?«, fragte Kass. Das war auch der Name der Seherin. Konnte das wirklich ein Zufall sein?

Max-Ernest nickte. »Ja, genauso hieß sie. Was sagt man dazu?«

»Das bedeutet also, wenn wir den Magnetstein genauer unter die Lupe nehmen wollen, müssen wir ihn uns . . . Oh Mann!« Jojo-schi stöhnte auf.

Die anderen nickten düster. Alles lief darauf hinaus, dass sie nun schon zum zweiten Mal ein wertvolles Erbstück ihrer Rektorin stehlen mussten.

»Das war's, jetzt ist es aus mit uns. Diesmal fliegen wir nicht von der Schule, sondern wandern gleich in den Jugendknast!«, verkündete Max-Ernest unheilvoll. »Warum musstest du auch mit dieser blöden Schaufensterpuppe da drinnen sprechen?«

»Welche Schaufensterpuppe?«, fragte Kass verwirrt.

»Na die in dem Zelt, mit der du dir fast zwanzig Minuten lang die Zeit vertrieben hast. Du musst ganz schön viel Kleingeld reingeworfen haben.«

»Wovon redest du?« Vor lauter Aufregung fingen Kass' Ohren wieder an zu klingeln. »Da drinnen gibt es keine Schaufensterpuppe . . . Wartet mal einen Moment. Ich glaube, ich hab was vergessen.«

Sie rannte zurück zum Zelt, riss die gestreiften Vorhänge zur Seite und trat ein.

Tatsächlich – hinter einem Fenster in einem kleinen Bretterverschlag, wo kurz zuvor noch die Seherin gesessen hatte, saß jetzt eine Schaufensterpuppe. Das heißt, eigentlich war es ein Automat – einer dieser Hellseh-Roboter, mit einem roten Turban aus Samt, wie man sie manchmal auf dem Jahrmarkt zu sehen bekommt. Ein Automat, der kleine Kärtchen ausspuckt, auf denen Sachen stehen wie *Du wirst ein langes und erfülltes Leben haben* oder *Du wirst viele Kinder bekommen.*

Abgesehen von Kass war das einzig lebende Wesen in dem Zelt eine Fliege, die in dem staubigen Licht eines Sonnenstrahls summte.

Wie vom Donner gerührt starrte Kass auf den Bretterverschlag.

Die Seherin hatte recht gehabt, Kass sah tatsächlich seltsame Dinge. Sie hörte sie sogar.

Kass suchte den Boden ab. Wo war das Monokel abgeblieben? Es war nirgends zu sehen. Seltsam. Kass fragte sich, ob sie ihren Augen überhaupt noch trauen konnte. Vielleicht hatte sie das Monokel schon früher irgendwo verloren. Vielleicht hatte sie das Monokel niemals besessen und es sich nur eingebildet, so wie sie sich die Seherin eingebildet hatte.

Gedankenverloren wollte Kass wieder aus dem Zelt hinausgehen, als sie den Münzschlitz neben der Hand des Hellseh-Automaten bemerkte. Darunter stand auf einem kleinen Schild: *50 Cent.* Ohne nachzudenken, warf Kass eine Münze hinein.

Die Lichterketten um den Bretterverschlag begannen zu blinken und der Roboter nickte mechanisch.

»Sei gegrüßt, Wanderer. Die Hellseherin Klara sieht alles«, sagte eine Tonbandstimme, die nicht im Entferntesten Klaras Stimme ähnelte. »Stell eine Frage. Dann wirst du dein Schicksal erfahren.«

Kass warf einen Blick über die Schulter, um sicherzugehen, dass ihr niemand zuhörte, dann flüsterte sie: »War das echt, was ich vorhin gesehen habe? War Kassandra wirklich hier?«

Ein Glöckchen bimmelte und ein kleines Kärtchen erschien auf der Hand der Hellseherin. Die Zahnräder im Inneren des Automaten kreischten, als die Hellseherin ihren mechanischen Arm senkte und die Karte auf ein Tellerchen an der kleinen Fensteröffnung der Holzkabine fallen ließ.

Was mache ich hier eigentlich?, fragte sich Kass, als sie die Karte nahm. Wahrscheinlich stehen auf dem Kärtchen meine angeblichen Glückszahlen oder so was in der Art.

Sie drehte die Karte um.

Wie oben, so unten, war darauf zu lesen.

Vor Schreck ließ Kass beinahe die Karte fallen. Im selben Moment bemerkte sie das Monokel der Automaten-Wahrsagerin, durch das ihr wässrig blaues Auge unnatürlich groß wirkte. Genauso wie bei Klara, nur mit dem kleinen Unterschied, dass das Auge des Automaten eine Murmel war.

»Also war sie tatsächlich hier . . . oder ist es vielleicht immer noch«, wisperte Kass aufgeregt.

Wieder bimmelte das Glöckchen. Kass sah, wie die Hellseherin das Monokel abnahm und es auf das Tellerchen gleiten ließ.

»Heißt das ... ich soll es wieder nehmen?«, stammelte Kass.

Das Glöckchen klingelte erneut und eine weitere Karte landete auf dem Tellerchen.

Nutze die Gabe. Du wirst sie gebrauchen können.

Kass blinzelte ein wenig ratlos. Was genau war damit gemeint? Bezog sich die Hellseherin auf das Monokel, wenn sie von einer Gabe sprach? Oder spielte sie damit wieder auf das dritte Auge an?

Das Glöckchen bimmelte und wieder ließ die Seherin ein Kärtchen fallen.

Du wirst von der Vergangenheit verfolgt.

»Was soll das heißen?«, fragte Kass nervös. »Werde ich von der Vergangenheit gejagt oder muss ich einfach nur immer wieder an die Erlebnisse in der Vergangenheit zurückdenken?«

Wieder ein Klingeln. Wieder ein Kärtchen.

Wie früher, so auch jetzt.

Nun vollends verwirrt, wartete Kass auf die nächste Karte. Aber es kam keine mehr.

Kass kramte die erste Karte aus ihrer Tasche hervor und legte sie auf die anderen.

Deine Glückszahl ist die Sieben, stand jetzt darauf.

Kass nahm das Monokel und ging hinaus. Und sie fragte sich, ob es sich wohl so anfühlte, wenn man verrückt wurde.

Im Innern des Zelts summte die Fliege weiter.

Als Kass zum zweiten Mal aus dem Zelt der Wahrsagerin kam, wartete nur noch Max-Ernest auf sie.

»Was ist mit Jojo-schi?«, fragte Kass und blinzelte in das helle Sonnenlicht.

»Er ist losgezogen, um sich für das Ritterturnier anzumelden.«

»Wie bitte? Du meinst, er will daran teilnehmen? Das ist ja völlig verrückt!«

»Irgendwie müssen wir nahe genug an Mrs Johnson rankommen. Amber und Veronica weichen ihr keinen Schritt von der Seite und diese Sekretärin ist auch immer da.«

»Die lassen Jojo-schi nie und nimmer mitmachen. Soviel ich weiß, ist das gegen die Regeln.«

»Ist es auch. Aber das ist ja gerade das Gute daran! Wenn er gewinnt, wird er von der Königin zum Ritter geschlagen. Wenn er vom Pferd gehauen wird, muss er zur Rektorin ins Büro. So oder so endet er bei Mrs Johnson. Das ist eine klassische Win-win-Situation. Na, was sagst du dazu?«

»Tja, was sage ich dazu ...?« Kass war nicht sonderlich überzeugt (was wohl hauptsächlich daran lag, dass dieser geniale Plan so ganz ohne ihr Zutun ausgeheckt worden war). Aber sie hatte keinen besseren Vorschlag auf Lager und so stimmte sie zu.

»Übrigens«, sagte Max-Ernest mit gedämpfter Stimme. »Ich habe rausgekriegt, was die Warnung auf Pietros Zettel bedeutet. Als du vorhin von Lord Pharao und dem Geheimnis erzählt hast, ist es mir wieder eingefallen.«

»Ja und?«, fragte Kass, in Gedanken immer noch bei dem Ritterturnier.

»Die Botschaft war natürlich verschlüsselt, aber eigentlich hieß sie: LORD PHARAO LEBT.«

Kass riss die Augen auf. »Hast du gerade gesagt *Lord Pharao lebt?«*

Max-Ernest nickte. »Zuerst dachte ich, es ist eine Botschaft der Mitternachtssonne. Um uns zu ärgern oder so. Aber inzwischen bin ich zu der Überzeugung gelangt, dass sie von Pietro stammt. Ich frage mich allerdings, was er damit bezweckt.«

»Wenn ich es mir recht überlege, könnte was dran sein«, erwiderte Kass langsam.

»Klar doch. Dann wäre Lord Pharao fünfhundert Jahre alt«, sagte Max-Ernest spöttisch. »Aber hat nicht Herr Krautkopf gesagt, er hätte seinen früheren Meister aufgefressen? Und haben wir nicht Lord Pharaos Grab mit eigenen Augen gesehen?«

»Du hast recht, eine bekloppte Idee.«

Kass fröstelte. Ein schrecklicher, absolut furchtbarer Gedanke war ihr gerade gekommen, aber sie verdrängte ihn rasch wieder.

Jetzt ging es erst einmal darum, an den Magnetstein zu kommen. Und endlich herauszufinden, was das Geheimnis war.

Kapitel achtzehn
Das Ritterturnier

Eure Majestät, Herzöge und Herzoginnen, Grafen und Gräfinnen, Barone und Baroninnen, Adelsherren und Adelsdamen, Ritter und Burgfräulein, Burschen und Maiden, Leibgardisten und Leibeigene, Edelmänner des Königreichs – habe ich jemanden vergessen? –, Schüler der XXXXX-Schule, lasset die Spiele beginnen!«

In der Mitte des Turnierplatzes, gekleidet in ein knallbuntes, bauschiges Gewand aus Kostümseide, stand der Stadionsprecher oder Waffenmeister, wie er sich nannte. Er ließ das Megafon sinken und setzte stattdessen eine Trompete an die Lippen.

»Ich bezweifle, dass man in der Renaissance Dixie-Klos neben der Königsloge aufgestellt hat«, maulte Max-Ernest, der in einer dieser Logen neben Kass Platz genommen hatte. Die Dixie-Klos standen direkt hinter ihnen und verströmten einen ausgesprochenen unangenehmen Geruch.

»Glaub mir, damals war es viel schlimmer«, sagte Kass. »Die Leute haben sich erleichtert, wo sie gingen und standen.«

»Widerlich. Aber woher willst du so genau wissen, wie die Leute damals aufs Klo gegangen sind – ach ja, natürlich.«

»Im Grunde genommen hast du recht. Woher will ich das denn wissen? Eigentlich kann ich mich doch kaum mehr erinnern«, murmelte Kass düster.

»Was ist los? Stimmt was nicht?«, fragte Max-Ernest. Er hatte Kass schon in den unterschiedlichsten Stimmungen erlebt, aber noch nie hatten sie Selbstzweifel geplagt. In gewisser Weise widersprach das seinem Ordnungssinn, denn es passte nicht zu ihr.

Kass zuckte die Schultern. »Ach nichts . . .« Sie hatte nicht vor, Max-Ernest den wahren Grund ihrer trüben Laune zu verraten. Jedenfalls nicht heute. Wenn sie ihm von ihrer übersinnlichen Begegnung mit der Seherin erzählte, würde er sie wahrscheinlich sofort ins nächste Krankenhaus verfrachten.

Während sie sich noch unterhielten, ritten ungefähr zwanzig Ritter zu Pferde (oder vielleicht sollte ich besser sagen, zwanzig Männer und Frauen, die sich als Ritter zu Pferde verkleidet hatten) auf den Kampfplatz. Jeder trug eine Zahl auf seinem oder ihrem Brustpanzer und jeder hielt eine Flagge in der Hand, wie zum Beispiel farbige Länderflaggen oder Wimpel mit den Logos lokaler Geschäfte oder dem Emblem eines Bowlingvereins.

»Meine sehr verehrten Damen und Herren, hiermit darf ich Ihnen die furchtlosesten Ritter des Königreichs vorstellen«, verkündete der Waffenmeister. »Sie sind aus dem ganzen Land, ja aus der ganzen Welt angereist, um sich in Können und Tapferkeit zu messen. Der Gewinner wird von Ihrer Majestät höchstpersönlich ausgezeichnet.«

Dann stellte er jeden Ritter einzeln vor. Alle hatten extra für diese Gelegenheit einen würdevollen Titel gewählt: Sir Maximilian der Mutige, Sir Simon vom Schauermoor, Lord Fabian der Furchtlose und so weiter.

Kass und Max-Ernest applaudierten, als Jojo-schi angekündigt wurde.

»Und aus dem alten Japan kommend – Sir Jojo-San, der Samurai-Ritter!«

Jojo-schi kam auf einem temperamentvollen Rappen auf den Kampfplatz geritten. Er trug eine traditionelle Rüstung im europäischen Stil (die ihm natürlich um einiges zu groß war), aber in den Händen hielt er ein Samuraischwert und eine japanische Flagge (auf der das Bild eines Manga-Aliens prangte – oder war es doch eher ein Sockenmonster?). Jojo-schi hatte seine liebe Not, weil das Pferd mit den Hufen scharrte und den Kopf hin und her warf. So wie es aussah, würde es ihn schon aus dem Sattel hauen, bevor die Spiele überhaupt begonnen hatten.

»Seit wann weiß Jojo-schi, wie man ein Turnier reitet?«, fragte Kass.

»Er weiß es nicht. Ich fürchte, er weiß nicht mal, wie man ein Pferd reitet«, erwiderte Max-Ernest.

»Immerhin nimmt er Karatestunden bei Lily und kennt sich mit Schwertern aus. Außerdem hat er schon einige Erfahrung als Samurai sammeln können, weißt du noch?«

»Oh gut. Dann ist das hier bestimmt ein Kinderspiel für ihn.«

»Ruhe! Die Königin hat das Wort!«

Stille senkte sich über den Platz. Alle Blicke richteten sich auf die königlichen Ehrenloge. Mrs Johnson erhob sich.

»Meine treu ergebenen Untertanen, Wir danken euch von ganzem königlichen Herzen dafür, dass ihr euch heute hier zu diesen großartigen Festspielen zusammengefunden habt«, sagte sie und versuchte, möglichst vornehm zu klingen, was gar nicht so leicht ist, wenn man in ein Megafon plärren muss. »Ihr furchtlosen Rittersleute, wer von euch wird der ruhmreiche Sieger sein? Um in den Genuss meiner Gunst zu kommen, müsst ihr den Mut eines Löwen, den Scharfsinn eines Fuchses, die Augen eines Adlers, die Wildheit eines Wolfes, das Herz eines Bären und das Gedächtnis eines . . . was war es doch gleich . . . nun ja, egal, möge der Beste gewinnen!«

Das Publikum klatschte und jubelte: »Lang lebe die Königin!«

Zu meinem größten Bedauern muss ich an dieser Stelle berichten, dass Jojo-schis erster Anlauf nicht sehr vielversprechend war. Trotz seiner ruhmreichen Samurai-Erfahrung schoss er geradewegs an der Stechpuppe vorbei, flog aus dem Sattel und konnte sich gerade noch retten, indem er sich mit seiner Lanze wie beim Stabhochsprung über sein Pferd katapultierte – das war zwar ein cleverer Trick, aber nichts, womit man beim Lanzenstechen Punkte sammeln kann.*

Glücklicherweise konnte Jojo-schi sich sofort wieder aufrappeln, leicht angeschlagen zwar, aber doch unversehrt. Wie du dir sicher vorstellen kannst, brüllte das Publikum vor Lachen.

Es dauerte nicht lange, bis aus der anfänglichen Spielerei ein Schlachtenduell geworden war. Mittlerweile waren die Ritter zu Fuß und schlugen sich Runde um Runde im Kampf Mann gegen Mann. Dabei kamen die verschiedensten Waffen zum Einsatz: nicht nur Schwerter, sondern auch Streitkolben,

* Für den unwahrscheinlichen Fall, dass du noch nie an einem Ritterturnier teilgenommen hast, sollte ich vielleicht hinzufügen, dass der Ausdruck Stechpuppe hier das Ziel, auf das die Ritter mit ihren Lanzen zupreschen, bezeichnet. Der Begriff Lanzenstechen ist heute zwar zum Begriff für ein Ritterturnier im Allgemeinen geworden, bezeichnete ursprünglich jedoch nur den Teil des Turniers, bei dem die Ritter mit Lanzen nach Strohpuppen stachen.

Streitäxte und Speere – natürlich alles nur Requisiten und keine echten Waffen (es handelte sich ja schließlich nicht um ein echtes Ritterturnier, sondern um eine Show auf einem ziemlich unechten Renaissancemarkt).

Mit größtem Vergnügen darf ich dir mitteilen, dass Jojo-schi sich von Runde zu Runde immer besser schlug. Er war gut in Form – dafür hatte seine Kampfsport-Meisterin Lily Wei schon gesorgt. Er war leichtfüßig und geschickt im Umgang mit dem Schwert, besonders aber im Umgang mit dem Streitkolben. Er hatte ein untrügliches Gefühl, das ihm sagte, wann er es sich leisten konnte, einen Ausfall zu machen, wann er einen gegnerischen Angriff parieren musste und nicht zuletzt wann er sich mit einem Sprung über seinen Gegner hinweg retten konnte (na gut, eigentlich sprang er nicht wirklich über seinen Gegner hinweg, aber angesichts seiner schweren Rüstung sprang er ziemlich hoch).

Als die Ritter wieder ihre Pferde bestiegen, war Jojo-schi, der zu Anfang des Kampfes am untersten Tabellenplatz gestanden hatte, so weit nach oben gerückt, dass er sich für die Endrunde qualifiziert hatte. Erst im Finale fiel die Entscheidung, wer die Gunst der Königin erlangen würde.

Nur vier Ritter hatten sich im Wettkampf halten können. Verglichen mit der bevorstehenden Aufgabe war die Anfangsrunde im Lanzenstechen ein Kinderspiel gewesen. Jetzt waren die Strohpuppen kleiner und die Lanzen schwerer. Aber das Glück blieb Jojo-schi treu. Dem ersten der vier Ritter fiel die Lanze im letzen Moment beinahe aus der Hand, sodass er die Stechpuppe kaum streifte und nur lausige vier Punkte erntete. Der zweite Kämpfer wurde von einem Windstoß erfasst und schoss meilenweit am Ziel vorbei.

Jojo-schi war als Nächster dran. Beim Pfiff des Waffenmeisters gab er seinem Pferd die Sporen. Wild entschlossen, nicht noch einmal im Dreck zu landen, saß er fest im Sattel, die Lanze geradewegs aufs Ziel gerichtet, sodass er die Stechpuppe in der Mitte traf und ein ziemlich beachtliches Ergebnis erlangte: neun von zehn Punkten.

Dann ertönte wieder ein Pfiff.

Der vierte Ritter wollte gerade losstürmen, als sein Pferd plötzlich scheute und buckelte, als hätte ihm irgendetwas einen Riesenschrecken eingejagt. Der unglückselige Mann flog in hohem Bogen durch die Luft und landete auf dem Hosenboden. Er versuchte zwar noch, sein Pferd zurückzurufen, aber das Tier hatte sich losgerissen und galoppierte in Richtung Stall, wobei es jede Menge Staub aufwirbelte.

»Hey, jetzt hat Jojo-schi doch automatisch gewonnen, oder?«, fragte Kass. »Es ist kein einziger Gegner mehr übrig.«

Max-Ernest kam nicht mehr dazu, ihre Frage zu beantworten, denn plötzlich ertönte lautes Geschrei am anderen Ende des Turnierplatzes. Alle Köpfe wandten sich in die Richtung und auch Kass und Max-Ernest drehten sich neugierig um.

»Ist das Teil der Show?«, fragte Max-Ernest.

Ein bisher unbekannter Ritter kam auf den Kampfplatz geprescht. Sein riesiges Schlachtross bäumte sich auf, als er durch die Reihen der Ritter brach – woraufhin sämtliche Pferde sich aufbäumten. Ganz gleich ob Pferde oder Menschen, der seltsame Ritter schien alle aus der Fassung zu bringen.

»Sie da auf dem grauen Pferd! Was haben Sie hier zu suchen?«, schrie der Waffenmeister. »An diesem Turnier dürfen nur Personen teilnehmen, die sich zuvor angemeldet haben. Ich fürchte, Sie werden den Kampfplatz auf der Stelle räumen müssen.«

Aber der geheimnisvolle Ritter machte keinerlei Anstalten,

den Platz zu verlassen. Im Gegenteil, er zog sein Pferd am Zügel und trabte in die Mitte der Arena. Sein Auftreten war, gelinde gesagt, beunruhigend. Während die anderen Ritter brandneue Rüstungen trugen, die im Sonnenlicht funkelten, steckte er von Kopf bis Fuß in einem dunklen, rostigen Eisenpanzer, an dem jedes Licht abzuprallen schien, obwohl sein Pferd mitten auf einem sonnenbeschienen Fleck stand. Ein mittelalterlicher Helm mit Visier verbarg sein Gesicht. Durch einen schmalen Sehschlitz konnte er zwar hindurchsehen, aber nicht gesehen werden. Handschuhe, wie mit eisernen Schuppen überzogen, bedeckten seine Hände und Unterarme und gaben ihnen das Aussehen von Drachenklauen. Außerdem trug er Eisenstiefel, die so schwer aussahen, dass man mit ihnen höchstwahrscheinlich ganze Schiffe versenken konnte. Sein Schlachtross war mehrere Köpfe größer als die anderen Pferde und sah viel furchterregender aus.

»Wäre bitte jemand hier bereit, diesen Mann aus der Arena zu führen?« Der Waffenmeister fuchtelte hilflos mit den Händen. Ein eleganter, als Höfling gekleideter silberhaariger Mann mit einem weiten Rüschenkragen und schwarzen Stiefeln eilte auf ihn zu und raunte ihm etwas ins Ohr.

»Ich bitte vielmals um Verzeihung, meine Damen und Herren. Es gibt eine kleine Änderung im Plan«, verkündigte der Waffenmeister nach einer kurzen Pause, auch wenn ihm die Verwirrung deutlich anzusehen war. »Ein neuer Mitstreiter ist aufgetaucht, der sich selbst der Namenlose Ritter nennt und angibt, für die Cousine der Königin, Maria aus Schottland, anzutreten.«

Bei diesen Worten verbeugte sich der Namenlose Ritter vor einer Dame, die in einer Loge gegenüber von Mrs Johnsons Königsloge stand. Sie war sehr blass und hübsch und trug ein funkelndes weißes Kleid, das zugegebenermaßen viel schöner war als Mrs Johnsons Kleid und ihre schlanke Barbiepuppentaille gut zur Geltung brachte. Mit einem angedeuteten Nicken begrüßte sie den Ritter.

Der Waffenmeister wandte sich an Mrs Johnson. »Eure Majestät, dies ist in höchstem Maße außergewöhnlich, aber wie man mir sagt, besteht Eure Cousine darauf, dass wir für ihren Ritter eine Ausnahme von der Regel machen.«

»Na schön, dann soll dieser Namenlose Ritter sich mit dem Sieger des bisherigen Turniers messen«, verkündete Mrs Johnson in dem Bemühen, nicht aus der königlichen Rolle zu fallen. »Es schmerzt mich sehr, das sagen zu müssen, aber Maria von Schottland spinnt schon seit Langem Intrigen gegen Unsere Majestät. Sie würde nicht mit der Wimper zucken, ihre eigene Cousine zu ermorden, um dafür selbst den Thron zu besteigen. Mit diesem Turnier soll die Fehde entschieden werden.«*

Als der silberhaarige Höfling sich wieder zu der Frau gesellte, die sich als Maria von Schottland bezeichnet hatte, buhte und zischte das Publikum, ganz wie es sich gehörte.

»Nieder mit der französischen Verräterin!«

»Lang lebe die Königin!«

Der Großteil der Zuschauer schien anzunehmen, dass es sich um eine im Voraus geplante Überraschungsaktion handelte. Nur der nervöse Gesichtsausdruck des Waffenmeisters schien so gar nicht dazu passen zu wollen.

* Tatsächlich hat Maria, die Königin von Schottland, eine sehr berühmte Verschwörung gegen ihre Cousine, Königin Elisabeth, angezettelt. Dafür ließ sie verschlüsselte Geheimbotschaften in Weinfässern verstecken. Zu Marias großem Pech war Elisabeths Sekretär zugleich auch der beste Spion und Geheimagent Englands. Er schaffte es, die verschlüsselten Botschaften der Verschwörer zu knacken, und setzte auch gleich einen Doppelagenten zur Überwachung auf Maria an. Letztendlich wurde Marias Schicksal allerdings nicht bei einem Ritterturnier besiegelt. Sie wurde für schuldig befunden, einen tödlichen Anschlag auf die Königin geplant zu haben, und enthauptet.

Max-Ernest runzelte die Stirn. »Kommen dir diese Leute nicht auch irgendwie bekannt vor?«

»Was denkst du, wer sie sind?«, fragte Kass vorsichtig. Sie hatte den Höfling und Maria von Schottland auf den ersten Blick erkannt, aber seit heute Morgen traute sie ihren eigenen Augen nicht mehr.

»Madame Mauvais und Dr. L., wer sonst?«

Kass nickte. »Genau das habe ich auch gedacht. Aber was haben sie hier zu suchen?«

»Ja, das Ganze ergibt überhaupt keinen Sinn. Was denkst du, wer der neue Ritter ist?«

Kass nahm den Ritter in Augenschein, der wie ein Schatten die helle Sonne zu verdunkeln schien. Sie fühlte eine seltsam vertraute Kälte in sich aufsteigen.

»Ich, ich weiß nicht ... sollten wir Jojo-schi nicht lieber warnen?«

Doch es war schon zu spät. Das Finale hatte begonnen.

Während Jojo-schi und der Namenlose Ritter sich an den gegenüberliegenden Enden des Platzes auf ihre Pferde schwangen, erläuterte der Waffenmeister die Regeln des Turniers.

»Vor fünfhundert Jahren«, begann er, »kämpften die Ritter, sobald sie aus dem Sattel gefallen waren, zu Fuß weiter. Ein Duell Mann gegen Mann bis auf den Tod. Heute allerdings soll derjenige Sieger sein, der seinen Gegner als Erstes aus dem Sattel wirft.«

An Mrs Johnson gewandt bat er: »Eure Majestät, würdet Ihr die Güte haben, Euren Segen auszusprechen, damit die Männer mit dem Duell beginnen können?«

Mrs Johnson nickte würdevoll und hob ihre Hände segnend über den Kampfplatz.

Im Inneren der Rüstung war es heiß und stickig. Jojo-schi hörte seinen eigenen Atem unter dem Ritterhelm und er glaubte, sogar sein Herz unter dem Brustpanzer pochen zu hören. Schweiß rann ihm in die Augen. Aber er hatte eine Hand an seiner Lanze und mit der anderen hielt er den Schild und die Zügel seines Pferdes, sodass er sich unmöglich übers Gesicht wischen konnte. Das Turnier dauerte für seinen Geschmack schon viel zu lange. Alles, was er jetzt wollte, war eine schöne, erfrischende Dusche.

Er zwang sich, seine ganze Aufmerksamkeit auf die anstehende Aufgabe zu richten.

Unter seinem Helm konnte er kaum etwas sehen und noch weniger hören; er hatte keinen Schimmer, wer der neue Ritter war oder woher er kam. Er hatte lediglich mitbekommen, dass er gegen ihn antreten sollte.

Soll ich diesen Typen wirklich aus dem Sattel hauen?, fragte er sich. Was, wenn er seinen Gegner ernsthaft verletzte? Oder wenn er, Jojo-schi, ernsthaft verletzt werden würde? Der vorherige Sturz war noch einmal glimpflich ausgegangen. Was, wenn er diesmal weniger Glück hatte?

Da ertönte der Pfiff.

Unbewusst trieb Jojo-schi sein Pferd voran. Alles was er wahrnahm, war das Trommeln der Hufe und der Wind, der an seinem Helm zerrte. Es konnte sich nur noch um Sekunden handeln, bis er und der geheimnisvolle Ritter auf gleicher Höhe waren. Und doch empfand Jojo-schi die Situation als seltsam unwirklich. Die Zeit schien stillzustehen, während er auf seinen Gegner zugaloppierte. Er konnte den Blick nicht von ihm wenden. Bei den anderen Rittern hatte Jojo-schi wenigstens noch ihre Augen unter den Helmen erspähen können, aber bei dem geheimnisvollen Ritter waren da nur dunkle

Schatten. Nichts war zu sehen, nicht einmal ein winziger Streifen vom Hals oder Handgelenk des Ritters. Da gab es nichts als Rüstung und Kettenhemd.

Es war totenstill in der Arena, alle Zuschauer hielten den Atem an und warteten auf den unausweichlichen Zusammenstoß.

Jojo-schi hatte für einen kurzen Augenblick seine Gedanken schweifen lassen und dadurch kostbare Zeit verloren. Zeit, die über Sieg oder Niederlage entscheiden konnte. Die Lanze seines Gegners war bereits direkt auf seine Brust gerichtet. Aus Jojo-schis Perspektive sah sie aus wie ein Pfeil, der blitzschnell auf ihn zukam. Längst hatte er die Chance verpasst, selbst einen Treffer zu landen. Alles, was er nun tun konnte, war, sich zu schützen. Gerade noch rechtzeitig wich er zur Seite, riss den Schild in die Höhe – und die Lanze glitt mit einem schrillen Knirschen daran ab.

Die Menge jubelte.

Jojo-schi fing an zu zittern. Jetzt erst wurde ihm klar, wie knapp er dem Stoß entronnen war.

Während sein Pferd automatisch ans andere Ende des Kampfplatzes galoppierte, warf Jojo-schi einen Blick auf seinen Schild. Die tiefe Delle auf der glänzenden Oberfläche bestätigte seinen Verdacht. Die Lanze des geheimnisvollen Ritters war echt. Alle anderen Lanzen, auch seine eigene, waren stumpf; die Lanzenspitze seines Gegners aber war messerscharf. Nur weil Jojo-schi instinktiv einen Satz zur Seite gemacht hatte, war er noch am Leben. Wenn die Lanzenspitze ihn nicht um Haaresbreite verfehlt hätte, wäre er aufgespießt worden.

War es denkbar, dass der fremde Ritter ihn absichtlich umbringen wollte? Oder war er lediglich so entschlossen, diesen

Kampf zu gewinnen, dass er sich nicht um das Leben seines Gegners scherte?

Jojo-schi wandte sein Pferd. Längst war ihm nicht mehr heiß. Sein Schweiß war abgekühlt und die Rüstung kam ihm eisig kalt vor. So fühlt es sich an, wenn man Angst hat, dachte er.

Er wusste nicht mehr weiter. Was sollte er tun? Sich ergeben? Kass und Max-Ernest wären sicherlich enttäuscht, aber sie würden doch gewiss nicht wollen, dass er sein Leben aufs Spiel setzte, oder?

Schaudernd warf er einen Blick in die Richtung des Waffenmeisters – ihm musste doch auffallen, dass es hier nicht mit rechten Dingen zuging. Aber der Mann im Seidenanzug war schon dabei, die Pfeife an die Lippen zu setzen, um die nächste Runde einzuleiten.

Plötzlich war ein Ruf aus der Königsloge zu hören.

»Haltet ein! Das Turnier muss sofort abgebrochen werden!«

Es war die Schulsekretärin oder Opal oder Lady Pappnase. Sie zeigte auf Jojo-schi.

»Ich bin diesem Jungen auf die Schliche gekommen. Er ist ein Schüler unserer Schule und somit nicht zu diesem Turnier zugelassen. Joschi, steig sofort vom Pferd und leg die Rüstung ab!«

Der Aufruhr war groß, als der Waffenmeister den Verdacht der Sekretärin bestätigte und dann eilig den Namenlosen Ritter zum Sieger erklärte.

Als Kass und Max-Ernest zu Jojo-schi eilten, hatte er die Rüstung schon abgelegt und stand an der Absperrung, die den Kampfplatz begrenzte. Die Sekretärin hatte ihn am Arm gepackt wie einen kleinen Jungen, der jeden Moment ausbüxen konnte.

»Sie haben ja so recht, das war absolut gegen die Schulordnung, was Jojo-schi gemacht hat«, sagte Max-Ernest. »Nehmen Sie ihn jetzt gleich mit zur Rektorin?«

»Ich bin sicher, Mrs Johnson wird sich ihn vorknöpfen. Aber erst, wenn sie mit diesem frechen Kerl fertig ist«, sagte Opal und nickte in Richtung Turnierplatz, wo gerade die Siegerehrung begann. Der Namenlose Ritter saß noch immer auf seinem Pferd und sein Gesicht war noch immer unter dem Helm verborgen. Mrs Johnson schritt königlich würdevoll auf ihn zu, in der Hand hielt sie ein blaues Ordensband.

»Ach, das trifft sich gut, ähm, ich meinte natürlich, oh, das ist aber schade«, sagte Kass.

»Wissen Sie, wir wussten schon die ganze Zeit, dass Jojo-schi am Wettkampf teilnimmt, aber wir haben keinen Ton gesagt. Eigentlich sitzen wir genauso in der Klemme, oder nicht?«

Die Sekretärin hob die Augenbrauen. »Ist das wahr?«

»Sir Namenlos, Ritter von Maria, Königin von Schottland«, sagte Mrs Johnson in das Megafon des Waffenmeisters. »Mit diesem Ordensband gewähren wir Euch Unsere königliche Huld. . .« Sie machte Anstalten, ihm das Ordensband zu reichen.

Der Ritter streckte die gepanzerte Hand aus, griff aber nicht nach der blauen Schleife, sondern riss der völlig überrumpelten Schulleiterin den Magnetstein vom Hals.

»Oh, so ein Unverschämtheit ist mir noch niemals untergekommen«, kreischte sie. »Sind Sie von allen guten Geistern verlassen?«

Der Ritter richtete sich auf und lachte – ein hohles, dumpfes Lachen, das aus den Tiefen seiner rostigen alten Rüstung zu kommen schien. Dann spornte er sein Pferd an und jagte davon.

Mrs Johnson zeigte auf den Ritter und schrie aus Leibeskräften: »Haltet den Dieb! Dieser Mann hat meine Halskette gestohlen!«

Am Ende des Kampfplatzes angelangt, riss der Ritter ganz unerwartet noch einmal an den Zügeln seines Pferds und warf einen Blick über die Schulter.

Mrs Johnson plärrte wie von Sinnen. »Wachen! Sicherheitsleute! Irgendjemand muss doch etwas unternehmen! Legt ihn in Ketten!«

So seltsam es auch klingen mag, aber Kass fühlte mit Bestimmtheit, dass der Ritter seine Augen direkt auf sie gerichtet hatte. Und erneut kam ihr der furchtbare Gedanke, der sie seit dem Gespräch mit Max-Ernest nicht mehr losließ. Aber das war doch unmöglich . . . oder etwa nicht?

Unter den fassungslosen Blicken der Zuschauer galoppierte der Ritter davon und hielt den Magnetstein wie eine Trophäe in die Höhe.

Sobald der namenlose Ritter verschwunden war, richtete Mrs Johnson ihren geballten Zorn auf Madame Mauvais und Dr. L. – oder besser gesagt auf Maria, Königin von Schottland, und ihren Höfling. Die beiden hatten den Tumult mit ausdrucksloser Miene und ganz offensichtlich ungerührt vom Geschrei der Menge aus ihrer Loge in der ersten Reihe verfolgt.

»Heda! Ich . . . ich meine natürlich *Wir«*, geiferte die Rektorin aufgebracht, aber immer noch tapfer an ihrer Rolle als Queen Elisabeth festhaltend. »Wir wissen nicht, was Ihr Euch davon versprecht, einen Wahnsinnigen in dieses Turnier zu schmuggeln, aber Ihr werdet den Platz hier so lange nicht verlassen, bis Euer Komplize meine Kette wieder zurückbringt!«

Sie winkte die uniformierten Königswachen herbei. »Soldaten! Ergreift Meine . . . Unsere skrupelose Cousine und den schurkischen Höfling!«

Aber die Wachen rührten sich nicht vom Fleck.

Madame Mauvais erhob sich langsam von ihrem Platz. Ihr Kleid funkelte im Sonnenlicht. Scheinbar mühelos schaffte sie es, zehnmal königlicher zu wirken als Mrs Johnson.

»Bitte, verschont uns mit diesem Theater, Eure Majestät, oder vielmehr, Frau Rektorin. Eine Königin sollte nicht herumschreien müssen, um gehört zu werden.« Und in der Tat, obwohl Madame Mauvais' Stimme kaum mehr als ein frostiges Flüstern war, erfüllte sie die ganze Arena. Ein eiskalter Windstoß schien ihre Worte über den Platz zu tragen.

Sie wies auf Dr. L., der aufstand und sich schwungvoll verbeugte.

»Ich fürchte, mein Begleiter und ich sind gezwungen, die freundliche Einladung abzulehnen. Auf uns warten dringende Angelegenheiten – wir haben gewissermaßen ein Königtum zu errichten. Die Sache duldet keinen Aufschub . . . Und jetzt habe ich noch eine Nachricht für ein gewisses, schrecklich naseweises Mädchen, das sich hier im Publikum befindet . . .«

Madame Mauvais richtete ihren Blick geradewegs auf Kass. »Schätzchen, das Spiel ist aus. Du und dieses Zirkusgesindel habt verloren. Wir hoffen sehr, dich und deine Freunde nie mehr wieder zu Gesicht zu bekommen. Aber du kannst ganz beruhigt sein: Falls wir uns dennoch einmal treffen sollten, ist es sicher das letzte Mal. Ihr habt es jetzt nicht mehr nur mit uns Sterblichen zu tun. Nein, unser Meister ist zurückgekehrt und nichts kann ihm Einhalt gebieten. Wachen!«

Madame Mauvais schnippte mit den Fingern, woraufhin die Wachen, die soeben noch Mrs Johnsons Anweisungen missachtet hatten, stramm standen und salutierten.

Kass, Max-Ernest und Jojo-schi schnappten unwillkürlich nach Luft, denn alle Wachen trugen weiße Handschuhe.

»Meine lieben Freunde . . .« Madame Mauvais schnippte wieder mit den Fingern.

Die Zuschauer in den Reihen hinter ihr standen auf. Alle hoben gleichzeitig mit einer ausladenden Geste die Hände und zeigten ihre weißen Handschuhe. Dann stiegen sie schweigend von der Tribüne und marschierten hinter Madame Mauvais und Dr. L. zum Tor hinaus.

Unsere drei Helden starrten ihnen hinterher. Es war, als ob sie einen Schwarm Seemöwen dabei beobachteten, wie er sich vom Strand in die Lüfte erhob und am Horizont verschwand. Nur dass es sich nicht um friedliche Seemöwen handelte, sondern um angriffslustige Raubvögel.

Kapitel neunzehn
Opal, wie der Stein

Kurze Zeit später standen sie einer weinerlichen Mrs Johnson gegenüber.

»Für wen hält diese Dame sich eigentlich? Sind denn alle hier völlig von Sinnen?«

Sie zeigte auf Jojo-schi, der von seinem Zusammenstoß mit dem Namenlosen Ritter noch ganz mitgenommen war – vom Anblick all der vielen weißen Handschuhe ganz zu schweigen.

»Du! Das ist alles deine Schuld! Wenn du dich nicht ins Turnier hineingeschmuggelt hättest, hätte dieser Ritter keine Gelegenheit gehabt, meine Halskette zu stehlen.«

»Das ist eine trügerische Schlussfolgerung«, mischte Max-Ernest sich ein. »Der Namenlose Ritter hätte höchstwahrscheinlich ohnehin gewonnen, nur hätte er dann eben jemand anderen besiegt . . .«

»Auch das noch – du schon wieder! Ich hätte dafür sorgen sollen, dass nach dieser Geschichte mit der Stimmgabel keiner von euch mehr einen Fuß in meine Schule setzt. Diesmal werfe ich euch raus, und zwar endgültig!«

Mrs Johnson riss sich das Diadem vom Kopf. Sie war jetzt überhaupt keine Königin mehr, sondern nur noch eine erboste Rektorin.

»Was Sie sagen, ist sozusagen doppelt gemoppelt, wissen Sie das?«, sagte Max-Ernest. »Wenn Sie uns von der Schule werfen, dann ist das automatisch endgültig. Das versteht sich doch von selbst. Sonst wäre es ja nicht –«

»Noch einen klitzekleinen Ton, junger Mann!«, fauchte Mrs Johnson.

»Sonst wäre es ja kein Schulverweis, sondern ein einstweiliger Schulausschluss«, fügte Max-Ernest noch rasch hinzu. »Ähm, tut mir leid.«

»Na, na, diese Kinder können doch nichts dafür«, sagte Opal besänftigend. »Wenn sie Ihnen die Halskette zurückholen, würde Sie das vielleicht gnädig stimmen?«

»Und wie, bitte schön, wollen sie das bewerkstelligen?«, fauchte Mrs Johnson.

»Machen Sie sich darüber mal keine Sorgen. Versprechen Sie mir einfach, die drei nicht von der Schule zu werfen.«

»Ich bitte Sie! Dieser Ritter ist doch inzwischen längst über alle Berge. Wahrscheinlich sitzt er schon mit meiner Kette in Mexiko – oder wohin auch immer sich Ritter aus dem Mittelalter heutzutage mit ihrer Beute absetzen. Diese drei hier haben doch nicht den leisten Hauch einer Chance.«

»Nicht Mittelalter, sondern Renaissance . . .«, korrigierte Max-Ernest sie, aber Kass brachte ihn mit einem strengen Blick zum Schweigen.

»Unterschätzen Sie diese Kinder nicht«, fuhr Opal fort. »Erwähnten Sie nicht gerade, dass sie schon einmal etwas gemopst haben? Was war es noch gleich? Eine Stimmgabel?«

»Das ist wahr. Man kann wirklich nicht bestreiten, dass die

drei lange Finger und ein ausgeprägtes kriminelles Talent besitzen . . .«

Ungläubig verfolgten die Kinder den Wortwechsel. Die Sekretärin schaffte es irgendwie, die Schulleiterin zu überzeugen, ihnen vierundzwanzig Stunden Zeit zu geben. Wenn sie nach dieser Frist die Kette noch nicht gefunden hatten, würde sie die Polizei anrufen, um den Diebstahl zu melden – und die Eltern, um den Rauswurf ihrer Kinder zu verkünden.

Einige Minuten später bugsierte Opal die drei Freunde in die Pferdeställe. Jojo-schi war noch immer ganz verstört und ließ sich erschöpft auf einen Heuballen plumpsen.

»Warum helfen Sie uns?«, fragte Kass.

»Das ist doch mein Job«, sagte Opal mit dem Anflug eines Lächelns. »Sind Sekretärinnen nicht dazu da, anderen Leuten weiterzuhelfen?«

»Ich habe Sie ganz falsch eingeschätzt«, gestand Max-Ernest. »Ich dachte . . . na ja . . . ich habe Ihnen nicht ganz über den Weg getraut.«

Opal lachte. »Ach ja? Und das, obwohl ich dir meinen Spiegel gegeben habe? Und das Monokel?«

»Sie haben mir die Sachen *gegeben?«*

»Na schön, ich habe sie dir dagelassen. Was macht das für einen Unterschied? Oder hältst du mich für so schusselig, dass ich meine Sachen immer und überall verliere?«

»Nein, natürlich nicht«, sagte Max-Ernest und wurde rot, weil er natürlich genau das gedacht hatte.

Opal grinste. »Und was ist mit dem Tritt-mich-Schild? War doch 'ne ganz nette Idee, oder?«

»Welches Tritt-mich-Schild?«, fragte Jojo-schi.

»Ich *wusste* doch, dass Sie das waren!«, rief Max-Ernest, ohne auf Jojo-schis Frage einzugehen. (Aus unerfindlichen Gründen hatte er immer noch etwas dagegen, aller Welt zu erzählen, dass er mit einem Zettel, auf dem TRITT MICH stand, durch die Gegend gerannt war.)

»Zugegeben, die Botschaft auf der Rückseite stammt nicht von mir, sondern von Pietro«, sagte Opal.

Kass starrte sie ihn. »Sie kennen Pietro?«

Kichernd ließ sich die Sekretärin auf einen Schemel fallen und streifte die klobigen silbernen Plateauschuhe von den Füßen. »Ihr habt echt noch nicht raus, wer ich bin, was?«

»Sie meinen, Sie sind gar nicht Opal, wie der Stein?«, fragte Max-Ernest.

»Nö, ich bin weder ein Stein noch eine Sekretärin.« Sie nahm ihr Markenzeichen, den Opalring, vom Finger und warf ihn lässig über die Schulter.

»Keine Sorge, der war nur aus Plastik«, sagte sie, als sie die erschrockenen Gesichter der drei Freunde sah.

Blitzschnell schnippte sie nacheinander ihre geradezu lächerlich langen Fingernägel ab, sodass die unlackierten und sehr kurzen echten Fingernägel zum Vorschein kamen. Dann packte sie ihren blonden Haarschopf, zog einmal kräftig daran – und hielt eine üppige blonde Perücke in der Hand. Das Haar darunter war braun und kurz geschnitten.

»Hier, das kannst du als kleines Andenken behalten«, sagte sie und warf die Perücke in Max-Ernests Richtung. »So etwas kann man immer brauchen.«

Schließlich nahm sie ein Taschentuch und wischte sich das dick aufgetragene Make-up vom Gesicht. Darunter begannen sich Bartstoppeln abzuzeichnen.

Zum ersten Mal an diesem Tag lächelte Kass.

»Owen!«, rief sie.

»Na endlich! Es hat lang genug gedauert, bis es bei euch Klick gemacht hat«, sagte der offizielle Spion der Mieheg-Gesellschaft und Meister der Maskerade mit einer tieferen Stimme und ohne jeden New Yorker Akzent. »Pietro hat mich an eure Schule geschickt, damit ich Mrs Johnson auskundschafte. Wir wussten, dass sie unter der Beobachtung der Mitternachtssonne steht, aber wir dachten, es ginge dabei um die Stimmgabel. Wir wären nicht im Traum darauf gekommen, dass es um einen Magnetstein geht . . . Na gut, steht nicht dumm rum, sondern helft mir lieber. Mein restlicher Kram liegt da drüben.« Er zeigte auf einen kleinen Seesack in einer Ecke.

Kass reichte ihm den Seesack und Owen kippte den Inhalt kurzerhand auf den Boden: Jeans, T-Shirt, Tennisschuhe und eine Sonnenbrille.

Wenig später tauchte Owen aus einer Pferdebox auf – nun wieder ganz er selbst. So hatten die Kinder ihn bisher nur zweimal zu Gesicht bekommen. (Obwohl er längst kein Berufsschauspieler mehr war, verkleidete er sich ständig, mal als Cowboy mit gigantisch großem Hut, mal als Sekretärin mit gigantisch großer Perücke.)

»Wenn wir schon beim Thema sind, ihr habt auch keine Ahnung, wer dieses Gespenst in der Rüstung war, oder? Der Namenlose Ritter? Hat einer von euch einen Blick auf sein Gesicht erhaschen können?«

Alle drei schüttelten den Kopf.

»Nicht einmal du, Jojo-schi? Du warst doch ziemlich nah dran«, sagte Owen.

»Der Kerl hatte ja nicht mal Augen. Da waren einfach nur Schatten«, sagte Jojo-schi. »Sein Helm war allerdings ziemlich wuchtig.«

»Das lag nicht am Helm«, sagte Kass und sprach ihre Befürchtungen schließlich doch aus. »Das lag daran, dass er unsichtbar ist.«

Zögernd erzählte sie den anderen von ihrer Begegnung mit Lord Pharao – und davon, wie er ihr das letzte Stückchen Zeitreise-Schokolade abgenommen hatte. »Ich hätte nie gedacht, dass so ein winziges Stückchen noch irgendeine Wirkung zeigt, aber anscheinend habe ich mich getäuscht«, sagte sie niedergeschlagen. »Als ich von Pietros Warnung hörte, kam mir sofort der Verdacht. Aber inzwischen bin ich mir ganz sicher.«

»Wie kannst du dir so sicher sein?«, fragte Max-Ernest. »Ehrlich gesagt klingt das alles ziemlich weit hergeholt.«

»Ich bin vollkommen überzeugt. Ist dir aufgefallen, wie er mich angestarrt hat? Es war, als gäbe es zwischen uns beiden eine geheimnisvolle Verbindung. Außerdem hat Madame Mauvais davon gesprochen, dass ihr Meister zurückgekehrt sei. Wer wenn nicht Lord Pharao sollte das sein?«

»Nach allem, was ich von Pietro gehört habe, könnte Kass recht haben«, überlegte Owen.

»Ich wusste doch, dass mit diesem Typen irgendetwas faul ist«, sagte Jojo-schi grimmig.

»Es tut mir leid. Das ist alles meine Schuld«, sagte Kass kleinlaut. »Es wäre besser gewesen, ich hätte nie in diese Schokolade gebissen. Jetzt hat Lord Pharao sich den Magnetstein geschnappt und wir sitzen in der Patsche.«

»Mach dir keine Vorwürfe. Du hast nur getan, was du tun musstest«, sagte Owen, widersprach ihr aber nicht. »Ich beeile mich und komme wieder zurück, so schnell ich kann. In der Zwischenzeit könnt ihr nachforschen, wohin Lord Pharao verschwunden ist. Aber verfolgt ihn nicht, verstanden?«

»Warum nicht?«, fragte Jojo-schi. »Er hat mich schließlich auch verfolgt.«

»Genau das meine ich ja. Denkt daran, ich bin nicht der Typ, der euch jede Schwierigkeit ersparen will. Wenn ich euch also rate, jemandem aus dem Weg zu gehen, muss es schon einen guten Grund dafür geben.«

»Ich habe Lord Pharao aber schon einmal getroffen«, rutschte es Kass heraus.

»Ach ja? Und war er damals ein Gespenst, von dessen übernatürlichen Kräften wir keinen blassen Schimmer haben? Eben. Wenn er die Rüstung abgelegt hat, könnte er überall sein, ohne dass wir ihn bemerken. Er könnte zum Beispiel hier in diesem Raum sein.«

Kass warf einen Blick durch das Monokel. »Ist er aber nicht.«

»Na schön, wenigstens eine gute Nachricht!« Owen warf sich den Seesack über die Schulter und stapfte zur Tür hinaus.

»Wie sollen wir rauskriegen, wohin Lord Pharao abgetaucht ist, ohne ihn zu verfolgen?«, murrte Jojo-schi, nachdem Owen verschwunden war. »Einfach seine Spuren suchen und dann warten und Däumchen drehen?«

»Ich bezweifle, dass wir überhaupt so weit kommen. Er ist ein Geist und sein Pferd ist aller Wahrscheinlichkeit nach ein Gespensterpferd und hinterlässt daher keine Spuren«, sagte Max-Ernest. »Hey, was hast du denn hier zu suchen, Ben?«

Ben war unbemerkt in den Stall geschlüpft. Er zupfte Max-Ernest am Ärmel und begann, wirres Zeug zu murmeln.

»Er sagt, er hat eine Idee, wo wir nach Lord Pharao Ausschau halten könnten«, übersetzte Max-Ernest.

»Was weißt du von Lord Pharao?«, sagte Kass. »Hast du uns etwa belauscht?«

»Er spioniert immer noch für die Mitternachtssonne, ich wusste es!«, sagte Jojo-schi.

Benjamin schüttelte heftig den Kopf.

»Er sagt, er will nur helfen«, übersetzte Max-Ernest. »Er hat schreckliche Gewissensbisse und will wiedergutmachen, was er angerichtet hat.«

»Okay und wie willst du das anstellen, Ben?«, fragte Kass im Befehlston.

»Er sagt, dass die Camera obscura am höchsten Punkt der Gegend aufgestellt ist. Er ist dortgeblieben, nachdem alle anderen aus der Klasse abgezogen waren, und dabei ist ihm aufgefallen, dass man den ganzen Markt im Blick hat und sogar noch etwas darüber hinaus. Vielleicht können wir von dort aus Lord Pharao entdecken ... Eigentlich gar keine so schlechte Idee, Ben.«

Ein Lächeln huschte über Benjamins Gesicht.

Kapitel zwanzig

Wie oben, so unten

Ohne die Schülerhorden war es in der Camera obscura so ruhig und beschaulich wie in einem Museum oder in einer Bibliothek.

Auf der Leinwand war eine Panorama-Ansicht des Renaissancefests zu sehen, aber leider zeigte die Kamera nur eine Seite des Marktplatzes.

»Lord Pharao könnte in diesem Moment direkt hinter uns vorbeireiten, ohne dass wir es merken, weil dieses Loch hier auf die falsche Richtung ausgerichtet ist«, maulte Max-Ernest.

»Vielleicht sollten wir doch besser wieder nach draußen gehen und einfach ein bisschen herumfragen. Irgendjemand muss doch gesehen haben, wohin er geritten ist«, sagte Jojoschi. »Was meinst du, Kass?«

»Warte mal . . .«, sagte Kass und zog das Doppelmonokel hervor. »Ich glaube, ich habe gerade etwas entdeckt.«

Auf den ersten Blick war auch durch das Monokel nichts Außergewöhnliches an dem Bild an der Wand zu sehen. Nirgendwo war eine Spur von Lord Pharao – weder zu Pferd noch zu Fuß, weder mit Rüstung noch ohne. Aber sosehr sie sich auch bemühte, den vielen bunten Narrenmützen keine Beachtung zu schenken, kehrte ihr Blick doch immer wieder zu einem ganz bestimmten Narrenhut zurück. Das Seltsame daran war nicht, dass er dem Hut des Hofnarren ähnelte (was er zweifellos tat), und auch nicht, dass der Mann, der ihn trug, dem Hofnarren ähnlich sah (was zweifellos der Fall war). Nein, merkwürdig war vielmehr, dass dieser spezielle Hut ebenso wie sein Träger nur durch das Monokel hindurch sichtbar waren. Dreimal hintereinander setzte Kass das Monokel ab, um ganz sicherzugehen – und dreimal hintereinander war die Gestalt plötzlich verschwunden. Doch sobald sie das Monokel wieder ans Auge hielt, erschien das Bild des Mannes gestochen scharf an der Wand.

Ihre Ohren fingen an zu glühen. Es war wirklich der Hofnarr. *Ihr* Hofnarr. Er war in ihre Welt gekommen. Es war wie damals . . . nur eben umgekehrt.

Wie oben, so unten, dachte sie, als ihr die kopfstehende Tarotkarte des Hofnarren einfiel.

Die Seherin hatte ihr geraten, dem Hofnarren zu folgen. Hatte sie vielleicht genau diese Situation gemeint? Oder bildete sich Kass jetzt schon Dinge ein? Vielleicht war der Hofnarr in Wirklichkeit überhaupt nicht hier und ihr Gedächtnis spielte ihr einen Streich. Andererseits hatte auch ihre Zeitreise gewissermaßen nur in ihrem Kopf stattgefunden. Das war alles so verwirrend!

Das Klingeln eines Handys riss Kass aus ihren Gedanken.

Max-Ernest zog sein Handy aus seiner Tasche und blickte verwundert auf die Telefonnummer.

»Wer könnte das sein?«, fragte er seine Freunde. »Die einzigen Leute, die mich außer meinen Eltern je anrufen, seid ihr.«

Nervös hob er ab.

»Hi, Max-Ernest, ich bin's, Daniel.«

»Wer?«

Am anderen Ende der Leitung war kurz Stille. Dann stieß der Anrufer hervor: *»Daniel-nicht-Daniela.«*

»Oh, ach so. Ähm, hallo.«

Daniel-nicht-Daniela sprudelte die nächsten Worte nur so heraus. *»Ich wusste nicht, wen ich sonst anrufen sollte. Die Rektorin wollte ich lieber nicht verständigen, das war mir zu riskant. Globus hat die Camera obscura geschwänzt und ich will ihm nicht noch mehr Ärger einhandeln.«*

»Du rufst mich an, weil Globus die Camera obscura geschwänzt hat?«

»Nein, nein, es ist wegen dem, was er in seinem Blog geschrieben hat.«

»Ich dachte, du bist heute auf dieser Comic-Veranstaltung«, sagte Max-Ernest verwirrt.

»War ich ja auch, ich bin nur früher als geplant zurückgekommen und gleich ins Internet gegangen.«

Daniel-nicht-Daniela erzählte Max-Ernest alles, was Globus in seinem Blog geschrieben hatte (wobei er allerdings den Teil, in dem Globus sich über Daniel-nicht-Daniela lustig machte, ausließ, ebenso wie dessen spöttische Bemerkungen über Max-Ernest). Er schloss damit, dass Globus mit angesehen hatte, wie ein Geist aus einem Kelch trank.

Max-Ernest hielt die Hand über das Handy und flüsterte den anderen zu: »Globus hat Lord Pharao gesehen und jetzt ist ihm die Mitternachtssonne auf den Fersen!«

In das Handy hinein fragte er: »Wo war er, als er zuletzt gebloggt hat?«

Er lauschte, dann sagte er zu den anderen gewandt: »Globus

hat zuerst ein ausgetrocknetes Flussbett durchquert und versteckt sich jetzt in einer Höhle – falls sie ihn nicht schon aufgegabelt haben.«

Während Max-Ernest telefonierte, beobachtete Kass, wie der Hofnarr durch ein ausgetrocknetes Flussbett lief. Früher hätte sie das für einen ziemlich haarsträubenden Zufall gehalten, aber sie gewöhnte sich langsam daran, dass die Handlungsstränge in ihrem Leben sich kreuz und quer überschnitten und wieder zusammenliefen.

»Ich glaube, ich weiß jetzt, wohin Globus gegangen ist«, sagte sie, ohne den Hofnarren zu erwähnen. Sie zögerte noch, ihren Freunden davon zu erzählen – wie würden sie wohl reagieren, wenn sie von ihrer Sehergabe erfuhren?

»Wenn ihr ihn findet, tut mir einen Gefallen«, bat Daniel-nicht-Daniela. *»Sagt ihm, er soll aufhören, sich Globus zu nennen – das ist so was von peinlich.«*

»Ich glaube, das ist witzig gemeint«, sagte Max-Ernest hilfsbereit. »Weißt du, Globus bedeutet ja so viel wie Erdkugel. Und wenn er so weitermampft, wird er selbst auch bald kugelrund sein . . .«

Als Max-Ernest auflegte, waren seine Freunde schon längst zur Tür hinausgestürmt.

»Bist du dir sicher, dass wir hier draußen richtig sind?«, fragte Max-Ernest gut zehn Minuten später. »Sollten wir nicht besser in der Nähe des Marktes bleiben?«

Kass gab keine Antwort, sondern führte sie tiefer in den Wald. Das Monokel gegen das Auge gepresst, sah sie aus wie eine tatendurstige Naturforscherin, auf der Jagd nach einer seltenen Schmetterlingsart.

Max-Ernest und Jojo-schi waren ein wenig verwundert, um

nicht zu sagen skeptisch. Aber keiner von beiden hätte Kass jetzt im Stich gelassen, wo sie doch erst vor Kurzem aus dem Koma erwacht war und zudem die Mitternachtssonne oder der Geist Lord Pharaos hinter jedem Baumstamm lauern konnten.

»Hat sonst noch jemand Hunger?«, fragte Jojo-schi.

»Ja, ich«, sagte Max-Ernest. »Aber mein Vorrat an Schokolade ist total aufgebraucht!«

Ohne ihren Schritt zu verlangsamen, kramte Kass in einer Seitentasche ihres Rucksacks, zog einen Plastikbeutel ihrer Spezial-Super-Chip-Mischung heraus und warf ihn über die Schulter ihren zwei Freunden zu.

Die beiden Jungs machten sich gierig über den Inhalt der Tüte her. Max-Ernest pickte möglichst viele Schokostückchen heraus. (Glücklicherweise war es kein sehr heißer Tag und die Schokostückchen waren noch nicht zu Klumpen verschmolzen.)

»Hey, sieht aus, als könnte da vorn der Felsen sein, unter dem sich Globus verkrochen hat«, sagte Max-Ernest. »Seiner Beschreibung nach hat er die Form eines Hamburgers.«

Jojo-schi rief Kass zurück, deren Vorsprung immer größer wurde. »Warte mal, Kass! Wir haben Globus' Versteck gefunden!«

»Gut, dann könnt ihr euch ja schon mal um ihn kümmern, ich bin gleich wieder da!«

Bevor die beiden protestieren konnten, war sie zwischen den Bäumen verschwunden.

Der Hofnarr hatte immer noch ein gutes Stück Vorsprung. Jedes Mal wenn Kass ihn beinahe eingeholt hatte, schien er seine Schritte zu beschleunigen. Wenn sie nicht mithalten konnte, wurde er dagegen langsamer. Weil das Monokel nicht auf ihr

Auge passte, musste Kass es mit der Hand festhalten. Und wenn sie beide Hände brauchte, um Gestrüpp oder Äste aus dem Weg zu schieben, musste sie das Monokel absetzen, sodass sie beständig fürchtete, den Hofnarren aus den Augen zu verlieren. Aber sobald sie wieder durch das Monokel spähte, tauchte er sofort wieder auf. Es war, als ob sie beide durch einen unsichtbaren Faden verbunden waren, der manchmal in der Mitte durchhing, manchmal bis zum Zerreißen gespannt war, aber niemals riss.

Schließlich blieb er stehen und ließ sie ziemlich nahe an sich herankommen.

»Hallo«, sagte sie vorsichtig.

Er hielt einen Finger an die Lippen, um anzudeuten, dass sie still sein sollte. Dann zeigte er nach vorne, wo der Weg vor einer gewaltigen Eiche endete.

Er lächelte sie noch einmal an – und verschwand im Nichts.

Kass fühlte sich plötzlich traurig und einsam. Warum hatte er nicht mit ihr gesprochen? Warum hatte er sie den ganzen Weg hierher geführt, nur um dann zu verschwinden?

Sie rannte zu der Eiche. Hinter dem dicken Baum zweigte ein Pfad ab, der fast genauso aussah wie der Feldweg, auf dem sie auf ihrer Reise in die Vergangenheit in die Stadt gelangt war. Am Ende des Wegs lag eine kleine Tankstelle. Sie wirkte heruntergekommen und verlassen.

Plötzlich sah sie ihn.

Nicht den Hofnarren, sondern Lord Pharao.

Besser gesagt, sah sie die Stelle, wo er sich befand. Ihn selbst konnte sie ja nicht sehen.

Er hatte den Helm abgenommen. Eine scheinbar leere Rüstung schien sich von ganz alleine rittlings auf dem Pferd zu halten.

Als sie das Monokel an ihr Auge hob, schaute er hoch und bemerkte sie. Kass konnte sein Gesicht sehen, aber es wirkte kaum lebendig, sondern noch leerer und ausdrucksloser als zuvor.

Kass fühlte, wie ihre Ohren vor Angst zu kribbeln begannen. Nur Mut, sagte sie sich. Der Hofnarr hätte dich nicht hierher geführt, wenn er dir nicht zugetraut hätte, dass du mit dem da fertig wirst.

Lord Pharao grinste höhnisch. »Du heißt Kassandra, nicht wahr? Man hat mir gesagt, das sei dein Name. Er passt zu dir. Kassandra, die Überbringerin schlechter Nachrichten. Schon bei unserer ersten Begegnung wusste ich sofort, dass du jemand bist, der einem sogar in der Zukunft Scherereien machen kann.«

Der uralte Alchimist stieg vom Pferd. »Meine . . . wie soll ich sagen . . . meine modernen Mitstreiter haben mir erzählt, was für eine elende Plage du bist.«

Zu Fuß war er kaum weniger Furcht einflößend als zu Pferd. Er ging auf Kass zu und baute sich vor ihr auf.

Sie wich einen Schritt zurück – und stand mit dem Rücken zu einem Baum.

»Falls Ihr von Dr. L. und Madame Mauvais sprecht, so kann ich nur sagen, dass die beiden den Mund ziemlich voll nehmen«, stieß Kass hervor. Es war gar nicht so leicht, mutig zu klingen, wenn man sich alles andere als mutig fühlte. »Haben die beiden auch erzählt, dass ich ihnen mehr als ein Mal in die Quere gekommen bin und sie es trotzdem nie geschafft haben, mich außer Gefecht zu setzen?«

»Sie haben mir mehr als genug von dir erzählt!«

Er griff mit kalten Eisenfingern nach ihrer Schulter. Sie zuckte zusammen, konnte sich aber nicht losreißen.

»Jetzt wirst du nicht nur für deine Missetaten, sondern auch die deiner Vorfahren büßen.«

»Meine Vorfahren?«, flüsterte Kass heiser.

Sie wusste nicht genau, lag es daran, dass Lord Pharao ein Geist war, oder daran, dass er als Alchimist allerlei fiese Tricks beherrschte, aber sie spürte ganz deutlich seine übernatürliche Kraft. Er könnte sie mit nur einer Hand erwürgen, daran bestand kein Zweifel.

»Dieser teuflische Hofnarr. Und diese heidnische Frau mit ihrer Gaunerbande. Weißt du, was sie getan haben?«

Kass schüttelte den Kopf. Sie konnte die Tränen kaum zurückhalten.

Lord Pharao schüttelte seine freie Hand zornig. »Ich war so nahe dran, das Geheimnis zu lüften, so nahe ...«

»Aber Ihr habt es nie herausgefunden?« Kass hoffte inständig, dass dies der Fall war.

»Oh doch, das habe ich. Ich ganz allein!«, sagte Lord Pharao wutentbrannt. »Diese Grabräuber, die es entdeckt hatten, wussten ja nicht, worauf sie da gestoßen waren. Diese törichten Diebe! Ich kam eigentlich wegen einer kleinen Statue der ägyptischen Göttin Mut zu ihnen. Doch als ich den Papyrusfetzen sah, verschwendete ich keinen Gedanken mehr an die Statue. Ich erkannte auf den ersten Blick, dass dieser Papyrus mehr wert war als das Gold aller ägyptischen Gräber zusammen. Auf der Rückseite standen Hieroglyphen, die den Lauf der Welt verändern konnten.«

»Das Geheimnis?«

»Ganz genau, das Geheimnis. Aber bevor ich auch nur eine einzige Hieroglyphe entziffern konnte, schnappten mir diese räudigen Räuber den Papyrus wieder vor der Nase weg. Sie hatten erkannt, wie sehr ich ihn begehrte, und forderten Unsummen dafür. Sie trieben den Preis immer weiter in die Höhe, bis mir nichts anderes übrig blieb, als dieses Ungeziefer zu beseitigen.«

»Ihr habt sie umgebracht?«, fragte Kass entsetzt.

»Ach, das ist nur eine unbedeutende Nebensächlichkeit und nicht weiter von Belang. Viel wichtiger war, dass ich meiner Bestimmung folgte. Du musst wissen, ich war – ich bin – der einzige Mensch auf Erden, der das Geheimnis jemals verstehen kann. Ich, der ich die uralten Wissenschaften besser kenne als jeder andere. Ich, der ich die Alchimie besser beherrsche als je ein Mensch zuvor. Ich, der ich eigenhändig Leben erschaffen habe.«

»Aber der Hofnarr ist Euch zuvorgekommen?«, riet Kass.

»Er und seine niederträchtige Frau – in der Hölle sollen sie schmoren! Sie lauerten meinem Diener auf, als er mir den Papyrus bringen sollte. Nur einen Augenblick später und der Papyrus wäre mein gewesen. Stell dir die Schande vor – Lord Pharao, aufs Kreuz gelegt von einem jämmerlichen Hanswurst und seiner Frau!«

Kass hätte beinahe gelächelt, als sie begriff, was das hieß: Der Hofnarr und Anastasia hatten tatsächlich geheiratet!

»Natürlich bezahlte mein Diener diesen unverzeihlichen Fehler mit seinem Leben. Und wenn du nicht willst, dass dich das gleiche Schicksal ereilt, wirst du mir jetzt verraten, was es mit diesem Stein auf sich hat.«

Er ließ den Magnetstein vor Kass' Gesicht hin und her baumeln. Zum ersten Mal sah Kass ihn aus der Nähe. Wie Max-Ernest schon festgestellt hatte, war der Stein von goldenen Äderchen durchzogen und hatte die Form eines Auges. Langsam drehte sich der Stein um die eigene Achse. Die Rückseite des Anhängers war aus poliertem Silber und blitzte im Sonnenlicht.

»Ein Magnetstein zieht alles Metallische an, aber was nützt mir das? Wenn ich den Stein auseinanderbreche, finde ich dann im Inneren eine Perle? Sind womöglich die feinen Goldäderchen der Schlüssel? Ich dachte, vielleicht hat dein Hofnarr ja eine Botschaft auf der Rückseite hinterlassen, aber die Oberfläche ist glatt wie Glas. Sie ist wie ein Spiegel – was mich wieder daran erinnert, dass ich ein Geist bin und mein eigenes Spiegelbild nicht sehen kann.« Er schloss seine Faust um den Magnetstein. »Welches Rätsel birgt dieser Stein? Und wo finde ich das Geheimnis?«

»Ich habe keine Ahnung«, sagte Kass wahrheitsgetreu.

Plötzlich fielen ihr die Worte des Homunkulus wieder ein, wonach die einzige Schwäche Lord Pharaos seine Eitelkeit war. *Zeig ihm einen Spiegel und du gewinnst wertvolle Zeit.*

»Aber ich weiß, wie er Euch Euer Spiegelbild zeigt.«

»Wie?« Sein Tonfall blieb unverändert, aber seine Neugier war ganz offensichtlich geweckt.

»Gebt mir den Stein und ich zeige es Euch.«

Lord Pharao zögerte kurz. »Wenn du versuchst, dich aus dem Staub zu machen, werde ich dich finden und vernichten.«

»Ich weiß«, versicherte Kass, obwohl sie überhaupt nichts Derartiges wusste.

Kaum hatte Lord Pharao den Stein auf ihre Handfläche gelegt, fühlte sie bereits, wie der Magnet das Monokel anzog. Der Stein schmiegte sich in die Fassung des Monokels, so als wären das Monokel und der Anhänger aufeinander zugeschnitten. Kass überprüfte mit raschem Blick, ob man durch das Monokel tatsächlich auf die spiegelglatte Oberfläche des Steins sehen konnte, dann hielt sie den Anhänger für Lord Pharao in die Höhe.

»Ah, was für ein billiger Trick. Ich muss sagen, ich bin enttäuscht.«

Da Kass Lord Pharaos Gesicht nun nicht mehr sehen konnte – mit bloßem Auge war er ja unsichtbar –, reckte sie den Hals, um von der Seite einen Blick auf sein Spiegelbild zu erhaschen. Ungeachtet seiner abschätzigen Bemerkung starrte er unentwegt sein eigenes Spiegelbild an. Der Homunkulus hatte recht gehabt: Lord Pharao war über die Maßen eitel. Sogar noch als Geist.

»Hier in deinem Zeitalter bin ich über fünfhundert Jahre alt. Und doch wirke ich fast wie ein junger Mann, findest du nicht auch?«

Insgeheim dachte Kass, dass er eher wirkte wie eine hässliche alte Schlange, aber sie hielt es für klüger, es für sich zu behalten. »In der Tat. Ich habe noch nie Augen wie die Ihren gesehen.« (Zumindest dieser Teil stimmte.)

»Oh, du brauchst mir nicht zu schmeicheln«, sagte Lord Pharao, aber man sah ihm an, wie selbstzufrieden er war.

Kass' Gedanken überschlugen sich. Sie hatte nur zwei Trümpfe in der Hand: das Monokel und den Magnetstein. Vor die Wahl gestellt, würde sie, ohne zu zögern, dasjenige wählen, das ihr den Weg zum Geheimnis weisen konnte.

»Seht nur, wenn Ihr das Monokel etwas weiter weghaltet, fängt es das Sonnenlicht ein«, improvisierte sie aufs Geratewohl.

»Was hast du vor?«, fragte Lord Pharao, verärgert darüber, dass sein Spiegelbild sich von ihm entfernte.

»Achtet nur auf Euer Spiegelbild . . .«

Flink schnappte Kass sich den Magnetstein mit der linken Hand, während sie mit der rechten Hand ausholte, auf die Stirn von Lord Pharao zielte (wenigstens hoffte sie, das dort seine Stirn war) und ihm das Monokel mit aller Kraft an den Kopf rammte.

Für sie sah es so als, als würde das Monokel einfach in der Luft stehen bleiben.

»Aua! Was fällt dir kleiner Ratte ein?!«

Lord Pharao fing das Monokel auf, ehe es zu Boden fiel.

Eine Sekunde lang war er abgelenkt. Gerade lange genug für Kass, um die Beine in die Hand zu nehmen und loszulaufen.

Globus ging es gut – nicht zuletzt, weil Max-Ernest und Jojo-schi ihm eine Portion von Kass' Spezial-Mischung abgegeben hatten. Über zwei Stunden lang hatte er in der Höhle ausgeharrt, verängstigt, aber unversehrt.

»Liegt das nur daran, dass ich einen Bärenhunger habe, oder schmeckt dieses Zeug wirklich richtig gut?«, fragte Globus, den Mund voll mit der Spezial-Mischung aus Schokoladenstückchen, Erdnussbutterchips und Bananenchips (und ohne die leisteste Spur Rosinen). »Normalerweise hasse ich so was, es ist so fürchterlich gesund.«

»Mach dir keine Sorgen, bei Kass kriegst du kein gesundes Essen«, sagte Max-Ernest. »Alle ihre Zutaten sind entweder mit viel Fett in der Pfanne geröstet oder strotzen nur so vor Zucker.«

»Oh, gut. Da fühle ich mich gleich viel besser«, sagte Globus und nahm sich noch eine Handvoll. »Ich frage mich, ob Kass interessiert daran wäre, das Zeug über meinen Blog zu verkaufen. Sie könnte sich das Rezept patentieren lassen. Ich kenne ein paar wirklich gute Werbeleute. So etwas steht und fällt mit dem richtigen Marketing-Konzept. Bei meinen vielen Lesern –«

»Ich kann mir nicht vorstellen, dass Kass mitmacht, aber fragen kostet nichts«, schnitt ihm Max-Ernest das Wort ab.

Jojo-schi hob die Hand. »Hey, seid mal still. Hört ihr das auch . . .«

Einen Augenblick später hörten sie Kass ihre Namen rufen.

»Max-Ernest! Jojo-schi! Wo seid ihr?«

Sie zwängten sie gerade rechtzeitig aus der Höhle, um zu sehen, wie Kass angerannt kam – verfolgt von einer leeren Ritterrüstung, die aussah wie der Kopflose Reiter ohne Pferd.

»Boah«, keuchte Globus.

»Kommt, helft mir, den Ast abzubrechen«, sagte Jojo-schi und deutete auf einen Ast, der fast so lang und spitz war wie eine Ritterlanze.

Zusammen zerrten die drei Jungs an dem Ast, bis er abbrach und Globus auf den Boden plumpste. »Aua!«

»Willst du etwa wieder mit ihm kämpfen?«, fragte Max-Ernest. »Oder hast du jetzt völlig den Verstand verloren?«

Jojo-schi wollte etwas sagen, besann sich dann aber. »Du hast recht. Mir ist gerade etwas Besseres eingefallen. Aus dem Weg, ihr beiden. Versteckt euch.«

Max-Ernest und Globus zogen sich zurück und Jojo-schi kauerte sich hinter einen Busch. Kaum war Kass an ihm vorbeigerannt, hörte er auch schon das Klackern schwerer Eisenstiefel. Jojo-schi wuchtete den Ast über den Trampelpfad und klemmte ihn auf der anderen Wegseite zwischen zwei Steine. Dann ging er wieder zurück und hielt den Ast mit beiden Händen fest, sodass er einige Handbreit über dem Boden schwebte. Jojo-schi verließ sich darauf, dass Lord Pharaos Blick fest auf die fliehende Kass gerichtet war – und er täuschte sich nicht. Lord Pharaos eisenbewehrtes Schienbein prallte gegen den Ast und er kippte vornüber. Jojo-schi half noch etwas nach, sodass es ihm den Boden unter den Füßen wegzog und sein unsichtbarer Kopf auf die Erde krachte.

»Lauft!«, brüllte Jojo-schi und sprintete los.

Globus und Max-Ernest kamen aus ihrem Versteck und

rannten, so schnell sie konnten. Kass wartete in einiger Entfernung auf sie. Gemeinsam rannten sie weiter, wobei Kass und Jojo-schi abwechselnd Globus mitschleiften. Sie hielten erst inne, als sie auf der anderen Seite des ausgetrockneten Flussbetts angekommen waren. Sie warfen einen Blick zurück in den Wald. Lord Pharao war nirgends zu entdecken – was nicht hieß, dass er nicht mehr da war.

Kass fühlte wieder diese Kälte in sich aufsteigen. Sie war sich sicher, dass der Lord sie beobachtete. Früher oder später würden sie wieder zusammentreffen.

»Kommt weiter«, sagte sie.

Sie rannten und rannten und hörten erst wieder auf, als sie den Schulbus erreicht hatten.

Kapitel einundzwanzig
Der Magnetstein

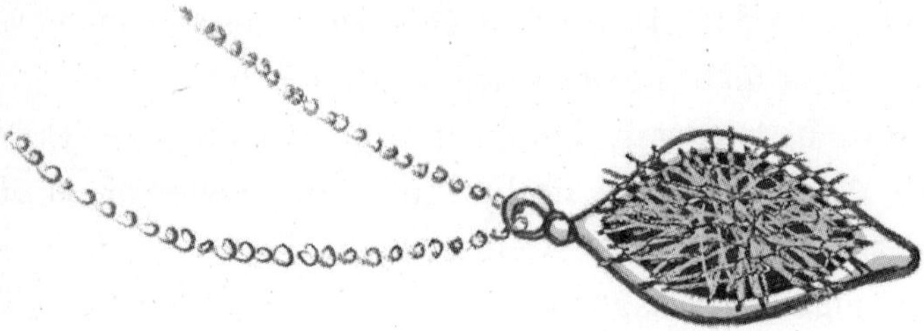

Werte Herren, werte Damen, für wie viele Herrschaften darf ich auftragen?«

Die drei jungen Mieheg-Mitglieder hatten gehofft, sich so schnell wie möglich an die Arbeit machen zu können, um das Geheimnis des Magnetsteins zu lüften, aber Globus hatte beharrlich darauf bestanden, dass sie ihm am Abend im Mittelalter-Familienrestaurant Gesellschaft leisteten. Wie sich herausstellte, reichte sein Vorrat an Gutscheinen aus, um mindestens ein Dutzend Leute durchzufüttern. Und das war auch gut so, denn sechs Stammgäste des bescheuerten Tisches hatten an der Tafelrunde Platz genommen (an einer der Tafelrunden, meine ich natürlich): Kass, Max-Ernest, Jojo-schi, Benjamin, Globus und Daniel-nicht-Daniela (der vor lauter Freude über Globus' Rettung seinen Vater angebettelt hatte, mit ihm ins Restaurant zu fahren). Eigentlich waren sie sogar zu siebt, wenn man Max-Ernests kleines Brüderchen PC mitzählte (aber da er noch zu klein war, um in einem Hochstuhl zu sitzen, rechnete die Schankmagd ihn nicht als richtigen Gast). Und wenn man die vier Eltern berücksichtigte, die als Aufpasser mit dabei waren, waren sie sogar zu elft. Die Eltern waren natürlich keine Stammgäste am bescheuerten Tisch und passten also nicht wirklich in die Aufzählung, aber nun ja. Man hatte sich jedenfalls darauf geeinigt, dass es für alle das Beste wäre, wenn die Eltern an einem eigenen Tisch säßen, möglichst weit weg von der Bühne und all dem sonstigen Trubel.

Leider war das Restaurant nicht gerade der geeignete Ort, um sich zu konzentrieren. Es war gar nicht so einfach, in dem Durcheinander aus Besteckklappern, Kindergeschrei und Kampfeslärm von der Turnierbühne ein normales Gespräch zu führen, geschweige denn einen fünfhundert Jahre alten Gegenstand nach Hinweisen auf ein uraltes ägyptisches Geheimnis abzusuchen. Andererseits hätten unsere Freunde in Gegenwart von Globus und Daniel-nicht-Daniela ohnehin nicht frei sprechen können.

Was Max-Ernest allerdings nicht davon abhielt, unter der Tischplatte verstohlen den Magnetstein zu untersuchen. Bedauerlicherweise hatte er kein Glück. Und als PC Anstalten machte, den Magnetstein anzugrapschen, gab Max-Ernest auf und reichte den Stein unter der Tischplatte an Kass weiter und gab ihr damit stillschweigend zu verstehen, dass sie den Stein später noch einmal unter die Lupe nehmen würden.

Woraufhin Kass ihm mit einem stummen Blick eine Antwort übermittelte: Okay, aber vergiss nicht, morgen müssen wir den Magnetstein Mrs Johnson zurückgeben. Die Zeit drängt.

So blieb den müden Kindern nichts anderes übrig, als sich auf das Essen und die Unterhaltung einzulassen. Die Hamburger schmeckten scheußlich, da waren sich alle einig. Globus würgte seinen Burger trotzdem runter, nur für den Fall, dass die Restaurantleitung ihn beobachtete. Was die Scheingefechte auf der

Bühne anging, konnten sie dem Turnier vom Morgen nicht das Wasser reichen. Jojo-schi hätte alle sogenannten Ritter des Restaurants plattgemacht, wie Globus es ausdrückte.

»Danke, Kumpel«, sagte Jojo-schi, für den jeder, der, wenn auch unfreiwillig, mitgeholfen hatte, Lord Pharao auf die Spur zu kommen, den Rang eines Kumpels verdiente.

»Übrigens, Kass, Globus hatte da eine echt gute Idee, wie wir deine Spezial-Chips-Mischung auf den Markt bringen könnten«, sagte Max-Ernest, der offensichtlich Jojo-schis Ansicht teilte.

»Hey, das ist ja super«, sagte Kass ohne große Begeisterung.

Daniel-nicht-Daniela grinste sie unter seinen Rastalocken hervor an, als wolle er sagen: »Mach dir keine Sorgen, morgen schmiedet Globus schon wieder neue Pläne und verschwendet keinen Gedanken mehr daran.«

Sehr viel später am Abend rief Max-Ernest Kass an, um ihr zu sagen, dass er eine Idee hatte und mit PC im Schlepptau auf dem Weg zu ihr war. (Es hatte auch Vorteile, dass seine Eltern sich nicht mehr im Geringsten um ihn kümmerten. Einer davon war, dass er kommen und gehen konnte, wann er wollte.)

Kass wartete am Eingang, um Max-Ernest und seinen kleinen Bruder ins Haus zu schmuggeln, ohne ihre Mutter aufzuwecken. In Kass' Zimmer legte Max-Ernest PC auf dem Bett ab und kramte ein Spiel aus seiner Tasche hervor. Es bestand aus einem rechteckigen gelben Stück Pappe, das mit einer Schutzfolie überzogen war und ungefähr die Größe eines kleinen Buchs hatte. Auf einem Schildchen stand: *Haariger Harry.* In der Mitte des Dreiecks war ein glatzköpfiger Mann mit frechem Grinsen abgebildet und am unteren Rand befand sich eine dicke schwarze Staubschicht.

Kass sah ihn fragend an. »Bist du allen Ernstes hierher gekommen, um mir das zu zeigen?«

»Es ist ein Spiel. Es geht darum, dass Harry wieder Haare kriegt. Siehst du . . .«

Max-Ernest zog einen kleinen Metallschieber aus dem Schlitz an der Seite des Pappdreiecks und schob ihn über die Plastikfolie. Der schwarze Staub wirbelte auf und setzte sich in einer gezackten Linie unter der Nase des Mannes wieder ab.

»Weil mich die Sache mit dem Magneten interessiert, habe ich alles Mögliche für meine Zauberkunststücke bestellt«, erklärte Max-Ernest. »Das hier ist heute angekommen.«

»Toll. Darf ich dich darauf hinweisen, dass PC gerade dabei ist, Harrys schönen Schnurrbart zu zerstören.«

»Egal, darum geht es nicht«, sagte Max-Ernest und nahm seinem kleinen Bruder das Spiel aus der Hand. »Könntest du mir vielleicht einen Teller und eine Schere besorgen?«

Als Kass mit den besagten Dingen zurückgekehrt war, schnitt Max-Ernest eine Ecke der Folie ab und schüttete die winzigen Magnetspäne auf den Teller.

»Jetzt gib mir den Stein.«

»Okay, aber dann zieht er diesen ganzen Staub an.«

»Ich weiß, das soll er ja auch.«

Kass holte den Magnetstein aus ihrem Rucksack und musste ihn erst einmal von allerlei Metallgegenständen befreien, darunter ein Kompass, eine Taschenlampe und ein Schweizer Taschenmesser. Schließlich überreichte sie den Stein Max-Ernest.

Als er damit in die Nähe der Späne kam, wirbelten sie auf und Augenblicke später war der Magnetstein vollständig von Magnetstaub bedeckt.

»Sieht lustig aus«, sagte Kass. »Wie eine großes Insekt mit Fell.«

»Geduld, Watson«, sagte Max-Ernest und wischte den Magnetstaub mit dem Handrücken von der Rückseite des Steins. »Mir ist aufgefallen, dass die Silberschicht auf der Rückseite ziemlich dick, aber nicht besonders schwer ist. Also dachte ich, was, wenn sich darunter eine zweite Schicht verbirgt? Meine Vermutung war richtig. Was auch immer darunterliegt, vielleicht Holz oder Wachs oder so ähnlich, es hebt die Wirkung des Magnets an bestimmten Stellen auf.«

Mit einem breiten Grinsen drehte Max-Ernest den Stein um und zeigte Kass die silberne Rückseite. »Was sagst du dazu?«

»Sehr schlau. Aber nenn mich nicht Watson.«*

Der Großteil der Silberplatte war von Magnetstaub bedeckt. Aber dort, wo die Wirkung des Magnets aufgehoben war, konnte man kleine Buchstaben lesen:

WIE OBEN
SO UNTEN

So spannend es auch war, endlich das Geheimnis des Magnetsteins gelüftet zu haben, am nächsten Morgen auf dem Weg zum Büro der Rektorin war Kass' Begeisterung restlos verflogen. Sie hatte diese Worte bereits mehrmals von der Wahrsagerin gehört und als versteckte Botschaft des Hofnarren wurden sie deswegen auch nicht klarer.

* Wie du vielleicht weißt, ist Dr. John H. Watson der Freund und gelegentlich auch der Assistent von Sherlock Holmes und zudem der Erzähler der gleichnamigen Geschichten. Er spielt das, was man die zweite Geige nennt – etwas, womit Kass sich niemals zufriedengeben würde.

Max-Ernest hingegen ließ sich nicht entmutigen. »Das hat noch lange nichts zu bedeuten. Dieser Satz muss ja nicht unbedingt das Geheimnis sein. Wie du schon sagtest, handelt es sich vermutlich um einen Hinweis oder einen kleinen Tipp.«

Er verbrachte die nächsten vierundzwanzig Stunden damit herauszufinden, was die vier Wörter zu bedeuten hatten. Auf seiner Suche nach versteckten Andeutungen stieß er darauf, dass die Wörter der Anfang der sogenannten *Smaragdtafel* waren, eines uralten Schriftstücks, das als Grundlagentext der Alchimie galt.

Aber Kass wurde das Gefühl nicht los, dass Max-Ernest in die falsche Richtung dachte. Sie kannte den Hofnarren. Falls er sich nicht ziemlich verändert hatte, interessierte ihn weder die Alchimie noch sonst etwas allzu Ernsthaftes.

»Immerhin wusste er von der Smaragdtafel, sonst hätte er das ja wohl nicht geschrieben«, sagte Max-Ernest ein wenig verschnupft. »Also, in welche Richtung sollte ich *deiner Meinung nach* denken?«

»Denk einfach so, wie du normalerweise denken würdest. Der Hofnarr hatte genauso viel Spaß an verrückten Dingen wie du.«

»Ach ja? Und was genau meinst du damit?«

»Du weißt schon, Magie, Fangfragen, Wortspiele, knifflige Geheimbotschaften und so weiter.«

»Alchemie hat mit alldem zu tun. Zum Beispiel habe ich gerade gelesen, dass –«

»Ach, egal. Vergiss einfach, was ich gerade gesagt habe.«

Und dabei beließen sie es. Für den Moment zumindest.

Kapitel zweiundzwanzig
Die Truhe

Kass und Max-Ernest verbrachten verregnete Sonntagnachmittage fast immer bei Kaffee und Kuchen im Feuerwehrhaus. Und so kam es, dass sie es sich eines verregneten Sonntagnachmittags ein paar Wochen später wieder einmal am Tisch von Kass' Großvätern gemütlich machten.

Inzwischen war ihr Tee kalt und die besten Schokokekse waren längst aufgegessen. (Kass verstand darunter die besonders saftigen, Max-Ernest hingegen die besonders schokoladigen Kekse.)

Nachdem Großvater Larry mal wieder eine seiner Kriegsgeschichten zum Besten gegeben hatte, wobei jeder der Anwesenden wusste, dass sie frei erfunden war, stand er vom Tisch auf und entschuldigte sich damit, dass er noch »ein bisschen mit der Arbeit vorankommen« wolle, was wiederum eine Umschreibung für ein kleines Nickerchen war. Großvater Wayne sagte, er wolle noch ein wenig an dem alten Plattenspieler herumbasteln, den er am Morgen auf einem Flohmarkt aufgetrieben hatte, was wiederum eine Umschreibung dafür war, dass er stundenlang oder tagelang oder – im Falle eines alten achtspurigen Kassettenspielers – jahrelang beschäftigt sein würde.

Kass und Max-Ernest wollten beide noch etwas bleiben, weil sie keine Lust hatten, hinaus in den strömenden Regen zu gehen. Kass schlürfte ihren kalten Tee und betrachtete ihren ungewöhlich schweigsamen Freund. Jojo-schi war inzwischen wieder bei seinen Eltern zu Hause und Pietro und die anderen Mieheg-Mitglieder ließen nichts von sich hören, in der Hoffnung, Kass würde sich irgendwann mit der Lösung des Geheimnisses bei ihnen melden. Blieben nur noch Max-Ernest und Kass – ganz wie am Anfang ihrer Freundschaft.

»Was denkst du gerade?«, fragte sie ihn.

»Nichts . . .«

»Nichts? Du hast noch nie auch nur für eine Sekunde lang nichts gedacht. Es gibt niemanden, dessen Kopf so voller Gedanken ist wie deiner.«

»Das hat Benjamin auch gesagt.«

»Und?«

»Und was?«

»Und was hast du gedacht?«

»Ich schätze, ich habe gerade darüber nachgedacht, wie ich damals durch das Doppelmonokel geblickt habe . . . aber eigentlich habe ich nicht wirklich darüber nachgedacht«, fügte er schnell hinzu.

»Du meinst, damals im Krankenhaus? Du hast gesagt, du hättest dich selbst im Spiegel gesehen . . .«

»Ja, das stimmt.«

»Was hast du sonst noch gesehen?« Kass war sich sicher, dass er ihr etwas verheimlichte.

»Nur mich selbst.«

»Aber?«

»Aber ich habe in die Zukunft geblickt. Im Spiegelbild war ich schon alt.«

»Wirklich? Das war bestimmt ein merkwürdiges Gefühl.« Vor einem Jahr hätte Kass vielleicht vermutet, dass Max-Ernest sich das nur ausgedacht hatte, aber weil sie selbst bereits die seltsamsten Dinge durch das Monokel gesehen hatte, hegte sie nicht die geringsten Zweifel daran, dass er die Wahrheit sprach.

»Ja. Sehr merkwürdig.«

»Und, wie hast du ausgesehen?«

»Komisch.«

»Im Ernst, was warst du? Ich meine, was wirst du sein? Ein Alleinunterhalter?«

»Eher nicht. Ich saß nur da. Witze habe ich jedenfalls keine gerissen.«

»Vielleicht warst, ähm, wirst du ein Magier?«

»Nein, zumindest sah es nicht danach aus.«

»Was hast du denn gemacht?«

»Nicht viel.«

»Du musst doch irgendetwas gemacht haben.«

»Na ja, ich habe … geschrieben«, gab Max-Ernest zögernd zu.

»Geschrieben?«, wiederholte Kass überrascht.

»Ja, ich nehme an, ich werde mal Schriftsteller. Kannst du dir das vorstellen?«

»Was ist denn so schlimm daran, ein Schriftsteller zu sein? Du magst doch Bücher.«

»Es ist nicht schlimm, aber ich … ich will eigentlich nicht darüber sprechen.«

»Warum, was hast du denn geschrieben?«

Max-Ernest schüttelte angewidert den Kopf. »Ich bin mir nicht ganz sicher. Es sah aus wie ein Roman. Oder wohl eher wie die Spinnereien von jemandem, der nicht mehr alle Tassen im Schrank hat.«

»Also konntest du es lesen – durch den Spiegel hindurch?«

»Nur so ein bisschen.«

»Und?«

Max-Ernest schüttelte den Kopf.

»Komm schon. Du musst es mir sagen. Du verrätst mir doch sonst immer alles.«

»Ich erinnere mich nur an die ersten Worte. *Ich kann keine Geheimnisse für mich behalten. Das konnte ich noch nie . . .*«

Kass lachte. »Das stimmt doch auch, oder nicht?«

»Und dann . . . nein, du musst mir zuerst versprechen, dass du dich nicht aufregst.«

»Wie kann ich dir das versprechen, wenn ich nicht weiß, worum es geht?«

»Ich habe mir geschworen, dass ich dir nichts davon verrate. Also gut, ich habe unsere Namen gesehen«, sagte Max-Ernest und sprach so schnell, dass sich seine Stimme fast überschlug. »Na ja, es waren nicht unsere wirklichen Namen, aber ich habe auf den ersten Blick erkannt, dass es Ersatznamen waren, die eigentlich für unsere eigenen Namen standen. Meiner war zum Beispiel Max-Ernest statt XXX-XXXXXX und dein Name war Kass statt XXXX.«

Kass war empört. »Du hast über uns geschrieben?!«

»Hey, reg dich nicht auf! Ich habe es doch noch gar nicht getan!«, sagte Max-Ernest und bedauerte schon, dass ihm das herausgerutscht war.

»Ja, aber du wirst es tun. Das ist noch viel schlimmer.«

»Warum? Was ist so schlimm daran, wenn ich über dich schreibe?«

»Es bedeutet, dass ich dir nie mehr vertrauen kann. Wie kann ich mit dir reden, wenn ich fürchten muss, dass meine Worte eines Tages in einem Buch nachzulesen sind?«

Max-Ernest ließ den Kopf in seine Hände fallen. Warum konnte er einfach nichts für sich behalten?

Rrring. Rrring.

Die Türklingel des Feuerwehrhauses klingelte, oder besser gesagt, die alte Feuersirene schrillte. Es klingelte nicht oft, aber wenn einmal jemand die Türklingel gedrückt hatte, brach der Alarm so laut los, dass das ganze Haus erbebte.

Sebastian, der alte, kränkelnde und blinde Dachshund von Kass' Großvätern, bellte halbherzig, aber seine Stimme konnte längst nicht mehr mit der Türklingel mithalten.

»Kannst du schnell mal nachschauen, Kass?«, rief Großvater Wayne von unten herauf. Anders als Großvater Larry, der gerade schlief oder wenigstens so tat, war Wayne nicht gerade das, was man gesellig nennt. Wenn es läutete und Kass in der Nähe war, bat er sie, an die Tür zu gehen.

Kass und Max-Ernest rutschten die Rettungsstange hinunter und kämpften sich durch die Berge von Kisten, mit denen der Eingangsbereich des Feuerwehrhauses zugestellt war. Kass tätschelte Sebastian, der schon wieder auf seinem Kissen döste. Dann öffnete sie die Tür.

Ein Postbote stand auf der obersten Stufe.

»Ist Kassandra zu Hause?«, fragte er.

»Ja, das bin ich . . .«

Der Postbote lächelte breit. »Gut, dann habe ich hier etwas für dich.«

Er zeigte auf die große alte Truhe zu seinen Füßen. »Sie war im hintersten Winkel des Lagerraums. Sie muss schon mindestens vierzig, fünfzig Jahre lang in der Ecke gestanden haben.«

Kass und Max-Ernest starrten die Truhe an. Sie war gelinde gesagt ungewöhnlich. Zum einen war sie kaum zu sehen unter all den Stempeln und Aufklebern und Empfangsbestätigungen. Auf den verschiedensten Stickern standen die Namen von Städten und Ländern, Zügen und Dampfschiffen und allen möglichen Häfen. Die Angaben waren in Dutzenden Sprachen verfasst und widersprachen sich nicht selten. Die Truhe sah aus, als hätte sie die Welt schon viele Male umrundet – und das schon seit Jahrhunderten.

»Unser Postamt wird geschlossen, kein Wunder bei all diesen Budgetkürzungen heutzutage, und irgendjemand war gerade dabei, die Truhe zu entsorgen«, fuhr der Postbote fort. »Da fiel mir dieses alte Schildchen auf . . .«

Er fummelte an einem rissigen und verschlissenen Lederschildchen, das am Griff der Truhe festgebunden war. Es grenzte an ein Wunder, dass es sich noch nicht völlig aufgelöst hatte, so brüchig war es.

Am unteren Rand stand der Name ihrer Stadt.

»Ich dachte eigentlich, du wärst viel älter, das Schild ist jedenfalls schon uralt. Wie es aussieht, warst du damals noch gar nicht auf der Welt! Hast du eine Ahnung, wie jemand schon vor Jahren wissen konnte, dass du jetzt hier bist? Vielleicht hast du ja eine Mutter oder eine Oma gleichen Namens . . .?«

Kass schüttelte den Kopf. Über die Jahre hinweg waren schon viele ungewöhnliche Dinge auf der Türschwelle ihrer Großväter gelandet, denn das Antiquariat war für manche Leute die Rumpelkammer in der Nachbarschaft (oder vielleicht auch der Schrottplatz der ganzen Stadt). Ein ausgestopfter Elch. Ein kaputtes Einrad. Ein lebensgroßes Porträt von Elvis. Lauter solche Sachen. Und das Seltsamste überhaupt: Kass selbst hatte als Neugeborenes in einer Pappschachtel auf den Türstufen ihrer Großväter gelegen. Aber noch nie zuvor hatten sie von jemandem etwas bekommen, der die Zukunft auf die Minute genau vorausgesehen haben musste. Ein wahres Mysterium.

»Wie auch immer«, sagte der Postbote. »Eines steht jedenfalls fest: Das Ding ist ganz schön in der Welt herumgekommen. Hier ist das Transportverzeichnis, falls du mal einen Blick darauf werfen willst.« Er begann, etwas auszurollen, das aussah wie eine lange Schriftrolle, zu der im Laufe der Zeit immer mehr Papierblätter hinzugekommen waren. Die aktuelleren Teile waren getippt, die älteren Abschnitte in Handschrift verfasst. Auf den ganz alten Pergamenten waren sogar königliche Wappen und Wachssiegel.

»Ich habe eine Stunde gebraucht, nur um das hier zu lesen. Kannst du dir vorstellen, dass die Truhe durch alle sieben Kontinente gereist ist, sogar auf der Antarktis war das gute Stück. Sie war schon Fracht auf spanischen Galeonen und Kriegsschiffen. Sogar auf der Mayflower war sie mit dabei . . . Zwischenzeitlich gehörte sie verschiedenen Museen oder königlichen Schatzkammern. Und stellt euch vor, niemand hat die Truhe je geöffnet. Nicht ein einziges Mal!«

Erwartungsvoll sah er Kass und Max-Ernest an. Offensichtlich hoffte er auf irgendeine Reaktion.

Kass sagte keinen Ton. Sie dachte scharf nach.

»Wow!«, war alles, was Max-Ernest hervorbrachte.

Der Postbote lachte. »Ich schätze mal, in meiner Gegenwart werdet ihr die Truhe nicht öffnen, was? Na ja, was soll's! Pech für mich. Also gut, dann unterschreib einfach hier und schon bin ich weg.«

Er zeigte auf die Kopfzeile der Transportliste und reichte Kass einen Stift.

»Und seid lieber vorsichtig. Man kann ja nie wissen, vielleicht sind uralte Knochen drin oder so. So alt wie die Truhe ist, würde es mich nicht wundern, wenn ein Fluch auf ihr läge!«

Von neuem Krempel für ihre Sammlung, besonders von neuem *uraltem* Krempel, konnten Kass' Großväter normalerweise nicht die Finger lassen. Aber Wayne war so mit seinem Plattenspieler beschäftigt und Larry schlief so fest, dass keiner von beiden angerannt kam, als Kass und Max-Ernest die Truhe ins Haus schleiften. Die beiden jungen Leute konnten sich ganz in Ruhe – als begabte Detektive, die sie zweifellos waren – mit der Truhe befassen, ohne dass ihnen einer der alten Männer in die Quere kam.

»Ich frage mich, wie alt das Ding ist«, sagte Max-Ernest. »Es sieht aus, als wäre das Namensschildchen schon von Anfang an dran gewesen, meinst du nicht auch?«

»Ich glaube, sie ist ungefähr fünfhundert Jahre alt«, sagte Kass. Ihre Ohren prickelten.

Sie hatte die Truhe wiedererkannt. Unter der dicken Schicht von Aufklebern und Dreck befand sich die Schatztruhe der Räuberbande. Kass erinnerte sich an das große Messingschloss in der Form eines Wappens. Einer der Räuber hatte das Schloss mit seiner Axt aufgebrochen. Wenn seither wirklich niemand die Truhe geöffnet hatte, dann nur, weil irgendjemand das Schloss repariert und gleichzeitig einen viel, viel stärkeren Verriegelungsmechanismus eingebaut hatte.

»Die Truhe kommt vom Hofnarren, etwas anderes kann ich mir nicht vorstellen«, sagte Kass und senkte die Stimme, damit keiner ihrer Großväter etwas mitkriegte. »Ich habe ihm gesagt, dass es das Feuerwehrhaus noch nicht gibt – ich meine, damals gab es das Feuerwehrhaus noch nicht. Er hat die Truhe auf die Reise geschickt und sie ist bis jetzt unterwegs gewesen.«

Gemeinsam nahmen sie das Messingschloss unter die Lupe. In das Metall war ein verschlungenes Muster aus Diamanten und Schwertlilien graviert. Im Großen und Ganzen war es jedoch sehr einfach gebaut. Was Kass für ein Wappen gehalten hatte, waren eigentlich nur vier Kreise in einem Quadrat. Bei näherer Untersuchung stellte sich heraus, dass jeder der vier Kreise einen beweglichen Mechanismus hatte, eine Art Drehknopf, mit der man die sechsundzwanzig Buchstaben des Alphabets einstellen konnte.

»Offensichtlich handelt es sich um eine frühzeitliche Variante eines Kombinationsschlosses«, sagte Max-Ernest. »Eine solche Vierer-Anordnung ist allerdings sehr ungewöhnlich.«

»Es sieht aus, als müssten wir einfach nur vier Buchstaben ausprobieren. Das kann doch nicht so schwierig sein.«

»Meinst du? Hast du vor, sämtliche 456.976 Kombinationen durchzuprobieren?«

»Max-Ernest, du übertreibst!«

»Wollen wir wetten? Rechne es mit dem Taschenrechner durch. Sechsundzwanzig mal sechsundzwanzig mal sechsundzwanzig mal sechsundzwanzig.«

»Na gut, du hast gewonnen. Also müssen wir die Möglichkeiten zunächst einmal eingrenzen, habe ich recht?«

»Du kennst den Hofnarren. Welche Buchstaben könnte er genommen haben? Vielleicht die Namen seiner Kinder oder so?«

»Als ich ihn getroffen habe, hatte er noch keine Kinder.«

»Na gut, vielleicht jemand anderes? Stell dir einfach vor, wir müssten das Passwort für seinen Computer knacken.«

»Da fällt mir nur Anastasia ein. Aber der Name hat eindeutig zu viele Buchstaben.«

»Wie wär's mit deinem Namen? Dein Name hat vier Buchstaben. Zumindest in der Kurzform.«

Sie versuchten es in allen Variationen:

KA KS AS
SS AS KS

Und so weiter und so weiter.

Aber keine der vielen Kombinationen funktionierte. Frustriert drehte Max-Ernest ein wenig zu energisch an der obersten Drehscheibe. Statt bei einem S rastete sie bei einem W ein. Eigentlich hatte er

SK
SA

schreiben wollen. Nun stand stattdessen

WK
SA

auf dem Zahlenschloss. Max-Ernest war allerdings aufgefallen, dass es bei den beiden Buchstaben W und S ganz leise geklickt hatte.

»Ich glaube, mit W und S am linken Rand sind wir auf dem richtigen Weg«, sagte er aufgeregt. »Was könnten die beiden Buchstaben bedeuten? Vielleicht beziehen sie sich nicht auf dich, sondern auf andere Personen?«

Sie probierten wild drauflos, aber natürlich funktionierte das nicht besonders gut. Irgendwann fiel Max-Ernest auf, wie spät es war. Er musste schleunigst PCs Babysitter ablösen – seinen Vater.

»Ich will mich wirklich nicht noch mehr verspäten«, erklärte Max-Ernest, als er zur Tür hinausrannte. »Ich habe dann immer das Gefühl, meinen Eltern Extrageld für die Überstunden zu schulden. Außerdem darf man die Zeit eines Babysitters nicht überstrapazieren.«

»Dein Vater ist doch kein Babysitter!«, protestierte Kass. »Er ist nicht nur dein Vater, sondern auch der Vater von PC.«

Max-Ernest schüttelte nur den Kopf. »Eines Tages wirst du das verstehen. Das Leben ändert sich eben, wenn man mal Kinder hat.«

Kass sah zu, wie sich die Tür hinter ihm schloss, und fühlte sich plötzlich sehr einsam. Sie wollte die Truhe unbedingt öffnen, bevor ihre Großväter Wind davon bekämen, aber ohne Max-Ernests Expertenwissen in Sachen Codeknacken würde sie es nie schaffen.

Sie gab die Hoffnung noch nicht ganz auf – vielleicht hatte er ja auf dem Heimweg einen Geistesblitz und rief sie dann von zu Hause aus an, so wie bei der Sache mit dem Magnetstein.

Der Magnetstein! Das ist es, dachte sie. Der Magnetstein ist der Schlüssel!

WIE OBEN
SO UNTEN

Max-Ernest betonte immer, dass es verschiedene Arten von Geheimbotschaften gab. Bei manchen kam es auf den Sinn an, bei anderen ging es nur um die Buchstaben. Was, wenn der Hofnarr einfach nur mit den Buchstaben herumgespielt hatte? Sie hatte es schon die ganze Zeit geahnt: WIE OBEN, SO UNTEN hatte keinen tieferen Sinn. Es ging auch nicht um Alchimie. Es kam nur auf die jeweils ersten Buchstaben an – die vier Anfangsbuchstaben der vier Wörter.

WO
SU

Mit zittrigen Fingern stellte Kass die zwei noch fehlenden Buchstaben ein.

Zunächst schien auch diese Kombination nicht zu funktionieren, aber nur, weil die Truhe schon seit Jahrhunderten nicht mehr geöffnet worden war. Dann schnappte das Schloss auf – und Kass konnte den Deckel der Truhe heben.

Ein Schatz.

Das war das Letzte, was Kass auf ihrer Zeitreise in jener Truhe gesehen hatte. Und es war das Letzte, womit sie jetzt gerechnet hatte. Aber da lag er. Die Goldmünzen und Juwelen, die Kelche und Kerzenhalter funkelten und strahlten genauso wie damals, als der Homunkulus ihr die Beute der Banditen gezeigt hatte.

Natürlich war der Schatz in der Truhe nur ein Bruchteil des Schatzes von damals. Die Räuberbande hatte vermutlich den Großteil ihrer Beute an die Armen verteilt, aber es war immer noch genug übrig geblieben. Kass würde unvorstellbar reich sein – natürlich nur, wenn sie den ganzen Schatz für sich behalten würde. (Schon jetzt verwarf sie den Gedanken an teure Urlaubsreisen und schicke Autos und stellte sich stattdessen vor, was sie mit diesem Berg an Gold alles anfangen könnte – Spenden für den Umweltschutz, den Katastrophenschutz, gegen Kindersklaverei . . . nicht zu vergessen Spenden an die Mieheg-Gesellschaft.) Kass freute sich, dass der Hofnarr und Anastasia an sie gedacht und ihr sogar ihr gesamtes Hab und Gut vererbt hatten. Aber zugleich war sie auch enttäuscht. Konnte das wirklich alles sein? Gold? Was war dann mit dem Geheimnis? Beim Anblick der Reichtümer fühlte sie sich beinahe selbst wie ein Räuber.

Sie beugte sich über die Truhe und wühlte zwischen all den Goldmünzen. Vielleicht war ja auf dem Boden eine Botschaft versteckt. Oder irgendein Gegenstand mit Hinweisen auf das Geheimnis. Als sie einen vergilbten Zettel unter den Schätzen hervorlugen sah, fühlte sie einen Funken Hoffnung in sich aufsteigen. Aber dann stellte sie fest, dass es kein uralter ägyptischer Papyrus war, sondern ein zusammengerolltes Pergamentblatt, das ihr zudem auch noch bekannt vorkam. Sie rollte es auf und blickte auf die grobe Skizze von einem Mädchen mit spitzen Ohren. Ihr Selbstporträt.

Wehmütig betrachtete sie die Zeichnung. Anastasia hatte es für sie mit in die Truhe gepackt. Kass war weit zurück in die Vergangenheit gereist, um etwas über ihre wirklichen Eltern herauszufinden. Der Hofnarr hatte natürlich recht gehabt. Logisch betrachtet, war es ein unsinniges Vorhaben gewesen. Aber sie hatte den Hofnarren und Anastasia getroffen – und damit vielleicht auch ihre eigenen Wurzeln entdeckt.

»Ich habe ein Geschenk für dich«, sagte Kass später am Abend, als sie und ihre Mutter zusammen in der Küche saßen.

Sie zog das inzwischen flach gedrückte Selbstporträt aus einem Ordner in ihrem Rucksack.

Ihre Mutter lächelte freudig überrascht.

»Kass! Hast du das gezeichnet?«

Kass zuckte mit den Schultern. »Ja, schon, ich meine, falls man es wirklich als Zeichnung bezeichnen kann. Es ist eigentlich nur Gekritzel.«

»Danke. Ich kann mich nicht erinnern, wann du mir zuletzt etwas Selbstgemaltes geschenkt hast. Wahrscheinlich warst du damals sechs Jahre alt. Das ist wirklich wunderbar!«

»Nein, ist es nicht. Du musst das jetzt nicht sagen«, wehrte Kass ab. Fast bereute sie es schon wieder, ihrer Mutter das Bild geschenkt zu haben.

»Ich sage es, weil ich es so meine. Die Zeichnung ist sehr ausdrucksstark und gibt deine Persönlichkeit ziemlich gut wieder . . . obwohl du natürlich viel hübscher bist.«

»Das musst du nicht sagen.«

Melanie schüttelte den Kopf. »Was soll ich nur mit dir machen, Kassandra? Weißt du, man muss auch lernen, ein Kompliment anzunehmen.«

»Dann habe ich wohl noch nicht sehr viel gelernt.«

»Es ist schlimm mit dir. Du tust gerade so, als wollte ich dich beleidigen!« Melanie hielt die Zeichnung gegen das Licht. »Das

Papier sieht ziemlich alt aus. Fast wie Pergament. Hast du das von der Schule?«

»Nein, ich habe es im Feuerwehrhaus gefunden«, sagte Kass. Das war immerhin die halbe Wahrheit. »Ich glaube nicht, dass Larry und Wayne überhaupt wussten, dass sie so was hatten.«

»Und wenn, dann würden sie sich sicherlich freuen, dass es jetzt einen so schönen Verwendungszweck gefunden hat. Was ist denn das für ein Papierschnipsel auf der Rückseite?«, fragte Melanie und drehte das Pergament um. »Er ist am Rand festgeklebt. Ich glaube, da steht etwas geschrieben . . . sieht fast aus wie Hieroglyphen.«

»Gib das her!«

Kass riss ihrer Mutter die Zeichnung aus der Hand.

»Ich habe mich gerade umentschieden. Ich will die Zeichnung doch lieber selbst behalten.« Sie wagte es nicht, einen Blick auf den Papyrus zu werfen. »Es ist, ähm, einfach noch nicht ganz fertig und ich will nicht, dass du es womöglich einrahmst oder so. Tut mir leid.«

Kass ließ die völlig entgeisterte Melanie in der Küche sitzen, rannte die Treppe hinauf, raste in ihr Zimmer und knallte die Tür hinter sich zu.

»Kass, was habe ich denn falsch gemacht?«, rief ihre Mutter von unten herauf.

»Nichts! Ich hab dich lieb, Mama!«, rief Kass zurück.

Dann schloss sie sicherheitshalber die Tür zu.

Mit zitternden Händen drehte Kass das Pergament um.

Und tatsächlich, am unteren Rand der Seite klebte ein kleines Schnipselchen.

Kass war sich sicher: Das war der Papyrus, auf dem das Geheimnis stand. Allerdings gab es da ein kleines Problem. Der

Papyrusfetzen war gerade dabei, vor ihren Augen zu Staub zu zerfallen.

ENDE.

Appendices*

Jojo-schis erste E-Mail (von Seite 26)

Hey, wollte dir nur mal sagen, dass ich nächste Woche offline bin.

Bin mit meinen Eltern beim Campen auf dem Berg Fuji, mein Dad will da Zeug über Umweltverschmutzung rausfinden. Du weißt ja, wie meine Eltern drauf sind – in der Natur ist Elektrozeug absolut ver-bo-ten! (Nicht mal Musik darf ich mitnehmen!! ARGHH – ich werde sterben vor Langeweile!) Sobald ich wieder da bin, check ich meine Mails – ich hoffe, Kass ist bis dahin wieder o.k.

---

* Appendices ist die Mehrzahl von Appendix. (Apendixe ist eine weitere Mehrzahlform, aber Appendices klingt viel beeindruckender, findest du nicht auch? In meinen früheren Büchern habe ich nur die Einzahl verwendet, aber immer wenn ich dieses Wort sehe, muss ich an das gleichnamige innere Organ denken und an eine Operation, mit der man den Appendix des betreffenden Buches entfernt. Appendices klingt zumindest für meine Ohren nicht ganz so medizinisch. Und es ist im Grunde genommen korrekter, denn ich habe mehr als eine Abteilung im Appendix /in den Appendices meiner Bücher, und jede Abteilung ist gewissermaßen eine Art eigener Appendix – und sollte wahrscheinlich von einem Arzt entfernt werden.

Jojo-schis zweite E-Mail (von Seite 174)

Pass auf, Kumpel, dir wird gerade übler mitgespielt als meiner Luftgitarre vor dem Badezimmerspiegel. Bin grad vom Fuji zurückgekommen und hab deine Mail über Benjamin gelesen. Ein Typ, der sich so krass verändert hat – das riecht doch i-wie faul. Also habe ich erst mal seinen Namen gegoogelt . . . Fehlanzeige. Aber dann bin ich beim Surfen auf diese Schule gestoßen und rate mal, wer »Direktor« der »Neuen Prometheus-Schule« ist: ein Kerl namens . . . Trommelwirbel . . . Luciano Bergamo. Oh-oh! Yep, dieser Laden wird von der Mitternachtssonne geschmissen! K. A., was das zu bedeuten hat . . . Vllt. ist Benjamin ein Spion? Jedenfalls ist das alles GAR NICHT GUT! Achtung, Alarmstufe Rot! Meld dich, wenn du das hier bekommen hast, damit ich wieder chillen und in Ruhe Computerspiele zocken kann.

Bewährte Methoden, um Bücher zu tarnen

Die Geheimnis-Serie muss geheim bleiben! Wenn du dein Buch in die Öffentlichkeit mitnehmen willst, dann tarne es bitte zuerst.

unbekannter Komiker – Einbrecher – Geist – Groucho – Elvis

Wie man eine Camera obscura baut

Die Camera obscura, die Kass, Max-Ernest und Jojo-Schi auf dem Renaissancemarkt gesehen haben, war so groß, dass die ganze Klasse hineinpasste. Aber man kann sich auch eine Camera obscura basteln, die man in die Hand nehmen kann.

Was man dafür braucht:

Eine kleine Pappschachtel – sie sollte ungefähr die Größe einer Schuhschachtel haben. Am besten eignet sich eine Schachtel aus brauner Wellpappe, die oben vier Klappen statt eines Deckels hat.

Pauspapier – oder ein ähnliches halb durchsichtiges Material, zum Beispiel Velinpapier.

Schwarzes Klebeband – es geht auch eine andere Farbe, Hauptsache, sie ist schwarz wie die Nacht.

Ein mittelgroßer bis großer Nagel – ich meine natürlich einen Nagel mit Hammer, keinen Fingernagel.

Eine Decke oder ein großes Handtuch – ein Zauberumhang oder eine alte Toga tun es auch.

Und so baut man eine Camera obscura: Beklebe die Innenseite der Schachtel mit Klebeband, auch in der Mitte und an den Ecken – damit kein Licht durch die Ritzen dringt.

Dann nimm einen Nagel und stich ein Loch genau in die Mitte des Schachtelbodens. Es sollte gerade groß genug sein, dass Licht hindurchfällt. Die Ränder des Lochs sollten möglichst wenig ausgefranst und rund sein. Dieses Loch ist die sogenannte Blende – ein anderes Wort für Kameraöffnung.

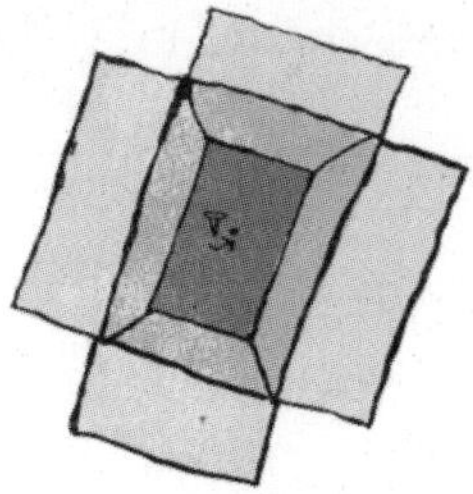

Nun stelle die Kiste so hin, dass der Boden unten ist.

Okay, jetzt kommt der schwierigste Teil. Oben hat die Schachtel vier Klappen, zwei große Klappen außen und zwei kleinere Klappen innen. Klappe die größeren Klappen auf und die kleineren zu. Dann klebe die Seiten der kleineren Klappen an den Unterseiten der größeren Klappen fest, dass die kleineren Klappen unten bleiben (auf der Höhe der Oberkante der Schachtel), jedenfalls so, dass kein Licht durchfällt.

Die Schachtel sollte jetzt völlig dicht sein, außer an der rechteckigen Öffnung an der Oberseite.

Schneide ein Stück Pauspapier zurecht, das ein bisschen größer ist als die rechteckige Öffnung, und klebe es über diese

Öffnung. Achte darauf, dass das Pauspapier straff gespannt bleibt. Das wird die »Mattscheibe« deiner Camera obscura.

Nun ist die Camera fertig.

Es ist ratsam, die Camera obscura im Innenraum zu benutzen und auf ein helles Fenster zu richten. Wirf dir das Handtuch, die Decke, den Umhang oder was auch immer über den Kopf. Halte die Camera obscura vor die Augen, sodass die offenen Klappen zur Seite abstehen, und schaue durch die Mattscheibe. Die Blende darf nicht von dem Tuch bedeckt sein. Kein anderes Licht außer dem Licht auf der Mattscheibe sollte zu sehen sein.

Auf der Mattscheibe müsstest du nun ein Bild des Fensters sehen, vor dem du stehst. Das Bild steht auf dem Kopf. Wedle mit der Hand vor der Blende auf und ab und du wirst sehen, deine Hand bewegt sich scheinbar in die entgegengesetzte Richtung. Vorsicht, versuche nicht, gleichzeitig auch noch zu gehen.

Glotz-Wettbewerb

Wer zuerst blinzelt, hat verloren!

FAQ zur Geheimnis-Buchreihe

Das ist die englische Abkürzung für *Frequently Asked Questions* und das bedeutet so viel wie Häufig Nervende Fragen, oh Verzeihung, ich meinte natürlich Häufig Gestellte Fragen.

F: Warum?

A: Einfach warum? Meinst du, warum gibt's die Geheimnis-Serie überhaupt?

F: Genau.

A: Warum nicht? (Du hast diese Antwort von mir erwartet, stimmt's?)

F: Okay, dann eine richtige Frage: Warum tragen die Mitglieder der Mitternachtssonne immer Handschuhe? Ist es ein Erkennungszeichen für Mitglieder, wie zum Beispiel ein Anstecker oder ein Pfadfinder-Halstuch?

A: Nein, sie tragen Handschuhe, weil man sonst an den Händen ihr wahres Alter ablesen könnte. Aus unbekannten Gründen wirken ihre verjüngenden Elixiere (die sie Hunderte von Jahren am Leben erhalten) nicht bei den Händen. Zufälligerweise ist auch das der Grund dafür, weshalb ganz junge Mitglieder der Mitternachtssonne keine Handschuhe tragen müssen.

F: Ist das, was Sie schreiben, wirklich wahr? Ist das alles passiert?

A: Ja oder besser gesagt nein. Ich meine, tut mir leid, diese Frage kann ich nicht beantworten. Ich musste alle Namen ändern, schon vergessen? Was weitere Fragen angeht, muss ich dich leider an meinen Anwalt verweisen.

F: Könnten Sie mit jemandem befreundet sein, der keine Schokolade mag?

A: Nein. Vielleicht ja, wenn er mich mit Schokolade versorgt. Mit sehr viel Schokolade.

F: Lesen Sie jemals Ihre Bücher wieder, nachdem Sie sie geschrieben haben?

A: Soll das ein Witz sein? Meinst du nicht, dass sie dann ein wenig anders wären?

F: Was ist das Geheimnis?

A: Die Frage hatten wir doch schon mal.

F: Warum verraten Sie uns das Geheimnis nicht?

A: Hast du dir schon mal die Mühe gemacht, dieses Wort in einem Lexikon nachzuschlagen?

F: Ich dachte, Sie könnten kein Geheimnis für sich behalten?

A: Okay, jetzt hast du mich ertappt.

F: Geben Sie es zu: Sie kennen das Geheimnis auch nicht.

A: Erstens ist das keine Frage und zweitens, selbst wenn ich es wüsste, würde ich es nicht sagen.

F: Ich kann Sie nicht ausstehen.

A: Das beruht ganz auf Gegenseitigkeit.

F: Ein bisschen kann ich Sie schon leiden. Ich möchte einfach das Geheimnis wissen.

A: Dann musst du wohl oder übel mein nächstes Buch lesen.

F: Können Sie uns nicht einen Tipp geben?

A: Schnabeltier.

F: Ist das der Tipp? Schnabeltier?

A: Nein, ich dachte nur, das klingt lustig.

F: Ich nehme alles zurück. Ich kann Sie nicht ausstehen.

A: Ich weiß.

Pseudonymous Bosch

Als Hörbuch bei Arena audio

978-3-401-50627-2

Der Name dieses Buches ist ein Geheimnis

Wir würden an dieser Stelle gern von den zwei tapferen Helden dieses Buches erzählen, Kassandra und Max-Ernest, und von ihren haarsträubenden Abenteuern. Aber leider können wir nichts verraten! Denn sonst würdest du das Buch vielleicht lesen wollen. Doch das wäre einfach zu gefährlich!

Als Hörbuch bei Arena audio

978-3-401-50628-9

Wenn du dieses Buch liest, ist alles zu spät

Mensch oder Monster? Lerne das Wesen kennen, das vor über 500 Jahren in einer Flasche geboren wurde! Welche Geheimnisse hütet dieses seltsame, fürchterliche Wesen? Lies nach und finde es heraus, zusammen mit den zwei tapferen Helden Kassandra und Max-Ernest. Aber Vorsicht: Dies ist ein sehr gefährliches Buch!

978-3-401-50629-6

Dieses Buch ist gar nicht gut für dich

In diesem zahnschmelzzerstörenden Abenteuer wird die Mutter unserer Heldin Kassandra entführt: von einem unheimlichen Gourmet-Koch und Chocolatier, dem blinden Senor Hugo. Nur gegen die legendäre magische Stimmgabel will er sein Opfer wieder freigeben. Werden Kass und Max-Ernest das sagenumwobene Instrument finden, bevor es zu spät ist?